LENTULUS
ENCARNAÇÕES DE EMMANUEL

3ª edição - Novembro de 2022

Coordenação editorial
Ronaldo A. Sperdutti

Capa
Juliana Mollinari

Projeto gráfico e diagramação
Juliana Mollinari

Revisão
Alessandra Miranda de Sá
Ana Maria Rael Gambarini

Assistente editorial
Ana Maria Rael Gambarini

Impressão
Gráfica Assahi

Proibida a reprodução total ou parcial desta obra sem prévia autorização da editora.

© 2022 by Boa Nova Editora.

Av. Porto Ferreira, 1031 | Parque Iracema
CEP 15809-020 | Catanduva-SP
17 3531.4444

www.**lumeneditorial**.com.br
www.**boanova**.net

atendimento@lumeneditorial.com.br
boanova@boanova.net

Dados Internacionais de Catalogação na Publicação (CIP)
(Câmara Brasileira do Livro, SP, Brasil)

```
Campos, Pedro de
   Lentulus encarnações de Emmanuel : inquirição
histórica / Pedro de Campos. -- 3. ed. --
Catanduva, SP : Lúmen Editorial, 2022.

   Bibliografia.
   ISBN 978-65-5792-057-2

   1. Doutrina espírita 2. Espiritismo 3. Literatura
espírita 4. Mediunidade I. Título.

22-129998                                    CDD-133.93
```

Índices para catálogo sistemático:

1. Literatura espírita : Espiritismo   133.93

Aline Graziele Benitez - Bibliotecária - CRB-1/3129

Impresso no Brasil – Printed in Brazil
3-11-22-3.000-8.000

PEDRO DE CAMPOS

LENTULUS
ENCARNAÇÕES DE EMMANUEL

INQUIRIÇÃO HISTÓRICA

LÚMEN
EDITORIAL

ÍNDICE

Introdução 7
1 – Lentulus, o "Sura" 19
2 – Guerra, política e vida particular 25
3 – Urdindo a conjuração 36
4 – A queda do pretor 52
5 – Cícero ao povo de Roma 75
6 – Júlio César: o defensor da vida 92
7 – Cícero e Marco Catão: em defesa da República 103
8 – O apagar das luzes no Mamertino 121
9 – Confrontos de personalidade 137
10 – Triunfo, ambição e morte 159
11 – Discursos fúnebres 173
12 – César e os druidas 180
13 – Início das grandes intrigas 189
14 – A vingança completa 198
15 – Lentulus Sura: a questão da descendência 211
16 – Cristianismo, doutrina e espíritos 221
17 – Públio Lentulus: legado de Tibério 235
18 – Encontro com Jesus 256
19 – A Epístola Lentuli 277
20 – Memórias do passado 303
21 – Redenção edificadora 315
Apêndice A – Cronologia do ano 63 a.C.: ano da morte de Lentulus Sura 337
Apêndice B – Árvore Genealógica 361

Apêndice C – A Epístola Lentuli no século XIX 367
Apêndice D – Carta de Geronimo Xavier escrita aproximadamente no ano de 1600.. 374
Apêndice E – Epístola de Giovanni Damasceno escrita aproximadamente em 730 d.C. 379
Apêndice F – Ciclo de Pilatus e versões da Epístola 383
Apêndice G – Carta da mulher de Pilatos, fotos e ilustrações 389
Bibliografia 395

INTRODUÇÃO

Nas comemorações do centenário de nascimento e do oitavo ano da morte de Francisco Cândido Xavier ocorreram inúmeros eventos para lembrar aquele que foi o expoente máximo do espiritismo no Brasil. Dentre esses eventos está o lançamento deste livro. Chico Xavier nasceu no ano de 1910, em 2 de abril, mês comemorativo do lançamento de *O Livro dos Espíritos*, obra fundamental que ele tanto prezou durante toda a sua vida.

O coração de Chico Xavier deixou de bater em 2002, no dia 30 de junho, aos 92 anos, num domingo festivo, quando terminavam os jogos da Copa do Mundo no Japão e o Brasil vencia a Alemanha, tornando-se pentacampeão mundial de futebol. Naquele dia, às 19h20, embora não estivesse acostumado a assistir futebol, Chico perguntou quem havia vencido a partida, depois se deitou como de costume, fez as suas preces, levantou as mãos para os céus e entregou sua alma a Deus, desencarnando em seguida. O relógio marcava 19h30 quando sua missão na Terra foi encerrada com pleno êxito.

Na história da literatura mediúnica no Brasil, não houve ninguém maior que Chico Xavier. Sua enorme quantidade de livros e mensagens trouxe consolo para uma infinidade de pessoas que perderam seus entes queridos e, por meio dele, puderam contatar os parentes mortos. Além disso, seus livros legaram ao mundo conhecimentos da vida espiritual até então desconhecidos, lançando novas claridades para elucidar a vida na outra dimensão. E ele o fez não por lances filosóficos, mas pelo contato efetivo com os que partiram para a vida maior e voltaram de lá contando suas experiências.

Em tais retornos, os falecidos deram provas inequívocas a seus familiares e aos estudiosos mais exigentes de que a vida não termina com a morte do corpo, mas prossegue nas paragens espirituais e de lá é possível voltar, comunicando-se com os encarnados. E isso aconteceu também com Emmanuel, espírito mentor de Chico Xavier, no qual vamos nos deter neste livro, fazendo um exame detalhado de duas de suas vivências na carne.

Não foram poucos os contatos mediúnicos a Chico que o informaram sobre o fato de Emmanuel ter vivido na Roma Antiga, em épocas distintas, movimentando dois personagens ilustres da família dos Lentulus. Segundo esses contatos, a primeira personalidade teria sido cônsul da República, na época de Cícero, quando se chamara Públio Cornelius Lentulus Sura, patrício ilustre e chefe da conjuração de Catilina, em Roma. A segunda personalidade teria sido seu bisneto, Públio Lentulus, senador romano que se deslocou para a Palestina, na época de Pôncio Pilatos, e ali conheceu Jesus em circunstâncias especiais, além de ter escrito uma carta com informações importantes sobre a personalidade e a fisionomia de Jesus.

Essa carta há muito faz parte de um conjunto de documentos tidos como apócrifos pela Igreja, mas, possivelmente, é responsável em grande parte pela fisionomia de Jesus observada hoje nas obras de arte e nas estampas da mídia em todo o mundo. Essa carta também foi motivo de sérios estudos nesta obra.

Embora Emmanuel tenha dado algumas informações sobre a sua encarnação como Lentulus Sura no livro *Há 2000 Anos...*, a verdade é que ele não desenvolveu esse tema em livro específico, de modo que tivéssemos detalhes daquela sua vida. Sugestivamente, tal silêncio parece proposital, pois ainda hoje existe literatura da Antiguidade contando passagens importantes daquele personagem histórico, fato que permite a pesquisa e a elaboração de biografia relativamente boa, sem necessidade de o espírito mostrar quem foi para esclarecer o assunto.

O nosso propósito nesta obra foi realizar um trabalho raiz, de cunho biográfico. Para isso, usamos as literaturas disponíveis de autores da Antiguidade, pois só assim poderíamos ter uma visão histórica mais precisa de quem foi Lentulus Sura. Tentamos observar como ele fora em sua época, qual o seu estilo de vida, o que fez como senador da República e quais as circunstâncias que o levaram a ter uma morte prematura.

Não temos dúvida ao dizer que este trabalho veio preencher uma lacuna na literatura, principalmente a espírita, pois os livros históricos hoje remanescentes apresentam-se, de modo geral, numa versão antiga do latim, oferecendo linguagem fora do uso corrente, o que desestimula a sua leitura. Não obstante as grandes dificuldades para sanar tal inconveniente, pois a maneira de escrever na Antiguidade era diferente da que estamos acostumados, ainda assim procuramos contornar tais dificuldades sem alterar a história nem a sua linguagem solene. Por outro lado, os complementos de ordem teológica, por assim dizer, colocados no texto são facilmente identificados em lances específicos, que não deformam a história, apenas recuperam os aspectos transcendentais da alma numa ótica espiritista-doutrinária.

Nas várias passagens históricas, as versões do latim aqui apresentadas procuram dar à dicção um jeito mais variado e corrente, ora variando a qualidade dos vocábulos e substituindo as diversas figuras, ora alterando a sua posição ou usando sinônimos mais atuais. O intuito foi facilitar a leitura e torná-la mais agradável, em harmonia com a maneira de escrita dos tempos atuais, mas sem alterar o significado e o mérito dos textos originais e das traduções clássicas do latim que foram usadas. Inserimos também várias notas de rodapé, detalhando as ocorrências e os personagens históricos. A nossa intenção foi dar melhor entendimento a certas passagens da história, na pretensão de termos um estudo da vida de Lentulus Sura o mais completo e fidedigno possível.

Quanto ao segundo Lentulus, também examinado nesta obra, podemos afirmar sem receio que este, o senador Públio Lentulus, não teve em Roma projeção suficiente para figurar nos livros de história – razão pela qual tivemos de nos deter nos registros da obra *Há 2000 Anos...*, dados por Emmanuel não como ficção, mas como relato histórico. Ele mesmo confirmou isso de forma categórica, em um de seus livros, dizendo: "Não nos propomos romancear, fazer literatura de ficção, mas sim trazer aos nossos companheiros do cristianismo redivivo, na seara espírita, breve página da história sublime dos pioneiros da nossa fé" (*Ave, Cristo* – Introdução).

Todos os seus livros que reportam lances da Roma Antiga obedeceram a esse mesmo pensamento de relatar a verdade, constituindo história, segundo os preceitos espiritistas. Por isso, fizemos um profundo exame do livro *Há 2000 Anos...*, checando detalhes e confrontando-os com a história, numa tentativa de confirmar ou não a veracidade dos argumentos e de avaliar a efetiva estada do autor na Palestina, onde emergiu a *Epistolae Lentulii*, carta na qual ele descreve a controvertida *Physiognomia Christi*, hoje mundialmente conhecida.

A investigação histórica foi imprescindível para exame dos dois personagens, pois todos sabem que não se faz história sem documentos ou vestígios, matérias que comprovem os fatos. Ao reproduzir, nesta obra, partes importantes da literatura antiga, foi possível a construção de um corpo biográfico único, chegando a bom termo. Pudemos ter a realidade vivida por aqueles homens distanciados há mais de dois mil anos do nosso tempo, como se os tivéssemos diante dos olhos, tal como numa tela de cinema.

Cabe-nos aqui, sobretudo, listar as fontes utilizadas, pois foram elas as verdadeiras responsáveis pelos fatos históricos aqui narrados. Tentaremos colocá-las numa ordem de importância, embora seja muito difícil definir com exatidão qual autor teria influenciado mais uma narrativa ou outra, principalmente quando se têm dois ou três grandes expoentes literários concorrendo sobre um mesmo assunto.

É certo afirmar que a historiografia latina remonta ao tempo do rei Numa Pompílio, quando os sacerdotes começaram a anotar os nomes dos magistrados consulares que participavam de seus eventos. Os chamados *Fastos Consulares* tiveram assim o seu início e, depois, os principais acontecimentos de governo foram colocados nos *Annalles*, para consulta. Por volta do ano 320 antes da Era Cristã, o Senado romano encarregou o *pontifice maximus* de redigir os *Fastos* e expô-los no templo, dando a público o registro dos acontecimentos, tornando-os oficiais.

Marco Túlio Cícero (106-43 a.C.) parece ter sido o primeiro a mostrar as diferenças entre a historiografia e a análise da história em seu trabalho *De Oratore* (II, 12:52). Devemos a Cícero os principais registros para composição de um esboço biográfico do senador Públio Cornelius Lentulus Sura, não obstante estivessem eles em lados opostos.

Quando Lúcio Sergius Catilina reuniu em torno de si os descontentes de todos os partidos, formando com eles uma espécie de coligação para derrubar a República, Cícero, como cônsul, foi o seu principal alvo. *As Catilinárias* formam um total de quatro discursos proferidos por Cícero, sendo os dois primeiros em sua defesa, atacando Catilina. Nos terceiro e quarto discursos, Cícero ataca o pretor Lentulus Sura e os demais conjurados, presos por ele enquanto tramavam com os embaixadores gauleses; o terceiro discurso, em particular, é dirigido ao povo, em 3 de dezembro de 63 a.C., no qual Cícero mostra a trama realizada; o quarto é um discurso feito dois dias depois, no Senado, em 5 de dezembro, com o mesmo objetivo, mas exigindo dos senadores a imputação de pena aos réus. Nesses dois últimos discursos vemos a excepcional capacidade oratória de Cícero, aliada, como sempre, aos seus extraordinários conhecimentos jurídicos, fatos que lhe deram o título de maior advogado de Roma. Neles, a reconstituição dos atos do pretor Lentulus Sura é fascinante e nos mostra, com clareza, a trama engendrada.

Em outras obras de Cícero pudemos encontrar informes adicionais. Destacamos em particular o livro *Bruto*, em que é feita uma análise crítica dos oradores da República, dentre os quais vamos encontrar Lentulus Sura. E, sendo Cícero franco opositor de Lentulus, o seu comentário é uma crítica do desempenho dele no Senado, mas, ainda assim, é um documento histórico. Em *As Filípicas*, produzida anos depois, Cícero ataca Marco Antônio, enteado de Lentulus, mostrando toda a sua aversão. E em outras obras pudemos observar o seu modo de pensar, as suas crenças e a sua filosofia de vida, ajudando-nos a entender melhor o homem Cícero, tais como *Pró-Sila*, *Cartas a Ático* e *Da República*. Essas obras também foram alvos de nossas pesquisas.

Neste livro, num degrau abaixo de Cícero, está Caio Salústio Crispo (86-35 a.C.). Nele vamos observar a historiografia de Roma desde o seu início até quase o final da República. Salústio viveu na época de Lentulus Sura, e tinha 23 anos quando ocorreu o movimento para derrubar o governo de Cícero. Embora fosse amigo de Caio Júlio César e de alguns conjurados, não participou da trama. Os seus relatos na *Conjuração de Catilina* são o que temos de mais imparcial, por assim dizer, para avaliarmos os dois lados da contenda. Preferimos ficar com Salústio para vermos a interferência de Marco Catão, o Jovem, quando acusou Lentulus Sura no Senado, e a atuação da defesa, feita por Júlio César.

Salústio se preocupou em demonstrar a depravação dos costumes da Roma aristocrática. E, como a sua obra foi publicada em 42 a.C., dois anos após a morte de César, seu principal aliado, ele acabou sendo atacado pelos opositores, pelos quais era visto como falso moralista, sob alegação de não fazer em Roma o que preceituava aos outros. Mas, ainda assim, em sua época, tal postura era comum aos romanos em geral; Salústio não era exceção.

Não menos importante que Cícero e Salústio temos o escritor grego Plutarco de Queroneia (46-120 d.C.), o maior biógrafo da Antiguidade. Seu estudo dos grandes homens do passado levou em consideração o aspecto psicológico e ético dos biografados. Foi um tipo simpático, ótimo narrador da história, considerado íntegro e objetivo em seu trabalho. Com as suas obras, pudemos reconstituir o ambiente em que viveu o ex-cônsul Lentulus Sura e seus contemporâneos. Servimo-nos fartamente das vidas de *Júlio César, Cícero, Catão – o Jovem, Catão – o Censor, Antônio e Bruto*. Essas vidas, conforme o caráter moralista de Plutarco ao destacar as qualidades de cada um, serviram de espelho para a posteridade. Plutarco foi o autor predileto de muitos, inclusive de nós próprios, neste trabalho.

De valor significativo temos também o escritor grego Dion Cássio (155-235 d.C.), que publicou uma história romana de quase mil anos, abrangendo o período de 753 a.C. até 229 d.C., em 80 volumes, mas que não chegaram em sua totalidade até nós. Felizmente, os que mais interessavam ao estudo foram encontrados: *História Romana*, volume XXXVII, 30-42, e volume XLVI, 20. Dion Cássio foi autor detalhista, tendo sido consciencioso e muito lido na Antiguidade – talvez o mais popular até a época bizantina.

Caio Júlio César (101-44 a.C.), após o julgamento de Lentulus Sura, quando escreveu *De Bello Gallico*, estava preocupado com a guerra nas Gálias, razão pela qual nada falou sobre a sua atuação no Senado, mas nos legou informes importantes sobre o tempo em que vivera o druida Allan Kardec, nas Gálias. Vamos detalhar isso na obra.

De igual valor temos o poeta Ovídio (43 a.C.-17 d.C.), que não se dedicou a uma carreira política, mas, na sua maturidade, dentre as suas inúmeras obras, escreveu *Os Fastos*, em que exaltou as festas romanas, os cultos e as lendas latinas, explicando as suas origens. Em seus relatos, pudemos observar as crenças que mais teriam influenciado Lentulus Sura em sua derrocada.

Caio Suetônio Tranquilo (70-160 d.C.), por sua vez, como funcionário da corte de Adriano, teve acesso a farta documentação histórica, fato que lhe facilitou escrever *A Vida dos*

Doze Césares, dentre as quais está a de Caio Júlio César. Na vida de Cláudio, informou que os judeus foram expulsos de Roma, incitados que estavam pelas coisas de "Cresto" (Cristo), assim como o foram os druidas e sua religião; mostrou como se vivia no primeiro século. Além de Suetônio, consultamos também Cornélio Tácito (55-120 d.C.), sua *História* e seus *Anais*, ambos escritos sob Trajano, fundamentais ao conhecimento.

Dos autores atuais, cabe-nos ressaltar aqui o excelente trabalho do professor italiano Guglielmo Ferrero, em sua magistral obra, *Grandeza e Decadência de Roma*, em cinco volumes, nos quais dá enfoque especial aos fenômenos econômicos e sociais da Roma Antiga, notadamente nos dois primeiros volumes, que tratam da época em que viveu Lentulus Sura.

Num enfoque diferenciado do mundo ocidental, foi válido também conhecer a maneira russa de tratar a Guerra Catilinária, na obra *História da Antiguidade*, em que os autores Diacov e Covalev apresentam os conjurados como os verdadeiros defensores do povo, valorizando sobremaneira a atuação das forças de esquerda na Roma Antiga.

Todos os autores mencionados contribuíram com esta obra em nossa tentativa de montar um esboço biográfico do senador Públio Cornelius Lentulus Sura. Não temos dúvida ao apresentar este trabalho como "obra de raiz", ponto de partida para outros autores que, conhecendo melhor a personalidade de Lentulus Sura e de seus contemporâneos, possam fazer novos desenvolvimentos e estender o estudo.

Num desdobramento histórico, segundo a Doutrina Espírita, defensora da palingenesia, o espírito de Lentulus Sura teria voltado à Terra para encarnar seu bisneto, Públio Lentulus; e quando adulto, na Palestina, este segundo Lentulus teve um fascinante encontro com Cristo. O retrato de Jesus dado na *Carta de Públio Lentulus ao Imperador Tibério César* faz parte de um conjunto de documentos tidos pela Igreja como apócrifos, chamado *Ciclo de Pilatus*. Tanto a encarnação de Públio Lentulus quanto a carta que ele teria escrito serão focos de detido exame neste livro, pois é de conhecimento geral que o senador Públio Lentulus, em face das atribulações da vida, conforme observado em *Há 2000 Anos...*, não pôde completar o seu *cursus honorum*, ficando em plano secundário na hierarquia de Roma, sem conseguir destaque histórico. Contudo, por ele ter sido o autor do famoso apócrifo, nada mais justo do que fazermos uma investigação séria e detalhada com base em outros autores antigos, para vermos se há vestígios de que a tal carta fosse conhecida na Antiguidade.

Tal pesquisa não se fez simples, pois, naquele tempo, os fatos religiosos não eram de interesse do Imperador, a não ser que houvesse movimento perigoso ao governo. Para complicar, excetuando-se os historiadores que seguiram a linha da história oficial, nenhum autor cristão, até a oficialização do cristianismo, deteve-se em informar os feitos de governo, salvo de passagem, apenas para servirem de base a outros argumentos de teor religioso.

Os autores cristãos tinham pouco interesse nos feitos pagãos, os quais lhes eram antagônicos, assim como nos feitos de César, dedicando-se mais à doutrina do Cristo e fazendo uma literatura quase exclusivamente religiosa. Não eram pesquisadores, mas críticos dos pagãos e dos gnósticos, com quem disputavam a primazia; se limitavam a compilar a Bíblia e a dar informes baseados neste ou naquele autor clássico. Portanto, os arquivos para investigarmos a *Epístola Lentuli* deveriam estar no governo imperial, e os autores que tiveram acesso a tais arquivos deveriam ser cristãos, para nos trazerem à luz as coisas do Cristo. Mas tais fontes são parcas, minguadas ou simplesmente não mais existentes.

O autor clássico que se empenhou em narrar alguns fatos históricos envolvendo os cristãos foi o judeu Flávio Josefo (37-103 d.C.). Instruído na escola dos fariseus, era conhecedor do latim e do grego, tendo escrito neste último idioma a *História dos Hebreus*, além de outras obras. Após a revolta dos judeus, em 66 d.C., tendo obtido a cidadania romana, na época dos Flávios, da qual tirou seu nome, teve acesso a documentos oficiais, em especial aos arquivos de Tibério, nos legando informações importantes sobre os *Atos de Pilatos*. Os seus relatos mostram que o chamado *Evangelho de Nicodemos*, dado hoje como apócrifo, já era conhecido no tempo de Tibério; o episódio dos estandartes é narrado por ambos os documentos, assim como outras passagens importantes, sugerindo-nos que informes sobre Jesus deveriam existir nos arquivos oficiais, mas que, seguramente, não tinham a importância de hoje na época. Vamos observar isso em mais detalhes nesta obra.

São os chamados Pais da Igreja, homens magníficos que viveram nos sete primeiros séculos da Era Cristã, que nos dão os melhores informes sobre a sugestiva existência da *Epístola Lentuli*. Podemos ver alguns vestígios em Justino de Roma, nascido por volta do ano 100, que, ao redigir a sua *Apologia*, nos dá conta de já ter conhecimento das *Atas* ou *Atos de Pilatos*, nos quais estaria a *Physiognomia Christi*.

Vamos observar em seguida Irineu de Lyon, bispo da Gália, o qual escreve, em 177, *Contra Heresias*, obra que menciona que na época do papa Aniceto (154-166 d.C.) já se conhecia em Roma a *Physiognomia Christi*, vinda desde a época de Pilatos: os gnósticos tinham se apropriado da imagem e feito os seus "santinhos", abominados pelos Pais de Igreja naquela época.

Depois veremos Tertuliano, o primeiro a identificar os espíritos fazendo as mesas girarem na Antiguidade, autor da famosa *Apologética*, no ano 197, dando conta de que Pilatos informou a Tibério oficialmente tudo o que se passara com Jesus, confirmado, assim, a existência das *Atas de Pilatos*.

Em seguida veremos o mais conceituado de todos os autores cristãos, Eusébio de Cesareia (260-340 d.C.), amigo do famoso imperador Constantino Magno (306-337 d.C.), autor conceituado por ter escrito os *Cânones*, obra que deu contornos gerais à história universal, traduzida para o latim pelo eminente São Jerônimo. É de Eusébio a *História Eclesiástica*, na qual vamos encontrar informações sobre a morte de Pilatos em sintonia com as informações de Públio Lentulus, mostradas em *Há 2000 Anos...* É dele também a informação de que Tibério soube tudo de Jesus por meio de Pilatos: os milagres, a ressurreição etc. E é dele a informação de que, nas escolas, as crianças tinham diariamente ensinamentos sobre Jesus e sobre os *Atos de Pilatos*, então já conhecidos e dos quais fazem parte a *Epístola Lentuli* e a *Physiognomia Christi*, ainda que tais ensinamentos tivessem sido deformados pelo imperador Maximino, que os moldara aos seus interesses.

Veremos também os escritos de Giovanni Damasceno (675-749 d.C.), figura santificada da Igreja grega do Oriente. Em sua *Epistola ad Theophilum Imperatorem*, endereçada ao imperador Teófilo, mostra a *Physiognomia Christi* nos moldes da *Epístola Lentuli*. Em seguida veremos o missionário jesuíta na Pérsia, Geronimo Xavier (1549-1617), em sua obra *History Christ*, que, ao falar da *Life of Christ*, conta que a *Physiognomia Christi*, nos moldes da *Epístola Lentuli*, já era conhecida antes do século VIII. Em outras palavras, Geronimo confirma séculos depois os informes de Damasceno, embora tivesse de amargar, em seu livro, o timbre de "obra espúria", dado pela Igreja na época em que a Inquisição corria solta, inibindo a todos com o seu poder de decisão sobre a vida e a morte.

Nesta obra vamos observar em detalhes todas essas passagens, no intuito de oferecer uma visão mais ampla da carta de Públio Lentulus e de tudo que envolve a sua veracidade e a sua historiografia. No final, vamos examinar o livro *Há 2000 Anos...*, do espírito Emmanuel, psicografado por Francisco Cândido Xavier, no qual se observa a vida de Públio Lentulus, bisneto de Lentulus Sura, quando esteve na antiga Palestina e conheceu Jesus. Vamos ver alguns lances desse encontro e a influência dele em sua vida, que acabou por transformar uma queda vertiginosa, durante a sua atividade na conjuração de Catilina, em vitória completa do espírito, verificada em encarnações posteriores.

Antes de finalizar é preciso dizer que não havia como realizar um trabalho dessa envergadura sem nos valermos dos testemunhos alheios, pois fazê-lo exclusivamente por meio dos espíritos, numa inquirição evocativa, de modo nenhum teria valor histórico. Por conseguinte, tivemos de nos valer dos documentos hoje disponíveis para montar a historiografia apresentada. Contudo, não nos furtamos o direito de obter dos espíritos informações para chegarmos a certos documentos capazes de compor a grafia histórica apresentada. Não obstante, se esse conjunto de fatores, em alguma parte do livro, hipoteticamente, chegou a deformar a verdade ou mostrá-la apenas sob determinado ângulo, não foi porque tivemos essa intenção; mas, talvez, porque os documentos já não mais existem para recuperação, deixando nosso trabalho restrito àquilo que pudemos encontrar, às informações que pudemos obter, às fontes que julgamos confiáveis e às nossas interpretações de pontos tidos como controversos.

Para finalizar, gostaria de dizer aos espiritistas que, no decorrer dos relatos da vida de Lentulus Sura, se poderá deduzir o motivo de o espírito Emmanuel, ao longo de sua extensa literatura — em particular quando escrevera sobre Paulo de Tarso—, nunca ter feito uma única menção ao nome de Erasto, companheiro de Paulo e membro da mesma doutrina. Sem dúvida, ao longo desta obra, examinando o passado de ambos no período anterior a Cristo, talvez se possa deduzir que Emmanuel, sabendo que o próprio Erasto poderia falar por si mesmo, preferiu silenciar, notadamente em *Paulo e Estevão*. Fiel ao seu princípio ético exemplar, de maneira acertada deixou ao contemporâneo da Roma de Cícero, ou a si mesmo em obra mais específica, a decisão de falar de um passado comum. Algumas anotações sobre o passado de ambos, obtidas por informes espirituais, poderão ser vistas em capítulo específico e deve-se refletir sobre elas. Por certo, as experiências milenárias de Emmanuel lhe indicaram que melhor seria não falar dos Catões e dos Cíceros da Antiguidade, pois eles próprios poderiam fazê-lo, aos espiritistas, no momento oportuno, irmanados no mesmo ideal cristão.

Pedro de Campos

1

LENTULUS, O "SURA"

Caro leitor, vamos de início observar os dados biográficos disponíveis e algumas informações gerais sobre Públio Cornelius Lentulus Sura[1], para nos capítulos seguintes entrarmos nos pormenores de sua vida. Lentulus Sura vinha da prestigiosa *gens* Cornélia, família patrícia das mais importantes da Roma Antiga, cuja procedência se perde no passado mais remoto da origem e formação da cidade. Essa *gens* romana data das primitivas organizações tribais, da época em que as habitações eram rústicas e situadas nas colinas desnudas de Roma, desde a época de Rômulo.

Dentre os vários clãs tribais de pastores e lavradores ali existentes, era rotina comum chamarem uns aos outros pela ocupação que tinham no dia a dia. Assim, nas colinas da Roma Antiga, os primeiros criadores de carneiro foram chamados de *Cornelius*, enquanto os plantadores de lentilha, surgidos ao longo do tempo, foram apelidados de *Lentulus*, sendo lavradores ágeis e indolentes no cultivo da terra.

Os Cornélios tinham no lar os seus próprios deuses, os seus cultos religiosos e as suas próprias tradições, as quais se transformaram em leis familiares, distinguindo-se das

---

1 As informações sobre ele estão embasadas em autores clássicos: Cícero – *Catilinárias III, IV, Filípicas II, Pró-Sila 25*; Salústio – *Conjuração de Catilina*; Plutarco – *Cícero 17*; Suetônio – *Júlio César*; Dion Cássio – *História Romana, XXXVII. 30-42, XLVI. 20*. (N.A.)

demais pela prática de enterrar os cadáveres, por exemplo, como alternativa ao antigo costume de cremar os mortos, um ato que a tudo consome e em que a memória do morto é apagada facilmente. O enterramento familiar exigia dos parentes a honra perpétua ao morto, como um deus de família, e que seus descendentes se reunissem no jazigo, em certo dia, para depositarem ali as suas oferendas.

Assim nasceram os deuses lares, ou seja, os protetores familiares, seres de luz própria cuja imagem era acesa em cada casario particular. O esquife do morto ilustre, por sua vez, devia ser saudado no túmulo e, com o tempo, essa prática gerou um centro de gravitação no qual a grande família, chamada *gens*, acrescida de clientes e servos, agrupava-se, formando um conjunto de indivíduos ligados entre si pelos laços da *gens*.

No decorrer dos séculos, como classe de comando nos vários períodos da história, a *gens* Cornélia se tornou das mais importantes e numerosas. E, na ocupação dos cargos públicos da magistratura, sobressaiu-se no posto de cônsul, tido como o mais elevado, o qual ocupou por 106 vezes, conforme registra a história, mais do que o fez qualquer outra família da Roma Antiga.

Ainda no período de reinado, os Cornélios se dividiram em vários ramos patrícios, juntando ao nome de sua *gens* outras denominações, como Lentulus, Clodianus, Cipião, Cetego, Dolabella, Sila, Cina e outros. Os ramos plebeus incorporados ao sobrenome foram poucos, como os Balbi e Marcelus, descendentes de escravos libertos.

Os Lentulus, em particular, constituíram uma das ramificações patrícias mais prósperas de Roma, formando famílias de grande participação e influência na vida política da cidade. Foi apenas durante o período da República que apareceram alguns Lentulus de origem plebeia, em razão dos libertos que adotaram o sobrenome de seus senhores, coligando as suas denominações ao clássico "Cornelius Lentulus", originário das primeiras famílias romanas.

Lentulus Sura era um homem de origem patrícia. A inclusão da palavra "Sura", em seu sobrenome, teve motivo político, assim como hoje alguns o fazem para agregar ao nome um apelido que se tornou popular. Após o serviço militar, ainda no início de sua carreira, por conveniência pessoal e pelo período de cinco anos, entre 86 e 82 a.C. (quatro anos a mais que o rotineiro), Lentulus serviu nas fileiras de Lúcio Cornelius Sila, até obter a sua questura.

Em 81 a.C., ano em que Roma tinha como cônsul Gneo Cornelius Dolabella, o patrício Sila foi nomeado ditador pelo Senado. Então colocou Lentulus como seu questor na Gália Cisalpina. Lentulus foi seu lugar-tenente, responsável pelo pagamento dos soldados e pelo levantamento dos espólios de guerra.

Após essa questura, Caio Cornelius Verres chamou Lentulus a juízo para prestar depoimento, acusando-o de ter gasto mal o dinheiro público. Julgado no Fórum conforme o regimento, acabou sendo absolvido. Nesse entremeio, numa sessão do Senado, Sila chamou Lentulus para explicar-se da tal acusação. Em plenário, ele saiu com a evasiva debochada de mostrar a sua perna (*sura*, em latim), justificando-se, assim, em gestos, como faziam os meninos de sua época, os quais, num jogo de *péla*, mostravam a perna machucada ao juiz e pediam a este para punir o adversário faltoso. Lentulus se dizia vítima da contingência, e foi absolvido da acusação.

Na realidade, enquanto questor, além de beneficiar a si próprio, beneficiara também os anseios de remuneração dos oficiais de Sila, prevalecendo-se de seu cargo, como faziam quase todos em sua época. Contudo, o episódio de mostrar a perna ganhou tanta notoriedade que lhe rendeu publicamente o cognome de "Sura", além de ter lhe conferido também grande popularidade e benefício eleitoreiro.

Lentulus, o "Sura", foi magistrado de Roma por várias vezes. Numa de suas magistraturas, foi acusado de extorsão, mas conseguiu ser absolvido por Marco Terêncio Varro. Em 75 a.C., é possível identificá-lo na história como pretor da

Úmbria, provavelmente em Hortenese, cidade cortada pela via Flamínia, e no ano seguinte, em 74 a.C., como governador da Sicília. Três anos depois, em 71 a.C., chegou ao posto mais cobiçado da política romana, sendo eleito cônsul.

Nessa época da República eram eleitos dois cônsules para atuarem na administração alternadamente, um a cada dia. E, como tinha de haver concordância entre os dois, cada qual tinha poder de veto sobre o outro, e assim exerciam o poder, em sintonia mútua. Tratava-se de uma precaução para evitar os abusos tidos em Roma no período de reinado (753-510 a.C.), em que apenas uma cabeça mandava, tomando decisões indevidas.

Como atribuições do cargo, o cônsul devia convocar o Senado, presidir a sessão, pedir ou dar a palavra aos senadores, cumprir as deliberações, comandar o exército, nomear seus oficiais, presidir as cerimônias públicas; além de, em época de guerra ou de calamidade pública, decretar a lei marcial, o estado de sítio e indicar o ditador – a ser referendado pelo Senado –, o qual, na emergência, teria poderes absolutos por um período de seis meses.

Para ocupar o cargo de cônsul, as leis da República exigiam a idade mínima de 40 anos para os patrícios e de 42 para os plebeus. Sura chegou ao consulado recebendo o título honorífico de "cônsul ancião", enquanto seu colega, também eleito, Gneo Aufídio Orestes, ficou com o título de "cônsul jovem", em razão de ser mais novo e de ter exercido menos magistraturas. Isso dava a Sura certa primazia.

O ano de nascimento de Lentulus Sura não é oficialmente conhecido. Mas, se considerarmos as leis da República que na época exigiam idade mínima para concorrer ao consulado, e tendo recebido, após ser eleito, o título honorífico de "cônsul ancião", podemos fazer alguns raciocínios para chegar ao ano aproximado de seu nascimento. Se considerarmos que, nas eleições de 72 a.C., Sura tinha no mínimo 40 anos, pois não poderia se candidatar se não tivesse no mínimo essa idade, podemos dizer que nascera antes de 112 a.C.

No mesmo mote de raciocínio, os patrícios ricos e de boa formação, após cumprirem os passos necessários para disputar o consulado, não demoravam a fazê-lo. Mas Sura tinha atrasado a sua trajetória política, por servir quatro anos a mais que o rotineiro nas fileiras de Sila. Portanto, acrescentados esses quatro anos ao cálculo de seu nascimento, feito sobre o ano calculado na disputa do consulado, chega-se a 116 a.C. Com certeza, Lentulus havia nascido entre 112-116 a.C. Em razão do título de "cônsul ancião", obtido por ele quando eleito, optamos por considerar o seu nascimento no ano mais antigo dentro da estimativa: 116 a.C.

No início de 70 a.C., após terminar seu consulado, Lentulus esperava receber um mandato lucrativo, exercendo o cargo de procônsul em alguma importante província senatorial, mas havia angariado tantos inimigos e recebido tantas acusações enquanto cônsul que os censores empossados naquele ano, Lúcio Gélio Publícola e Gneo Cornelius Lentulus Clodianus, o acusaram de levar vida infame e desregrada.

Em razão disso, ao receber o agravo do Senado, Lentulus foi considerado praticante de atos condenáveis do ponto de vista social e moral. Então, desacreditado de seus préstimos na vida política, perdeu a reputação e o cargo de senador que ocupava. Em outras palavras, foi cassado do direito de ocupar um assento no Senado, juntamente com outros 63 senadores, sendo expulso do colégio senatorial.

Nessa nova condição, se quisesse retornar ao Senado, deveria cumprir novamente uma extensa escalada de acesso, o chamado *cursus honorum*, ocupando cargos inferiores na administração e renovando-se no percurso, até chegar novamente ao topo e pleitear um cargo de hierarquia superior, como, por exemplo, procônsul (governador) em alguma província romana.

Mesmo decaído, Lentulus, que era um homem insistente, não desanimou. Prosseguiu em sua nova escalada e logo se fez questor novamente. Nesse cargo, tinha por atribuição o recebimento de impostos e multas, a venda dos despojos e dos prisioneiros de guerra, a cunhagem de moedas e os pagamentos em dinheiro da administração. Em caso de guerra, acompanhava o cônsul como seu lugar-tenente, substituindo-o em caso de doença, ferimento ou outra necessidade. Assim, como questor em exercício, Lentulus pôde ocupar novamente um assento no Senado.

Algum tempo depois, em meados de 64 a.C., ele se elevou ainda mais, sendo eleito pretor (juiz) urbano para o ano seguinte. Então, em 63 a.C., tomou posse de sua pretura, e voltou a ocupar um lugar de grande destaque na administração de Roma e no Senado da República, fazendo-se voz ativa dos destinos do povo.

Como pretor, embora subordinado hierarquicamente aos dois cônsules em exercício, encarregava-se de empregar a justiça, julgando os casos que lhe caíam nas mãos e promovendo a acusação de outros, chamando-os a juízo.

Em suma, recuperara-se em poucos anos, fazendo-se político astucioso e magistrado de contingência. Estava de novo na condição de disputar a primazia do poder. Mas, dessa vez, suas pretensões eram outras: além de chegar ao topo de comando, queria vingar-se dos inimigos, cuja maioria estava presente no Senado.

Envolto num emaranhado de ideias vingativas e ambiciosas, Lentulus Sura encontraria no cenário político de Roma a chance de transformá-las em realidade. Aderiu de corpo e alma a uma conspiração que estava sendo formada por Lúcio Sergius Catilina, a favor dos populares.

Seguiu determinado nesse propósito por alguns anos, acreditando, inclusive, num famigerado oráculo que previa três Cornélios subindo ao poder, em anos distintos, para comandar Roma. Segundo a previsão sibilina, ele seria o terceiro. Então se colocou dentro de uma luta irrefletida.

2
GUERRA, POLÍTICA E VIDA PARTICULAR

Em meados de 72 a.C., Públio Cornelius Lentulus, o "Sura", fora eleito cônsul para o ano seguinte. Durante o processo eleitoral, Roma vivenciava uma revolta de escravos sem precedentes, surgida de modo inesperado.

Spartacus, um gladiador nascido na Trácia, nordeste da Grécia, fora aprisionado em sua terra e sofrera injustiças numa escola de gladiadores em Cápua, sul da Itália, cujo proprietário era o liberto Gneo Cornelius Lentulus Batiatus, um dos 10 mil jovens libertos por Lúcio Cornelius Sila após a desmobilização de seu exército. Depois, quase todos esses libertos adotaram o nome "Cornelius", por gratidão a Sila, inclusive o instrutor Batiatus.

Spartacus, por sua vez, era homem dotado de grande força corporal, hábil com as armas e de coragem extraordinária. Iniciara sua revolta com 200 gladiadores, mas somente 74 deles conseguiram escapar, usando armas simples como facas, espetos e cassetetes. A guarda local, chamada para conter a fúria dos revoltosos, fora impotente para resolver a questão. Mas Roma estava disposta a acabar com o movimento e enviou 3 mil homens para neutralizar a rebelião. Sabendo disso, os revoltosos se refugiaram nas encostas do monte Vesúvio, à espera.

Para o pretor romano em operação, o melhor seria isolar os revoltosos nas escarpas do Vesúvio. Ele, então, fechou a única saída do monte e esperava que a fome e a sede fizessem seu trabalho. Porém, à noite, usando cordas, Spartacus descera com os melhores homens e atacara de surpresa. Os guardas, despreparados, vendo aqueles gladiadores treinados para matar, e acostumados a ver seus feitos na arena, fugiram em disparada, deixando na pressa todas as armas.

Spartacus haveria de tirar o melhor proveito da situação, fortalecendo todos os seus homens com as armas apreendidas. Sentindo-se mais confiante, deslocou-se para o norte da Itália, querendo alcançar os Alpes.

Para sua surpresa, por onde passava os escravos abandonavam as suas fazendas para segui-lo. Depois de atravessar os campos centrais da Itália, seu contingente já formava um verdadeiro exército. No início de 72 a.C., dispunha de 100 mil homens.

Em Roma, a campanha política de meados desse ano prometia acabar com a rebelião e promover uma transição social para melhor – não muito clara, é verdade, mas capaz de favorecer os pobres e restituir ao campo os escravos fugidos das fazendas.

Lentulus Sura, por sua vez, dono de grandes propriedades e senhor de escravos, reunira todos os seus empregados, toda a sua clientela e os seus aliados políticos para a campanha eleitoral daquele ano. Já havia percorrido todos os passos obrigatórios, conhecidos como *cursus honorum*, para concorrer ao cargo de cônsul – estava disposto a fazê-lo.

Após uma campanha acirrada, cheia de propostas políticas eleitoreiras, Lentulus Sura vencera o pleito e fora eleito com honras. A posse, segundo a lei, era feita em 1º de janeiro do ano seguinte (no caso, 71 a.C.), para o mandato de um ano.

Enquanto o processo eleitoral acontecia, ao norte de Roma, região central da Itália, os cônsules daquele ano, Lúcio Gelius Publícola e Gneo Cornelius Lentulus Clodiano, lutavam, exigidos pelo Senado para sufocar a rebelião de Spartacus.

De início, os cônsules planejaram atacar cada qual uma frente de revoltosos, para não deixá-los escapar para além dos Alpes. Os generais de Roma sabiam que o plano de

Spartacus era atravessar os Alpes e chegar à Gália, seguindo depois para a Trácia, sua terra natal, e ali treinar seu exército para futuras incursões. Por isso, enquanto Publícola permanecia mais ao sul e, no Monte Galgano, na Apúlia, vencera os 20 mil escravos chefiados por Crixo, o lugar-tenente de Spartacus, Lentulus Clodiano tentava interceptar o principal contingente rebelde, mais ao norte, num terreno que se mostrava de difícil acesso.

Após algumas manobras arriscadas, usando todo o seu contingente, Clodiano conseguiu finalmente circundar Spartacus. Mas aconteceu o pior: ao ser atacado, os rebeldes conseguiram superar todos os seus capitães, além de tomarem todas as suas armas pesadas, que na fuga alucinante foram deixadas para trás. Assim, Spartacus armou terrivelmente o seu exército, fazendo-se mais forte do que nunca.

Façamos aqui uma pausa para dizer que o exército de Lentulus Clodiano, durante alguns meses, permaneceu num local próximo à sua derrota. Salústio, autor da época, fala que Clodiano ficara nas elevações próximas a um vale. Contudo, após muita pesquisa, a localização exata foi dada somente em épocas mais recentes, pelo historiador Domenico Cini[1]. Ele conta que a batalha fora travada num monte tosco-emiliano dos Apeninos, entre Pistoia e Bolonha, no *Valle de Lenta*, antiga denominação do hoje chamado Vale de Lêntula, e explica:

> Estando Lentulus situado não muito longe do ponto mais alto do monte, lugar onde fora derrotado por Spartacus, avistava-se daí o Vale de Lêntula, assim chamado por Lentulus.

Hoje, as tradições orais de antigos moradores do local, passadas de geração a geração desde a Antiguidade, contam

---

1 CINI, Domenico. Osservazione storiche sopra l'antico stato della montagna pistoiese con un discorso sopra l'origine di Pistoia del capitano Domenico Cini... Dedicate all'illustrissimo sig. marchese Carlo Rinuccini. Firenze: SAR, 1737, p. 147. Disponível na Biblioteca Nazionale Centrale di Firenze. (N.A.)

que um cônsul romano ficara acampado ali. A pequena vila de Lêntula[2] é hoje uma estância hidromineral, cortada pelo rio Limentra, com apenas algumas casas, pouco distante de Pistoia, a meio caminho da estrada Pistoia-Riola.

Sabe-se, também, que as terras da região pertenceram aos veteranos de Sila, de cujo exército fizera parte Lentulus Sura, quando questor na Gália Cisalpina, em 81 a.C. Inclusive, há na região uma vila chamada Sila, poucos quilômetros a noroeste de Lêntula.

Catilina, por sua vez, após alguns anos da derrota de Lentulus Clodiano, mais exatamente em 63 a.C., esteve nessa região por informação de Sura, onde formou seu exército com a pretensão de invadir Roma.

Com certeza, as terras onde Lentulus Clodiano ficara sitiado não eram as de sua propriedade, mas sugestivamente as de Lentulus Sura, que, na época, havia sido eleito cônsul e fazia pressão no Senado para Clodiano vencer a batalha.

Pouco depois, teria sido essa uma das razões de Clodiano (então no cargo de censor e dotado dos poderes que lhe conferiram o posto) para acusar Sura de espoliar terras contra os interesses da República, crime que culminaria em sua cassação do Senado.

Hoje o Vale de Lêntula é um belíssimo recanto turístico, mas sem a expressão de Pistoia. Parece certo que nessa região da Toscana ficavam algumas propriedades de Lentulus Sura. Quase uma centena de anos mais tarde, Públio Cornelius Lentulus haveria de comentar com seu amigo, Flamínio Severus, num diálogo reproduzido em *Há 2000 Anos...*[3], sobre uma imagem de cera, escultura antiga de Lentulus Sura, seu bisavô paterno, enquanto Flamínio se prontificava a administrar as suas propriedades durante sua estada na Judeia. Tais propriedades, em outras localidades, não são desconhecidas, sendo algumas delas também citadas no livro *Há 2000 Anos...*, mas não se descarta que as terras de Lêntula fizessem parte de suas propriedades, já que Sura servira no

---
2 BATTISTINI, Laura. *Lentula*, p. 33, 68. (N.A.)
3 XAVIER, Francisco C. *Há 2000 Anos...* 1ª parte, cap. 1. (N.A.)

exército de Sila e fora responsável pelos despojos de guerra. Muitos dos veteranos de Sila permaneceram naquela região após a campanha vitoriosa.

⁓

Retomando a nossa narrativa principal, enquanto Clodiano ficara no Vale de Lêntula com seu exército, em Roma, Lentulus Sura, dono de muitas propriedades, empenhava-se em favor dessa luta depois de, como outros, ter perdido escravos. Em benefício próprio, considerava que os cidadãos da República não poderiam suportar as perdas de uma derrota.

Clodiano, sitiado e sem saber a verdadeira condição de seu adversário, ficara nas elevações do vale esperando a ajuda de Publícola e por novas ações do Senado.

Enquanto isso, Sura, em Roma, já tendo assegurado seu posto de cônsul para o ano seguinte, passara a criticar os perdedores com veemência, colocando todo seu poder político contra os dois cônsules derrotados e fazendo-se inimigo de ambos. Contudo, não contara que Gneo Pompeu Magno, cujo prestígio era grande em Roma, opondo-se a Marco Licínio Crasso, haveria de realizar importante manobra política alguns meses depois, usando para isso os dois cônsules perdedores. Por conseguinte, Pompeu haveria de neutralizar todas as pretensões políticas de Sura.

No ano seguinte, em 1º de janeiro de 71 a.C., ao tomar posse do consulado, podendo agora articular melhor no Senado, Sura faria de tudo para colocar Crasso, dono da maior fortuna de Roma, à frente do exército, em detrimento dos partidários de Pompeu, com a missão específica de derrotar Spartacus.

Crasso não se fez de rogado. Dispondo de muito dinheiro, mobilizou poderosa força militar e com sua competência arrasou o foco principal da rebelião. Na batalha em Lacânia, aprisionou 6 mil escravos, e ao longo dos 200 quilômetros da Via Ápia, desde Cápua, perto de Nápoles, até Roma, crucificou todos para desencorajar novas rebeliões.

Enquanto isso, Pompeu, ao vir da Espanha, deslocou parte de seu exército para prender os escravos desertores nas imediações dos Alpes. Com tal manobra, retirava de Crasso o privilégio de uma vitória completa.

Roma, apesar de se ver livre do perigo dos escravos, ficara agora em meio a dois exércitos cujos comandantes divergiam entre si. Às portas de Roma, as duas forças militares acamparam. Nem Pompeu nem Crasso fizeram a desmobilização de seus exércitos.

Pompeu, devidamente assessorado, logo apresentou sua candidatura ao Senado. Crasso, ao saber disso, em oposição, fez o mesmo. Ambos estavam fora do prazo de inscrição. Mas o Senado, querendo apaziguar os ânimos, influenciado pelo cônsul Lentulus Sura e por contingências da situação, considerou que ambos lutavam em favor da República e aceitou as candidaturas.

Quase sem esforço, nas eleições de 71 a.C., ambos foram eleitos cônsules para o exercício do ano seguinte, de 70 a.C. Durante a posse, por acordo mútuo, cada qual desmobilizou seu exército, numa verdadeira festa popular.

Lentulus Sura, contudo, ao terminar seu mandato de cônsul, apenas iniciava sua derrocada, carregando sobre si a carga de sérias acusações judiciais e o peso de inimigos influentes, aliados de Pompeu, os quais desejavam sua ruína.

De fato, os generais Clodiano e Publícola, cônsules derrotados por Spartacus, agora na vida política apoiados por Cícero e Pompeu – mais por se oporem ao afortunado Crasso do que pela capacidade deles próprios –, eleitos censores para o ano de 70 a.C., haveriam de aplicar em Sura o estigma da desonra.

Clodiano, em sintonia com as reformas pretendidas por Pompeu, agora com o poder que o cargo lhe outorgava, haveria de afrontar decisivamente os interesses de Sura.

Na época retratada, os censores eram eleitos entre os ex--cônsules da República. E tanto Clodiano como Publícola não tiveram dificuldade para vencer o pleito, o qual ocorria a cada cinco anos e conferia mandato de 18 meses para ambos os censores fazerem a reforma em Roma.

Do ponto de vista político, a tarefa mais relevante dos censores era elaborar a lista senatorial, composta de 600 membros. A antiga lei de Ovínio expressava que, sob juramento, os censores deveriam escolher para o Senado os melhores magistrados de todas as categorias, incluindo também os ex-magistrados. Dentre esses, estavam: edis, questores, tribunos, pretores, cônsules, censores, ditadores, decênviros, triúnviros, regentes etc.

Embora sob juramento, a escolha era tarefa arbitrária dos censores, cujos interesses partidários poderiam prevalecer. Para diminuir a arbitrariedade, havia algumas regras a serem seguidas, como escolher os senadores a partir de uma lista atualizada de cidadãos, de um *census* realizado a cada cinco anos, com o nome de cada cidadão, seu grau de parentesco com os magistrados, vínculo de clientela, idade, bens próprios, atividades, ganhos etc.

Assim, os censores podiam dividir o povo por categoria, riqueza e vinculação com a *gens*. Além de, conforme os costumes, anotar as faltas morais (*cura morum*) de cada cidadão não dispostas em leis – por exemplo desrespeito aos pais, às crianças e à sociedade, pela luxúria, pelos desvarios etc. –, impondo a ele penalidades.

Com tal recenseamento, tanto a tributação como as penalidades poderiam ser feitas em base factual. Os censores podiam emitir éditos especiais com força de lei, punir os cidadãos faltosos, atribuir impostos extraordinários, transferir para esta ou aquela localidade qualquer pessoa, impor o estigma da desonra e alijar o cidadão de sua atividade pública, culminando, por fim, após todos os exames, por compor a lista senatorial.

Foi durante esse trabalho, entre abril e maio de 70 a.C., que Lentulus Sura fora reprovado e tivera cassado seu direito de senador. Sem dúvida, era um ato político. E, junto com ele, foram destituídos outros 63 senadores que em anos passados tinham sido protegidos por Sila, configurando assim a perseguição política.

Mas, caso Sura mantivesse as suas aspirações políticas, deveria recomeçar seu *cursus honorum,* fazer uma nova escalada, vindo de baixo para obter o direito de voltar ao Senado.

Júlia Antónia era de ilustre família patrícia, das mais antigas de Roma. Era filha de Fúlvia e do cônsul Lúcio Júlio César, primo daquele que, alguns anos mais tarde, haveria de dar início à queda da República, fazendo-se ditador: Caio Júlio César (amigo de Lentulus Sura). Júlia era prima de César em segundo grau.

Ainda jovem, Júlia se casou com Marco Antônio Crético, filho de renomado orador do Senado. Com ele, tivera quatro filhos: Marco Antônio, o mais velho, nascera em Roma, a 14 de janeiro de 83 a.C., tornando-se depois triúnviro de Roma; Caio Antônio, nascido em 82 a.C., seria vigoroso comandante militar e político da República, tendo ocupado o posto de pretor em 44 a.C.; Lúcio Antônio, o filho mais jovem, nascido em 81 a.C., haveria de ser o braço forte de Marco Antônio durante o Segundo Triunvirato, tendo chegado ao posto de cônsul em 41 a.C.; e também uma filha, Antónia, mais tarde esposa de Públio Vatínio, cônsul em 47 a.C.

Crético, por sua vez, após terminar o mandato de pretor, recebera o comando da frota romana no Mar Mediterrâneo, em 74 a.C., com a incumbência de defender a costa contra os piratas e sustentar o exército romano de Lúculo na terceira guerra contra Mitrídates, rei do Ponto. No ano de 71 a.C., durante o consulado de Lentulus Sura, Crético foi morto pelos piratas na ilha de Creta.

Júlia, então viúva com os quatro filhos pequenos e dona de bens consideráveis, sentiu necessidade de se casar novamente. Como mulher politizada e atuante na sociedade romana, já conhecia Lentulus Sura, mais velho que ela alguns anos, e tinha por ele uma indefinível atração de espírito desde muito jovem.

Em 70 a.C., após deixar o consulado e ser cassado no Senado, Sura estava com baixa estima e ressentia-se da falta de uma nova companheira. Nesse tempo, os laços entre os dois se estreitaram, culminando no casamento. O amor que sentiam culminava agora em convivência de marido e mulher, em termos legítimos e legais. Casado então com Júlia, ele estava disposto a voltar ao Senado.

Durante a República, os cargos honoríficos eram incompatíveis com os estipêndios de ganho. Por isso, os ocupantes de funções políticas não eram remunerados pelo Estado. Considerava-se, na dialética política, que trabalhar em favor do povo era motivo de satisfação e orgulho. Na verdade, tratava-se da maior de todas as hipocrisias. Os cidadãos de posse eram sempre os grandes beneficiados. Todas as benesses oriundas da dominação eram obtidas no desempenho de cargos públicos eletivos.

Sura não demorou a ser eleito. Obteve o cargo de questor. Tratava-se do mais baixo grau da política romana, função ocupada por quem está apenas começando a carreira. Mas ele tinha de recomeçar o seu *cursus honorum* e estava disposto a isso, motivado pelo casamento. Além de que, com a sua experiência, a função poderia ser muito lucrativa, tendo a vantagem legal de inseri-lo novamente no Senado.

Para Sura, não importavam os trabalhos a executar, pois já os conhecia bem. Interessava mais estar próximo aos comandos militares e, como questor urbano, teria residência em Roma, administraria o Tesouro do Estado, guardado no templo de Saturno, e seria responsável por todos os pagamentos feitos na cidade. Os soldos dos pretorianos e alguns despojos de guerra passariam agora por suas mãos. Para ele, a chance de recompor-se na vida havia chegado, em todos os sentidos.

No campo da crença pessoal, quase todos os adeptos do paganismo acreditavam em oráculos. Acreditava-se que os oráculos eram respostas dadas pelos deuses. Tal crença, trazida para os dias atuais, seria o contato com espíritos imperfeitos, interessados apenas nas coisas materiais. As sibilas consultavam os espíritos para saber as ocorrências do passado, as coisas importantes do presente e as previsões para o futuro.

Lentulus Sura estava interessado particularmente em ter indicações sobre o seu futuro. Ele sabia que o trabalho profético das sibilas houvera adquirido desde o passado remoto na Grécia e nos países do Oriente Médio um significado especial. A prática exigia intensos rituais para invocar divindades e receber respostas.

Em Roma, os oráculos estavam à disposição de todos e eram levados muito a sério. O estranho poder das sibilas, tidas como inspiradas pelo deus Apolo, fazia quase todos os políticos consultá-las nas situações adversas. Sura não era diferente, interessava-se pelos oráculos.

Na Itália, a lenda dizia que a principal adivinha houvera sido a Sibila de Cumas, num tempo distanciado, meio milênio antes da Era Cristã. Todos os seus poderes diziam vir de Apolo, que lhe dava acesso ao mundo dos mortos e dos deuses, inspirando-lhe nas profecias.

Conforme a lenda, a tal sibila era, no início, uma mulher bonita cujos poderes traziam benefícios. Em razão de seus atos, o deus Apolo lhe prometera a realização de um grande desejo pessoal. Então, como ela vivia de modo agradável, sem qualquer problema e cheia de bens materiais, tomou um punhado de areia e pediu ao deus para viver tantos anos quanto os grãos de areia que tinha na mão, mas se esqueceu de pedir também a eterna juventude. Não contava com o tempo, que tudo coloca no seu devido lugar. Então, consumida pouco a pouco, tornou-se a mais feia das mulheres, embora conservasse os mesmos poderes. Até que, após nove vidas com aparência centenária, todos os grãos de areia foram embora e ela desencarnou, desligando-se das antigas pretensões.

A lenda dizia também que a Sibila de Cumas, em uma de suas vidas, oferecera ao rei Tarquínio, o Soberbo, nove livros proféticos, a bom preço. Mas o rei não quis pagar o preço oferecido. Ela então queimou três e ofereceu os seis restantes pelo mesmo preço. Mas o monarca rejeitou novamente e ela queimou mais três, oferecendo os três últimos pelo preço dos nove. Então, com receio de que a Sibila queimasse todos os livros, o rei pagou o preço integral e colocou os três livros restantes no templo de Júpiter Capitolino, para consulta em situações especiais.

De início, os livros se tornaram tão preciosos que o Senado ficou responsável por eles, concedendo acesso apenas aos magistrados para consulta sobre questões de Estado; depois, no correr do tempo, a consulta foi liberada a todos os cidadãos, exercendo grande influência religiosa sobre Roma.

Lentulus Sura conhecia tais livros. Mas, no ano de 83 a.C., os originais dos chamados *Livros Sibilinos* foram destruídos no incêndio do templo de Júpiter. Em sua época, esses livros eram tão famosos que, após o fogo, algumas cópias foram requisitadas pelo Estado e colocadas de novo na biblioteca, continuando a exercer grande influência na classe política, durante a República e no período imperial.

Os livros ficaram na biblioteca de Júpiter Capitolino até o ano 405 da Era Cristã, quando novamente o edifício foi destruído pelo fogo. Nessa época, em Roma, a Igreja, então oficializada, não teve interesse em reproduzi-los, e eles se perderam em definitivo. Hoje, os relatos contam que neles havia também uma profecia sobre Cristo, mais isso jamais pôde ser confirmado.

O patrício Lentulus Sura, após terminar seu mandato de questor, faria um esforço alucinado para voltar novamente ao ápice do poder romano. E, acreditando piamente nas profecias sibilinas, consultou a Sibila Etrusca, tendo obtido dela uma previsão considerada de valor inestimável para ele.

O embuste dava conta de que, a exemplo dos três livros sibilinos, haveria em Roma três Cornelius subindo ao poder. A imagem mostrada era: CCC. Dois deles já tinham cumprido os seus mandatos: *Cornelius* Cina e *Cornelius* Sila. Agora, faltava apenas um. Em razão disso, enganado pela sibila, *Cornelius* Lentulus Sura saiu da fatídica consulta certo de que o terceiro mandatário seria ele. Teve início aí uma crença nefasta, que levaria Lentulus ao decaimento, em vez da vitória que tanto almejara de modo impróprio.

3
URDINDO A CONJURAÇÃO

Há uma máxima que diz: "Diga-me com quem andas que te direi quem és". De modo geral, ela representa a observação criteriosa das mães, quando querem saber o que os filhos estariam fazendo longe de seus olhos. Os pais sabem que as amizades influenciam e refletem os gostos, as ideias e os comportamentos, numa influência mútua entre as pessoas. Uma lógica interior os faz considerar que o estudante anda com quem estuda, o ideólogo com os membros do partido e o jogador com outros jogadores. Por serem o bem e o mal dois fatores contagiosos, é melhor ter boas amizades do que o contrário.

Quais foram as amizades de Lentulus Sura? Informações vindas de meio século antes da Era Cristã dão conta de algumas delas, como também de alguns de seus atos e condutas. Sabemos quem foram os seus companheiros de ideal e o que realizaram. Um deles fora Catilina, senador romano e chefe de importante trama para derrubar a República. Lentulus compartilhava os seus ideais políticos e as suas ações para concretizar as ideias, visando a tomada do poder.

Se as literaturas remanescentes da Antiguidade pouco informam de Sura, o mesmo não se pode dizer de Catilina, cujos relatos são fartos. Estudando a participação de ambos na trama a qual arquitetaram e os reflexos em suas vidas, podemos ter uma ideia, com base na máxima já citada, de quem foi Lentulus Sura, encarnação do espírito Emmanuel naquela sua descuidada passagem terrena. Esse estudo pode ser feito aqui com as informações de Caio Salústio Crispo.

Na época da conjuração, Salústio era um jovem de 23 anos, moço de boa cultura, tipo que em seus escritos recomendava aos outros fazer o que ele dizia, mas ele próprio não era de fazer o que preceituava. Foi contemporâneo de Lentulus e inteirou-se bem da trama e da participação de cada conjurado, podendo falar deles com propriedade. Cerca de 15 anos depois, Salústio relataria as suas observações em *De Coniuratione Catilinae*[1], obra que chegou até nossos dias.

Com Salústio, e ainda com outros escritores da época, a visão histórica se faz mais precisa. Como amigo de Caio Júlio César (e este, amigo de Lentulus Sura), Salústio seria o autor com menor interesse político em atacar Sura. Em seus relatos, fica realçado o caráter de Lentulus, podendo observar-se os feitos e os débitos contraídos por esse espírito que, em encarnações futuras, haveria de experimentar na carne o mesmo fel que reservara a seus opositores, para, com isso, renovar as próprias ideias em busca de sua redenção. Portanto, necessário se faz aqui seguir com Salústio, examinando a sua obra, *Conjuração de Catilina*, para vermos aquelas ocorrências de perto, com a força viva da história.

Segundo Salústio, todo homem que deseja exceder os animais deve empenhar-se para não passar a vida no esquecimento, tal como os brutos, os quais a natureza fez debruçar sobre a terra, sem planejar a vida, sem realização e escravos dos próprios apetites. A força do homem está na alma e no corpo; mas, enquanto a alma impera, o corpo lhe obedece e serve. Pela alma, o homem assemelha-se aos deuses, e,

---

1 A versão do latim aqui apresentada teve como base as traduções de Fialho Mendonça e de Barreto Feio (citados na *Bibliografia*), adicionando-se alguns dados de autores clássicos para melhor entendimento de certas passagens e na pretensão de termos um estudo da vida de Lentulus Sura mais completo e fidedigno possível. (N.A.)

pelo corpo, aos brutos. Por isso, Salústio fala que melhor seria granjear a glória cultivando mais as faculdades da alma que as do corpo. A vida desfrutada na Terra é tão curta que, para perpetuar nela a memória de nós mesmos, apenas a riqueza material e a beleza do corpo seriam insuficientes, pois são glórias frágeis e passageiras. Apenas os dotes do espírito podem dar a glória fulgurante e imortal.

Não obstante, o homem comum questiona se o sucesso da guerra depende mais das forças da alma que das do corpo. Contudo, ele sabe que antes de empreender a guerra é imperioso refletir com a alma; e, depois de pensar muito, necessário se faz executar a contenda de modo engenhoso. Assim, cada uma das forças, tanto a do corpo quanto a da alma, insuficientes quando isoladas, se auxiliam mutuamente e se fazem fortes.

Por esta razão, no princípio, os reis (primeiro nome dado aos soberanos no mundo), divergindo entre si, dividiram-se entre os que cultivavam as faculdades da alma e as do corpo. Isso ocorreu numa época em que os homens passavam pela vida sem ambição, contentando-se cada qual com o que era seu. Mas, depois que Ciro, na Ásia, e os lacedemônios, na Grécia, começaram a subjugar as cidades e as nações, quando passaram a ter como causa da guerra a ambição de governar os povos e a julgar que a glória maior estava em expandir o Império, finalmente, a experiência e a prática lhes ensinaram que o talento engenhoso valia muito na guerra.

A observação ensina ao homem que, se na paz os reis e os generais governassem com a mesma aplicação e prudência com que o fazem na guerra, haveria em seus Estados mais igualdade e longevidade. Por certo, não haveria em tudo apenas transtorno, confusão e mudanças, pois os governos se conservam longamente pelas mesmas artes e pelos mesmos regimes com que os Impérios são formados. Porém, se em lugar do trabalho, da sobriedade e da justiça brotam a ociosidade, a devassidão e o despotismo, então a fortuna muda de mãos e os costumes se alteram. Invariavelmente, o governo sempre passa do menos hábil para o mais hábil. Enfim, a agricultura, a navegação, a edilidade e tudo o mais sempre obedecem a força de um espírito mais instruído.

Muitos homens no mundo se entregam apenas às coisas banais, como à gula, à indolência e à grosseria, passando a viver de modo alienado. Assim, imersos numa falta de virtudes e vivendo contra aquilo que lhes seria natural, o corpo lhes serve apenas de prazer e a alma, de peso. A vida e a morte nada lhes altera o íntimo, nenhum crédito lhes é dado em conta, e nem deles se ouve falar depois da morte. De fato, só vive com a alma aquele que se ocupa das coisas dignas, legando à posteridade uma boa imagem de si próprio, marcada por ações notáveis de qualquer gênero. Porém, numa variedade tão grande de ocupações no mundo, a própria natureza se encarrega de apontar para cada homem uma estrada diversa, para cada qual percorrer o seu caminho.

Na senda de cada indivíduo, sem dúvida, é brilhante servir à República e ter para si o mérito da oratória. O bom orador transmite emoções e sabedoria. E seja na calma dos tempos de paz como na agitação dos da guerra é possível para ele realizar grandes feitos e adquirir boa fama.

De igual modo, quem escreve pode ser imortalizado. E, mesmo que o escritor não alcance a glória dos heróis por ele descritos, ainda assim pode ter os seus momentos de glória e ser imortalizado, como Salústio.

Em seu tempo, ele considerava tarefa árdua escrever sobre a vida alheia. E isso se deve a três motivos: primeiro porque as palavras devem corresponder aos fatos; segundo porque, se o escritor ressalta muito as falhas do personagem descrito, o herói deixa de ser herói e alguns leitores atribuem isso ao ressentimento do escritor, quando não à sua malevolência e repreensão excessiva das falhas do herói; terceiro porque, quando são narradas as virtudes e as façanhas dos grandes homens, o leitor, de bom grado, acredita naquilo que julga factível e tudo o mais acaba sendo ficção ou coisa falsa para ele.

Salústio, na sua mocidade, assim como outros, passou de

estudante para uma vida de trabalho em cargo público, onde experimentou muitos reveses. Nesse trabalho, em lugar da modéstia, do desinteresse e do merecimento que aprendera na escola, encontrou a audácia, o suborno e a mesquinhez. Ainda que sua alma não fosse habituada a essas malícias e que desprezasse esses e outros vícios, via-se envolvido por eles ainda jovem e inexperiente, mas tentado pela mesma ambição de tantos outros. Se nunca houvera abraçado a perversidade de costumes daqueles com quem trabalhava, sentira ao menos a mesma ambição dos demais, sendo alvo de ataques, de inveja e da opinião pública contrária.

Cansado desse ambiente, assim que seu espírito pôde repousar dessas misérias humanas e dos perigos do corpo, consentiu a si mesmo passar o resto da vida longe dos negócios públicos. Segundo ele, não fora sua intenção desfrutar desse precioso descanso imerso na indolência e na ociosidade, nem se entreter com ocupações meramente manuais, tais como: cuidar do jardim ou distrair-se nas caçadas. Porém, quando pôde voltar aos estudos, dos quais uma ambição inconveniente o havia afastado, determinou-se a escrever certas passagens da história de Roma que lhe pareciam mais dignas de memória.

Procurou, então, selecionar todo o material que pôde, e, no caso da Conjuração de Catilina, foi encontrá-lo nos escritos de homens proeminentes como Cícero, Caio Júlio César e Catão, o Jovem, além dos vários depoimentos de quem havia participado dos fatos. Deu mostras de não apenas ter juntado os relatos, mas entendido os vários aspectos da vida humana e a sua relação no contexto da sociedade. Em suma, quando decidiu escrever, legou ao mundo importante parte da história de Roma.

Sem dúvida, escrever foi melhor para ele, pois a sua alma pôde se ver liberta das falsas esperanças, dos medos e dos sentimentos mesquinhos. Nesse estado de espírito, com a maior veracidade possível determinou-se a resumir os fatos da Conjuração de Catilina, onde vamos encontrar, também, a figura do pretor Lentulus Sura, chefe dos conjurados em Roma.

Em sua opinião, esse acontecimento era dos mais memoráveis, tanto pela novidade do delito intentado em Roma quanto pelo perigo que envolveu a todos na urbe. Porém, antes de começar os relatos, cuidou de falar dos costumes do líder da conjuração, Lúcio Sergius Catilina, sobre cuja vida privada muito nos interessa saber, pois influenciou por demais todos os seus seguidores, incluindo Lentulus Sura.

⁓

Catilina descendia de família nobre, fora homem dotado de força corporal e de personalidade forte, mas de caráter mau e depravado. Desde os primeiros anos gostava das guerras intestinas, das mortes, dos roubos e das discórdias civis. Foi assim que passou sua mocidade. Seu corpo resistente podia suportar de modo incrível a fome, o frio e as longas vigílias. Tinha o espírito atrevido, inconstante e manhoso. Era fingido e dissimulado em suas ações, sempre ávido do alheio e pródigo com o seu. Homem de paixões violentas, era eloquente no falar, mas de pouco saber. Seu gênio vasto e ambicioso buscava sempre as coisas de alta posição, descomedidas e incríveis.

Depois do governo tirânico de Lúcio Cornelius Sila, deixou-se possuir por um ardente desejo de tomar o poder e tiranizar a República; e, como julgava conseguir isso com certa facilidade, nada lhe importavam os meios. A cada dia, mais e mais, sua alma feroz agitava os pobres e causava aflição aos ricos, dois males da sociedade que ele havia potencializado com as suas qualidades de agitador. Além disso, estimulava-o a corrupção dos costumes de Roma, intensificada por dois vícios péssimos e opostos entre si de que era portador: o luxo e a mediocridade.

A ocasião levou Salústio a falar em sua obra também sobre os costumes de Roma. Então, debruçando-se sobre esse tema, falou em breves palavras das instituições erguidas por romanos veneráveis, antepassados de sua geração. Explicou qual fora o governo exercido na paz e na guerra, em que patamar a República fora deixada e como ela, de modo insensível, degenerou de sua condição ótima e pura para outra considerada péssima e depravada.

Explicou em seus escritos que os troianos, fugidos após a guerra perdida, capitaneados então por Eneias, depois de vagar por diversos lugares se estabeleceram e foram os primeiros a habitar Roma. A eles se juntaram os aborígenes, homens selvagens, sem leis, sem governo, livres e independentes. Vivendo, então, dentro dos mesmos muros, com incrível facilidade uniam-se uns aos outros, em casamento, mesmo sendo diferentes, com línguas e costumes diferentes. Assim, não granjearam muito a consideração de outros povos civilizados das redondezas. Porém, depois que os povos vizinhos viram aqueles romanos crescerem e ficarem fortes e prósperos, dotados de grande população, de bons costumes e com território vasto, a opulência lhes causou inveja, como de ordinário é comum suceder entre os homens.

Então, os reis e os povos vizinhos, cheios de ambição, se puseram em guerra contra eles. Nas lutas, os romanos tiveram pouca ajuda de outros povos, os quais, com medo, não quiseram se envolver nos perigos. Os romanos, porém, tanto dentro da Pátria quanto fora dela, não pouparam vigílias, trabalhos e preparativos para aumento da sua segurança. Animavam-se mutuamente, corriam por toda parte e resistiam aos inimigos empunhando as armas, defendendo a liberdade e o seu território. Depois de afastar o perigo com grande valor, puseram-se a auxiliar os amigos e aliados, granjeando novas alianças e auxiliando mais os outros do que recebendo favores para si mesmos.

Naquele início, seu governo constitucional era monárquico; porém, nos negócios públicos, era comum consultar um conselho de homens, cujo corpo os anos haviam enfraquecido, mas cuja sabedoria houvera fortificado o espírito. Estes, pela idade ou pela semelhança dos cuidados paternos, eram chamados *Paires* (Padres).

Depois, quando a autoridade real instituída para conservação da liberdade e da expansão do Estado se converteu em orgulho e tirania, a Lei Magna foi então mudada. Criaram-se assim dois chefes, ambos com jurisdição anual. Pensou-se que desse modo o poder arbitrário e o despotismo não mais entrariam no coração de Roma. Foi então que os principais do povo começaram a sobressair-se e a patentear mais e mais os seus talentos. Antes, isso não ocorria porque para os chefes tiranos os homens hábeis são mais suspeitos do que os ineptos, e o merecimento alheio sempre os assustava. Depois dessa providência, parece mesmo incrível como Roma cresceu rapidamente com a restauração da liberdade, pois o povo passou a ter um sentimento universal de amor à glória.

Naquela época recuada, a juventude romana, em idade de empunhar armas, logo aprendia a arte da guerra, com trabalhos e exercícios especiais. A juventude era mais apaixonada pelas belas armas e por cavalos guerreiros do que por banquetes e lupanares. Por isso, para tais homens intrépidos, não havia cansaço na marcha nem lugares escabrosos e inacessíveis; tampouco inimigo armado que lhes baixasse o entusiasmo. O valor do homem romano a tudo vencia. Reinava entre eles a maior emulação da glória. Cada qual corria para combater primeiro o inimigo, escalar mais rápido a muralha e ser visto e admirado pelos outros fazendo tais proezas. Eram essas as suas riquezas, essa a sua reputação e fidalguia.

Ávidos de louvor e liberais no dinheiro, queriam glória acima de tudo, contentando-se com pouca riqueza. Seria fácil apontar aqui os lugares em que os romanos com recursos e forças inferiores derrotaram grandes exércitos. E também que cidades, bem protegidas por sua posição natural, foram tomadas à ponta da espada. Mas tal digressão nos levaria para longe do assunto principal destas linhas.

O fato é que a fortuna sempre pôde muito. Ela é capaz de realçar ou ofuscar todas as coisas, mais pela fantasia do que pela verdade. Os belos feitos dos atenienses – tanto quanto era possível conhecer na época de Salústio – foram grandes e brilhantes, mas um tanto menores do que a fama lhes assoalha. Todavia, como os atenienses tiveram muitos escritores portentosos e criativos, por todo o orbe as suas façanhas foram celebradas; e, assim, o seu valor foi em muito potencializado, na medida em que aqueles gênios da escritura puderam exaltá-los, escrevendo belos livros.

O povo romano, ao contrário, nunca teve tanta abundância de escritores como o povo grego. O mais sábio dos romanos era o mais ocupado nas façanhas concretas; assim, para eles, o corpo e o espírito se exercitavam ao mesmo tempo; e o melhor cidadão preferia, antes de tudo, ver as suas ações louvadas a narrar em livro o feito de outros; valorizava mais edificar obras a escrever livros.

Por isso, na paz e na guerra os bons costumes eram respeitados; em outras palavras, a união era grande, a estreiteza, nenhuma. A equidade e o direito no seio romano vigoravam mais por hábito do que por lei, enquanto a discórdia, a inimizade e a contenda somente podiam existir contra o inimigo, pois entre cidadãos romanos disputava-se apenas o merecimento da virtude.

O culto aos deuses era pomposo, mas restrito aos cidadãos e sempre aberto aos amigos. A audácia na guerra e a justiça na paz dirigiam tanto os negócios particulares quanto os afazeres públicos. Há provas evidentes de ambas as coisas: na guerra havia mais penalidade por descumprimento das ordens e contraordens do que por largar a bandeira ou abandonar o posto de luta; enquanto o governo, na paz, era respeitado mais pelos benefícios do que pela repreensão, procurando antes perdoar do que vingar as injúrias.

Foi assim que o trabalho e a justiça elevaram a República de Roma ao patamar mais alto; pelas armas, os reis adversários foram dominados; pela força, as nações ferozes e povos numerosos foram subjugados; pelo maior poder, a cidade de Cartago – grande rival do Império – foi arrasada até os alicerces e a virtude do povo romano abriu com seu poder todos os mares e terras. Após tudo isso, a fortuna material adentrou a Pátria, flagelou o povo e desordenou o Estado. Até mesmo os fortes, que sabiam suportar o trabalho árduo, os perigos iminentes, os lances de ataque e os rigores da má sorte, estes também sucumbiram, desgraçadamente, ao sabor do ócio e da opulência que jamais deviam ter almejado. Brotou, por conseguinte, primeiro a cobiça das riquezas, e, depois, a pretensão de dominar por meio do governo. Daí em diante, todos os males do Império tiveram a sua germinação.

O pensamento estreito arruinou a boa-fé, a probidade e outras virtudes; inspirou o desprezo aos deuses e a venalidade dos homens. A ambição dos cargos levou o homem à falsidade, a dizer uma coisa, mas ter outra no coração, a validar as amizades não pelo merecimento, mas pelo interesse, e ter a honra mais exposta na fachada do rosto do que no interior da alma. Esses vícios todos cresceram aos poucos, recebendo algumas vezes o castigo merecido. Depois, quando o nefasto contágio das coisas más lavrou no homem como peste, o Estado se transtornou e o governo, antes justo e ótimo, tornou-se cruel e intolerável.

No princípio, o espírito romano se ocupava mais da ambição que do desapego, pois o vício de querer tudo era uma espécie de virtude. Porquanto bons e maus, igualmente, tivessem por ambição a honra, a glória e os cargos públicos, uns se fundavam em meios lícitos para obtê-los, enquanto outros, faltando-lhes o merecimento, faziam-no pelo crime e pela intriga. Porque o mesquinho só busca o dinheiro, valor a que nenhum homem virtuoso dá preferência; a mesquinhez, composta apenas de veneno, enerva o corpo e intriga a alma, é insaciável e sem limites, pois a sua carga doentia não pode ser diminuída, nem com pouco nem com muito dinheiro.

Depois que Lúcio Sila, tendo restabelecido a República pela força das armas, desfez os seus bons princípios com as mais tristes consequências, então o furto e o roubo se fizeram prática geral, em que pessoas se apossavam de casas e terras alheias. O vencedor não conheceu mais moderação nem modéstia, praticando para com o vencido toda sorte de torpeza e de crueldade. A isso acrescia-se ter o próprio Sila deixado entregar-se ao luxo e à devassidão, contra sua antiga disciplina no comando do exército, na Ásia, quando havia ganhado o respeito de todos. As amenidades e os prazeres daqueles sítios amoleceram facilmente, em meio ao ócio, a bravura de seus soldados. Foi ali que o exército romano primeiro se acostumou à luxúria e à embriaguez. E, por ambição, passou a roubar das casas particulares e dos prédios públicos as estátuas, os quadros e os vasos ricamente trabalhados; passou a saquear os templos e a não respeitar nem o sagrado nem o profano. Os soldados de Sila, depois da vitória alcançada, nada deixavam aos vencidos; e, se a riqueza abala até o ânimo do homem virtuoso, por certo não faria diferente aos soldados corrompidos no pleno gozo da vitória.

Depois que a riqueza começou a dar honra ao povo romano e, para acompanhá-la, vieram os cargos públicos, a glória e a influência social, então a virtude ficou tíbia, a pobreza degradou-se e a probidade virou malevolência.

Na juventude romana, as riquezas fizeram brotar o luxo, o orgulho e a avareza. Vieram então o roubo, a dilapidação e o desprezo aos próprios bens, tomando vulto a cobiça do alheio. Sobreveio a confusão entre o divino e o humano, desprezando-se o pudor e a virtude, deixando de existir também a consideração para com o próximo e a prudência em todas as ações.

E Salústio, em seu tempo, vendo aquelas quintas e vivendas valiosas construídas à maneira de cidade, fez lembrar a todos a simplicidade dos templos que os antepassados romanos, homens religiosos, tinham edificado para as divindades. Aqueles, porém, ornaram os templos com a piedade e as suas casas com a própria glória, nada tirando dos vencidos senão os meios de aqueles voltarem a atacar. Entretanto, estes de sua época, por acúmulo de baixeza e por máxima tirania, despojaram os dominados daquilo que os próprios chefes, após a campanha vitoriosa, deixaram aos vencidos, como se comandar um povo fosse praticar injustiça!

Além disso, há coisas que somente podem ser críveis aos que as viram, por exemplo, ver os montes nivelados ao chão e os mares entulhados de vivendas particulares. Para tais homens, até as riquezas pareciam objeto de desprezo; porque, podendo desfrutar delas de modo honesto, se empenhavam no seu abuso e na degradação moral.

E não era menor a paixão da sensualidade, dos lupanares e do luxo. Homens se prostituíam, assim como mulheres; alguns vendiam em público a própria honra; e, nos banquetes, apareceram as gulodices mais esquisitas da terra e do mar. O luxo desvairado ensinou a forjar necessidades por antecipação, a dormir antes de ter sono, a não esperar pela fome ou pela sede, pelo frio ou pelo cansaço.

Com tais hábitos, a mocidade de Roma, exausta de tantos bens pródigos, entregou-se com ardor aos crimes. E os espíritos, imbuídos no vício, não puderam mais abster-se dos deleites, procurando todos os meios de ganhar o que fosse e gastar tudo de modo ainda mais desregrado.

Então, nessa corrompida cidade, surgiu Catilina, o qual fez muitos amigos. Andava cercado de uma espécie de tropa de homens malvados e facínoras, que para ele era rotineiro. A seu lado, estava todo cidadão impudente, adúltero, glutão; todos os que tinham dilapidado os bens pátrios, seja no jogo, nas prodigalidades, na gula ou na devassidão; os que se viam endividados ao extremo, e aqui vemos a figura de Públio Cornelius Lentulus Sura emergir entre eles.

Com Catilina estava todo aquele que queria se livrar de um crime já praticado, de um estupro ou de qualquer outro; estavam o parricida, o sacrílego, o condenado judicialmente ou que temia sê-lo em breve, em razão de seus crimes; estavam os que viviam do perjúrio e do assassinato; e, finalmente, todo aquele a quem pungiam a maldade, a pobreza de espírito e o remorso – esses todos, por conveniência, perfilaram com Catilina. E, acaso algum novo elemento inocente viesse a ter sua amizade, sujeitando-se aos seus agrados e trato cotidiano, logo haveria de assemelhar-se a ele, assim como aos demais.

Lentulus Sura, amigo de ocasião, estava endividado ao extremo, ambicioso de poder, debochado da administração pública corrupta e querendo vingar-se de seus opositores.

Catilina dava preferência à amizade dos jovens, pois as almas flexíveis e juvenis mais facilmente se deixam cair nos enganos. Assim, conforme a idade e o gosto a que cada um estava propenso, a uns dava meretrizes, a outros comprava cães e cavalos; enfim, não poupava despesas nem fazia caso da reputação para sujeitá-los. Fora desse meio, havia quem julgasse a mocidade amiga de Catilina como desonesta e impudica, mas tal rumor se dava mais por motivos diversos do que pela certeza da moral.

Catilina, quando jovem, ofendendo as leis humanas e divinas, cometera estupros: um, a uma donzela nobre; outro, a uma sacerdotisa de Vesta (espécie de freira hoje); e ainda outros crimes semelhantes. Por último, enamorou-se de Aurélia Orestila, a quem nenhum homem queria outra coisa senão a fortuna e a beleza do corpo.

Ocorre que Orestila hesitava em casar-se com ele, temendo ter em casa um enteado já adulto, fruto do primeiro leito[2] de Catilina. Sobreveio, então, de modo inesperado, a morte desse filho de Catilina, retirando da casa o obstáculo, mas colocando nas núpcias o estigma do sacrilégio, segundo se dizia. Essa ocorrência parece ter sido, no âmbito particular, a causa principal de Catilina ter apressado a conjuração que há anos arquitetava.

A alma impura de Catilina, odiosa dos deuses e dos homens, não sossegava dia e noite de tanto pungir e atormentar a própria consciência. Por isso, tinha ele o rosto pálido, o olhar feroz, o andar ora apressado ora tardio; enfim, trazia no gesto e na fisionomia o retrato interior de uma alma alienada.

Era perito em adestrar os moços a diversos crimes, atraindo-os com os seus presentes. Por dinheiro, aliciava os jovens para dar falso testemunho e para falsificar assinaturas;

---

[2] Catilina, antes de casar-se com Orestila, já houvera sido casado em primeiras núpcias, mas se desconfiava de que seu filho fosse fruto de um de seus amores ainda mais antigos. (N.A.)

ensinava-os a desprezar a palavra, os bens e os perigos; e, depois de apagar de suas almas o amor à reputação e à vergonha, colocava-os, então, em crimes ainda maiores.

Quando a ocasião de delinquir não se apresentava, ele próprio incitava os rapazes a surpreender e massacrar qualquer pessoa que os tivesse um dia ofendido, incentivando-os à crueldade até mesmo sem o mínimo proveito, apenas para o braço e a índole não se esquecerem do crime a que estavam acostumados.

Confiando em seus cúmplices e nos amigos de ocasião, determinou-se a bater a República. E o fez justamente porque sabia haver em todas as terras muita hipoteca e homens endividados ao extremo, como Lentulus Sura, e que a maior parte dos antigos soldados de Sila, após perder todos os seus bens, desejava a guerra civil, relembrando os antigos roubos, hauridos de antigas vitórias.

Enfim, tudo era favorável à rebelião: a Itália sem grandes forças de defesa em seu território, o exército de Gneo Pompeu Magno guerreando em países distantes, o Senado sem desconfiar dos conjurados, tudo estava seguro, tranquilo para o golpe. Tais circunstâncias favoreciam os planos de uma conjuração vitoriosa.

Um ano e meio antes de eclodir a revolta, mais exatamente em 64 a.C., próximo ao primeiro de junho, sendo cônsules Lúcio César e Caio Fígulo, a campanha de aliciamento foi iniciada: primeiro, ele a uns animava; depois, a outros sondava; em seguida, apresentava a força a ser mobilizada, a falta de defesa da República e as grandes vantagens de disparar o golpe. Após a ampla exposição das ideias, os mais concordatários e insolentes eram convocados a participar da rebelião.

No curso dessa campanha, aderiram à trama os mais atrevidos. Da ordem senatorial, encabeçando a lista, estava Lentulus Sura, seguido de Público Autrônio, Cássio Longino, Caio

Cetego, Públio e Sérvio Sila, filhos do ex-ditador Sila, Lúcio Vargunteio, Quinto Ânio, Pórcio Leca[3], Lúcio Béstia, Quinto Cúrio; enquanto da ordem equestre aderiram Fúlvio Nobílio, Lúcio Estatílio, Públio Gabínio e Caio Cornélio; além destes, aderiram também outros nobres de várias colônias e municípios.

Entraram ainda, embora de maneira silenciosa e com mais resguardo, muitos nobres romanos, estimulados mais pela cobiça de governar do que por dificuldade financeira ou qualquer outra necessidade.

Além destes, favoreciam os projetos da conjuração a maior parte dos moços, sobretudo os bem situados, os quais, podendo viver no ócio, no fausto e na boa-vida, preferiam mais a aventura do perigo à mansidão das coisas certas, mais a guerra que a paz.

Nesse tempo, houve quem pensasse que Marco Licínio Crasso tivesse conhecimento da conjuração, porque, inimigo de Gneo Pompeu Magno, chefe do exército romano, queria ver-se mais poderoso a qualquer outro que contrabalançasse o seu poder com o de Pompeu, persuadido que fora em ser o primeiro dos conjurados, caso a conjuração surtisse efeito. Inclusive, antes desta conspiração, outros conjurados – supostamente o próprio Crasso, César, Lentulus Sura e, certamente, Catilina – tinham urdido outra conjuração, a qual será mostrada a seguir, com verdade histórica.

No consulado de Lúcio Tullo e Mânio Lépido, em 66 a.C., os cônsules eleitos para o ano seguinte, Públio Autrônio e Públio Sila, foram acusados judicialmente e condenados pelo crime de suborno nas eleições. Catilina, por sua vez, acusado antes de concussão, não pôde apresentar seu nome dentro do prazo legal e fora impedido de disputar o consulado.

Nessa época, existia Gneo Pisão, moço de origem distinta e poucas posses, mas de suma audácia e de gênio intrigante, a quem a pobreza e os maus costumes impeliam a fomentar rebeliões no Estado.

---

[3] Marco Pórcio Leca, senador rebelado, fez em sua casa as primeiras reuniões da conjuração. Era parente de Marco Pórcio Catão, o Jovem, que seria mais tarde o grande adversário de César no Senado. (N.A.)

Catilina e Autrônio comunicaram a Pisão o tal projeto, perto das nonas de dezembro (décimo quinto dia), e planejaram, então, matar no Capitólio, nas calendas de janeiro (primeiro dia do ano 65 a.C.), os cônsules Lúcio Cota e Lúcio Torquato. Quando isso ocorresse, Pisão, usurpando as tochas consulares, seria recompensado com o comando de um exército, para se apossar das duas Espanhas – Citerior (sul da Espanha) e Ulterior (sul de Portugal).

Entretanto, o plano foi descoberto e não tinha mais chance de vingar. Com isso, transferiu-se, em cima da hora, a matança para as nonas de fevereiro, com a intenção de assassinar não só os cônsules, mas também a maior parte dos senadores. Assim, ali mesmo na Cúria, se Catilina não tivesse dado o sinal cancelando a rebelião, naquele dia se teria cometido o mais horrendo atentado desde a fundação de Roma.

Depois, como não se juntou mais o número de conjurados dispostos a pegar em armas, a tentativa de nova conjuração ficaria frustrada naquele ano.

O jovem Pisão, então na qualidade de "questor-propretor", foi mandado para a Espanha Citerior a pedido de Crasso, que o tinha por contrário ao partido de Pompeu. O Senado não relutou em dar-lhe aquela província. E, assim, Crasso parecia querer afastar para longe da República um homem perverso como ele; e, também, porque homens íntegros julgavam ter nele um baluarte contra Pompeu, cujo poder começava a preocupar os seus opositores em Roma.

Porém, de modo estranho, Pisão acabou sendo morto no caminho, por alguns cavaleiros espanhóis pertencentes ao seu próprio exército. Uns disseram que os bárbaros não poderiam aguentar o sofrimento de um governo injusto, soberbo e cruel como seria o de Pisão; e outros, que o teriam matado a serviço de Pompeu, de quem eram fiéis aliados. Estranhava-se, contudo, que em outros tempos os espanhóis nunca tivessem cometido crime semelhante, ainda que com outros governantes cruéis. Mas, sobre isso, nada pode ser acrescentado, tampouco daquela intenção de golpe em Roma.

4

A QUEDA DO PRETOR

Após a frustração vivida nas tentativas em 66 e 65 a.C., Salústio conta que Catilina juntou todos os seus aliados e, não obstante tivesse conversado com cada um em particular, julgando sempre útil exortar a todos, isolou aqueles que lhe podiam dar maior fé e retirou-se para o recinto mais interior da casa. Ali lhes fez o primeiro discurso, querendo se eleger cônsul nas eleições de 64 a.C., para o exercício no ano seguinte:

> Se eu já não tivesse provas o bastante da vossa fidelidade – iniciou Catilina – e do vosso valor, debalde se apresentaria a nós a melhor das ocasiões para conjurar; de nada nos serviria ter nas mãos tão grandes esperanças de governar, tendo ao lado somente os fracos e infiéis. Eu não deixaria o certo pelo duvidoso. Porém, como em várias vezes afrontando os grandes perigos conheci a vossa intrepidez e a vossa firmeza, agora me atrevo a conceber o maior e mais inusitado de todos os projetos; e, também, porque estou certo de que os bens e os males da vida são para vós o mesmo que para mim, pois há reciprocidade em nós daquilo que queremos ou não, onde está presente a verdadeira amizade.
> Cada um de vós, em particular, já ouviu os meus desígnios. Meu ânimo, porém, inflama-se cada vez mais quando considero que espécie de sorte nos espera, se não recuperarmos a liberdade pelas nossas próprias mãos. Porque, depois que a

República ficou sob o poder e a disposição de uns poucos privilegiados, só para esses os reis e os monarcas tributam; para esses, os povos e as nações pagam impostos. E nós, os valorosos e honrados, sejamos nobres ou plebeus, somos no fundo apenas a gentalha, sem nenhuma consideração, sem autoridade, sujeitos àqueles mesmos que, se a república fosse de fato República, tremeriam à nossa frente. As honras, os créditos e as riquezas ou estão nas mãos deles ou onde assim o querem. Para nós só deixam os perigos, as afrontas, as condenações e a pobreza.

Valentes cidadãos, até quando sofrereis isso? Não vale mais a pena morrer com valor do que perder com desonra uma vida miserável e infame? E depois de perdê-la, de modo tão desprezível, ser motivo do escárnio orgulhoso dos outros? Juro pelos deuses e pelos homens: temos a vitória nas mãos! Há em nós o valor do caráter e a força da juventude dos anos; neles, pelo contrário, os anos e a opulência enfraqueceram tudo. Falta apenas começar, o resto será fácil!

Por outro lado, que homem verdadeiramente homem poderá sofrer calado, vendo aqueles tão cheios de bens e de riquezas desperdiçarem tudo, fazendo edificações sobre os montes aplainados e até sobre o mar, quando a vós falta o necessário para viver? Como sofrer calado vendo que tenham dois ou mais casarios riquíssimos, enquanto vós não tendes sequer um pobre lar em parte alguma?! E por mais quadros, estátuas e baixelas que eles comprem, por mais edifícios novos que desmanchem e tornem a edificar – enfim, por mais gastos que deem ao dinheiro desperdiçado, ainda assim não podem exauri-lo com os seus intermináveis apetites. Vós, porém, em vossa casa tendes a penúria, e, fora dela, dívidas; tendes uma vida presente miserável e um futuro ainda pior. O que vos resta senão a vida infeliz e desgraçada?!

Enfim, por que não acordais? Eis aí, à vossa frente, a liberdade que tanto desejais! E com ela, diante dos vossos olhos, tendes as riquezas, a dignidade e a glória. São esses os prêmios que a fortuna reserva aos vencedores. E acrescentem-se ainda a empresa própria, a ocasião de vencer, os perigos superados, a pobreza vencida, e os magníficos espólios de guerra vos animarão muito mais que as minhas palavras.

Tomai-me por general ou por soldado e nem a minha alma, nem o meu braço vos deixarão jamais. Espero ver-me cônsul em breve, para executar convosco este projeto, se é que o meu coração não me engana e que vós não estais mais dispostos a servirem como escravos do que a comandar como senhores.

Após esse discurso, os homens simples ali presentes, sem esperanças nem posses, pobres coitados imersos em todos os males da vida, embora lhes parecesse grande a recompensa de apenas perturbar a ordem pública, pediram a Catilina que lhes expusesse qual seria a forma de guerra, quais os prêmios pela vitória e que esperanças poderiam ter se tomassem para si esse partido.

Catilina lhes prometeu a abolição das dívidas, o acesso a cargos públicos e aos da magistratura, os sacerdócios, o saque aos ricos e a extinção das riquezas, e tudo mais que saltasse aos olhos, que fosse consequência da guerra e da licença que a vitória impõe ao vencido.

Além disso, falou que Pisão, na Espanha Citerior, e Sício Nucerino, na Mauritânia, ambos com forte e poderoso exército, entrariam na conjuração. Disse que o posto de segundo-cônsul ficaria melhor nas mãos de Caio Antônio, a quem esperava ter por colega no consulado, pessoa amiga e oprimida por toda sorte de necessidades. Enfim, falou que junto com Antônio daria execução a isso tudo.

Depois, então, argumentou contra todos os homens de probidade, incentivando seus partidários contra eles; e louvou todos os presentes, chamando a cada um pelo nome: a este, lembrava a sua pobreza; àquele, os seus desejos; a muitos, as afrontas e perigos já vividos; e, à maior parte, a vitória de Sila que lhes havia dado opulentas presas de guerra. Depois que todos ficaram animados, satisfeitos com as suas promessas, recomendou-lhes que apoiassem de fato a sua candidatura e os despediu amigavelmente.

Tempos mais tarde, quando a conjuração naufragou, não faltaria quem dissesse que Catilina, ao final dessa reunião, uniu por estranho juramento seus aliados ao mesmo crime, dando-lhes, na taça, o sangue humano misturado em vinho. Erguendo o cálice e brindando a todos, depois de várias abominações a exemplo do que se fazia nos sacrifícios do templo, Catilina descortinara a todos as suas intenções e dissera-lhes que, ao fazerem aquele brinde, cada qual seria cúmplice um do outro, para guardarem entre si a fé recíproca.

Mas não foram poucos os que julgaram essas, e ainda outras coisas com as quais se divulgava a atrocidade dos crimes da conjuração, como coisas inventadas de propósito por aqueles que queriam diminuir o ódio depositado contra Cícero, cônsul durante o complô, em razão da pena imposta por ele aos prisioneiros. "Quanto a mim – dizia Salústio –, não tenho provas o bastante para afirmar coisa tão horrível".

Nessa conjuração estava Quinto Cúrio, homem de ilustre nascimento, mas um tipo dissoluto e criminoso ao extremo, a quem os censores tinham expulsado do Senado por mau comportamento.

Cúrio tinha não menos leviandade do que atrevimento, não podia silenciar o que ouvia nem ocultava os próprios delitos. Não era prudente nas ações, tampouco nas palavras. Estava amasiado há muito com Fúlvia, mulher nobre. E, sendo agora menos amado por ela, porque a falta de recursos o obrigava a ser menos liberal com o dinheiro, de repente apareceu gabando-se e prometendo-lhe mundos e fundos. Por vezes, ameaçava Fúlvia de morte, caso ela não lhe fosse submissa; enfim, passou a tratá-la mal, fora do costume.

Fúlvia buscou saber o motivo da mudança em seu amante, procurando tirar dele todas as informações. Cúrio não encobriu o grande perigo pelo qual a República estava prestes a passar. Sem citar a fonte, contou a ela e a outros tudo que sabia dos planos de Catilina. E no decorrer do tempo fez disso uma rotina, dissertando sobre as reuniões.

Essa nova foi o que mais deu ânimo ao povo, no curso das eleições, para entregar o consulado a Marco Túlio Cícero, porque até ali a maior parte da nobreza ardia de inveja e entendia que entregar o consulado a um homem novo, da ordem equestre, como Cícero, seria uma verdadeira desonra para os nobres, ainda que lhe fosse merecido. Contudo, nesse momento em que Roma estava sob ameaça de perigo tão grande, a inveja e a soberba desapareceram dos nobres, dando lugar à prudência. E assim Catilina foi preterido pela maioria. Nos comícios foram eleitos cônsules: Marco Túlio Cícero e Caio Antônio, este último aquele que Catilina houvera apoiado para seu companheiro no consulado.

A derrota de Catilina causou forte abalo nos conjurados. Mas ele não abrandou o seu furor; ao contrário, multiplicou ainda mais os seus projetos. Fez depósitos de armas em alguns pontos da Itália, em lugares estratégicos, tomou em sua conta ou na conta de amigos influentes dinheiro emprestado, remetendo soma considerável à cidade de Fésulas[1], a seu lugar-tenente de nome Mânlio[2], que seria depois o primeiro a fazer guerra.

Embora derrotados, a empolgação por mudanças continuou viva nos rebelados, contagiando outras pessoas. Aderiram à conjuração homens de todas as condições e até mulheres de vida fácil. Estas, que na mocidade supriam as suas despesas com a venda de seus corpos, depois, quando o peso dos anos se fez sentir e os ganhos diminuíram, se puseram em dívidas, sem renunciar à vida de luxo. Com a ajuda delas, Catilina esperava sublevar os escravos, atrair seus amantes e pôr fogo na cidade, caso contrário, ele os mataria, para não ser delatado.

Entre tais mulheres estava Semprônia, que muitas vezes cometera a maldade própria da audácia varonil. Era uma mulher que havia sido afortunada em quase tudo: no nascimento, na beleza, no casamento[3] e nos filhos; sabia bem o grego e o latim,

---
1 Fésulas (Faesulae, cidade etrusca a 8 km de Florença), depois Fiesole, em seguida Firenze (Florentiae), Florença em português, capital da Toscana, Itália. (N.A.)
2 Mânlio, importante lugar-tenente de Sila, que recebera grande quantidade de terras nas imediações de Fésulas, mas estava endividado. (N.A.)
3 Semprônia, esposa de Décimo Bruto, cônsul em 77 a.C. (não se trata de Marco Bruto, algoz de César). (N.A.)

mas tocava e dançava requebrando de modo impróprio para uma matrona romana. Possuía ainda outros dotes incentivadores da luxúria, e isso ela prezava mais do que a honra e o pudor. Nela, não seria fácil distinguir se fazia menos caso do dinheiro do que de sua reputação, era tão lasciva que provocava os homens mais do que eles a ela.

Semprônia, desde há muito habituada à traição, fora cúmplice de assassinos e sob juramento, em juízo, negara todas as suas faltas. Debatia-se agora no abismo de uma vida relativamente pobre para ela, decorrente da sensualidade decaída pelos anos. Porém, ainda assim, não lhe faltava talento: sabia fazer versos e recitá-los, era de trato jovial; em sua conversa, sabia mostrar-se séria quando fosse preciso; podia ser delicada ou provocante e, sobretudo, era muito divertida e afável. Foi uma das favoritas de Lentulus Sura, o qual, no auge da conjuração em Roma, usaria a casa dela para sua reunião com os embaixadores alóbrogos.

Com esses aliados e ainda outros preparativos, Catilina se determinou a disputar o consulado em meados de 63 a.C., cuja posse seria em 1º de janeiro de 62 a.C. Tinha a esperança de que, se fosse eleito cônsul, faria do outro eleito o que quisesse, pois a seu lado estava a classe popular, cujo apoio os demais candidatos não tinham.

Nessa nova campanha, Catilina não descansaria, mas haveria de armar toda espécie de cilada contra Cícero, cônsul do ano, seu ferrenho opositor na campanha anterior e pertencente ao partido político de oposição. Cícero, por sua vez, tinha astúcia e sagacidade suficientes para evitá-las; ficara sabendo das ações políticas e das manobras que Catilina armara nas eleições passadas e, agora, em seu consulado, estava precavido e disposto a tudo contra ele.

Cícero, logo no início de seu consulado, em 63 a.C., à força de promessas, conseguiu colocar a ambiciosa Fúlvia[4] aos seus

---

[4] Após a conjuração, as conversas de Cícero com Fúlvia não ficaram ocultas, mas vieram à baila por políticos antagonistas. Em articulações políticas, Públio Clódio e Marco Antônio se encarregariam mais tarde de acusar Cícero por imputar pena descabida aos réus, baseado em "mexericos de uma mulher interessada em dinheiro". (N.A.)

serviços: enquanto Quinto Cúrio contava a ela os projetos de Catilina, ela os repassava a Cícero.

Além disso, Cícero, prometendo a Antônio o governo de importante província, afastou-o de qualquer intenção subversiva contra a República; e, sem fazer alarde, providenciou uma escolta de amigos e clientes para estar sempre ao seu lado, fazendo a sua segurança pessoal. Nesse meio-tempo ocorreu a eleição.

Passado o dia dos comícios, 28 de outubro de 63 a.C., Catilina, vendo que não tinha se saído bem nas eleições nem nas armadilhas políticas que fizera para desgastar Cícero, determinou-se a maquinar abertamente a conjuração, agora arriscando tudo, já que as tentativas ocultas só lhe tinham trazido desgosto e vergonha.

Assim, mandou Caio Mânlio para Fésulas, aos campos da Etrúria, despachou também Sétimo Camerte para Piceno, outro chefe mandou à Apúlia, e ainda outros para vários lugares estratégicos. Entretanto, o ponto principal da revolta devia ser em Roma.

Na urbe, engendrou mil coisas: cilada ao cônsul, preparação de incêndios, escolha dos sítios mais oportunos para fazer a rebelião, distribuição estratégica dos revoltosos, armamento dos homens, ordens específicas, conselho de alerta e prontidão e controle intenso dos preparativos.

Catilina, sempre ativo e vigilante dia e noite, jamais se fatigava; nem o trabalho intenso e nem as vigílias podiam derrubá-lo. Mas, por fim, sem ver resultado efetivo de todas essas combinações, pela segunda vez numa noite mandou Pórcio Leca chamar os cabeças da conjuração. Durante a reunião, depois de se queixar muito das indolências, deu-lhes conta de que havia mandado Mânlio levantar o exército conjurado; disse que ele mesmo estava disposto a pegar em armas e houvera mandado homens para lugares estratégicos, dando início às operações de guerra. Contudo, estava determinado a não partir para comandar o seu exército sem antes dar cabo de Cícero, o maior estorvo aos seus desígnios.

Entre os cabeças do movimento, uns ficaram indecisos, outros aterrados com as medidas já tomadas, e assim cada qual teve de assumir a sua missão. Caio Cornélio, cavaleiro romano, e com ele o senador Lúcio Vargunteio, ofereceram-se ambos a irem com capangas armados, na noite seguinte, à casa de Cícero, fingindo visitá-lo, e ali mesmo apunhalá-lo.

Quinto Cúrio, por sua vez, vendo que o cônsul estava em perigo, passou, por meio de Fúlvia, o aviso a Cícero, buscando vantagem, e delatou-lhe a traição preparada. Este, precavido, vedou a entrada de sua casa aos dois sicários, frustrando a tentativa de homicídio.

Nesse meio-tempo, na Etrúria, Mânlio tentava sublevar a plebe, desejosa que estava de uma revolução por excesso de pobreza e por ressentimento de ter perdido, há alguns anos, no tempo da tirania de Sila, as suas terras e os seus bens. Além disso, Mânlio arregimentara toda espécie de ladrão que percorria aquela parte do país. E juntou a esses alguns colonos de Sila, aos quais o luxo e a devassidão tinham consumido todos os seus roubos de guerra.

Cícero, inteirado de tudo e perplexo com tais incidentes, mesmo porque não podia defender Roma por mais tempo apenas com as providências triviais, e também por não conhecer a fundo as forças e os planos do exército de Mânlio, relatou ao Senado os acontecimentos.

Na convocação, todos já sabiam do rumor que o vulgo tinha tratado de espalhar. Com isso, o Senado decretou, como costumava fazer em casos de perigo extremo, que fosse dada segurança aos cônsules, para a República não sofrer dano. Em ocasiões de perigo, era costume o Senado conceder aos magistrados amplos poderes, tais como: levantar exércitos, fazer guerra, castigar cidadãos e aliados, colocar nas mãos dos magistrados o comando das operações e a jurisdição suprema dos negócios civis e militares. De outro modo, nenhuma dessas medidas seria permitida ao cônsul, sem notória ordem do povo, realizada em Assembleia.

Dias depois, Lúcio Sênio leu no Senado uma carta vinda de Fésulas, a qual expressava que Caio Mânlio tomara as armas em 11 de outubro, à frente de uma grande multidão. Então uma onda enorme tomou corpo no Senado, contando portentos e prodígios, como sempre acontece em casos assim. Uns diziam que um grupo de conjurados transportava armas; outros, que os escravos, em Cápua e na Apúlia, estavam se armando para a guerra. Então, por decreto, o Senado mandou Márcio Rex para Fésulas, e Quinto Metelo Crético para defender a Apúlia e sua vizinhança.

Esses dois generais estavam estacionados às portas de Roma, de mãos atadas e sem poder intervir nas intrigas dos desordeiros dentro da cidade, fazendo-se, assim, insatisfeitos com a inatividade. Partiram também os pretores Quinto Rufo, para Cápua, e Metelo Célere, para o campo de Piceno, cada qual com poderes de formar um exército no mais breve tempo e segundo as necessidades da missão.

O Senado também decretou um prêmio a quem denunciasse a conjuração: se fosse escravo, ganharia liberdade e mais 100 sestércios; se fosse cidadão livre, teria o perdão do crime (se fosse cúmplice) e ganharia 200 sestércios.

Decretou-se ainda que companhias de gladiadores se distribuíssem por Cápua e por outros municípios, conforme as forças de cada localidade, fazendo a defesa do local; e que a guarda fizesse ronda por todas as ruas de Roma, sob as ordens de magistrados menores.

Todas essas precauções deixaram as cidades da Itália em polvorosa, mudando a face de cada uma delas, notadamente a de Roma. Os divertimentos e os prazeres, frutos de longo período de paz, converteram-se em plena tristeza. No meio da perturbação e do temor, passou-se a desconfiar de tudo e de todos.

Por si só, ninguém sabia se o estado era de guerra ou de paz. Cada qual julgava o perigo segundo o seu próprio medo. Além disso, as mulheres, para quem o temor da guerra era algo novo em tão poderosa República, choravam, alçando, humildemente, as mãos aos céus e lamentando a sorte dos filhos. Faziam diversas perguntas assustadas sobre todas as coisas. Passaram a deixar o pedestal da soberba e os presentes recebidos, temendo por si mesmas e pela sorte da Pátria.

Catilina, por sua vez, apesar de suas precauções e do interrogatório de Lúcio Paulo no Senado, em virtude da lei Pláucia, ainda trabalhava de modo duro e imbuído da mesma crueldade. Por último, apresentou-se novamente no Senado, para dissimular ou justificar-se das acusações, fazendo-se vítima do crime que lhe acusavam.

Foi então que o cônsul Marco Túlio Cícero, temendo-lhe a permanência em Roma ou por mera indignação, fez um discurso brilhante, útil à República, o qual foi publicado depois com o nome de *Primeira Catilinária*, iniciando com: "Até quando, Catilina, abusarás da nossa paciência?"; era então 8 de novembro de 63 a.C.

Tendo Cícero acabado seu discurso, Catilina, como estava disposto a dissimular, postado de olhos baixos e voz humilde, pediu aos senadores que não acreditassem em nada do que fora dito contra ele. Disse que seu nascimento e seu modo de vida, desde a mocidade, só faziam presumir nele um caráter de bem. Pediu para não pensarem que um homem como ele, patrício de nascimento e tendo feito, a exemplo de seus antepassados, tantos benefícios ao povo romano, desejasse agora arruinar a República, como pretendia Marco Túlio – "um estranho entre os patrícios de Roma", dizia. E, a estas palavras, acrescentou ainda outras inverdades. Todos, porém, lhe interrompendo, em altas vozes chamaram-no de "inimigo e parricida da Pátria". Então, furioso, levantou-se e exclamou:

> Já que os inimigos que me cercam querem jogar-me no fundo do precipício, apagarei o incêndio desse inferno que me prepararam com a ruína de todos.

Saindo do Senado, foi depressa para casa. Tinha uma multidão de ideias remoendo a mente. Concluiu que tinham sido inúteis as ciladas feitas para Cícero e que seria impossível pôr fogo numa cidade agora cercada de sentinelas. Então, resolveu sair de Roma e reforçar o seu exército para, antes de alistar novas legiões, tomar outras providências que seriam úteis à guerra.

Partiu em noite alta, para os arraiais de Mânlio, acompanhado de uns poucos. Mas deixou recomendado ao pretor Lentulus Sura, a Cetego e a outros de mesmo desembaraço e atrevimento, uma série de providências, como: engrossar de todo modo as fileiras do Partido Popular, apressar a morte do cônsul, aprontar tudo para disparar os incêndios, as matanças e as demais atrocidades de guerra. Ao mesmo tempo, ele voltaria a Roma com exército numeroso, para liquidar a questão, o mais breve possível.

Enquanto isso se passa em Roma, Mânlio, dos arraiais do exército revoltoso, envia alguns dos seus emissários ao general Márcio Rex, com a seguinte mensagem:

> General, atestamos aos deuses e aos homens que não tomamos as armas contra a nossa Pátria, nem contra a vida de ninguém, senão para defender das injustiças a nossa própria existência. Fomos reduzidos à miséria e à indigência pela crueldade dos credores, ficamos sem Pátria, sem honra e sem fortuna. A nenhum de nós foi dada assistência conforme deveria, segundo o costume romano de beneficiar o povo com a lei; perdidos os bens, não conservamos a liberdade, pois, como escravos da fortuna, o nosso patrimônio foi passado a outros por decisão bárbara do pretor e dos credores contra nós. Recorde-se, general, que muitas vezes, compadecidos da pobreza de vossa própria classe equestre, vossos superiores vos acudiram com decretos; e ultimamente, ainda em nossos dias, vos remiram de dívidas enormes, reduzindo-as à quarta parte, com geral aprovação dos homens de bem e do Senado. Por mil vezes a vossa mesma classe, incitada pelo desejo de comandar ou pelo despotismo dos magistrados, se armou e levantou-se contra o Senado. Nós, ao contrário, não pedimos a riqueza nem o comando do governo, duas fontes de guerra e disputa que há muito existem em nossa terra. Pedimos, sim, a liberdade, pois

um homem de valor não a perde senão com a própria vida. A ti, general, e ao Senado, rogamos a vossa proteção para conosco, cidadãos desgraçados; que nos seja restituído o amparo da lei, roubada antes pela iniquidade do pretor; que não sejamos reduzidos à miséria extrema, fazendo-nos buscar qualquer gênero de morte depois de havermos vingado o sangue de nós todos.

A essas palavras de Mânlio, respondeu Márcio Rex:

Se quiserem pedir alguma coisa ao Senado, deponham as armas e sigam humildemente para Roma. O Senado e o povo romano sempre foram humanos e clementes, nunca ninguém implorou, debalde, o seu auxílio.

Catilina, por sua vez, em meio ao caminho, escreveu a vários consulares e a muitas pessoas de bem, dizendo:

Oprimido com falsas acusações e não podendo resistir aos ardis de meus inimigos, devo ceder à tamanha desgraça e sigo em exílio[5] para Marselha; não porque a consciência me acuse de um crime que não pratiquei, mas para tranquilidade da República, para não eclodir nela, no curso de sua defesa, uma grande perturbação da ordem.

Contudo, muito diferente dessa mensagem foi lida outra no Senado, por Quinto Lutácio Catulo, dizendo que lhe fora entregue da parte de Catilina:

De L. Catilina a Q. Catulo, saudações. Tua egrégia fidelidade por mim conhecida, grata nos meus maiores perigos, dá ânimo às minhas súplicas. Por isso, não intento fazer aqui a apologia do meu projeto. Sem que o remorso me obrigue, quero apenas expor as razões que justificam a minha atitude. São razões, cuja verdade, eu te juro, hás de reconhecer comigo. Desesperado por

---

5 Nessa época, permitia-se o exílio para os cidadãos romanos. Tratava-se de uma pena alternativa para escapar do rigor de uma condenação senatorial. Caso fosse condenado no Senado, poderia apelar na Assembleia do Povo e pedir a comutação da pena para desterro. (N.A.)

tantas injustiças e afrontas, e privado de obter, como fruto do meu trabalho e dos meus engenhos, a posição que me era devida no Estado, encarreguei-me, também, segundo costumo, da defesa dos desvalidos. Não que me privasse de pagar com os meus bens as dívidas contraídas em meu nome, pois Aurélia Orestila teve a generosidade de pagá-las com os seus bens e os de sua família as dívidas que eu contraí sob fiança alheia. Mas porque vira eu que homens indignos de honras tinham-nas obtido, enquanto eu ficava excluído do governo por falsas suspeitas. Este o motivo que, segundo as circunstâncias, me obrigou a conceber honrosas esperanças de conservar o resto de reputação que ainda tenho. Agora, desejando escrever mais, avisam-me que exércitos se armam contra mim. Recomendo-te, pois, Orestila, e à vossa lealdade a entrego. Rogo-te, por teus filhos, que a defendas de qualquer perigo. Adeus.

Catilina, depois de passar alguns dias na casa de Caio Flamínio, no território de Rieti, cerca de 50 quilômetros de Roma, onde fez aliados e proveu de armas os habitantes circunvizinhos, juntou os homens e partiu para os arraiais de Mânlio, levando consigo faixas e outras insígnias do poder supremo.

Em Roma, quando o Senado soube dessas coisas, declarou Catilina e Mânlio inimigos do Estado. Aos outros conjurados, um decreto assinado com urgência concedeu que quem não fosse réu de crime capital podia depor as armas e entregar-se impunemente. Além disso, decretou que os cônsules levantassem os exércitos então acampados: Caio Antônio deveria marchar logo com seu exército sobre Catilina, enquanto Cícero ficaria na cidade, defendendo-a.

Em seus relatos, Salústio comunica que em nenhum tempo lhe pareceu mais deplorável o estado do Império Romano senão naquele. Depois de Roma subjugar o Oriente e o Ocidente, tendo paz nas cidades e grande afluência de riquezas (bens maiores na opinião comum dos homens), ainda assim, havia cidadãos obstinados na revolta, capazes de perderem a si próprios e a República que tinham ajudado a construir.

Apesar daqueles dois decretos, não houve, em meio à multidão, uma alma sequer que, estimulada pelo prêmio, revelasse a tal conjuração, tampouco ninguém desertou dos arraiais de Catilina. As forças do mal eram tantas que grassavam como peste, infectando o ânimo de todos os cidadãos.

O espírito da conjuração não estava aferrado apenas aos conjurados e aos cúmplices menores, mas à plebe inteira. Esta, desejosa de novidade, houvera aprovado a empresa de Catilina. E, nisso, o povo pobre não desmentia o seu antigo costume. Desde há muito, nas cidades e nos campos, os que nada têm odeiam os ricos e louvam os rebeldes, ficam aborrecidos com as coisas antigas desfavoráveis e suspiram pelas novas. Então, desgostosos da própria sorte, querem de todo modo mudar tudo. Sem receio de nada, aproveitam-se dos motins e das revoluções, porque a pobreza geralmente nada tem a perder além da vida.

Em Roma, não foram poucas as causas que levaram a plebe a tanta perversão. De início, aos poucos, a cidade se tornou um receptáculo de toda a escória. Juntaram-se nela, vindos de onde quer que fosse, uma torrente de infames e insolentes, os empobrecidos pela libertinagem, os malvados e aqueles que, entorpecidos pelas vilezas, haviam perdido a Pátria. Depois, muitos, lembrando-se das vitórias de Sila, e vendo soldados rasos nos postos de senador, levando uma vida de rei, esperavam que, caso pegassem nas armas, teriam os mesmos privilégios. Ademais, a mocidade pobre do campo, sustentando-se de notícias da cidade, atraída pelas dádivas pública e privada, havia preferido o ócio da corte ao trabalho penoso do campo. Essa mocidade e outros cidadãos de mesmo pensamento se sustentavam dos males públicos. Por isso, não se deve admirar que homens quase indigentes e grosseiros, mas tendo a seu favor grandes esperanças, confundissem os seus próprios interesses com os da Pátria.

Além disso, aqueles que na vitória de Sila tiveram parentes exilados, seus bens subtraídos e privilégios cortados almejavam, agora, no êxito de uma conjuração, obter as suas benesses. Todos os partidos de oposição ao governo consular e seus seguidores queriam antes a República revolta do que um opositor ocupando lugar superior ao seu; tal rivalidade, esquecida há anos, havia agora voltado para Roma.

Pouco antes da conjuração, no consulado de Pompeu e Crasso, depois que fora restabelecida a autoridade tribunícia, os moços, no verdor da idade e das paixões, começaram a incriminar o Senado e a instigar a plebe; então, com as suas dádivas e promessas, acenderam os ideais da plebe, ganhando reputação e poder. A esses tribunos, a nobreza se opôs com todas as suas forças, sob pretexto de defender o Senado, quando, na verdade, queria apenas ofuscá-los. Todos os que, mesmo com motivos plausíveis, agitavam a República, dizendo defender os direitos do povo ou ampliar a autoridade dos senadores, cada qual, sob pretexto de almejar o bem público, trabalhava na verdade para sua própria elevação. E nessas pretensões, sem comedimento nem modéstia, auferiam vitórias cruéis a uns e a outros.

Após Pompeu ter sido mandado para a guerra marítima e contra Mitrídates, diminuiu-se o poder da plebe e aumentou-se o dos nobres. A nobreza teve para si as magistraturas, os governos das províncias e outras coisas mais. Os nobres, levando uma vida segura, opulenta e despreocupada, passaram a aterrar os tribunos do povo com condenações judiciais. E faziam isso esperando não haver exacerbação da autoridade tribunícia, colocando a plebe contra o Senado. Porém, logo que as perturbações de uma conjuração começaram a dar novas esperanças ao povo, as antigas disputas renasceram no coração da plebe. Se Catilina ficasse superior no primeiro combate, ou mesmo se houvesse certa indecisão na sua supremacia, ainda assim uma grande calamidade cairia sobre a República. Qualquer dos dois partidos em luta, o da nobreza ou o da plebe, ainda que saísse vitorioso na batalha, ficaria tão desgastado que não poderia gozar da vitória por muito tempo sem que um terceiro, ainda mais forte, lhe arrancasse das mãos o poder e a liberdade.

Alguns elementos estranhos à conjuração foram desde logo unir-se a Catilina. Nesse número estava Fúlvio, filho de um senador, que seria preso e morto no caminho por ordem do próprio pai. Ao mesmo tempo, em Roma, Lentulus Sura (e outros, sob suas ordens), seguindo as instruções de Catilina, aliciava cidadãos que julgasse capacitados à revolução, seja por necessidade de bens ou índole revolucionária, assim como mercenários de qualquer espécie, todo tipo de gente disposta à guerra.

Para fazer o aliciamento, Lentulus Sura incumbiu a certo Públio Umbreno que procurasse os legados do povo alóbrogo e os atraísse para a guerra, convicto de que as dívidas públicas e o gênio guerreiro da nação dos Galos seriam motivos sobejos para levá-los a conspirar.

Umbreno, que já havia negociado na Gália, conhecia quase todos os principais da cidade e era deles conhecido. Assim, sem demora, quando viu os legados na praça, depois de sondá-los um pouco sobre o estado de sua nação, com ar de quem lamenta as suas desgraças, indagou-lhes como esperavam dar fim a tantos males. Depois de ouvi-los falarem da mesquinhez dos magistrados e de acusarem o Senado por não lhes ter prestado auxílio, acrescentando que só na morte estava o remédio para seus males, disse-lhes: "Pois eu vos mostrarei um meio de serem homens valorosos e escapar de tantos infortúnios".

Os alóbrogos, ouvindo isso, ficaram sumamente esperançosos. Rogaram a Umbreno pelo compadecimento deles. Disseram que não poderia haver nada, por mais difícil e rude trabalho, que não fizessem de boa vontade, contanto que a Pátria deles ficasse livre das dívidas.

Umbreno então os conduziu à casa do senador Décimo Bruto, vizinha da praça, onde, por causa de Semprônia, sua mulher, a trama era bem conhecida, embora Décimo não estivesse em Roma. Chamou depois Gabínio, para validar ainda mais o que dizia; e, na presença destes, contou-lhes sobre a conjuração, nomeou os cúmplices e outros aliados de todas as classes para, com isso, dar mais ânimo aos legados.

Depois de concordar com os seus serviços de cavalaria em operações militares e de acertar mais conluio, despediu-os. Porém, os alóbrogos ficaram indecisos sobre que partido tomar. Se pelo lado dos conjurados haveria o perdão das dívidas, o desejo da guerra e as permitidas vantagens da vitória, pelo lado do governo estavam forças maiores de combate, os conselhos seguros, os prêmios certos contra a conjuração, em vez de esperanças incertas de um grupo revoltoso.

Nesse conflito de ideias, os alóbrogos julgaram que haveria de vencer a afortunada República. Então, foram até Fábio Sanga, o protetor maior da cidade, contar sobre a conjuração e o quanto tinham ficado a par das coisas.

Cícero, por sua vez, informado por Sanga do atentado, ordenou aos legados uma encenação. Queria saber tudo do movimento conjurado. Prometendo-lhes grandes vantagens, mandou-os procurar os demais conjurados, para, num trabalho conjunto, descobrir todos os seus segredos.

Por esse tempo, algumas revoluções estavam em curso nas Gálias Citerior e Ulterior, nos territórios de Piceno, de Brúcio e da Apúlia, porquanto os emissários de Catilina, como loucos, querendo de modo imprudente fazer tudo ao mesmo tempo (reuniões noturnas, amotinamentos, transporte de armas, de lanças e acelerar tudo de modo desordenado), tinham, na verdade, com isso, causado mais susto à população do que perigo à República.

Nessa confusão, o pretor Metelo Célere prendeu muitos dos conjurados, depois de ter sido informado dos fatos por decreto do Senado; e o mesmo foi feito na Gália Ulterior, sob ordens de Licínio Murena, que na qualidade de legado (lugar-tenente do exército) governava a província.

Enquanto isso, em Roma, Lentulus Sura e outros chefes da conspiração, supondo preparadas as forças revolucionárias, assentaram que apenas Catilina entrasse no território de Fésulas com seu exército;, o tribuno da plebe, Lúcio Béstia, convocaria o povo para queixar-se de Cícero, lançando sobre o benemérito cônsul o ódio da guerra. Quando isso ocorresse, seria o sinal. Então, cada um dos conjurados deveria cumprir o seu respectivo dever.

As disposições dadas pelo pretor Lentulus Sura, seguindo as diretrizes de Catilina, eram estas: Estatílio, Gabínio e outros, numa ação conjunta, lançariam fogo em 12 lugares estratégicos de Roma, para, no meio do tumulto, penetrar mais fácil na casa do cônsul e de outros senadores, fazendo a matança; Cetego incumbiu-se de cercar a casa de Cícero e de atacá-lo à viva força; os outros, cada qual com sua tarefa, atacariam os cidadãos ilustres destinados à morte; os filhos, cabeças de família, dos quais a maior parte era nobre, almejando a liderança no seio familiar, matariam os pais; depois, todos juntos romperiam na cidade mais mortes, incêndios e terror geral; finalmente, iriam juntos unir-se ao exército de Catilina, que, a essa altura, após vencer o exército da República, estaria às portas de Roma, não dando chance à guarda pretoriana, ocupada então em debelar a desordem na cidade.

Em meio a tais preparativos e disposições, Cetego se queixava sempre da frouxidão dos demais companheiros, que, segundo ele, perdiam as melhores ocasiões em dúvidas e delongas. Dizia que era imperioso executar os planos, realizar as operações e não mais ficar raciocinando. Estava convicto de que, se alguns o ajudassem, poderia ele mesmo invadir o Senado, enquanto outros ficariam com as ações de menor porte. Sem dúvida, tratava-se de bravo conjurado, violento e desembaraçado, que entendia ser fundamental à celeridade da operação para sucesso da empreitada.

Os alóbrogos, seguindo a recomendação de Cícero, foram então falar, por meio de Gabínio, com os demais conjurados. Pediram a Lentulus, Cetego, Estatílio e Cássio um compromisso escrito e assinado, para apresentar a seus concidadãos, pois sem isso não seria possível movê-los a tão grande passo. Os três primeiros, sem nada desconfiar, concederam-lhes o pedido. Cássio, por sua vez, prometeu-lhes ir pessoalmente ao país Galo, e partiu de Roma um pouco antes dos legados.

Lentulus Sura mandou Tito Voltúrcio de Crotona acompanhar os alóbrogos. Mas, antes de eles voltarem à Pátria, firmaram uma aliança recíproca, em cujo documento Lentulus colocou o selo de seu anel (para sua desgraça); e, ao mesmo tempo, entregou a Voltúrcio uma carta para Catilina, dizendo:

> O portador desta te dirá quem sou. Pensa na situação perigosa em que estás e lembra-te de que tu és homem; reflete no que os teus interesses exigem e vale-te de todos, ainda dos mais ínfimos.

E mandou ainda lhe dizer de boca:

> Tendo sido declarado inimigo público pelo Senado, por que rejeitas o alistamento dos escravos? Em Roma está tudo pronto, não atrase a chegada.

Executadas essas premissas e ajustada a noite em que os legados deviam partir, Cícero, informado de tudo, ordenou aos pretores, Valério Flaco e Caio Pomptino, que surpreendessem na ponte Mílvia – sobre o rio Tibre, saída norte de Roma – a comitiva dos alóbrogos. Contudo, teve o cuidado de informar aos pretores o motivo daquela incursão, instruindo que, no mais dos afazeres, executassem o serviço segundo as circunstâncias.

Os pretores, no cumprimento da ordem, tendo em mãos bons soldados, de modo silencioso e oculto, cercaram a ponte. Chegando Voltúrcio e os legados, bradou-se a luta de parte a parte. Os alóbrogos, percebendo a emboscada, renderam-se imediatamente aos pretores.

Voltúrcio, no início, tentou animar os companheiros e defendeu-se, combatendo a espada, mas, se vendo desamparado pelos legados, pediu a Pomptino, de quem era conhecido, que lhe poupasse a vida. Por último, aterrado pelo medo da morte, rendeu-se aos pretores, como inimigo.

Concluída a missão, mandou-se logo um emissário ao cônsul, a quem a notícia não causou menos prazer do que cuidado. Agradava a ideia de que, descoberta a conjuração, a Pátria estaria salva do perigo. Afligia-se, porém, sobre o que fazer a cidadãos distintos, réus de uma traição jamais vista. Castigá-los de modo exemplar poderia tornar-se odioso, mas deixá-los impunes seria perder a República.

Enfim, recobrado o ânimo, Cícero mandou vir à sua presença Lentulus, Cetego, Estatílio, Gabínio e Cepário de Terracina, que na hora anterior se destinava a partir para sublevar os escravos na Apúlia. Todos vieram sem demora, exceto Cepário, pois, tendo saído de casa pouco antes e já sabendo da descoberta da conjuração, havia fugido de Roma.

O cônsul, tomando Lentulus pela mão, em atenção ao cargo de pretor que tinha, conduziu-o ao Senado e ordenou aos guardas que levassem os demais prisioneiros para o Templo da Concórdia. Ali, então, convocou os senadores para uma decisão colegiada sobre os prisioneiros.

Em meio a uma assistência numerosa, foram apresentados Tito Voltúrcio e os alóbrogos, enquanto o pretor Valério Flaco trouxe e entregou a Cícero as cartas e a carteira que estes lhe haviam entregado. Tudo estava para ser visto e examinado publicamente.

Voltúrcio, perguntado sobre os seus procedimentos, sobre as cartas que tinha em mãos, sobre seu projeto e seus motivos, no princípio inventou mil coisas, sem falar na conjuração; depois, sentindo-se inseguro, quando lhe prometeram perdão sob fé pública, acabou contando tudo.

Disse que há pouco se associara a Gabínio e a Cepário, e que nada mais sabia além do que os legados haviam declarado; apenas ouvira Gabínio dizer algumas vezes que Públio Autrônio, Sérvio Sila, Lúcio Vargunteio e muitos outros estavam também na conjuração. E o mesmo fora confessado pelos alóbrogos num depoimento anterior.

Lentulus Sura, por sua vez, em seu depoimento a tudo negava; mas, além da carta, objetaram-lhe as suas conversações ordinárias, nas quais costumava dizer que os livros sibilinos prometiam o Império de Roma a três Cornelius: Cina e

Sila já o tinham obtido, e ele seria o terceiro predestinado. Além disso, dizia que aquele ano era o vigésimo depois do incêndio do Capitólio, ano em que os auspícios, segundo enumeráveis prodígios, apontavam para banhos de sangue e guerras civis no Império.

Após as cartas serem lidas e cada qual ter reconhecido a sua própria firma, o Senado decretou que Lentulus Sura, agora já deposto da magistratura, e os demais prisioneiros fossem retidos em prisão sem ferros, nos casarios de alguns senadores ilustres.

Apenas descoberta a conjuração, a mesma plebe, que pouco antes era partidária da guerra e desejosa de inovações, mudando repentinamente de sentimentos, passou a execrar os projetos de Catilina, elevando Cícero às nuvens. E, como se estivesse plenamente salva do massacre, a plebe rompia em delírios de júbilo e prazer.

Em meio às desordens de uma rebelião, eles esperavam mais auferir ganhos do que perdas; entretanto, quanto aos incêndios, julgavam-nos cruéis, monstruosos e sumamente prejudiciais, principalmente para eles próprios, cujas posses eram apenas os móveis de uso ordinário e as vestes do corpo.

No dia seguinte, Lúcio Tarquínio foi trazido ao Senado, preso, segundo diziam, no caminho para Catilina. Extremamente inseguro, prometeu fazer revelações sobre a conjuração, caso lhe dessem o perdão debaixo de fé pública, o que foi concordado.

Inquirido pelo cônsul a falar a verdade, depôs no Senado quase o mesmo que dissera Voltúrcio, sobre os incêndios planejados, a matança dos homens ilustres e a marcha dos rebeldes. Só acrescentou que Marco Crasso o recrutara como emissário, mandando-o dizer a Catilina que não se deixasse aterrar com a prisão de Lentulus, de Cetego e dos demais conjurados; antes, em razão disso, marchasse mais depressa sobre Roma, não só para livrar os presos, mas para resolver toda a questão mais facilmente.

Houve então grande alarido, assim que Tarquínio proferiu o nome de Crasso, homem nobre, muito rico e influente. Uns não puderam acreditar no depoimento; outros, ainda que fosse verdadeiro, entendiam que em tal conjuntura convinha mais serenar os ânimos do que exacerbar um homem de tanta autoridade; e a maior parte, vinculada a Crasso por favores particulares, bradava que o delator mentia, exigindo que a contenda ficasse para deliberação do Senado.

Cícero, por sua vez, recolheu os votos. E, por maioria, decidiu-se que a denúncia de Tarquínio parecia falsa. O denunciante foi então detido, sob ordem de não o deixarem livre enquanto não declarasse quem o havia induzido a inventar tamanha calúnia.

Não faltou quem julgasse a denúncia uma armação de Públio Autrônio, para que Crasso, comprometido, protegesse, com a sua influência, os demais prisioneiros. Outros diziam que Cícero ensaiara Tarquínio na denúncia, para Crasso não perturbar a República, encarregando-se, como costumava fazer no ofício de sua advocacia, da defesa dos criminosos. Salústio, por sua vez, disse a Crasso, em público, que fora Cícero quem lhe fizera tão grande afronta.

Na ocasião, embora houvesse empenho de senadores veteranos e conceituados, como Quinto Catulo e Caio Pisão, nem com o empenho desses, nem se houvesse rogativa e inclusão de dinheiro, haveria como demover Cícero de sua decisão de não usar os alóbrogos ou outro delator para acusar falsamente também a Caio César, homem de prestígio.

Aqueles dois senadores veteranos eram inimigos declarados de César. Pisão tinha sido acusado por César de haver condenado injustamente à morte, por dinheiro, um habitante do Vale do Pó. Catulo, por sua vez, odiava César, porque, com a pretensão de fazer parte do pontificado já em idade avançada, depois de ter servido a República nos maiores cargos, fora vencido no pleito pelo jovem César, então no início da carreira política. A ocasião parecia-lhes favorável, porque César, por sua grande liberalidade e fartos donativos ao povo, tinha contraído dívidas enormes, podendo desarticular-se nas finanças.

Mas, quando não puderam persuadir o cônsul a praticar tão grande infâmia, ambos os senadores se puseram a espalhar mentiras por todo lado, dizendo ter ouvido de Voltúrcio e dos alóbrogos a participação de César na trama dos conjurados. Com isso, jogaram o povo sobre César.

Como repercussão, alguns cavaleiros romanos que estavam em guarda no Templo da Concórdia, assustados pelo perigo iminente de uma guerra civil ou incentivados pelo sentimento patriótico, postaram-se em defesa da República e atacaram César a espada, pela primeira vez, na saída do Senado, sendo depois contidos pela guarda pretoriana, sem César receber qualquer ferimento. Era então 4 de dezembro de 63 a.C.

No Senado, verificada a delação dos alóbrogos e a de Tito Voltúrcio, decretaram-se prêmios aos delatores. Enquanto isso, alguns dos libertos, clientes de Lentulus Sura, dispersos em diferentes bairros e ruas de Roma, incitavam os artífices, os comerciantes e os escravos para tirarem Lentulus da prisão; e outros ligados a ele procuravam aliciar mais cabeças de motim, gente acostumada a excitar o povo contra o Estado, por dinheiro. Cetego, por sua vez, ordenara a seus escravos e libertos – apenas aos mais desembaraçados e atrevidos – que de armas em punho rompessem em arrastão até a prisão domiciliar, para libertá-lo.

Cícero, que apenas soube dessas ações contrárias, aconselhado pelos pretores e observando as circunstâncias, ordenou que fossem colocadas mais sentinelas sobre os conjurados. Em seguida, convocou o Senado para deliberar sobre a conjuração e sobre os réus agora presos.

Os acontecimentos que se seguiram na Assembleia do Povo e no Senado de Roma, reunidos cada qual para deliberação, serão mostrados nos dois próximos capítulos, observando-se a verdade histórica, como até agora tem sido feito; mas, em vez de Salústio, teremos agora a figura central de Cícero, que a tudo viveu e legou à posteridade os seus registros.

Trata-se de ocorrências singulares envolvendo em primeira pessoa as ações do então pretor Lentulus Sura, agora nitidamente decaído e preso, conforme será mostrado em detalhes em *As Catilinárias* terceira e quarta de Cícero.

5

CÍCERO AO POVO DE ROMA

Durante a República, no período em questão, os órgãos fundamentais do Estado eram o Senado, a magistratura e o povo. A magistratura era principalmente formada pelo conjunto de censores, cônsules, pretores, questores e governantes das províncias. Aos cônsules e pretores estavam destinados os poderes de comandar os exércitos, convocar o Senado e as Assembleias do Povo, além de administrarem a justiça.

O poder Judiciário, em especial, no patamar mais alto era exercido pelos pretores, nos postos intermediários pelos legados jurídicos (*legati iuridici*) e, nos mais baixos, pelos edis e questores. Na condição de *pretor repetundis*, encarregado de administrar a justiça no plano mais alto, julgando casos de extorsão e aquisições ilegais no serviço público, estava Lentulus Sura, quando fora preso por comandar e subverter a ordem do Estado, pondo em risco as pessoas e intentando contra a vida dos cidadãos.

Todos os magistrados precisavam ser ou ter sido eleitos pelo regime em vigor. A Assembleia das centúrias, a mais importante de todas, consistia em reunir os membros do exército romano no Campo de Marte, realizando ali as votações. Deliberavam três modalidades de ações: eleitorais, legislativas e judiciais.

No campo eleitoral, elegiam-se todos os magistrados. No âmbito legislativo, diferente de hoje, em que os representantes no Congresso Nacional fazem esse papel, na Roma Antiga as assembleias reuniam o povo de Roma que exercia o poder supremo na legislação. As propostas de lei, apresentadas pelos magistrados, eram aprovadas ou rejeitadas sem debate, apenas pelo voto simples: sim ou não. O povo também votava em casos de declaração de guerra, restabelecimento da paz e conclusão de tratados.

A Assembleia das centúrias exerce também alguns poderes judiciais: apreciava os recursos interpostos pelos cidadãos, dentre os quais estavam os pedidos para converter uma pena de morte em exílio. Esta Assembleia tinha poderes para comutar a pena máxima, mandando o apenado para o desterro no exterior, cassando-lhe a cidadania romana e, caso voltasse sem permissão, seria morto.

Lentulus Sura, caso fosse sentenciado à morte pelo crime cometido, imaginava poder apelar a essa corte e livrar-se da pena capital. Como pretor, eleito na Assembleia das centúrias, tinha prestígio popular e não lhe seria difícil obter essa comutação, indo para o exílio à espera de ocasião política mais favorável, para depois pedir ao Senado, por meio de algum preposto em Roma, a revogação da pena.

Cícero, por sua vez, desde o início de seu consulado, após saber dos planos de Catilina por meio de Fúlvia, amante do senador Quinto Cúrio, procurou mostrar ao povo alguns lances da trama engendrada. Para isso, lançou mão de algumas reuniões públicas, destinadas a provocar um movimento de opinião.

Essas reuniões populares, chamadas de *Contio*, podiam ser convocadas por qualquer magistrado e não tinham qualquer caráter legislativo. O povo era reunido no fórum ou em outro lugar, conforme a conveniência, para tomar conhecimento dos decretos ou ser comunicado de algum acontecimento importante. Cícero, emérito orador, gostava de usar e usou desse artifício várias vezes em seu consulado. Cabe-nos agora ficar com ele, como se fôssemos o povo de Roma em meio ao fórum, escutando a sua primorosa oração, a qual foi denominada: *Terceira Catilinária*.

Cidadãos[1] de Roma! A República e a vida de todos vós, assim como os vossos bens e fortunas, as vossas esposas e filhos, esta capital do glorioso Império, esta bela e bem-sucedida cidade, tudo isso foi, no dia de hoje, pelo grande amor dos deuses imortais e graças aos meus esforços, à minha vigilância e prevenção dos perigos, salvo do fogo e da morte, ficando livre das garras de um destino cruel. A Pátria, agora, intacta, está sendo restituída a vós, para ser conservada.

Sem dúvida, o dia em que temos a vida salva, como o de hoje, não é menos feliz e solene do que aquele em que nascemos; porque a salvação da morte é um prazer positivo e verdadeiro, enquanto o parto é o princípio de uma vida cheia de incertezas; e porque nascemos sem conhecimento algum de nada, mas nos salvamos da morte com plena consciência de tudo e cheios de satisfação.

Portanto, se no passado a gratidão dos nossos ancestrais fez de Rômulo, fundador desta cidade, um dos deuses imortais venerados, hoje, vós e os vossos descendentes deveis ao menos honrar a memória deste magistrado [Cícero] em vossa presença que, embora encontrando Roma já fundada e desenvolvida, salvou-a da destruição.

Sim, porque a cidade inteira, seus templos e oratórios, suas casas e muralhas, tudo, enfim, estava prestes a ser dominado pelo fogo, que soubemos apagar em boa hora; as espadas erguidas contra a República foram embotadas e os punhais afastados das gargantas.

Há pouco, no Senado, expliquei o que aconteceu, aclarando tudo a todos; agora, nesta reunião popular, vos farei um breve relato da situação. Ainda não está claro para vós o quão grande tem sido a conspiração e os meios que utilizei para descobri-la e dominá-la. Sabereis de tudo agora, para satisfação da vossa justa impaciência. [Era então um final de tarde: 3 de dezembro de 63 a.C.]

Em primeiro lugar, há alguns dias [desde 8 de novembro], quando Catilina saiu de Roma e deixou aqui os seus cúmplices e

---

1 O termo usado por Cícero fora *"Quirites"*, que vinha desde os tempos dos povos sabinos, quando se juntaram aos romanos nativos. *Quirites* tinha um valor individual, mas com o tempo passou a significar o "conjunto" da sociedade civil: "cidadãos", "cidadãos romanos", "cidadãos de Roma", "povo de Roma". Esses sinônimos foram também empregados por nós na tradução. (N.A.)

chefes mais proeminentes de sua cruel subversão contra a Pátria, aumentei a minha vigilância e as minhas precauções, para me manter a salvo de seus artifícios, feitos às escondidas.

Quando desta cidade expulsei[2] Catilina (não temo pronunciar esse nome, mas ser acusado de tê-lo deixado com vida), em vez de exterminá-lo, pensei que ele partiria com os seus cúmplices; ou mesmo que estes, ao ficarem aqui sem ele, seriam impotentes para realizar os seus projetos criminosos. Mas, vendo que permaneciam ao nosso lado aqueles a quem sabíamos mais inflamados pela audácia e pela maldade, dediquei-me por completo, dia e noite, a observar as suas ações, para penetrar os seus projetos, pois a magnitude de seus crimes era de tal monta que os vossos ouvidos não poderiam dar crédito ao meu discurso se os vossos próprios olhos não vissem as provas, fatos substanciais que amarrassem perfeitamente o caso; então, vendo a gravidade do intento, vós pudésseis decidir sobre a vossa própria salvação.

Para sublevar os gauleses e levar a guerra para além dos Alpes, Públio Lentulus Sura chamou os comissários alóbrogos[3], que já estavam prestes a regressar às suas terras e dar conta a seus compatriotas do acordo firmado, levando papéis escritos, cartas. Voltúrcio estava com eles, levando consigo outra carta, esta para Catilina.

Agora, conhecendo bem esses feitos subversivos, creio ter conseguido, após tanto implorar aos deuses em razão da dificuldade em realizar tal façanha, descobrir por completo essa conspiração. Digo isso não só para a minha alegria, mas também para a do Senado e a de todos vós.

Chamei à minha casa ontem [2 de dezembro] Lúcio Flaco e Caio Pomptino, pretores valorosos e de comprovado amor à República. Dei-lhes conta de tudo e disse-lhes o que deveriam fazer. A lealdade deles, para com a egrégia República, não lhes

---

2 Trata-se de um desabafo de ideias, pois, em sua primeira *Catilinária*, Cícero deixa claro que não o expulsava, apenas recomendava a sua partida de Roma, aconselhando-o ao exílio voluntário. (N.A.)

3 Alóbrogos, também conhecidos como gauleses, foram povos da Gália Narbonense, região de Languedoc e Provença, hoje tendo como referência a cidade de Marselha, na França. Submetidos a Roma em 121 a.C., por Quinto Fábio Máximo, esse povo galo-romano controlava a rota comercial entre Itália e Espanha. Os seus legados estavam em Roma para protestar contra os abusos do governo romano naquela província. (N.A.)

consentiu recusar nem atrasar um minuto sequer a execução das minhas ordens.

Ao anoitecer, em sigilo, ambos foram à ponte Mílvia e ali se postaram, separadamente, em duas casas de campo, entre as quais corre o Tibre e fica a ponte. Na escolta estavam também soldados valorosos, reunidos pelos bons serviços prestados à Pátria; e eu mesmo os reforcei, mandando grande quantidade de jovens da Prefeitura de Rieti, devidamente escolhidos e armados, cujos serviços são por mim usados para manutenção da paz.

Então, por volta das três da manhã de hoje, começou a passar sobre a ponte um numeroso contingente escoltando os dois legados alóbrogos, e com eles estava Voltúrcio. Eles foram atacados com ímpeto pelos nossos homens e se defenderam a espadas. Somente os pretores estavam sabendo da situação, os demais ignoravam tudo.

Na chegada de Pomptino e Flaco, deu-se ordem de cessar o combate. Todas as cartas em poder dos comissários, fechadas e com seus selos intactos, foram entregues aos pretores. Então, presos os legados e seus acompanhantes, foram trazidos à minha casa, ainda de madrugada. Ordenei a eles que me dessem os autores desses crimes, dessas maquinações cruéis.

Deram-me então Gabínio Cimbro, que quando preso não sabia da detenção dos emissários. Também foram trazidos à minha presença os demais responsáveis. Primeiro veio Estatílio, depois Cetego. Quem mais tardou a chegar foi Lentulus – credo, não é de seu costume perder o sono –, deve ter passado a noite em claro, escrevendo as cartas[4].

A notícia se espalhou. Vieram à minha casa muitos cidadãos ilustres, os quais queriam abrir as cartas antes de serem apresentadas ao Senado, para que, se não tivessem nada de grave, o meu medo não fosse repassado à população, que poderia ficar alarmada.

Recusei-me a isso. Porque, em caso de perigo público, quem primeiro deve conhecer as provas é o Conselho de cidadãos. Com efeito – povo de Roma –, ainda que as cartas não revelassem o motivo dos meus receios, eu não poderia temer a

---

[4] Trata-se de uma ironia de Cícero, colocando inclusive a palavra "credo", pois a carta de Lentulus a Catilina tinha apenas três ou quatro linhas, como já mostrado em Salústio. E o documento aos alóbrogos fora assinado a várias mãos e também era curto. Considera-se que a aludida sonolência de Lentulus devia-se à sua preguiça no Senado. (N.A.)

censura pública pelo meu excesso de prudência, quando a República está em perigo.

Então, como já o sabeis, nesta manhã reuni grande audiência no Senado, e ao mesmo tempo enviei à casa de Cetego um homem enérgico e destemido, Caio Sulpício, pretor valoroso, para apreender as armas que diziam ter ali, segundo informações dos alóbrogos; e, de fato, havia na casa grande número de espadas e punhais.

Então fiz entrar Voltúrcio, sem a presença dos gauleses. E por ordem do Senado, em nome da República, a impunidade lhe foi garantida, para, sem medo, animá-lo a dizer tudo, numa delação premiada.

Quando ele se recuperou do terror que o dominava, disse que Lentulus Sura lhe havia dado uma carta, para ser entregue a Catilina, e passado instruções verbais a ele, dizendo para Catilina se valer do serviço dos escravos e se fizesse pronto com seu exército para entrar em Roma.

Segundo o plano acordado, Catilina devia chegar às portas da cidade ao mesmo tempo em que os conjurados estivessem queimando cada bairro e fazendo a matança dos cidadãos. Nessa entrada, teria de prender aqueles que estivessem tentando fugir, para, em seguida, juntar-se aos líderes de sua facção.

Fiz entrar depois os gauleses, que declararam ter recebido de Lentulus, Cetego e Estatílio os planos juramentados e as cartas destinadas a seus compatriotas. Disseram que esses três, e mais Lúcio Cássio, tinham recomendado-lhes enviar à Itália, o quanto antes, suas tropas de cavalaria, porque as de infantaria já eram fartas.

Lentulus Sura lhes assegurou que, segundo as profecias sibilinas, ele seria o terceiro Cornelius destinado a governar Roma com poder absoluto, após os dois anteriores, Cornelius Cina [cônsul de 86 a 84 a.C.] e Cornelius Sila [cônsul em 88 e ditador em 82 a.C.]. E asseverou que este ano, o décimo após a absolvição das virgens[5] e o vigésimo a partir do incêndio do Capitólio[6], seria o da destruição de Roma e de seu Império.

---

5 As virgens eram sacerdotisas do Templo de Vesta, espécie de freiras. Em 73 a.C. foram acusadas de terem faltado com os votos de castidade; mesmo absolvidas, tomou-se o caso como de mau agouro. (N.A.)

6 O incêndio no Capitólio, no ano de 83 a.C., onde os *Livros Sibilinos* foram queimados, também fora considerado de mau agouro, vindo daí presságios negativos de toda ordem. (N.A.)

Os gauleses também declararam que Cetego não concordou com outros conjurados sobre o dia marcado dos assassinatos e da queima de Roma, porquanto Lentulus e outros preferissem o das festas Saturnais[7]; para Cetego tal data estaria demasiadamente distante.

Enfim, encurtando estes relatos: fiz apresentar aos conspiradores as cartas que lhes foram atribuídas. O primeiro selo identificado foi o de Cetego, que o reconheceu – era o de seu anel. Cortou o fio e abriu a carta. Houvera escrito de próprio punho. Estava endereçada ao Senado gaulês e àquele povo, assegurando-lhes o cumprimento do prometido e pedindo-lhes que os acordos fossem honrados. Em seguida, explicando a captura de grande número de espadas e adagas em sua casa, disse que sempre fora aficionado por boas armas; mas, na leitura de sua carta, mostrou-se apavorado e confuso, pois o testemunho de sua própria consciência lhe fez emudecer de repente.

Em seguida, fiz entrar Estatílio, que também reconheceu o seu selo e a sua letra. Lida a carta, escrita na mesma direção insensível da anterior, confessou sua culpa. Então peguei a carta de Lentulus Sura e mostrei a ele, pedindo para reconhecer ou não o seu selo; fez sinal que sim.

"Na verdade – eu lhe disse –, este selo[8] é facilmente reconhecido, pois contém a imagem de teu avô, homem distinto que só amou o seu país e os seus compatriotas; imagem[9] que,

---

7 As festas Saturnais ou Saturnálias eram comemoradas no solstício de inverno; iniciavam-se em 17 de dezembro e tinham duração de sete dias. Nesse período, senhores e escravos sentavam-se à mesa para comerem, beberem e divertirem-se juntos, num ambiente de orgia, favorecendo a desordem de uma insurreição. (N.A.)
8 As tabuinhas de cera, depois de usadas na escrita, tinham uma fita laçada e um nó atado, onde se punham algumas gotas de cera para imprimir o selo do emitente: a imagem do anel de família. (N.A.)
9 O selo de Sura tinha a imagem de um antepassado seu, não a do avô, como no texto de Cícero, mas a de seu bisavô paterno, Publius Cornelius Scipio Nasica Corculum. Este se casara com sua prima Cornélia, filha de Cipião, o Africano, e fora cônsul em 162 e 155, censor em 159, pontífice máximo em 150 e *princeps* do Senado em 147 a.C.; acredita-se que morreu em 141 a.C., pois nesse ano fora sucedido no cargo de pontífice máximo por seu filho, Publius Cornelius Scipio Nasica Serápio. Foi Serápio (cônsul em 138 a.C.), parente de Sura por parte de pai, que numa revolta de senadores e equestres (133 a.C.) perseguiu e matou o tribuno Tibério Graco (irmão de Caio Graco), favorável à reforma agrária. O filho mais velho de Serápio (de mesmo nome do pai) seria cônsul em 111 a.C. Supõe-se que um irmão mais novo, desse segundo Serápio, tenha sido o pai de Lentulus Sura. (N.A.)

embora silenciosa, deveria inspirar-te para ficares longe de tanta maldade."

A carta de Lentulus Sura, endereçada ao Senado gaulês, foi lida como as anteriores. Indaguei-lhe se tinha algo a dizer. A princípio começou negando. Mas depois, quando lhe foram mostradas as demais provas, levantou-se e perguntou dissimulando aos gauleses:

"Que negócios eu poderia ter convosco, por que foram à minha casa?"

Na hora, Voltúrcio repetiu a mesma pergunta, aos gauleses, forçando a delação deles, para confirmação da sua. Eles responderam de modo breve e sereno, citando as ocasiões em que foram visitá-lo e quem os havia levado até ele; em seguida, perguntaram-lhe se não era verdade que lhes havia falado dos *Livros Sibilinos*.

Então, enlouquecido pela maldade, despejando com furor toda a sua consciência culpada, porque, podendo negar tudo, de repente, contra a opinião de todos, confessou a verdade. E, ao contá-la, Lentulus não mostrou em seu discurso a criatividade e a prática que lhes são peculiares quando quer desculpar atos de manifesta e notória maldade, tampouco a sua habilidade e insolência costumeiras, que a tudo costumam superar.

Voltúrcio [a quem o Senado havia dado impunidade pela delação] imediatamente pediu a abertura da carta que Lentulus lhe havia dado para entregar a Catilina. Embora ainda muito perturbado, Lentulus reconheceu nela a sua letra e o seu selo. A carta não tinha assinatura, e dizia:

"Pelo emissário que te envio saberás quem sou. Tu és homem! Pensa no passo que já destes e vê o que ainda deves fazer. Busca auxiliares por toda parte e recruta até os mais ínfimos [alusão aos escravos, que a soberba de Catilina não queria recrutar]".

Em seguida, trazido Gabínio para fazer o depoimento, começou negando tudo, de modo descarado, mas acabou confessando o que os gauleses lhe imputavam.

São estas... – cidadãos de Roma – as provas certas e os testemunhos irrefutáveis dos crimes: cartas, selos, letras de próprio punho e confissões de cada um dos culpados. Eu teria a acrescentar ainda outras provas [subjetivas]: a palidez de seus rostos, os seus olhares confessos, a alteração de cada semblante, o silêncio proposital. Ao vê-los tão angustiados, de cabeça baixa e de olhar direto no chão, lançando entre si olhares furtivos, não pareciam culpados por acusações de outros, mas réus que denunciavam a si mesmos.

Expostas as provas e ouvidos os depoentes, consultei o Senado, para saber dele as suas deliberações no resguardo da República. Os mais ilustres senadores propuseram imposições duras e enérgicas aos prisioneiros, que foram aprovadas por unanimidade.

Entretanto – cidadãos romanos –, como o *Senatus consultum* ainda está sendo escrito, vou referir-me a ele de memória, para vos mostrar as disposições ali contidas.

Em primeiro lugar, os senadores agradeceram com o maior apreço o meu trabalho de livrar a República com diligências prudentes e de agir na prevenção de perigos ainda maiores. Em seguida, com toda razão e justiça, os pretores Lúcio Flaco e Caio Pomptino receberam louvores pelo destemor e pela abnegação no apoio a mim dispensado. Também partilhou do mesmo elogio senatorial o meu colega de consulado, Caio Antônio, por ter cortado relações, tanto pública quanto privada, com os implicados nesta conjuração.

Além disso, os senadores decidiram que Públio Lentulus Sura se demitisse da pretura e fosse posto sob custódia; e do mesmo modo mandaram aprisionar os demais presentes: Caio Cetego, Lúcio Estatílio, Públio Gabínio. Decretou-se também a prisão de Lúcio Cássio, que havia tomado para si a procuração de incendiar a cidade. E do mesmo modo decretou-se prisão a Marco Cepário, designado para sublevar os pastores na Apúlia; igualmente a Públio Fúrio, um dos colonos estabelecidos por Sila, em Fésulas, que ali provocaria agitação; também a Quinto Ânio Quilon, que, juntamente com Fúrio, participara de todas as maquinações para sublevar os alóbrogos; por último, ao liberto Públio Umbreno, que levara os gauleses à casa de Gabínio.

Cidadãos de Roma! Não obstante isso, a clemência do Senado é tão grande que, apesar da importância da conjuração, da sua força e da quantidade de inimigos ainda nesta cidade, a República foi considerada salva, decretando-se apenas a punição de nove dos criminosos, deixando-se os demais em liberdade para arrependimento de seus erros.

Ordenou-se também uma ação de graças aos deuses, por sua singular proteção a este povo; e isto será feito em minha homenagem – cidadãos –, sendo eu o primeiro homem togado a ter nesta cidade o seu nome honrado com tal distinção. São estas as palavras do decreto:

"Por ter ele livrado a cidade do fogo, os cidadãos da morte e a Itália da guerra".

O que distingue esta ação de graças, comparada a outras, é que tal honra já fora concedida antes, a muitos, pelos bons serviços prestados à República, enquanto para mim ela é outorgada pelo singular mérito de tê-la salvo da desgraça.

O Senado fez então o que devia ser feito: Públio Lentulus Sura, cuja culpa fora comprovada por várias testemunhas e por sua própria confissão, havia perdido, com isso, no conceito do Senado, não só a sua dignidade de pretor, mas também a sua cidadania romana; entretanto, após isso ele renunciou ao cargo – cuidado que Caio Mario, no passado, não tivera quando, no posto de cônsul, puniu de morte o pretor Caio Gláucia, contra o qual não havia nenhum decreto condenatório. Com isso, nós ficamos livres e sem remorso algum para punir[10] Lentulus Sura, agora convertido à condição de simples homem particular.

Agora que tendes – cidadãos romanos – capturados e presos os líderes mais perigosos e letais desta conspiração, deveis considerar vencidas todas as hostes de Catilina, todas as suas torpezas e tramas engendradas, ficando Roma livre de seus crimes.

Quando mandei Catilina sair desta cidade, tive para mim que, se ele estivesse longe, nada teríamos de temer da sonolência de um Públio Lentulus Sura, nem das banhas de um Lúcio Cássio ou da audácia de um Cetego furioso. Dentre todos, apenas Catilina preocupava, e unicamente dentro dos muros desta cidade. Porque ele a tudo conhece, além de ter livre acesso a todos os lugares; era o único que poderia reunir muitos, sondar as suas ideias, arrebanhar aliados e atrever-se a fazer muito mais, pois tem grande aptidão para o crime, não lhe faltando força e eloquência.

---

10 Os magistrados romanos, enquanto no exercício da função, não podiam ser julgados ou condenados; em caso de flagrante delito, havia necessidade de instaurar--se a renúncia no Senado, para efetivar a punição. Isso foi feito a Lentulus Sura, na manhã de 3 de dezembro de 63 a.C., durante a sessão no Senado. À tarde, nesta reunião popular, o caso seria apenas comunicado, para conhecimento público. (N.A.)

Para cada ação criminosa a ser realizada, já tinha ele escolhido seus executores; e, apesar disso, não acreditava que seria obedecido apenas pelo fato de ordená-las, por isso inspecionava tudo em toda parte, controlando e certificando-se da execução do trabalho, mesmo tendo que enfrentar para isso o frio, a fome e a sede.

Para um homem assim tão disposto e resistente, com tal grau de audácia e astúcia, tão preparado para o crime e diligente na organização do mal, se eu não o tivesse obrigado a mudar seu modo de operar doméstico, cheio de armadilhas, para um banditismo público e aberto, vos direi o que sinto... – cidadãos de Roma –, eu não poderia afastar facilmente de vossas cabeças uma calamidade tão grande.

Isso não teria sido possível se Catilina não tivesse dilatado o prazo do vosso massacre para as Saturnálias, se não tivesse anunciado tão cedo o ataque à República e se exposto a tal ponto de cair em nossas mãos os seus comparsas, com as suas cartas e selos de identificação; enfim, atuando mais distante de Roma, as provas de seus crimes tornaram-se irrefutáveis. Até então, jamais havia sido tão evidente o delito de um ladrão apanhado em flagrante dentro de casa, como esse espantoso crime, descoberto e reprimido no seio da República enquanto Catilina estava fora de casa, mas articulando o crime dentro dela.

A verdade é que enquanto esteve em Roma, sempre alerta, ele pôde reprimir as suas próprias tentativas cujas chances de frustração eram altas; assim, se tivesse ficado aqui até hoje, o mínimo que teríamos de fazer seria combatê-lo com vigor. Jamais, tendo um inimigo como ele dentro de Roma, eu poderia livrar a República de tão grande perigo num ambiente de tanta paz, de tanta calma e de modo tão silencioso como fiz agora.

Embora eu tenha ordenado e dirigido todas essas ações de defesa, tudo aconteceu de modo tal que a vontade dos deuses imortais se fez presente por meu intermédio, como se fosse um conselho. Intuíam-nos sempre o melhor caminho, fazendo-nos supor que eles estavam no governo desta grande empreitada, e de modo superior ao imaginado pelo homem.

Nestes últimos tempos, a ajuda dos deuses fora tão nítida que quase podíamos vê-los com os nossos próprios olhos. Porque, além do reflexo vermelho que surgira à noite no céu do Ocidente, verificaram-se também raios que desceram dos céus, abalos sísmicos e muitas outras coisas insólitas durante o nosso consulado. Tudo isso nos pareceu prenúncio da vontade dos deuses que agora acaba de consumar-se. E o que mais lhes direi – cidadãos de Roma –, pois a ocorrência de agora não deve ficar no silêncio, tampouco cair no esquecimento.

Durante o consulado de Torquato e Cota[11], muitos objetos foram atingidos por um raio no Capitólio; as imagens dos deuses imortais se moveram de seus pedestais e as estátuas dos heróis romanos caíram abatidas, fundindo-se com as placas de bronze onde as leis foram escritas. Não escapou nem mesmo a de Rômulo, fundador desta cidade, cuja imagem dourada recordava sua figura de menino de peito, com a boca aberta para os úberes de uma loba. Então vieram sacerdotes de toda a Etrúria, profetizando para breve o advento de matanças e incêndios, o desrespeito às leis, a eclosão de guerras civis e a ruína total desta cidade e de seu Império, se porventura não lográssemos alcançar as benesses dos deuses imortais e estes, com os seus poderes divinos, mudassem o rumo do cruel destino profetizado.

Na época, de acordo com as respostas dos deuses nos arúspices, foram feitos jogos públicos por dez dias, não se esquecendo de nenhuma oferta para apaziguar o ânimo dos deuses. Os arúspices ordenaram também a construção de uma nova estátua de Júpiter, maior que a primeira, colocando-a no mais alto pedestal e com o rosto voltado em direção oposta à da anterior, ou seja, olhando para o Oriente.

Esperava-se que essa imagem (como está agora) olhasse o sol nascente, o fórum e a Cúria, pondo a descoberto todas as conspirações contra Roma e seu Império, inteirando-se delas o Senado e o povo romano.

Então, diante das profecias, de imediato os cônsules trataram de encomendar a nova estátua, para tudo ser feito da maneira prescrita. Contudo, essa obra artística, tão grande e tão lenta em sua execução, que não pôde ser terminada no tempo dos nossos predecessores e nem nós, até hoje, pudemos inaugurá-la, mas apenas adaptar à imagem anterior.

---

11 Ambos foram cônsules em 65 a.C., dois anos antes deste discurso, ocasião em que falhara uma das tentativas de Catilina para atingir o poder de modo subversivo. (N.A.)

Cidadãos! Haverá algum inimigo da verdade que seja tão irrefletido e insano que não veja o poder dos deuses imortais na realização de todas as coisas? E, em especial, no que diz respeito a tudo o que acontece nesta cidade? Quando os arúspices responderam denotando homicídios, incêndios criminosos e o fim da República, tudo pelas mãos de alguns cidadãos perdidos, tais crimes, pelas proporções descomunais, não puderam ser acreditados.

Mas, agora, podeis ver bem como esses malfeitores planejaram os crimes, e até mesmo como colocaram mãos à obra para execução deles. Indaga-se: Como não ver a vontade de Júpiter Optimus Maximus sobre o que aconteceu hoje em vossa presença?

E ainda, por minha ordem, após a estátua ser arrumada no Capitólio, a coincidência da profecia com os conspiradores e denunciantes irem conduzidos do fórum para o Templo da Concórdia, sob o olhar de Júpiter, cujo rosto fora arrumado para vê-los. Bastou colocar a estátua no pedestal e virar seu rosto na vossa direção e na do Senado, para que o mesmo Senado e vós todos pudésseis ver, claramente, a conspiração que atentava contra as vossas vidas.

Por tudo isso, os conjurados merecem agora toda a nossa repulsa, a imputação de severas penas por suas maquinações, por seus crimes de consumir pelo fogo não somente as vossas casas, mas também os templos dos deuses imortais.

Não posso dizer que tenha sido eu o responsável por tão grande mérito, seria muita pretensão de minha parte. Apenas Júpiter poderia fazê-lo, o mesmo Júpiter que lhes resistiu e os aniquilou.

Ele quis salvar o Capitólio, os vossos templos, a vossa cidade e a vós todos. Os imortais inspiraram a minha mente e a minha vontade – cidadãos de Roma – para desbaratar crimes assim tão bárbaros. Sem isso, não me seria possível descobrir essa tentativa secreta de aliciar os alóbrogos, tão estupidamente realizada por Lentulus Sura e outros inimigos bárbaros desta cidade, além das cartas colocadas em suas mãos.

É o caso de agora indagar-se: Isso tudo não atesta que os deuses imortais os confundiram no emprego da ousadia e na perda do bom senso? O que mais...?

Os gauleses, por sua vez, legados de uma nação ainda não submissa, é ela a única hoje que resiste e sente vontade de confrontar os romanos. Tendo eles a esperança de expandir os seus domínios e de obter mais benefícios, preferiram, contudo, escolher a favor da própria vida, quando o contrário lhes fora ofertado por alguns patrícios desta cidade.

Não julgueis que um prodígio assim tenha ocorrido sem a vontade dos deuses, e ainda numa condição favorável aos alóbrogos, pois, para nos vencer, não precisariam eles sequer lutar, bastaria apenas o silêncio.

Por isso – cidadãos –, foram ordenadas festividades religiosas solenes, para dar graças aos deuses imortais e nelas tomarem parte as vossas esposas e filhos.

Muitas vezes, as honras pagas aos deuses foram justas e devidas, mas nunca tanto como agora. Haveis escapado de um grave e terrível perigo. Vós sois os vencedores de uma batalha sem morte, sem derramamento de sangue nem de ação do exército; não houve luta, ninguém deixou a sua toga de lado e os seus afazeres, tampouco este vosso dirigente desvestiu a sua toga ou abandonou a sua postura de paz.

Cidadãos romanos! Recordai das vossas lutas internas do passado, daquelas que ouvistes falar e das que haveis visto. Lúcio Sila esmagou a Públio Sulpício, expulsou de Roma a Caio Mario, grande defensor desta cidade, baniu para o exílio e abateu muitos homens ilustres [em 88 a.C.][12]. O cônsul Gneo Otávio expulsou de Roma o seu colega de consulado [em 87 a.C.][13], deixando este local que agora ocupamos cheio de corpos e coberto de sangue romano; depois, foi ele suplantado por Mario e Cina, os quais, com a morte do povo mais esclarecido, extinguiram o que havia de mais brilhante em Roma [no período de 87 a 84 a.C.][14]. Sila, pouco mais tarde, vitorioso, vingou as

---

12 Nesse ano, o tribuno da plebe e partidário de Mario, Públio Sulpício Rufo, quis aprovar leis contra Sila, incluindo uma que tirava de Sila o comando da guerra contra Mitrídates, dando-a a Mario. Ao retornar, Sila expulsou Mario de Roma e mandou executar Sulpício. (N.A.)
13 Nesse ano, o cônsul Gneo Otávio destituiu seu colega Lúcio Cornélio Cina, porque este queria estender o direito de voto a todos os italianos, e também desterrou e esmagou muitos dos partidários dele. (N.A.)
14 Após a sua expulsão, Cina levantou um exército com ajuda de Mario, de Gneo Papírio Carbão e de Quinto Sertório, então cercou Roma; após vários impasses, o Senado lhe entregou a cidade, e Gneo Otávio foi executado. Cina

crueldades; e bem o sabeis que tais lutas diminuíram a população e aumentaram as calamidades da República [em 83 a.C.][15]. Em seguida, eclodiu a discórdia entre Marco Lépido e o esplêndido e conceituado Quinto Catulo, mas a morte do primeiro não fez a República sentir tanto a sua falta como a dos anteriores [isso aconteceu em 78 a.C.][16].

Todas essas divergências – cidadãos – não tinham por objetivo destruir o Estado, pretendia-se mudar a sua forma de ser, interpondo outro governo. As facções não queriam acabar com a República, mas dominá-la. Não queriam que Roma ardesse em chamas, ficando destruída, mas tornar a cidade mais próspera. No entanto, todos esses distúrbios, sem afetar a existência da República, terminaram não com a reconciliação e a harmonia entre as partes, mas com a chacina de inúmeros cidadãos civis.

A subversão de agora, ao contrário, é a maior e mais terrível que a memória humana pode recordar: guerra civil que os filhos mais ferozes de outras nações jamais fizeram; é uma insurreição armada em que Lentulus, Catilina, Cássio, Cetego impuseram dar como lei algo nefasto: todo aquele que conseguisse se salvar na destruição da cidade seria ainda inimigo.

Contudo – cidadãos –, enquanto os vossos inimigos almejavam reduzir os romanos a um número minguado de sobreviventes e limitar a grandeza desta cidade àquilo que o fogo não pudesse devorar, eu, ao contrário, conservei a integridade total de Roma, mantive a ordem e conservei intactos todos os cidadãos. Estais a salvo!

Cidadãos! Por tais realizações não vos peço nenhum prêmio ou mérito, nenhuma distinção de honra nem monumento comemorativo, mas apenas que este dia possa ficar na vossa lembrança para sempre. O meu triunfo quer estar inserido na vossa alma; é nela que desejo ter os meus títulos honoríficos,

---

ocupou quatro vezes o consulado, de 87 a 84 a.C., quando Mario fez muitos massacres, até sua morte, em 86 a.C. (N.A.)
15 Nesse ano, voltando do Oriente, Sila marchou contra Mario e contra Gneo Papírio Carbão, proclamando-se ditador e instalando um terrível regime de proscrição contra os seus adversários. (N.A.)
16 Marco Emílio Lépido inaugurou o triunvirato; eleito cônsul em 78 a.C., ano da morte de Sila, tentou revogar as leis de Sila, mas com a oposição de Quinto Catulo fugiu para Sardenha e morreu. (N.A.)

o meu lugar de glória e os troféus da minha vitória. A mim não importam esses monumentos silenciosos e estáticos, que os menos dignos podem obter de alguma maneira.

Em vossa memória – cidadãos – viverão os meus triunfos, sustentados pelas histórias que havereis de contar a outras gerações, e pelas obras literárias que haverão de dar força e imortalizar os meus feitos.

Assim, espero que a longuíssima duração prevista para esta República seja a mesma para rememorar o meu consulado, podendo-se dizer, depois, que nestes tempos passaram por aqui dois cidadãos: um[17] estendeu o Império para além da Terra, até as regiões do céu; outro[18] salvou esta capital, centro nervoso e base maior do poder.

Porém, todas essas coisas feitas por mim não têm o mesmo valor daquelas realizadas no exterior. Enquanto eu tenho de continuar vivendo aqui, entre aqueles a quem venci e subjuguei, um general de exército deixa nos campos distantes de batalha os inimigos mortos, e dá um destino aos prisioneiros. Portanto – cidadãos – cuidais que, enquanto lá fora o general recolhe os prêmios da vitória, não seja eu aqui punido[19] pelo bem que vos fiz.

É certo que vos salvei das intenções perversas e criminosas de homens muito audaciosos, cabe a vós, agora, colocar-me a salvo[20] da vingança desses rebeldes. Não creio que eles possam causar-me qualquer prejuízo, pois conto com o apoio dos homens de bem desta cidade, os quais haverão de garantir a minha segurança; tenho também, a meu lado, a soberania da República, cuja proteção constante e silenciosa não haverá de faltar-me; além disso, conto com a força poderosa da consciência, o que faltou àqueles que tentaram atacar-me e sempre haverá de denunciá-los.

Há em mim – cidadãos – disposição e força suficientes para não ceder e até mesmo para atacar de frente esses aventureiros cruéis. Porém, se o ódio impetuoso dos nossos

---

17 Nítida alusão aos memoráveis feitos de Pompeu, no Oriente. (N.A.)
18 Cícero não perdia chance para enaltecer as suas realizações. (N.A.)
19 Os adeptos do movimento subversivo eram muitos em Roma; Cícero sabia disso e, neste discurso, tentava prevenir-se de futuras represálias, quando o momento fosse favorável aos adversários. (N.A.)
20 Cícero demonstra sua intenção de livrar-se de todos os conjurados; isso ficaria mais claro no dia seguinte, na sessão do Senado. (N.A.)

inimigos internos, esses que agora foram rechaçados por vós, se dirigir contra mim, caberá a vós outros – cidadãos – determinar em que condições terão de cair aqueles que, por salvá-los, enfrentam todo tipo de ódio e perigo.

Ao meu interesse pessoal, não há nada no mundo capaz de lisonjear mais do que as honras a mim já ofertadas, a glória de ver as minhas virtudes elevadas e o prestígio que obtive de vós. O que poderia querer mais?

O que quero – cidadãos – é defender e levar a cabo o meu consulado de modo que, no futuro, então na vida privada, eu possa falar dele com dignidade. O ódio e a inveja insurgidos contra mim neste trabalho de salvar a República mais tarde irão bater contra os próprios oponentes e contribuir para a minha glória.

Por último, numa palavra, trabalharei sempre pela República e para vós todos, pois no futuro quero que os meus feitos e os meus cuidados para convosco, durante a minha vida inteira, sejam lembrados como produtos da minha virtude, e não como filhos do acaso.

Cidadãos! Agora que a noite se aproxima, fazei os vossos atos de veneração a Júpiter, vosso guardião e protetor desta cidade; em seguida, retirai-vos para as vossas casas e, embora o perigo já tenha passado, não deixeis de orar pela vossa defesa, como o fizestes ontem à noite. Em breve, eu vos livrarei desse cuidado, com as ações que ainda virão, para poderdes desfrutar da paz permanente.

A noite caiu e Cícero foi para casa. Tinha ainda muito a fazer. Era preciso preparar o discurso que teria de fazer no Senado, para garantir a paz permanente prometida ao povo. No próximo capítulo vamos ver detidamente as ocorrências vividas no Senado.

6

JÚLIO CÉSAR: O DEFENSOR DA VIDA

Na vida particular, Marco Túlio Cícero era um romano de vida digna, dono de fortuna mediana e conservador dos costumes, mas sofria de problemas estomacais, por isso era cuidadoso na alimentação, tratava-se com os melhores médicos, fazia exercícios físicos, frequentava os banhos públicos e casas de massagem.

Na política, quando soube das intenções dos conjurados e, em seguida, tivera os primeiros indícios de uma rebelião arquitetada às escondidas, tratou de demolir a imagem de Catilina, o líder da subversão, informando aos políticos e ao povo de Roma o que estava passando de modo oculto na cidade.

Em seus discursos, preparados cuidadosamente para aclarar tudo, Cícero deu conhecimento de que o povo mais simples e a juventude de Roma estavam sendo influenciados pelos rebeldes, que, nos prazeres mundanos e nas bebedeiras, gastavam dinheiro à larga. Ele queria mostrar que a conduta dos conjurados era, de fato, um exemplo real de imoralidade. E que, ao mesmo tempo, estavam incutindo um clima subversivo em Roma, falando a todos que havia risco iminente de tudo mergulhar numa guerra civil por desigualdade das fortunas, quando na verdade o risco quem fazia eram eles próprios.

Por diversas vezes, Cícero dissera que os rebeldes insuflavam o povo a uma rebelião funesta nos banquetes luxuriantes, nas campanhas eleitorais corruptas e nos gastos monumentais com o supérfluo. Em reuniões fechadas, faziam planos para liquidar a República com ataques, incêndios e rapinas, engendrando a morte dos principais cidadãos na cidade inteira.

O desenho criminoso traçado pelos chefes da conjuração tinha por finalidade subverter a ordem do Estado e pôr em perigo a vida das pessoas, sem respeito e consideração a ninguém. Para os chefes do movimento, os fins justificavam os meios, por isso, a mentira era usada para fazer o povo aderir à insurreição armada.

Agora, com os réus presos, cabia a Cícero presidir a sessão de julgamento. Ele próprio a convocara e haveria de fechá-la. O segundo-cônsul, Caio Antônio Híbrida, no início de seu mandato fora convencido por Cícero a assumir o governo da Macedônia, deixando o caminho livre para ele mesmo manobrar a política em Roma.

Cícero era um homem de inteligência versátil, conhecia o idioma grego e traduzia com facilidade os grandes filósofos helênicos. Como advogado, era profundo conhecedor das leis, um verdadeiro vencedor de causas. Político habilidoso, em sua carreira dedicara-se de corpo e alma estudando com afinco as técnicas de persuasão. Escritor criativo, nas *Catilinárias* se dedicou a atacar com prudência os conjurados, no intuito de desmascará-los por completo e incriminar todos os culpados. Orador emérito, era o mais expressivo em toda a Roma Antiga; suas qualidades excediam as de quaisquer outros, por mais valorosos que fossem.

Com a experiência de seus 43 anos, no auge da idade madura, dificilmente podia ser vencido nos debates. Seus argumentos eram sempre fortes. Seu poder de persuasão, magnífico. Estava disposto a imputar a pena máxima aos réus e faria de tudo para consegui-lo. Sabia que um *Senatus consultum ultimum*, imputando pena de morte aos réus, haveria de transferir para ele o dever de executá-los, podendo causar-lhe um desgaste irreparável; mas, pela causa, estava disposto a tudo, arriscando até a própria vida.

Em seu íntimo, sabia que o Senado podia quase tudo, inclusive revogar e criar leis, mas não tinha poder legal para julgar cidadãos romanos e decretar-lhes a morte. E menos ainda o tinha para imputar pena máxima sem submetê-la à apreciação da Assembleia do Povo, não dando aos condenados direito de apelarem da sentença naquela instância, para comutação da pena capital em exílio perene.

Dentre os conjurados, Públio Lentulus Sura era o réu de maior importância política. Com os seus 53 anos e uma vasta experiência em cargos públicos, já havia ocupado o posto de cônsul e, como pretor eleito em exercício naquele ano, gozava de prestígio popular. Os demais réus, Caio Cetego, Lúcio Estatílio, Públio Gabínio e Marco Cepário, que como Lentulus tinham confessado os seus crimes e sido presos, eram também figuras importantes no cenário político da República.

A seu turno, a popularidade de Catilina, chefe maior da conspiração, dava respaldo a todos para apelação na Assembleia do Povo, caso houvesse um primeiro revés no Senado. Embora a preocupação dos réus fosse extrema, ainda assim a ideia de uma pena máxima, sem apelação, era algo cogitado apenas em caso de as leis vigentes serem revogadas, ficando os políticos responsáveis por tal arbitrariedade expostos a um perigo semelhante, por desrespeito às leis ou por vingança das famílias. Não obstante, havia boa chance de a pena de morte ser-lhes imputada.

O julgamento estava para iniciar-se. Como de costume, em cerimônias assim, um dos magistrados e seus auxiliares faziam um sacrifício público no início dos trabalhos, homenageando os deuses. Depois, o responsável pela convocação expunha a ordem do dia, para conhecimento geral. Em seguida, passava a interrogar os senadores, os quais gozavam de plena liberdade da palavra. Cada qual podia fazer longos encaminhamentos, emitir a sua opinião, dar a ela fundamento jurídico e emitir a sua sentença. Nesse dia, o templo senatorial estava repleto.

As reuniões no Senado primavam, sobretudo, por um verdadeiro duelo de oratória entre os senadores rivais. Havia uma hierarquia: primeiro falavam os ex-cônsules, depois os censores, em seguida os pretores e assim por diante, descendo toda a escala hierárquica. Os que falavam primeiro, mais experientes e respeitados, formavam opinião e geralmente eram seguidos pelos demais no voto.

Quase todos os réus pertenciam de longa data ao Partido Popular. A legião de conjurados, agora silenciosa e oculta, abrigava, inclusive, os candidatos adversários de Catilina em eleições passadas. Do pleito para o consulado, em 66 a.C., além de Catilina, foram destituídos também Públio Autrônio e Públio Sila, aliados de César, os quais tinham ganhado as eleições, mas, denunciados por corrupção eleitoral, foram condenados e perderam a disputa. Agora, em silêncio no Senado, engrossavam a legião de conjurados.

Nas eleições de 28 de outubro de 63 a.C., depois da famosa defesa de Cícero intitulada *Pro-Murena*, os nomes de Licínio Murena e Décimo Silano foram homologados e haveriam de tomar posse em 1º de janeiro do ano seguinte (62 a.C.), como cônsules. Agora, a menos de um mês da posse, na condição de cônsul designado, Silano tinha preferência sobre os demais e falou primeiro. Opositor ferrenho de Lentulus Sura e do Partido Popular, em sua oratória sentenciou os réus à pena máxima.

Cícero, por sua vez, como cônsul e homem de liderança em seu partido, estava convicto de que a instância senatorial de justiça teria supremacia sobre as demais nesse caso, e que de fato poderia condenar cidadãos romanos à morte; contudo, era energicamente contestado em sua pretensão e até mesmo ameaçado pelo Partido Popular, que assim não entendia. Como principal interessado, Cícero acatou de bom grado o voto condenatório de Silano.

Caio Júlio César, por sua vez, como um dos principais oradores do Partido Popular, opunha-se a Cícero de modo incisivo. Após a fala de Silano, que tinha preferência, falaram os demais ex-cônsules e ainda outros de hierarquia superior. Então chegou a vez de Caio Júlio César, que, como pretor eleito para o ano seguinte, era aguardado por todos os populares e até mesmo por muitos senadores de partido contrário. O Senado, como um todo, diante da grave questão, mostrava-se sobejamente indeciso, em face do aspecto jurídico controverso e da ameaça de uma guerra civil. Ele estava no esplendor dos seus 37 anos. Não tinha idade ainda para concorrer ao consulado, pois sua carreira política estava apenas a meio curso, mas já se vislumbravam nele as qualidades de político habilidoso e de general engenhoso e estratégico, como seria em breve. Homem alto, magro e ligeiramente calvo, era acima de tudo simpático ao povo, afável no trato e extremamente querido pelos cidadãos. Em popularidade, estava acima de todos.

Na noite anterior, Caio César havia examinado toda a situação dos réus, em conjunto com os seus assessores, inclusive com Marco Antônio, enteado de Lentulus Sura, decidindo-se livrar Lentulus e os demais detentos da pena de morte.

Como era de seu feitio, César estudava a melhor defesa e o melhor discurso a ser feito. Seu tom era enérgico, decidido e vibrante, mas complacente para com os réus. Sua estratégia era mostrar de modo resoluto a grave ilegalidade que o Senado estaria praticando caso condenasse os réus à pena de morte.

Para César, seria preferível aplicar uma sentença duríssima, desde que legal e na competência do Senado, do que imputar a morte e, depois, ver os juízes responderem ao povo e à República pelo descumprimento das disposições expressas no Direito Romano.

Em seu discurso, César pretendia fazer os senadores refletirem quanto à prática de um ato extremo. Seu grande dilema, contudo, era que na fileira do Partido Popular, em face do envolvimento silencioso de muitos na conjuração, não haveria outro senador disposto a fazer o mesmo que ele, confirmando seu voto num bom discurso para estimular os demais a acompanhá-lo, como, por certo, teria Cícero.

Sabendo bem das dificuldades, levantou-se de seu assento senatorial, pairou o olhar por sobre os quase 600 senadores presentes e preparou-se para iniciar a sua oração.

Os secretários de Cícero já estavam preparados para registrarem em caracteres taquigráficos o discurso, para disposição nos Anais de Roma. Anos depois, essas atas seriam aproveitadas por um escritor amigo de César, Caio Salústio Crispo, na elaboração dos originais do *De Coniuratione Catilinae*[1], chegando até aos nossos dias.

Ilustres senadores[2] – principiou César – é conveniente a todos os homens que na deliberação das coisas graves, dos fatos duvidosos, se despojem completamente do ódio, da amizade, da ira e da compaixão, para com isso fazerem um juízo perfeito e darem uma sentença certa. Porque, quando de tais sentimentos não se está despojado, os obstáculos se fazem presentes e dificilmente a alma descobre a verdade, assim como é raro ser capaz de acertar na deliberação da pena seguindo as suas próprias tendências. Contudo, se o espírito exercita toda sua destreza, por certo ela prevalecerá; se, ao contrário, a paixão dominar seu íntimo, então o espírito de justiça não se apresentará.

Exemplos memoráveis poderiam ser dados aqui – ilustres senadores –, fazendo-se referência a reis e a povos que, movidos pela compaixão ou pelo ódio, deliberaram de maneira errada; porém, antes disso, prefiro citar os fatos que os nossos antepassados julgaram várias vezes de maneira sábia e acertada, de modo contrário ao que lhes ditavam os desvarios da paixão.

Na guerra da Macedônia, que tivemos contra o rei Perseu, a grande e opulenta cidade de Rodes, a qual se engrandecera com auxílio do povo romano, nos foi infiel e adversária. Contudo, depois de terminada a guerra, decidiu-se a sorte dos ródios[3]. Os nossos ancestrais quiseram deixá-los sem castigo, para não se dizer depois que as suas riquezas, mais do que as suas injúrias, nos fizeram pegar em armas e dominá-los.

---

1 Traduzido do latim para o espanhol e aqui para o português. (N.A.)
2 Segundo Tito Lívio, o tratamento usado no Senado era *patres conscripti*, que designava o corpo do Senado; os *patres* eram os senadores patrícios, enquanto os *conscripti* eram os senadores da ordem equestre. Preferimos usar a expressão "ilustres senadores", por ser mais atual. (N.A.)
3 Ródios: habitantes da ilha de Rodes, na atual Grécia. (N.A.)

Do mesmo modo, nas três guerras Púnicas, embora os cartagineses cometessem grande quantidade de crimes nefastos, tanto na paz como nos tempos de armistício, jamais os nossos ancestrais os imitaram em suas barbaridades, porque não olhavam apenas o que poderiam fazer, mas o que lhes correspondia ao decoro íntimo.

Colocado isso – ilustres senadores –, do mesmo modo deveis observar atentamente para que o mal praticado por Públio Lentulus Sura e pelos demais réus não possa valer mais na vossa alma do que o preço da vossa própria dignidade; e que não ocupe mais a vossa ira do que a reputação valorosa do vosso nome.

Se, na verdade, houver um castigo correspondente a esse delito, alio-me desde logo à novidade que se propõe aqui aplicar; mas, se vencer o mais engenhoso castigo, sou de parecer que as leis existentes não devem ser revogadas, mas aplicadas aos réus numa pena correta.

Aqueles que votaram antes de mim deploraram de modo impetuoso e com palavras magníficas a desgraça que dizem ameaçar a sorte da República. Enumeraram em minúcia quão cruel seria essa tal guerra e quantas calamidades seriam supostamente praticadas pelos agora vencidos e na prisão: virgens e meninos seriam raptados, filhos arrancados dos braços das mães, matronas de família, expostas a tudo que aprouvesse aos vencedores; casas e templos, saqueados; não haveria senão mortes e incêndios; e, por último, o chão ficaria coberto de armas, cadáveres, sangue e luto. Mas, pelos deuses imortais, devo indagar: Ao que visam tais discursos? Seria acaso para vos instigar contra a tal conjuração?

Por certo, tais palavras produzem grande efeito a quem não possa distinguir entre um fato real e uma intenção atroz. A realidade aqui colocada não é a que foi desenhada em palavras nesses discursos; sabe-se que as injúrias dos réus não foram pequenas, mas muitos aqui as levaram muito além da justiça.

Porém – ilustres senadores –, nem tudo é permitido a todos, pois os que vivem a sua vida privada na obscuridade, se alguma vez são arrebatados pela ira e pela paixão, apenas uns poucos de sua casa ficam sabendo do deslize, porque seus atos são ignorados do público, tanto quanto eles próprios; mas, aos que têm sobre si o poder de mando do Estado, gente em evidência como vós, não há nada que impeça o povo de observar-lhes as minúcias da vida privada; assim, quem possui mais fortuna, menos liberdade tem. O magistrado nessa condição não pode se aborrecer nem se apaixonar por uma causa, e menos ainda ficar airado, porque aquilo que, em seu íntimo, seria apenas uma indignação, em público seria tomado como crueldade, ato de soberba e selvageria.

Conheço bem essa realidade – ilustres senadores –, não há castigo que se iguale à maldade cometida. Contudo, a pessoa comum se recorda apenas dos últimos fatos, não de tudo; então, esquecida dos crimes daqueles homens ímpios, reclama depois, unida em multidão, da pena aplicada, se a pena for mais severa do que deveria.

Quanto às palavras do cônsul designado, Décimo Silano, homem esforçado e rigoroso, consta-me ter dito ele que "condenara o réu pelo bem da República". Dissera-se incapaz de julgar um caso tão grave de modo parcial ou por inimizade, favorecendo ou desfavorecendo esse ou aquele, tais seriam os seus princípios e a sua moderação, os quais eu conheço bem... Seu veredito me parece..., não diria cruel (com efeito, o que pode ser cruel contra tais homens?), mas é, no mínimo, estranho à República. Sim, é estranho!

Porque, na verdade, ô Silano, só o medo à República te poderia constranger, na condição de cônsul designado para o ano seguinte, a estabelecer um gênero de castigo desconhecido às nossas leis. E sobre o medo é inútil aqui dissertar, quando, pela diligência do nosso nobre cônsul, tantas tropas estão aí fora de armas em punho para conter eventuais ameaças.

Quanto à pena imposta por Silano, posso dizer o que significaria: para os infelizes, a miséria da morte, longe de ser um tormento, é uma libertação e um descanso dos trabalhos; depois dela, expiram-se todos os males, não há mais lugar para preocupação nem para alegria. Porém, ô Silano, pelos deuses imortais, por que não acrescentaste no teu voto que, antes da morte, os condenados fossem açoitados? Seria acaso porque a Lei Pórcia o proíbe? Pois sabei que outras leis vigentes proíbem que cidadãos romanos, ainda que condenados, sejam mortos, permitindo-lhes o recurso do desterro.

Ao teu parecer, ô Silano, acaso seriam os açoites uma pena mais dura que a morte? Que pena haveria, pergunto eu, mais cruel ou mais dura para homens convencidos de terem praticado um crime tão grande? Contudo, ao contrário, se fosse uma pena mais leve, quem haveria de temer a lei numa causa menor quando se despreza a mais dura? Com efeito, diga-me, quem poderá censurar hoje qualquer resolução tomada contra os parricidas da República? Quem? Apenas o tempo, o dia de amanhã e essas riquezas que governam os acontecimentos humanos de modo caprichoso e passageiro poderão fazê-lo.

Senadores, seja como for que os castiguem, será por merecimento; mas observai ao mesmo tempo a jurisprudência que havereis de formar para os demais casos. Inúmeros abusos nascem das boas causas. Quando o governo cai em mãos ignorantes ou malvadas, o novo exemplo jurídico que se ergue para os merecedores de castigo estende-se, também, para quem não os merece e torna-se injusto.

Os lacedemônios [espartanos], após terem vencido os atenienses, confiaram a 30 magistrados o governo da República. Estes, julgando no princípio todos os cidadãos, a qualquer um que tinham como pernicioso e malquisto sentenciavam à morte, sem haver uma causa justa. O povo com isso se alegrava, dizendo que fora merecido. Depois, no momento em que, pouco a pouco, a liberdade aumentou, passaram a matar também os bons e os maus, do mesmo modo, aterrorizando todos os cidadãos. Desse modo, a cidade inteira, oprimida pela escravidão e pelo medo, pagou bem caro a pena da sua alegria desvairada.

Em nossos dias, Cornelius Sila, já vencedor dos embates, ordenou matar Damasipo[4] e outros que tinham enriquecido à custa da República; quem não se lembra deste fato? Diziam todos que eram homens turbulentos e malvados, tipos que só perturbavam a República com sedições, tumultos e, por justa razão, deviam ser mortos. Mas isso foi o início da grande desgraça. Porque, no momento em que cada qual passou a cobiçar uma casa, uma quinta ou até mesmo coisa menor, como um vaso ou uma roupa alheia, primeiro o falacioso acusava o cidadão indevidamente, pois o coitado era inocente, e, depois do desterro do inocente, tomava-se posse da rapina.

Assim, aqueles para os quais a morte de Damasipo tenha sido motivo de alegria, depois foram arrastados ao suplício; não houve o fim dos assassinatos antes que Sila fartasse de riqueza a todos de sua camarilha.

---

4 Pretor de Mario e, este, tio de Caio Júlio César. (N.A.)

Por outro lado, eu não receio haver tais exageros em Marco Túlio Cícero nem nos tempos atuais, porque, numa cidade grande como esta, os espíritos são muitos e diversificados. Mas nos tempos que virão, com outro cônsul no controle do exército, não descarto que algo falso possa ser tomado como verdadeiro. E, se por decreto do Senado esse cônsul sacar a espada, pergunto: Quem estabelecerá o seu limite ou quem o conterá? Mas, por agora, não receio que o mesmo irá acontecer.

Ilustres senadores – aos nossos antepassados nunca faltaram prudência nem valor, mas nem por isso tiveram eles a soberba que lhes impedisse de absorver o bom que havia nas leis e nos governos estrangeiros. As armaduras militares e as lanças eles as tomaram dos samnitas; as insígnias tomaram dos magistrados etruscos; finalmente, o que em toda parte lhes parecia útil, fosse de aliados ou de inimigos, transportavam para casa com todo cuidado, preferindo antes imitar os melhores do que invejá-los.

Foi por isso que os nossos antepassados adotaram, na época, o costume da Grécia, castigando os cidadãos com açoites, e sobre os condenados graves infligiram o extremo suplício. Depois, então, a República foi crescendo, os poucos cidadãos formaram multidões e as facções engrossaram; nas malhas da injustiça e em coisas de natureza vil caíram muitos inocentes. Então, fizeram a Lei Pórcia e ainda outras entraram em vigor, dando aos condenados o direito de apelação, comutando a pena de morte para desterro.

Por estas razões – ilustres senadores – e, sobretudo, em favor da justiça, em meu juízo sou favorável a não adotarmos uma sentença nova em nossa deliberação.

Sem dúvida, os princípios daqueles que construíram este nobre Império tinham em seu bojo um caudal de virtudes e de sabedoria bem maior que o nosso; hoje, se os seguirmos, nós estaremos apenas conservando aquilo que eles, de modo justo, ergueram ao longo dos tempos.

Porém, se pensais que com isso julgo que se lhes deva soltar para benefício do exército de Catilina, enganai-vos. De modo nenhum. O meu voto é o seguinte:

Que seus bens sejam confiscados[5]; sejam eles separados entre si e encarcerados em municípios onde tenham as mais fortes cidadelas; que deles não se fale mais no Senado nem se trate mais com o povo; e, se alguém o fizer de outro modo, que o Senado, desde agora, o declare inimigo do bem comum e da República.

Tendo César terminado de dar o seu voto, os demais senadores que o seguiram deram por aprovada a sua sentença. Até o irmão do cônsul, o pretor designado para o ano seguinte, Quinto Cícero, vendo o risco que seu irmão teria em cumprir uma sentença de morte tida como ilegal, reformulou o seu voto, abrandando a sua decisão e perfilando ao lado de César. E outros senadores também o acompanharam na decisão, numa tendência de maioria. Neste ponto, tudo parecia ficar favorável aos réus.

---

[5] Ressalta-se que no Direito Romano a perda da cidadania ou a perda da liberdade para o inimigo dissolviam o matrimônio. E, como o Senado havia cassado a cidadania de Lentulus Sura, os bens de sua esposa Júlia não seriam confiscados, mas apenas os seus, e César sabia disso. (N.A.)

7

CÍCERO E MARCO CATÃO: EM DEFESA DA REPÚBLICA

Ao examinar a defesa de César, Cícero raciocinou em termos de que a ideia política do opositor seria no sentido de apenas livrar os réus da pena de morte. Em seu íntimo, considerou que, numa época posterior, quando o poder consular estivesse em mãos do Partido Popular, uma eventual pena de prisão agora imposta seria reformulada, comutando o castigo para algo brando e superficial. Nessa condição, os réus seriam soltos ou, quando muito, mandados para exílio em alguma província, aumentando a chance de os condenados irem à forra contra ele e seus partidários.

Então o cônsul não perdeu tempo. Como primeiro mandatário, Cícero podia intervir, embora não pudesse influenciar a Assembleia declarando agora o seu voto. Levantou-se do assento magno, no Templo da Concórdia, onde todos estavam reunidos, arrumou no braço a alça da toga de modo impecável e fixou bem o olhar na plateia. Um silêncio sepulcral se fez no recinto. Todos agora queriam escutá-lo. Cícero principiou a sua oração de 5 de dezembro de 63 a.C., sem dúvida, o mais marcante de todos os seus discursos, conhecido nos Anais de Roma como a *Quarta Catilinária*[1].

---

[1] Traduzido antes do latim para o italiano, depois para o espanhol e desses para o português, neste trabalho. (N.A.)

Ilustres senadores! Vejo que todos vós tendes o rosto e os olhos voltados para mim neste instante; posso vê-los preocupados, não só com os vossos perigos e com os da República, mas, juntando a esses, também os meus. O interesse que demonstrais é um consolo para os meus agravos e um paliativo para as minhas dores; mas, pelos deuses imortais, peço-vos que coloqueis à parte o que se refere à minha própria segurança, cuidando apenas da vossa e da de vossos filhos. Quanto a mim, se me foi entregue este consulado na condição de sofrer todas as amarguras, todas as dores e tormentos, não só haverei de sofrê-los com valor, mas, também, de vontade própria, contanto que o meu trabalho assegure a vossa dignidade e o bem-estar do povo romano.

Sou um cônsul – ilustres senadores – que nem no fórum, centro maior de justiça e retidão; nem no Campo de Marte[2], local consagrado aos presságios consulares; nem no Senado, último refúgio de todas as nações; nem na própria casa, asilo inviolável de todos os cidadãos; nem no meu leito, destinado ao meu descanso; nem, enfim, neste honroso assento de magistrado estive jamais livre das traições e dos perigos de morte. Silenciei em muitas ocasiões, por isso sofri muito, em muitas outras perdoei, outras tantas remediei com mágoa pessoal para evitar os vossos temores e sei que consegui. Agora, se os deuses imortais quiserem que o final deste meu consulado seja para livrar-vos – ilustres senadores – e ao povo romano de uma terrível matança, assim como às vossas esposas e aos vossos filhos; livrar às virgens vestais de ultrajes cruéis e, também, os templos, os santuários e esta belíssima cidade, nossa Pátria comum, de horríveis incêndios, e toda a Itália de guerra e devastação – se for assim, estou disposto a aceitar qualquer provação que se me depare e hei de suportá-la. Com efeito, se Públio Lentulus Sura deixou-se persuadir pelos adivinhos agoureiros, fazendo fatal o seu nome para ruína desta República, por que não hei de alegrar-me de o destino escolher o meu consulado para salvá-la de tal fatalidade?

---

2 O Campo de Marte era um local sagrado onde se realizavam os comícios eleitorais e as próprias eleições, as quais eram presididas pelo cônsul e deviam ser protegidas pelos deuses, além de serem inauguradas com a cerimônia dos "auspícios", realizada por um dos magistrados. (N.A.)

Portanto – ilustres senadores –, atendei aos reclamos de vós mesmos, acudi à Pátria, resguardai vossas pessoas, defendei vossas mulheres, vossos filhos e bens, atentai para a vossa honra, pela conservação do povo romano e deixai de compadecer-vos de mim, de cuidar de meus perigos. Em primeiro lugar, confio nos deuses imortais, protetores desta cidade, que me hão de dar a recompensa que mereço; em segundo lugar, porque, se houver alguma revolta, estarei de ânimo pronto e preparado para morrer; pois nenhum homem de valor tem morte desonrosa ou prematura num cargo consular, tampouco a morte lhe seria deplorável sendo ele sensato.

Contudo, não sou tão duro de coração a ponto de não me comover com a amargura de meu querido e amado irmão aqui presente, nem com as lágrimas de todos estes aqui sentados em torno de mim; nem deixo de pensar em meu lar, em minha esposa aflita, na filha agora aterrada pelo medo e no querido filhinho[3] que no meu íntimo corresponde à República agora amparada em meus braços; tampouco no meu genro[4], aqui em minha presença, esperando ansioso o desfecho desta jornada. Tudo isso me comove, mas desejo antes que eles fiquem a salvo convosco, ainda que isso me custe a vida, do que nós todos acabarmos por perder a República nesse atentado em curso.

Assim – ilustres senadores –, lançai-vos na missão de salvar a vossa Pátria; vede em volta de vós essas tormentas todas que vos ameaçam a vida se não derdes providência a tempo. Os acusados que vos traíram e esperam agora por vossa sentença não são um Tibério Graco, que, pela segunda vez, quis ser tribuno do povo; nem Caio Graco, que, com a Lei Agrária, intentou a perturbação; nem um Lúcio Saturnino, que matou a Caio Mémio, mas são uns detentos que planejaram queimar Roma, matar a vós todos e ter Catilina como chefe. Em vossas mãos tendes as provas: suas cartas, seus sinetes, suas notas escritas; enfim, tendes a confissão de cada um deles, o pedido de ajuda aos alóbrogos, a amotinação dos escravos e a requisição das forças militares de Catilina. O plano dos detentos era

---

3 Tratava-se de Marco, com dois anos de idade, nascido em julho de 65 a.C., filho de Cícero e da nobre Terência. (N.A.)
4 Calpúrnio Pisão, recém-casado com a jovem adolescente Túlia, filha de Cícero. (N.A.)

matar a vós todos, para não haver ninguém lamentando a sorte do povo romano nem as calamidades em tão grande Império.

Todas essas coisas foram denunciadas também pelas testemunhas, e os próprios réus estão confessos; vós mesmos haveis julgado a conduta deles com a emissão de vossos decretos: primeiro, agradecendo em termos honrosos e valorizando a minha diligência na descoberta dessa conjuração de gente desvairada; segundo, porque obrigastes a Públio Lentulus Sura renunciar à pretoria; e, depois, porque ordenastes que tanto ele quanto os seus cúmplices fossem presos sob vigilância; e, especialmente, por haverdes decretado em minha honra uma homenagem de ação de graças e preces do povo aos deuses imortais, honra esta que, antes de mim, a nenhum outro magistrado fora concedida; e finalmente porque ontem mesmo haveis premiado a delação dos emissários alóbrogos e a de Tito Voltúrcio. Todas essas medidas, sem dúvida, mostram bem que já houvestes condenado os prisioneiros hoje sob custódia.

Ainda assim – ilustres senadores – resolvi apresentar de novo esta questão para ser apreciada de modo integral no Senado, e pedir-vos o julgamento do delito e a pena a ser aplicada aos réus. De início, na qualidade de cônsul, compete-me dizer como vejo esta situação. Há muito tenho notado uma espécie de vertigem perturbando a nossa República, um furor extraordinário que se agita no seio do povo provocando disputas acirradas e intenções danosas, mas nunca me convenci de que entre nós houvesse cidadãos capazes de uma conjuração tão abominável.

Agora, haja o que houver e seja qual for o partido abraçado pelos vossos sentimentos e pela vossa inclinação ideológica, tendes, forçosamente, de tomar uma decisão até antes do anoitecer; bem vedes a atrocidade do delito que nos foi denunciado. Se acreditardes que são poucos os que tomaram parte dele, então vos enganais redondamente. Esse mal tem prosperado mais do que se imagina; difundiu-se não só por toda a Itália, mas atravessou os Alpes e, deslizando como serpente, inseriu-se já nos meandros de várias províncias. Já não se pode dominá-lo nem combatê-lo com paliativos, pois o efeito tem que ter ação imediata. Qualquer que seja hoje a deliberação de vossa vontade, ela deve ser aplicada sem perda de tempo.

Até agora, notam-se apenas duas opiniões: uma a de Décimo Silano, que se mostra favorável à pena capital para quem tentou arrasar a Pátria; outra a de Caio César, que exclui a pena de morte para os réus, mas aprova castigos rigorosos. Ambas são de extrema severidade, como convém ao entendimento dos juízes e à gravidade dos fatos. O primeiro remata dizendo que não se deve conceder nem mais um momento de vida, nem gozar deste ar republicano os que quiseram matar a nós e ao povo romano, acabar com o Império e riscar do mapa o nome de Roma, além de lembrar-nos que semelhante castigo já fora muitas vezes imputado no passado a cidadãos brutais desta cidade.

O segundo diz que a morte não fora feita pelos deuses imortais para imputar castigo, mas sim por ser uma necessidade inerente à natureza humana ou um descanso das fadigas e das misérias da vida; por isso, os sábios nunca padeceram de má vontade, e os valorosos a tiveram muitas vezes com prazer; porém, diz que a prisão, e esta para sempre, fora instituída para castigar os crimes atrozes, definindo-se então por esta; finalmente, propõe que os condenados sejam distribuídos em municípios, decisão esta que, a meu ver, é de justiça duvidosa, pois assim estaríamos decretando uma pena aos munícipes. Mas, se estiverdes de acordo nisso, queiram decretá-la. O que for decidido à vossa maneira, eu me empenharei para achar os municípios que cumpram a vossa sentença e se dignem executar, sem reservas, às vossas determinações em benefício do bem público.

César acrescenta ainda um pesado castigo aos munícipes que porventura dessem liberdade aos presos; propõe um confinamento em terríveis fortalezas, como de fato merecem os condenados perversos; ordena que ninguém por autoridade do Senado ou da Assembleia do Povo possa perdoar-lhes a pena aqui imposta; tira-lhes também a esperança, único consolo do homem em suas desgraças; manda que se lhes confisquem todos os bens; apenas a vida deixa aos delinquentes, a qual, se lhes tirasse, haveria de livrá-los, com uma só dor, das muitas dores do corpo e dos sofrimentos da alma que bem o merecem por seus crimes. Do mesmo modo, os nossos antepassados, com o propósito de afastarem os males desta vida, declararam que no inferno haveria suplício idêntico para castigar os ímpios, entendendo, por certo, que, sem esse temor no além-vida, nem mesmo a morte na Terra inspiraria grande receio.

Agora – ilustres senadores – cumprirei a minha missão. Se seguirdes a sentença de Caio César, dado que ele, na vida pública, aderiu ao Partido Popular e é o autor desta proposta, talvez com ela eu tenha que recear menos o ataque do povo em suas comoções; se abraçardes o parecer de Silano, eu não sei se terei de expor-me a maiores perigos, mas é certo que os meus perigos pessoais devem ceder à utilidade e ao bem do Estado.

Temos, pois, a sentença de Caio César, conforme manda sua alta dignidade e seu nobre nascimento, como penhor de sua dedicação pela República; compreende-se, em sua proposta, a distância que há entre os aduladores do povo e uma alma verdadeiramente popular que aspira ao bem comum. Vejo, contudo, que, entre os que se denominam populares, alguns se abstiveram de vir a esta sessão plenária; sem dúvida, para não terem de votar sobre a vida de cidadãos romanos. Entretanto, eles próprios, dois dias atrás, entregaram ao cárcere esses mesmos cidadãos hoje em julgamento; decretaram festas aos deuses em minha homenagem e propuseram esplêndidas recompensas aos denunciantes. Ora, quem decretou a prisão dos réus felicitou o juiz em suas instruções e premiou os denunciantes, não cabe dúvida quanto ao juízo feito na totalidade das ocorrências e às suas causas determinantes.

Embora César entenda que a Lei Semprônia[5] fora feita em favor dos cidadãos romanos, ainda assim sabe ele que de nenhum modo pode ser considerado cidadão quem é inimigo do Estado; em outras palavras, até o autor[6] da Lei Semprônia fora castigado por ordem da Assembleia do Povo, por causa de suas culpas contra a República. Tampouco crê César que se possa chamar de popular a Públio Lentulus Sura, ainda que este já tenha sido um dia liberal e pródigo para com o povo romano, porque depois o seria tirano e cruel, querendo a chacina deste mesmo povo e a ruína desta mesma cidade. Embora

---

5 A Lei Semprônia proibia a pena de morte para cidadãos romanos sem autorização do povo na Assembleia Popular. (N.A.)

6 Trata-se de Caio Semprônio Graco, que continuou a luta iniciada por seu irmão, Tibério Graco, contra o Senado e a nobreza, sendo então morto. (N.A.)

César seja um homem clemente e bondoso, ainda assim não hesita em condená-lo à perpétua e tenebrosa prisão; ordena, em seu veredito, que ninguém almejando popularidade possa mudar esta sua decisão e livrar os prisioneiros da pena sob pretensa piedade, porque a ruína seria do povo romano. E a isso tudo junta o confisco dos bens de Públio Lentulus Sura, para que todos os seus tormentos da alma e do corpo sejam acompanhados de extrema miséria.

Desse modo, se for acolhido o parecer de César, a mim será dado, em Assembleia, um companheiro de causa a quem o povo muito estima; se, ao contrário, quiserdes seguir a sentença de Silano, facilmente o povo nos livrará de sua censura cruel, e ainda demonstrarei com lógica que esta última sentença fora mais branda que a primeira.

Indaga-se – ilustres senadores: Para punir tão horrível maldade, pode haver pena que seja demasiadamente cruel? Digo isso pela impressão que tais crimes a mim mesmo causam. Assim, juntamente convosco, poderemos regozijar de ver salva e tranquila a República. Se enérgico estou nesta causa, não é por dureza de alma (quem a teria mais indulgente que eu?), mas por questão de humanidade e de compaixão a um povo que seria brutalmente massacrado.

Sim, parece-me estar vendo esta cidade, que é o adorno do mundo e a fortaleza de todas as nações, devorada num repentino incêndio; se me afigura aos olhos a Pátria arruinada, e sobre as suas ruínas os corpos insepultos de cidadãos infelizes; trago diante dos olhos o semblante de Cetego, satisfazendo seu furor e tomando vossas mulheres. E, quando imagino que Lentulus Sura reina soberano, como ele mesmo confessou que lhe haviam prometido os oráculos, quando vejo Gabínio ostentando a toga púrpura e Catilina avançando com seu exército; quando vejo as mães de família chorando desconsoladas, as crianças correndo cheias de medo, as moças fugindo horrorizadas e as virgens vestais ultrajadas; então – ilustres senadores –, estremeço por inteiro e fico horrorizado. E, por parecer-me esse espetáculo tão deplorável e sem nenhuma compaixão, tenho de ser severo e rigoroso contra os que quiseram executá-lo.

Dizei-me, com efeito, se um pai de família, vendo os filhos mortos por um servo, assassinada a mulher, queimada sua casa e, podendo impedir, não confronta o agressor nem lhe aplica um cruel suplício, eu vos pergunto: Seria ele piedoso e compassivo ou o mais cruel e desumano dos homens? Quanto a mim, certamente o teria por insensível, e também a todo aquele que não mitigasse a sua dor com o castigo do delinquente. Assim devemos ser para com esses homens que quiseram matar cruelmente as nossas mulheres e os nossos filhos, que intentaram destruir as nossas casas e esta cidade, domicílio comum do povo romano, que se propuseram a dar guarida aos alóbrogos numa Roma em ruínas e num Império fumegado de cinzas. Por mais enfurecidos que sejamos contra eles, ainda assim seríamos compassivos; se nos quisermos indulgentes para com os réus, seremos cruéis para conosco, para com os cidadãos e com a Pátria, porque daremos causa à ruína de tudo e de todos.

Se anteontem aqui, para algum senador, pareceram cruéis as palavras de Lúcio César, homem valoroso e dedicado à República, convém hoje recordar e esclarecer. Quando Lúcio disse na cara de Lentulus Sura, marido de sua irmã, mulher de raras qualidades, que merecia ser ele punido de morte, estando Lentulus presente a escutá-lo; e lembrou-lhe que, por ordem do cônsul, seu avô[7] tinha sido morto, pois um filho[8] desse avô, sendo ainda adolescente, fora enviado pelo pai para negociar um acordo e, por isso, fora estrangulado no cárcere, indaga-se: Que comparação tem isso com o crime atual? Que intento houve ali de arruinar a República?

Em resposta, vale dizer que aquela disputa antiga era por ambição de ganho entre facções que turbavam a paz. Naquele tempo, o avô de Lentulus Sura, homem esclarecido, perseguiu

---

7 Marco Fúlvio Flaco fora avô de Lentulus Sura por parte de mãe; fora cônsul em 125 a.C. e tribuno da plebe em 122 a.C. Foi chefe do Partido Popular, juntamente com Caio Graco, e tentou reduzir a supremacia dos aristocratas, principalmente os da região do Aventino. Depois dessa morte narrada no texto e tendo sido ele condenado, tentou esconder-se por iniciativa do filho mais velho, mas ambos foram descobertos, presos e mortos por ordem do cônsul. (N.A.)

8 O filho de Marco Fúlvio Flaco era um jovem de 18 anos, enviado pelo pai para negociar a paz com o cônsul Lúcio Opímio (121 a.C.) e evitar derramamento de sangue, mas o cônsul mandou executá-lo na prisão. Não obstante a injustiça, agora, no Senado, Lúcio César dava a morte desse jovem como merecida. E pela conduta de Lúcio, Marco Antônio, quando no comando de Roma, haveria de persegui-lo. (N.A.)

de armas em punho a Caio Graco, tendo sido ferido com gravidade, mas lutara para não diminuir a dignidade da República. Agora, de modo diferente, querendo destruir os fundamentos do Estado, Lentulus incitou os gauleses, sublevou os escravos, chamou Catilina, encarregou Cetego de assassinar os senadores, determinou a Gabínio matar cidadãos ilustres, ordenou a Cássio incendiar a cidade e a Catilina devastar e saquear a Itália inteira. Para delitos tão atrozes e nefandos, penso que não deveis ter receio de ordenar coisa alguma rigorosa a Lentulus Sura, mas, antes disso, temer que, se suavizardes a pena, o povo vos teria por mais cruéis para com a Pátria do que com o inimigo.

Também não posso – ilustres senadores – disfarçar o que ouço: espalham-se murmúrios que chegam aos meus ouvidos, duvidando que eu tenha forças o bastante para executar os vossos decretos de hoje. Mas vos digo: tudo foi previsto e preparado, não somente pelo meu cuidado e diligência, mas também pela vontade maior do povo romano que quer conservar a grandeza de seu Império e a posse de todos os seus bens.

Estão presentes aqui cidadãos de todas as idades e de todas as classes; está cheio o fórum, cheios estão os templos entorno dele, cheias as ruas e as portas que dão acesso a este magno recinto. Desde a fundação de Roma, esta é, na verdade, a primeira causa em que todos pensam da mesma maneira, exceto aqueles que, vendo-se agora em perigo de morte, preferiram ficar na companhia de seus comparsas do que morrerem a sós. Eu excetuo esses homens; e de bom grado os afasto dos demais, não por crer que devemos tê-los entre os maus cidadãos, mas sim entre os mais perversos inimigos.

Os demais, porém – pelos deuses imortais! –, em que quantidade, com que zelo, com que valentia eles unem os seus ideais para defender a dignidade e o bem-estar de todos?! E para que se estender aqui numa análise dos romanos da ordem equestre? Estes cederam a vós a primazia na sociedade romana e nas deliberações de governo, debatendo convosco por amor à República; esses que, depois de muitos anos de diferenças convosco, reconciliando então a classe deles com a vossa, estreitaram laços de amizade e, neste dia, juntam-se a vós em defesa da mesma causa; e se esta união, ratificada em meu consulado, for perpetuada na República, eu vos asseguro que nenhuma guerra civil voltará a agitá-la daqui em diante.

Com igual cuidado em defender o Estado, vejo aqui acudirem os tribunos do tesouro, ilustres cidadãos, e todos os secretários públicos, os quais, reunidos hoje no edifício do Erário, em vez de esperarem lá o desfecho desta pendência, acodem aqui para a salvação do bem público. Todos os homens livres, até os de classe mais simples, estão presentes ali fora, porque não há romano que, vendo estes belíssimos templos, o aspecto agradável desta cidade, a liberdade de cada cidadão, enfim, a mesma luz que nos ilumina e o solo comum que nos acolhe por Pátria, não considere tudo isso bens preciosos, brandos e aprazíveis ao extremo.

É preciso – ilustres senadores – reconhecer também o legítimo desejo desses libertos aqui presentes, desses homens que por mérito próprio alcançaram o direito de cidadania romana e têm esta cidade como sua verdadeira Pátria, ao contrário dos réus que, tendo aqui nascido nas mais eminentes famílias, a trataram como inimiga mortal, não nutrindo por ela nenhum sentimento. O que haverei ainda de recordar da classe dos cidadãos libertos que, na defesa da Pátria, gastam as suas próprias riquezas, exercitam os seus direitos civis no uso da cidadania, enfim, entregam o ânimo agradável da sua liberdade para a conservação da Pátria. Não há um servo sequer, desde que seu estado de servidão seja tolerável, que não abomine o atentado desses cidadãos ousados, não deseje a estabilidade da República e não contribua o quanto possa, ao menos em pensamento, para o bem comum em Roma.

Assim, se porventura ficastes alarmados por ouvirdes dizer que um emissário de Lentulus Sura, com dinheiro nas mãos, correra de loja em loja na esperança de persuadir os necessitados e ingênuos a sublevarem os ânimos numa conspiração, sabei que é verdade, isso de fato ocorreu, mas sem sucesso. Ninguém se achou tão privado de recursos e tão depravado na moral que não preferisse conservar antes a sua loja comercial, a sua ocupação diária proveitosa, a casa em que vive e o seu leito de repouso, enfim, a vida pacífica e sossegada que está acostumado a levar. Esses artesãos, em sua maioria, ou melhor (assim é preciso dizer), toda esta gente ama por demais a paz e a tranquilidade, além de que todo seu trabalho, toda sua indústria, todo seu comércio se sustenta com a livre concorrência e se mantém em regime tranquilo. E, se os seus ganhos diminuem com as lojas fechadas, se elas fossem queimadas, o que seria?

Sendo assim – ilustres senadores –, estou certo de que o apoio do povo não vos falta, apenas cuidai para que não pareça ser vós que faltais a ele.

Tendes um cônsul que, em meio aos múltiplos perigos, traições e ameaças de morte, leva em conta mais a vossa conservação do que a própria vida. Todas as classes estão unidas hoje num só pensamento, numa só vontade e ressoando uma só voz para manter a República. A Pátria está ameaçada a ferro e fogo por uma conspiração funesta, e, receosa, eleva para vós humildemente os braços; deposita em vós a salvação de si mesma; entrega para vós a vida de todos os cidadãos, as fortalezas e o Capitólio, os altares dos Penates[9], o fogo contínuo de Vesta, os templos e os santuários dos deuses, os muros e os edifícios de Roma. Além disso, o que está em julgamento hoje são as vossas vidas, a de vossas mulheres e filhos, a segurança dos vossos bens, lares e fazendas.

No comando, tendes aqui alguém que de modo incomum se lembra de vós e esquece de si próprio. Tendes pela primeira vez numa causa civil todas as classes a vosso favor, todos os homens e o povo inteiro unidos num só parecer. Ponderai que em apenas uma noite os réus dariam cabo de um Império inteiro fundado com tanto trabalho, de uma liberdade estabelecida com tanto valor e de tantas riquezas asseguradas e acrescidas a vós pela bondade dos deuses. Vossa decisão de hoje há de servir para que, daqui em diante, nenhum cidadão faça mais projetos de tanta maldade. Assim vos falo não para vos estimular o zelo, pois nessa dedicação quase sempre me excedestes, mas para que a minha voz, à qual compete ser a primeira na República, cumpra seu dever consular.

Agora – ilustres senadores –, antes da votação e da vossa sentença, direi algumas coisas de mim mesmo. Vejo que granjeei

---

9 Os Penates eram deuses que protegiam todas as casas particulares, as quais, por isso, eram consideradas locais invioláveis, protegidas inclusive por dispositivos legais. (N.A.)

tanto inimigos quantos são esses conjurados, os quais se fazem em grande número, como já bem o sabeis; tenho-os por criaturas infames, vis e desprezíveis. Se um dia eles todos, excitados pela loucura de algum líder perverso, pudessem mais do que a vossa autoridade e a da República, nem por isso – ilustres senadores – eu me arrependeria dos meus atos e das minhas decisões. A morte com que talvez me ameacem é comum um dia a todos os viventes; porém a glória com que os vossos decretos me honraram na vida, nenhum deles jamais a alcançou. Haveis agradecido a outros cônsules por terem servido bem à República; a mim, por tê-la salvo!

Honrado seja aquele Cipião que, com seu gênio e valor militar, obrigou Aníbal a sair da Itália e voltar à África; honrado seja com insígnias outro Cipião, o Africano, que venceu as duas cidades mais hostis deste Império, Cartago e Numância; tenha-se por egrégio homem a Lúcio Paulo, em cuja biga triunfal trouxe Perseu, o rei mais poderoso e nobre da época; eterna seja a glória de Mario, que por duas vezes livrou a Itália da invasão inimiga e do temor da escravidão. Acima de todos seja colocado Pompeu, cujas virtudes e façanhas chegam às regiões e aos confins mais distantes que o Sol ilumina. Entre todas essas honrarias, por certo haverá espaço para a nossa glória – ilustres senadores –, salvo se for considerado melhor desbravar províncias para nelas transitar do que cuidar para que os cidadãos vencedores tenham uma Pátria para onde possam voltar orgulhosos.

Sei que a vitória conseguida no estrangeiro é melhor que a das lutas internas, porque os inimigos de fora, quando vencidos, são submetidos à servidão ou, caso perdoados, devem tributar pela liberdade em seu território. Ao contrário disso, os cidadãos que por cega loucura declaram guerra contra a própria Pátria, mesmo que sejam impedidos de destruí-la, como o foram os réus, não se lhes aplica a pena de servidão nem a de tributos pela liberdade. Por isso, uma guerra perpétua terá de ser sustentada contra os maus cidadãos. Mas, com o vosso auxílio e a ajuda dos homens de bem, tendo em mente os inúmeros perigos que hão de ficar para sempre gravados na alma deste povo e no pensamento de todas as nações salvas, confio que poderei afastar esses perigos de mim e de vós. Porque jamais haverá força capaz de quebrar e destruir a vossa aliança com os cavaleiros romanos nem a vossa união com os homens de bem.

Sendo assim – ilustres senadores –, pelo comando do exército e da província que renunciei, pelo triunfo e pelas insígnias de honra recusadas por mim para dedicar-me à defesa e conservação desta cidade e de vossas vidas, pelos benefícios de clientela e hospitalidade que me seriam conferidos caso estivesse no governo de uma província, benefícios que em Roma não me seriam conferidos na mesma proporção de trabalho; por tudo isso, em recompensa do zelo que tenho para convosco e da diligência empregada para conservar a República, não vos peço senão para fixar em vossas mentes o dia de hoje e a lembrança deste meu consulado; porque, enquanto essas recordações estiverem impressas em vossas almas, sentir-me-ei defendido por uma muralha inexpugnável.

Porém, se as minhas esperanças forem vencidas pela violência dos perversos, quero, neste momento, confiar-vos o meu pequenino filho, o qual, seguramente, haverá de encontrar em vós o devido amparo, não apenas para conservar a vida, mas para vivê-la até alcançar a dignidade do pai; então, ao vê-lo crescer, havereis de recordar que ele é o filho daquele que enfrentou sozinho todos os perigos, almejando a salvação e o bem-estar de todos.

Finalizando – ilustres senadores –, tratando-se esta causa da vossa sobrevivência e da do povo romano, da vida de vossas mulheres e de vossos filhos, da conservação de vossos oratórios, templos e sacrários, de vossos lares e edifícios da cidade inteira, da soberania do Estado e da liberdade do povo, da salvação da Itália e da República, deveis, enfim, cumprir a vossa missão. Deveis decidir agora com a mesma firmeza que haveis empregado em vossas resoluções iniciais. Tende em mim um cônsul que não hesitará em aplicar a sentença por vós determinada, e que enquanto viver defenderá a vossa resolução, garantindo, pessoalmente, o seu total cumprimento.

O discurso de Cícero era magnífico e, de modo calculado, feito na hora certa. Embora amplamente favorável à pena de morte, ele não se decidira por ela, deixando aos senadores a decisão da sentença. Não poderia contrariar a lei e tinha receio de uma agitação que lhe pudesse ser desfavorável.

Contudo, o cônsul designado para o ano seguinte, Décimo Silano, mesmo após o discurso de Cícero, considerando que a contestação de Caio César lhe colocava em má situação, retomou a palavra e declarou apenas que por "pena máxima" entendia "prisão perpétua", mudando nitidamente seu voto.

O senador Tibério Nero, por sua vez, receoso de um tumulto popular, chegou a propor em plenário que o julgamento dos réus fosse realizado após a morte de Catilina, quando tudo já tivesse serenado. O primeiro a aderir a Cícero e a discordar de César foi o já idoso Lutácio Catulo, mas não o fez de modo a empolgar os senadores indecisos.

⁓

Foi então que Marco Pórcio Catão, o Jovem, político do Partido Conservador, o mesmo de Cícero, homem de família nobre e rígida, favorável à moral e aos bons costumes, no vigor dos seus 32 anos, no cargo de tribuno e líder dos nobres, haveria de discordar francamente de César, dando rumo definitivo ao veredito da maioria.

Catão faria desabar a defesa engendrada por Júlio César, virando o prognóstico novamente contra os réus. O mesmo Salústio, amigo de César, deixaria registrado esse acontecimento em seus originais latinos do *De Coniuratione Catilinae*[10]. Catão iniciou a sua oratória de modo incisivo e determinado, dando sentença aos acusados:

> Penso de modo muito diferente – ilustres senadores – quando considero a nossa situação e os perigos que nos cercam, especialmente quando reflito nos votos que acabo de ouvir de alguns. Esses, em minha opinião, não propõem a devida punição aos que tentaram uma guerra contra a nossa Pátria, os nossos pais, os nossos interesses e as nossas casas. Porém, o caso em

---

10 Traduzido do latim para o espanhol e deste, aqui, para o português. (N.A.)

questão, mais que a consulta sobre uma pena de morte aos prisioneiros, convida-nos a pensar sobre o nosso modo de defesa e a nossa prevenção. Porque todos os demais crimes não são punidos senão após a sua execução; mas, neste caso, se os princípios não forem atacados, se o delito agora articulado de fato acontece, não haveria mais lugar para apelação: perdida a cidade, nenhum recurso cabe aos vencidos!

Mas, pelos deuses imortais, digo a vós que haveis sempre tido, além desta República, vossas casas, fazendas, estátuas e pinturas; se, de fato, quereis manter todos esses bens pelos quais tendes vivido e quereis desfrutar tranquilamente de todos os vossos prazeres, então despertai de uma vez e atendei aos reclamos da vossa República, defendei-a!

Agora, com certeza não se trata de discutir tributos nem de vingar erros de homens confederados; mas se trata da nossa liberdade e das nossas vidas que estão a ponto de perder-se. Catilina está a ponto de invadir Roma com seu exército.

Muitas vezes – ilustres senadores – falei longamente neste recinto declarando-me contra o luxo e contra a avareza dos nossos nobres cidadãos, e com isso granjeei muitos desafetos. Como nem a mim mesmo me teria perdoado, caso tivesse cometido ou intentado algum desses excessos que abomino, assim também não me acomodava facilmente em perdoar os outros, atribuindo tais excessos à leviandade de seus portadores. E, mesmo que não fizésseis caso de minhas palavras, ainda assim a República se manteria firme, pois a opulência dela poderia sobrepujar esse vosso descuido. Porém, hoje, não se trata de reformar os costumes nem os limites ou a magnificência do Império Romano; mas, se todas essas boas coisas são ainda apreciadas por vós, assim como o foram antes, então elas devem permanecer, caso contrário, terão de passar, juntamente conosco, às mãos dos nossos inimigos.

Em vista dessa gravidade, pergunto: Há quem tenha ainda ímpeto para falar de mansidão e piedade aos réus? Há muito se perdeu em Roma o verdadeiro nome dessas coisas, porque o propósito deles se chama "tolher a liberdade", lançando, movidos pela força, insultos e maldades por toda a parte; a esse extremo chegou a nossa República. Caso fordes, nesta hora, liberais para com os feitos desses confederados (já que assim ditam os costumes), não vos esqueçais de que será à custa do nosso sangue. Sede, pois, piedosos, se o quiserdes, com os ladrões do Tesouro da República, mas, para salvar a vida desses cinco criminosos, tende o cuidado de não arruinar a vida dos bons aqui ameaçados.

Pouco antes, neste plenário, Caio César falou com grande delicadeza e artifício de palavra sobre a vida e a morte, tendo, por falso, ao que parece, aquilo que nos contam do inferno; ou seja, que os maus, diferente dos bons, são destinados a lugares tristes, incultos, sofríveis e espantosos. Dentro desse argumento, votou em favor do confisco das propriedades e que sejam os condenados repartidos em cárceres de vários municípios, para não ficarem em Roma e seus cúmplices incitarem o povo com dinheiro, tirando-os à força da prisão; como se em Roma houvesse apenas gente malvada e o mesmo não ocorresse por toda a Itália, ou, ainda, se não fosse preciso temer a violência em lugares onde a força da resistência é menor.

Por esta razão, o conselho dado por ele não é sábio, já que César receia algo dos conspiradores; contudo, se somente ele não teme o perigo, enquanto todos os outros estão cheios de temor, é mais adequado que eu tema, e não só por mim, mas por vós todos. Tende, pois, por certo, que aquilo que resolverdes contra Públio Lentulus Sura e os demais prisioneiros, o mesmo ficará resolvido contra o exército inteiro de Catilina e contra os demais conjurados; quanto mais rigor for aplicado neste caso, mais decairá o ânimo daqueles; quanto mais frouxa a vossa decisão, mais vos insultarão com orgulho.

Não julgueis que os nossos antepassados apenas com armas engrandeceram a pequena República de então. Se fosse assim, seríamos muito mais prósperos hoje, por termos mais cidadãos e aliados, além de armas e de cavalos que eles não tinham. Outras coisas os fizeram grandes, das quais nós estamos totalmente carentes, tais como: em tempos de paz, a mesma aplicação nos negócios; em estado de guerra, um governo moderado e justo, livre para ditar as regras, sem medo nem paixão.

Em vez disso, reina em nós o luxo e a avareza; em outros, se faz a opulência; ao povo, o esgotamento e a fome. Queremos ser ricos e fugir do trabalho, sem diferenciar o bom e o mau, enquanto a ambição toma para si os prêmios que deveriam ser da virtude. Nem poderia ser diferente, pois as vossas resoluções são tomadas em favor próprio, para as vossas casas que servem às vossas delícias e aos vossos prazeres, em benefício da ganância ou a favor dela. Não é o caso de sabermos agora de onde nascem tais coisas que abandonam os propósitos da República, enchendo-a apenas de caprichos e de coisas superficiais. Mas o fato é que nós todos queremos isso. E alguns cidadãos ilustres, querendo abrasar a Pátria, chamaram para auxiliá-los os gauleses, inimigos mortais dos romanos; temos agora o seu líder com um exército quase em cima de nós, e estais ainda sem resolução da pena a ser imposta aos réus, duvidando que o inimigo fora preso dentro de vossas próprias muralhas.

Vamos dizer o contrário, que vos apiedeis deles, porque são jovens e não possuem outros crimes senão esse fatídico levado pela ambição e, ainda acrescento, deixe-os sair da prisão com as suas armas. Hoje, isso seria uma atitude intempestiva, mansa e cheia de piedade; amanhã, quando tomarem de novo as armas, elas se converteriam na vossa ruína. Na verdade, o problema é grande, bem o sabeis, e a solução exige coragem.

Sim, temeis, e muito! Porque com a vossa inação e fraqueza ficais à espera uns dos outros, tardando a resolução e confiando, segundo me parece, nos deuses imortais, que em outras ocasiões livraram esta República de graves perigos. Tende, pois, em mente, que não se obtém o favor dos deuses apenas com os votos e as preces das mulheres, mas é preciso empenhar-se, trabalhar, pesquisar de modo criterioso, depois, então, tudo haverá de correr bem; mas, se nos entregarmos à preguiça e à ociosidade, será inútil pedir aos deuses; assim, os deuses nos serão adversos e contrários.

No tempo dos nossos antepassados, Aulo Manlius Torquato, na guerra que tivemos com os gauleses, ordenara a morte de seu próprio filho, por ter lutado contra o inimigo sem ordem para isso; assim, aquele jovem ilustre pagou com sua vida uma pena de valor errado. E vós ainda hesitais em decidir contra esses cruéis parricidas? Se pensardes que com isso fazeis o bem, que o resto de vossas vidas desculpe essa vossa maldade.

Tende, pois, cautela quanto à dignidade de Lentulus Sura, observai se ele nunca teve contestada sua honestidade e seu crédito junto aos homens e aos deuses. Perdoai os poucos anos de Cetego, se esta for a primeira vez que ele se insurge contra a Pátria. E o que direi então de Gabínio, Estatílio e Cepário, os quais, se alguma vez houvessem dado atenção a seus deveres, por certo não teriam feito como agora fizeram contra a República.

Concluindo – ilustres senadores –, se, por hipótese, vós não acatásseis as minhas palavras, e se um crime pudesse ser permitido, juro que deixaria os réus, de muito bom grado, sentirem o rigor do meu castigo. Porém, nos encontramos sitiados por todos os lados. Catilina, por um lado, nos fecha com o seu exército; dentro da cidade, e a seu comando, se abrigam outros inimigos; não podemos resolver coisa nenhuma, nem nos prevenir é possível contra as suas incursões sem que eles saibam de tudo; e prevenir é o que mais nos interessa fazer agora, urgentemente, para nossa defesa.

O meu sentimento é de que a República, tendo chegado a um perigo tão grande por traição desses homens malvados, os quais estão confessos e corroborados pelos depoimentos de Tito Voltúrcio e dos delegados alóbrogos, planejaram incêndios, mortes e outras crueldades contra os seus concidadãos e a sua Pátria; portanto, devem ser punidos severamente:

O meu voto é que se lhes imponha o último suplício, segundo o costume dos nossos ancestrais, submetendo-os à pena capital por seus delitos.

Terminado seu severo discurso, Catão sentou-se, esperando a reação. Cícero e a maior parte do Senado aplaudiram vivamente o seu veredito, elevando às nuvens o seu valor. Outros censuraram a si próprios pela demora numa decisão que agora se fazia tão cristalina.

Catão era tido como dos senadores mais ilustres e mais retos na vida pública e particular. Suas decisões somente poderiam ser contestadas com fatos, raciocínio lógico e fundamento jurídico abalizado. Por fim, a resolução do Senado saiu conforme seu parecer. Todos os réus foram sentenciados à morte, sem apelação à Assembleia do Povo para comutação da pena.

8
O APAGAR DAS LUZES NO MAMERTINO

A conspiração fora desencadeada em Roma enquanto o poderoso exército de Pompeu estava em guerra no Oriente, combatendo Mitrídates. Desde muito, Pompeu não estava em Roma. A força-tarefa arrebanhada às pressas e a duras penas por Lúcio Sérgio Catilina jamais poderia oferecer qualquer resistência a Pompeu. Seu exército oficial era o maior e mais bem equipado do mundo antigo. Compunha-se de 60 mil homens, 270 navios, inúmeros regimentos de cavalaria, uma quantidade enorme de armas e de engenhos de guerra insuperáveis por qualquer exército da época, além de contar com apoio logístico e reabastecimento de tropas como nenhum outro.

Catilina, chefe dos conjurados, já houvera ocupado vários postos de importância na República. Iniciara sua carreira como questor, em 77 a.C., depois se elegera pretor, exercendo esse cargo no ano de 68 a.C. No ano seguinte fora nomeado governador da África, tendo ocupado esse cargo entre os anos de 67 e 66 a.C. Logo após seu retorno, em 66 a.C., tentara eleger-se cônsul, não logrando êxito, razão pela qual, às escondidas, articulara contra a vida dos dois cônsules de 65 a.C., mas falhara em sua tentativa. Depois, ao disputar os pleitos de 64 e 63 a.C. ao consulado, não conseguira eleger-se. Frustrado em suas esperanças, determinou-se a abandonar a via legal de ascensão política, querendo tomar o poder pelas armas. Nesse intuito, engendrou um plano cruel, um desenho criminoso que se propunha derrubar o Estado e matar todos os homens ilustres de Roma que não estivessem em suas fileiras.

No início de sua carreira, Catilina conseguira aliar-se aos homens da nobreza, como o ditador Sila, de quem conseguira prestígio e fortuna pelas espoliações de guerra; depois, então, conquistara a amizade do riquíssimo Crasso, cujos interesses eram contrários aos de Pompeu e cuja fortuna poderia organizar facilmente um exército poderoso, favorável aos seus interesses. Aproximara-se também de César, cujo prestígio popular já era grande em Roma, para obter apoio do povo e intentar contra a República.

Nos preparativos da conjuração, Catilina conseguira arrebanhar homens de relativo poder e significância, como o pretor Lentulus Sura, magistrado que já ocupara o posto de cônsul. Todos eles eram oportunistas, interessados apenas em reaver as fortunas perdidas nas campanhas eleitorais, nos gastos desordenados em suas propriedades e nos prazeres da vida mundana. Toda espécie de gente, a pior da Roma Antiga e das regiões vizinhas, juntara-se aos conjurados.

Ao povo pobre, manipulado pelo dinheiro, caberia promover a rebelião, com grandes distúrbios, incêndios, dilapidação de lojas e matança de guardas e cidadãos ilustres. Na desordem, o povo favoreceria os conjurados. A ação principal, contudo, estava concentrada no homicídio dos senadores e na tomada do poder central, tarefa a ser realizada pelos chefes do movimento.

Fora de Roma, o plano estava orquestrado para obter o auxílio das tribos mercenárias da Gália Cisalpina, que deviam engrossar o exército conjurado. Na marcha sobre Roma, ao longo de todo o caminho, Catilina pretendia arrebanhar os donos de terras e seus servidores, homens rudes do campo, os quais buscavam uma tábua de salvação para as suas dívidas. Assim, aumentaria o efetivo armado e o seu poder de ataque.

Ele estimava que não houvesse tempo para os cônsules formarem um exército poderoso, capaz de bater de frente e vencer o seu exército, que já estava em estágio final de formação. Esperava uma resistência maior em Roma, por parte da guarda pretoriana, que no atropelo seria vencida. No auge da rebelião, entraria na cidade para vencer a resistência dos pretorianos e eliminar o restante da aristocracia. Finalmente, com todos no fórum, o poder seria tomado.

Em seus sonhos e nos de sua camarilha, a República seria reformulada, dando assento a novos senadores. Então, instalado um regime de força ditatorial, logo seria formado um grande exército, capaz de negociar com Pompeu em igualdade de condições. No campo político, novas medidas com forte caráter popular seriam decretadas, ganhando a confiança do povo. Nessa altura, os conservadores estariam aniquilados, em benefício da nova elite.

Na verdade, tratava-se de uma ação sonhadora e hipócrita, com fachada popular. Seu objetivo era manobrar o povo para assumir o poder. Os principais conjurados, homens quase falidos, se serviriam da plebe para sair da ruína e usurpar as riquezas da República. No final, pretendiam formar uma nova classe de comando, com fachada popular, mas de íntimo aristocrático. Não tinham os princípios democráticos capazes de levar avante um governo aberto e participativo.

Não obstante, para ruína dos conjurados, no final de seu consulado, Cícero descobriu as articulações, juntou todas as provas e haveria de mudar os rumos da história. Quando Catilina percebeu que os seus planos já eram de conhecimento do cônsul, fugiu para a Etrúria, juntando-se a Caio Mânlio, seu lugar-tenente, a quem despachara antes para formar um exército.

Naquelas paragens da Etrúria, imaginava dar os retoques finais na formação de seu aglomerado militar. Contudo, deixara em Roma, como chefe da conjuração, o pretor Lentulus Sura, magistrado dos mais influentes, antigo ocupante do consulado e conhecedor das manobras a serem executadas até a deflagração do golpe.

Lentulus, por sua vez, tinha a responsabilidade de continuar tecendo a trama até o dia marcado, no início das Saturnálias, a 17 de dezembro, data em que a insurreição armada cairia sobre Roma. Contudo, no desempenho de suas funções e querendo reforçar o exército de Catilina com a cavalaria dos gauleses, fora descoberto e preso, ao que foi paralisado e deixou em xeque o plano inteiro. Seus principais colaboradores, dentro de Roma, também foram aprisionados. Agora, por decisão do Senado, todos os réus estavam sentenciados à morte.

⁓

Plutarco, em sua *Vida de Júlio César* (IX), conta que, terminado o julgamento no Senado, quando César deixava o local, ainda na escadaria, um grupo de moços, responsável pela segurança de Cícero, correu para ele empunhando espadas. O senador Quinto Cúrio, amante de Fúlvia, que estava ao lado de César, cobriu-o com sua toga, livrando-o da fúria dos jovens aristocráticos.

Cícero, ao mesmo tempo, olhando para os moços, fez sinal de reprovação, tanto porque temia o furor do povo quanto porque julgava o ato injusto e maldoso. Depois, na intimidade dos amigos, Cícero seria censurado por não ter aproveitado a ocasião contra César, selando o fim de seu opositor, e também por considerar em demasia o povo, o qual confiava na sua proteção, mas não haveria de dar-lhe, no futuro, toda a sustentação necessária.

O mesmo Plutarco, em *Vida de Cícero* (XXII-XXIV), conta que após esse incidente, deixando o Senado, Cícero, à frente dos senadores aliados, fora à prisão domiciliar de cada um dos condenados. Por precaução, os prisioneiros ilustres não tinham sido detidos numa mesma casa, mas distribuídos em algumas requintadas vivendas, propriedades de senadores ilustres, confiados à guarda pretoriana e sob forte vigilância.

Por informação de Salústio, sabe-se que Lentulus Sura fora entregue à custódia do senador Lêntulo Spinter, então no posto de edil; Cetego fora colocado aos cuidados de Quinto Cornifício; Estatílio, entregue a Caio Júlio César, por meio do qual pôde saber dos últimos movimentos e preparar a defesa de Lentulus Sura, que, por conseguinte, serviria aos demais conjurados; Gabínio fora entregue a Marco Crasso, o homem mais rico de Roma; e Cepário, preso pouco antes de fugir, ficou a cargo do senador Gneo Terêncio. O cônsul, por achar melhor aproveitar o dia do julgamento para finalizar sua tarefa, mandou preparar tudo para a realização do suplício à noite.

Plutarco conta que, junto com a guarda pretoriana, Cícero se dirigiu primeiro ao Palatino, ao casario de Spinter, onde estava aprisionado Lentulus Sura. Tomando-o dali, mandou conduzi-lo pela via Sagrada, passando pelo fórum, para satisfazer as antigas profecias. As principais figuras da cidade o acompanhavam, cerrando-se em torno do cônsul e servindo-lhe de guarda protetora. O povo – que segundo Plutarco apresentava-se numa imensa multidão – seguia em silêncio, trêmulo de horror ao pensar que era preparada a execução dos condenados.

Os moços, sobretudo, assistiam a esse espetáculo com admiração misturada ao terror, tal como os mistérios sagrados que a nobreza celebrava nos templos para a salvação da Pátria. Conforme Salústio, quando Cícero atravessou a praça e chegou ao cárcere, adentrou o primeiro recinto da prisão e subiu um pouco à esquerda; tinha ali uma entrada subterrânea, chamada Tullianum, com cerca de três metros e meio de profundidade e um pequeno muro ao entorno, coberto por uma abóbada em arco de pedra. O prisioneiro estava agora na entrada de uma prisão imunda, escura e fétida, de aspecto asqueroso e terrível.

O cárcere Tullianum, prisão que passou a ser chamada de Mamertino, sempre fora sombria; enfiada na terra, tinha um teto muito baixo, era malcheirosa e úmida. Estava localizada bem no centro da Roma Antiga, na encosta do Capitólio, em frente à Cúria e aos Fóruns Imperiais. Seu nome fora uma homenagem ao sexto rei de Roma, Sérvio Túlio, daí o nome Tullianum. Tratava-se de um antigo reservatório de água no centro da cidade, transformado em prisão no século VI a.C.

Na época de Lentulus Sura, essa prisão já era um símbolo da implacável justiça de Roma contra os seus inimigos. Os mais proeminentes opositores da República foram ali aprisionados e receberam a pena máxima, por estrangulamento ou decapitação. Antes, em 104 a.C., já houvera sucumbido ali o rei Jugurta, da Numídia, África. Agora, entretanto, Cícero estava à porta. E Lentulus Sura foi entregue ao administrador da prisão, que recebeu o decreto da sentença, passou ligeiramente a vista e foi ao serviço.

Levado pelos guardas, Lentulus desceu a pequena escadaria. No cômodo inferior, a luz do archote apenas tirava a escuridão do ambiente. Seguro, então, pelos fortes algozes, um de cada lado, num movimento rápido foi sentado num banco, enquanto o carrasco, posicionado atrás, garroteou-o bruscamente, estrangulando a garganta numa pequena fração de tempo. Lentulus Sura teve reação natural e morte rápida, cessando para ele o suplício de uma espera de dois dias que lhe pareceram dois séculos, extremamente angustiosa e martirizada. Apagara-se na maturidade a luz da vida física, findando um pesadelo de louca ambição.

Foi esse o fim daquele patrício ilustre da família nobre e respeitável dos Cornelius Lentulus, que outrora fora revestido de dignidade consular, mas não soubera preservar a qualidade moral requerida ao posto de magistrado para o qual se elegera. Agora tudo estava consumado[1].

Em seguida, os pretores fizeram o mesmo com Cetego, Estatílio, Gabínio e Cepário, entregando-os aos carrascos. Mais tarde, cerca de um século após as execuções, nesse mesmo cárcere, segundo a tradição, os apóstolos Pedro e Paulo passariam os últimos dias antes de serem martirizados. Foi uma fase da humanidade em que a pena de morte

---

1 Ver "Apêndice A: Cronologia do ano 63 a.C.". Contém um resumo dos principais acontecimentos vividos nesse ano da morte de Lentulus Sura e os responsáveis pela administração de Roma. (N.A.)

resguardava a sociedade antiga dos perigos que ela mesma tratava de potencializar, depositando nos réus os seus excessos e matando-os para solução de suas fobias íntimas.

Cícero, por sua vez, na medida em que trazia os condenados para o Mamertino, via, na praça, vários cúmplices da rebelião ali reunidos, os quais, ignorando o que se passava dentro do cárcere, esperavam a calada da noite para invadir a prisão e arrebatar os prisioneiros, julgando-os ainda com vida. Assim, com a guarda pretoriana ao seu lado, ao sair do Mamertino, após o cumprimento da última sentença, bradou-lhes simplesmente: "Eles viveram!"

Essa maneira de falar era própria dos políticos romanos, quando queriam evitar palavras funestas sobre a morte de alguém, para não dizer: "Eles morreram".

A noite tombava. Terminada a tarefa que lhe fora dada pelo Senado, Cícero atravessou o fórum para voltar para casa. Agora, não estava mais em meio a um povo silencioso, que antes o escoltava na melhor ordem possível, mas rodeado de uma multidão de cidadãos empolgados, vibrando sobre ele aclamações e aplausos. Era ovacionado como "salvador", o cônsul de uma nova Roma.

As vias, iluminadas de archotes e tochas colocadas diante de cada porta, agora estavam em festa. As mulheres, homenageando a Cícero, iluminaram também as sacadas e o alto das residências, para ele contemplar o agradecimento de cada uma delas, quando subisse a via com seu majestoso cortejo de patrícios. A maioria dos seguidores de Cícero já havia tomado parte em guerras importantes, entrado em Roma em carros de triunfo ou conquistado para o Império uma vasta extensão de terras e mares.

A ilustre marcha seguia alegre, confessando cada qual o seu dever para com Cícero. Todos consideravam que, se o povo romano devia aos generais as vitórias que lhes renderam o ouro, o dinheiro, os ricos despojos de guerra e a condição de grande potência, a Cícero, contudo, devia-se a segurança individual e a salvação da República. Ele houvera afastado da Pátria um perigo espantoso.

O admirável, em tudo isso, não fora Cícero ter prevenido os males da conspiração e mandado punir os culpados, mas sabido sufocar, por meios considerados de pouca violência, a mais vasta conspiração que jamais se formara em Roma, extinguindo-a sem motim nem perturbação da ordem.

Com efeito, quase todos os que se haviam agrupado em torno de Catilina, em Roma, e a maior parte na Etrúria, ao saberem do suplício de Lentulus Sura e de Cetego, chefes proeminentes da rebelião, abandonaram o movimento.

Não obstante tais ocorrências em Roma, Catilina ainda continuava vivo e tendo em mãos um exército considerável, ameaçador. Salústio, na sua *Conjuração de Catilina*, nos dá detalhes dos acontecimentos na Etrúria. Enquanto na urbe se passavam os graves cometimentos, Catilina pegava o contingente que levara à Etrúria e juntava com o de Mânlio, formando duas legiões, bem-proporcionadas, esperando ainda acrescentar mais homens e ter o mesmo número de soldados das tropas romanas, cerca de 4.800 homens em cada legião. Depois, à medida que no arraial iam surgindo novos voluntários ou cúmplices da sublevação, ele os distribuía em igualdade, de modo que, em pouco tempo, pôde completar o número de homens necessários em cada uma das duas legiões combatentes.

No princípio, tinha cerca de dois mil homens, mas, nesse contingente, apenas a quarta parte estava armada de modo suficiente; o restante, tomando as armas disponíveis, tinha somente lanças, dardos e varas pontiagudas; mas, no final, à custa de muito dinheiro e trabalho, conseguiu reunir dez mil homens, armados relativamente.

Quando Caio Antônio se aproximou com o seu exército, Catilina ainda não se sentia preparado e dirigiu a marcha de suas legiões pela serra da divisa. E, para evitar a batalha, acampava nas montanhas, ora do lado de Roma ora da parte da Gália. Esperava todos os dias ser reforçado por numerosas tropas, se Lentulus, em Roma, e os demais companheiros executassem os seus projetos. Entretanto, rejeitara o alistamento de escravos em suas fileiras, os quais, a princípio, acudiram em grande número. Confiava nas forças do Partido Popular, julgando contrário à boa política alistar escravos, pois não queria confundir a causa dos cidadãos romanos com a dos escravos fugidos.

Quando a conjuração foi descoberta e a notícia se espalhou no campo, vindo, em seguida, a informação do suplício de Lentulus, de Cetego e dos outros, a deserção não pôde ser contida, reduzindo o efetivo. Os homens, apenas atraídos pela esperança de desordem e roubo, pelo desejo de novidades que lhes pudessem beneficiar, abandonaram o arraial.

Catilina tomou o restante dos homens e os conduziu pelos montes ásperos, em marcha forçada pelo território de Pistoia, no intuito de escapar para a Gália por veredas ocultas. Mas Quinto Metelo Célere, no território de Piceno, tinha consigo três legiões e estava no encalço de Catilina.

Metelo, imaginando o aperto em que estava o inimigo, fez as mesmas conjecturas de Catilina. Em consequência, pôde aprisionar alguns desertores e saber a direção certa da marcha adversária. Então, levantou seu arraial e foi postar-se no sopé da serra, bem no sítio por onde Catilina havia de descer para a Gália.

Caio Antônio, por sua vez, com as suas legiões, também o seguia de perto, embora tivesse de fazê-lo por lugares mais planos, em razão da dificuldade de manobra de seu numeroso exército. Estava informado de tudo por emissários de Célere e por desertores capturados, razão pela qual foi ao local certo, esperar por Catilina.

O inverno havia chegado. Iniciaram-se o frio e a neve, esgotando rapidamente os suprimentos e as forças já minguadas das legiões de Catilina. Vendo-se cercado pelos montes intransponíveis e pelas tropas inimigas, sabendo já malogrados os seus projetos em Roma e a sua esperança de fugir ou ser reforçado, teve de tomar a decisão.

Sabia que o destino de Lentulus Sura seria também o seu, caso fosse aprisionado. Então julgou mais acertado, em tal conjuntura, tentar a sorte pelas armas. Decidiu que o quanto antes deveria dar batalha a Caio Antônio. Para esse fim, convocou os seus homens e falou-lhes:

Soldados! Eu bem sei que não são palavras que haverão de dar valor a quem não tem. O discurso do general não dá coragem ao covarde, nem faz do fraco uma fortaleza. O soldado costuma patentear na guerra o seu caráter e a sua condição. A audácia está na natureza e na maneira de ser de cada um. Debalde se exorta aquele que não se comove com os perigos contra si mesmo nem com a glória de superá-los, porque o temor lhe tapa os ouvidos. Fiz esta convocação somente para vos alertar; e para vos expor, ao mesmo tempo, os motivos da minha resolução.

Já sabeis – soldados – o quanto a indiscrição e a fraqueza de Lentulus Sura foram fatais a nós e a ele próprio. Enquanto esperávamos de Roma os seus reforços, ficamos privados de uma retirada para a Gália. Sabeis todos, tão bem quanto eu, a nossa situação de agora. Estamos cercados por dois exércitos inimigos, um do lado de Roma, outro do da Gália. Ainda que queiramos, não podemos demorar mais tempo nesta posição: as faltas de pão e de outras provisões nos impedem. Para onde quer que tenhamos de ir, haveremos de abrir caminho a espada. Portanto, sejais resolutos. Ao travar a peleja, lembrai-vos: em vossas mãos estão as riquezas, as honras, a glória, a liberdade e a Pátria.

Se vencermos, tudo nos ficará assegurado, haverá abundância de víveres, as colônias e os municípios nos abrirão as portas. Mas, se recuarmos com medo, todas essas coisas nos ficarão contrárias. Não haverá local para ficarmos, nem amigo algum para proteger aqueles a quem as armas não protegeram. Além disso – soldados –, eles não têm os nossos mesmos interesses: nós lutamos pela Pátria, pela liberdade e pela vida; eles combatem sem necessidade própria, apenas para manter o poder de uns poucos. Que isso dobre o vosso ânimo de vitória, lembrando-vos do vosso valor de soldado.

Há pouco, a vossa vida era um verdadeiro desterro e assim ela acabaria de modo afrontoso. Alguns de vós, tendo perdido o patrimônio, poderíeis mendigar em Roma o socorro alheio. Mas isso vos pareceu indigno e vergonhoso para homens valorosos como vós, que seguistes este caminho, não aquele.

Soldados! Se quiserdes sair bem do caminho que tomastes, imperioso se faz agora serdes destemidos. Só o vencedor pode transformar a guerra em paz. Lembrai-vos, se no vacilo procurardes a salvação pela fuga, desviando do vosso inimigo as armas que deveriam defender o vosso próprio corpo, isso seria uma loucura: seria a vossa morte! Num combate – soldados –, o maior perigo é para quem mais teme a derrota, a vossa coragem e o vosso destemor vos servem de escudo e trincheira.

Soldados! Quando vos contemplo e considero as vossas façanhas, tenho grande esperança na vitória. Os vossos brios, as vossas idades, o valor de cada um de vós me anima cada vez mais. Vejo, dentre vós, que até os mais fracos se fazem valentes e destemidos.

Ademais, o lugar estreito e apertado em que estamos impede o inimigo de atacar com todo o seu contingente. Mas, se o destino contrariar os vossos esforços, digo que a vossa vida não deve ser extinta sem o valor da vossa forra ao inimigo. Mais vale a glória de morrer como heróis e dar a eles o custo de lágrima e sangue, do que cair prisioneiro na vitória alheia e perecer num matadouro, como foi a Lentulus Sura e será feito com nós todos.

Findo esse discurso de exaltação, Catilina fez uma pequena pausa. Depois, mandou tocar a marcha e desceu com a tropa para a planície. Em seguida, retirou todos os cavalos, para dar mais ânimo aos soldados de infantaria e para verem que o perigo era comum a todos. Ele mesmo, apeando, deu formação de batalha ao exército, segundo exigia o campo de guerra e o número de combatentes.

A planície estava situada entre montes, à esquerda, e rochedos escarpados, à direita. Catilina postou oito coortes na frente, deixando as outras de reserva, em linhas mais cerradas. Destas, escolheu e tirou para a vanguarda os centuriões e voluntários; e fez o mesmo com os soldados rasos, em melhores condições de luta e mais bem armados.

Em seguida, deu a Mânlio o comando da direita, e a um oficial de Fésulas, o da esquerda; ele, com os seus libertos e colonos, ficou junto ao estandarte da águia, que diziam ser de Mario, ostentado em seu exército na guerra Címbrica.

Pelo lado contrário, Caio Antônio, sem poder ali permanecer por um mal-estar de gota, passou o comando do exército a Marco Petreio, seu lugar-tenente. Este colocou na vanguarda as coortes de veteranos, que tinha alistado por causa do iminente perigo, e aliou a elas o resto do exército reserva. Correndo a cavalo por todas as filas, chamou a cada uma pelo nome de guerra, exortando os soldados. Pediu para se lembrarem de que iriam pelejar em defesa da Pátria, dos filhos, dos templos e dos próprios lares, contra ladrões despreparados.

Petreio era soldado experiente, tinha mais de 30 anos de exército e estava coberto de glória militar. Tinha ocupado no exército o posto de tribuno, conhecia pessoalmente quase todos os soldados e as façanhas de cada um. Na sua preleção, recordou a todos os seus antigos feitos, para dar-lhes ânimo.

Tomadas todas as providências, deu sinal com a trombeta e mandou avançar as coortes, a passo lento. O exército inimigo fez o mesmo. Depois que chegaram a ponto de atacarem-se mutuamente com tropa ligeira, podendo ambas as partes escutar a voz de comando do inimigo, largaram os dardos e desembainharam suas espadas. Os veteranos, revivendo seu antigo valor, foram em frente e apertaram os inimigos, que resistiram sem medo. A coragem foi muita de ambas a partes.

Catilina, na retaguarda, dispondo de soldados ligeiros discorrendo na vanguarda, dava sustentação aos que retrocediam, tratando de fortalecer ou de repor soldados em substituição aos feridos; era um general valoroso na batalha. Petreio não deixou por menos; em luta, derrubou muitos inimigos, fazendo, ao mesmo tempo, o papel de valente soldado e de bom comandante.

Quando Petreio viu que Catilina opunha mais resistência do que o esperado, ele próprio o atacou com a sua coorte pretoriana, rompendo o centro de forças e causando-lhe grandes perdas e transtornos na resistência; depois, continuou a atacá-lo, por ambos os lados.

A batalha já durava. Catilina e Fesulano estavam agora à frente, combatendo com enorme valentia. Enfim, restando poucos combatentes e o exército já derrotado, Catilina, lembrando-se certamente de seu berço e de suas glórias antigas, arrojou-se sobre os inimigos e morreu pelejando.

Somente após o combate é que se pôde ajuizar a audácia e a animosidade do exército de Catilina. Quase todos, depois de mortos, cobriam com seus corpos os postos que deveriam defender enquanto vivos. Poucos que a coorte pretoriana desbaratara foram cair mais longe, resistindo aos ferimentos, em luta acirrada. Catilina, que combatera de um lado a outro, foi achado ainda ofegante, muito distante dos seus, entre os cadáveres; conservava no semblante aquela mesma ferocidade de espírito que tivera em vida.

Finalmente, de tão grande número derrotado não houve um cidadão sequer que caísse prisioneiro, na ação ou fora dela; ninguém poupou a própria vida para dá-la depois ao inimigo, "em outro matadouro", como dissera Catilina em sua preleção, lembrando-se de Lentulus Sura.

O exército romano tivera a mais triste e sanguinolenta vitória. Os mais valorosos de suas fileiras morreram no combate ou ficaram gravemente feridos. Muitos que saíram do arraial, por curiosidade ou para saquear os mortos, revolvendo os cadáveres inimigos, acabaram achando um amigo, um parente ou um conhecido; alguns reconheceram também os seus inimigos. Por todo o campo, espalhou-se um misto de alegria e tristeza, de pesar e regozijo.

Era, então, 5 de janeiro de 62 a.C., um mês após a morte de Lentulus Sura. E, por ironia do destino, o mesmo Caio Antônio, ex-amigo e aliado de Catilina nas eleições consulares de um ano antes, que ele queria a seu lado, se eleito, agora se fazia seu algoz na batalha de Pistoia. O corpo de Catilina jazia naqueles mesmos sítios onde tombara Spartacus, cerca de dez anos antes, próximo às terras da Lêntula de hoje.

Não obstante os feitos de Cícero na conjuração, Plutarco informa que havia quem criticasse a sua conduta e quisesse fazê-lo arrepender-se de suas ações. À frente delas estavam Caio César, Cipião Metelo e Lúcio Béstia; o primeiro era magistrado pretor, e os dois outros, tribunos da plebe, designados para o ano seguinte, o qual estava para iniciar-se.

Quando esses magistrados entraram em ação, restavam ainda alguns dias a Cícero de permanência no consulado. Não lhe permitiram falar ao povo e puseram bancos diante da tribuna, para impedir que chegasse a ela. Deixaram-lhe apenas a liberdade de comparecer ao evento, se assim o quisesse, para se despedir do consulado e abandoná-lo em seguida.

Mesmo com dificuldade, Cícero chegou ao local e subiu à tribuna, como se fosse só para pronunciar o juramento. Fez-se um profundo silêncio. Mas, em lugar do discurso de praxe, pronunciou outro em tom diferente, novo para a cerimônia, o qual não convinha senão a si próprio. Jurou que salvaria a Pátria e conservaria o Império. Todo o povo repetiu, após ele, o mesmo juramento, não obstante o veto de um dos tribunos presentes.

César e os tribunos, irritados com o gesto, arquitetaram intrigas contra Cícero. Propuseram, logo de início, uma lei que chamava de volta para Roma o general Pompeu com suas tropas, contando, assim, destruir o poder quase absoluto de Cícero.

Felizmente para Cícero e para Roma, Catão, o Jovem, era também tribuno e, como possuía autoridade igual à de seus colegas, mas com maior estima de todos, fez oposição aos decretos de César. Enxergara o momento de satisfazer os seus próprios desejos; e, de tal modo em seus discursos exaltou o consulado de Cícero, que a este foram concedidas as maiores honrarias jamais outorgadas a nenhum outro romano. A Cícero foi concedido o nome de "Pai da Pátria", título honorífico que teve a glória de haver sido o primeiro a ostentar, por iniciativa de Catão, na presença do povo romano.

Com o passar do tempo, Cícero gozou da maior autoridade em Roma. Porém, se tornou odioso para muita gente, não por praticar ação malévola ou violenta, que não era de seu feitio, mas porque, ao elogiar sempre a si próprio, querendo encher de glória o seu antigo consulado, chocava as pessoas.

Após deixar o cargo, toda vez que ia ao Senado, às Assembleias e aos Tribunais exercer o seu papel de político e de advogado, não tirava da boca o nome de Lentulus Sura. Sentia necessidade de citá-lo em benefício próprio, como se, em seu íntimo, tivesse algo a temer, precisando de defesa prévia por tê-lo feito executar sem direito de apelação.

Assim, abalado interiormente, chegou mesmo a encher, com os seus próprios elogios, muitos livros e escritos de sua autoria. Sua eloquência, antes tão cheia de doçura e de graça, aos poucos se tornou enfadonha e fatigante: o auditório mal podia suportá-lo.

Essa afetação importuna tornou-se uma espécie de doença fatal, inoculada em sua pessoa. Todavia, apesar de sua pretensão desmedida e, também, da inveja e do despeito dos outros para consigo, permaneceu durante a vida inteira um homem criativo, eloquente e de bom sentimento.

Lentulus Sura, por sua vez, viveu uma vida quase completa; atravessou as primeiras idades e chegou à plena maturidade, mas não adentrou o período da velhice. Por suas ações contrárias aos princípios morais, a sociedade em que viveu o privou dela: seu espírito foi compulsoriamente retirado da carne. Tal arbitrariedade era comum aos magistrados da época, embora sua sentença fosse contestada por todos os membros de seu partido político, tornando-se caso exemplar na história do Direito Romano.

Fora influenciado por amizades inescrupulosas, deixando levar-se por pensamentos contrários aos bons princípios. Fora ambicioso, debochado e vingativo. Contudo, deve-se considerar que a sua morte deu-se por planejar uma rebelião, reunir aliados e organizar aquilo que seria um verdadeiro massacre. Mas, ainda assim, não obstante todas as suas preparações, esses crimes planejados não foram levados a efeito, ficaram na intenção; e pela intenção seria julgado e executado, sem direito de apelação.

Por habilidade de Cícero, a trama fora descoberta e os conjurados presos, desbaratados e mortos. Em termos pessoais, Lentulus Sura não fora uma bela alma na idade de vinte anos, não fora um homem forte aos trinta, nem rico de saber aos quarenta e tampouco sábio aos cinquenta. Alguns anos após meio século de existência, a Pátria espiritual o teve de volta, sem ter sido ele na vida terrena uma boa alma, nem mesmo um homem forte, nem rico nem sábio...

Na Terra, fora um indivíduo de moral fraca; e, no mundo maior, um espírito sofredor em busca de amparo e renovação. Suas boas ações, para ressarcimento dos débitos contraídos nessa existência descuidada, viriam somente no decorrer das vidas sucessivas, das quais ainda falaremos oportunamente.

9
CONFRONTOS DE PERSONALIDADE

Marco Catão, o Jovem, fora tão parecido em caráter com o seu bisavô, Catão, o Censor, que para entendê-lo melhor é preciso fazer um retorno aos tempos daquele seu antepassado. Quem conta a história de ambos é Plutarco, em *Vidas Paralelas*, dando conta de que Marco Pórcio Catão, o Censor, nascera no ano de 234 antes da Era Cristã na cidade de Túsculo, região do Lázio, hoje conhecida como Frascati, distante 30 quilômetros a sudoeste de Roma.

Catão, o Censor, quando ainda moço, antes de ir para a guerra e meter-se nos negócios de Estado, morava em terras herdadas de seu pai, na região dos Sabinos, vivendo da agricultura. Nessa época, era costume chamar os homens virtuosos, não pertencentes à nobreza, de "homens novos". Esses homens enobreciam a si próprios com trabalhos valorosos e com virtudes do caráter. Catão era um deles. Tipo sério, honrado e honesto. Lidava com grandes negócios, exercitava-se na política falando nas pequenas cidades e nas vilas próximas à sua casa.

Em sua época, o direito já era exercido em todo o território romano. Ele advogava as causas, defendendo em juízo a quem o procurava. Em pouco tempo, tornou-se bom litigante, já que dominava a palavra, e fez-se orador de prestígio.

Após adquirir essa suficiência, quem o visitava percebia nele uma rigidez de costumes, um comportamento exemplar e grande capacidade para dirigir os negócios. Dava mostras de poder adestrar-se nas coisas do Estado.

Quando advogava, abstinha-se de receber qualquer pagamento pelos litígios e pelas causas defendidas. Fazia isso pela honra e pelo prazer de fazer justiça, como se ela fosse o principal objetivo de sua vida.

Contudo, demonstrava querer ficar conhecido no exercício das armas, servindo o exército e combatendo os inimigos de Roma. Tinha apenas 17 anos quando foi à guerra pela primeira vez, chamado por sua Pátria.

Seu tipo físico era característico do norte da Itália. Tinha cabelos um tanto ruivos, pele clara e os olhos azuis, semelhantes aos dos persas. Era forte e robusto, pois desde jovem fora habituado a trabalhar duro no campo e a viver sobriamente, aprendendo desde logo a manejar a foice e a espada. Bem-proporcionado, esbanjava saúde.

Nos combates, seu costume era afrontar o inimigo rudemente, sem sair do lugar nem se afastar, mostrando sempre uma fisionomia terrível. Dotado de voz potente, na luta, ameaçava o opositor, bradando com voz áspera e assustadora. Dizia aos amigos que, procedendo assim, o inimigo criava "visagens", amedrontando-se com a voz e facilitando o trabalho da espada. Com isso, o combate ficava mais fácil para ele.

Acostumado a andar a pé, tinha grande resistência nas caminhadas. Podia fazer longas marchas. E, para manter a sobriedade, não bebia nada em guerra, senão água; na vida particular, bebia moderadamente o vinho.

Certa feita, na herdade de Mânio Cúrio Dentado[1] – cônsul que por três vezes ganhara as honras do triunfo e cujas terras ficavam próximas às suas –, estando ali para debater assuntos de seu interesse, reparou que Mânio possuía apenas uma pequena quantidade de terras e uma casa simples.

---

1 Manius Curius "Dentatus", assim cognominado por ter nascido com alguns dentes. Fora plebeu e eleito cônsul por três vezes, em 290, 275, 274 a.C. Morreu em 270 a.C. Acabou com a Guerra Samnita e venceu os sabinos, obtendo em seu primeiro consulado duas vezes a honra do triunfo. No segundo, derrotou Pirro de Épiro, expulsando-o da Itália e triunfando pela terceira vez. Teve um estilo de vida incorruptível e frugal. (N.A.)

Catão ficou intrigado. Pensou consigo mesmo que personagem devia ser aquele. Tempos antes, Mânio fora o primeiro homem entre os romanos, houvera vencido e domado as mais belicosas nações da Itália, expulsara o rei Pirro e fora um verdadeiro herói. No entanto, agora, cultivava a terra com as próprias mãos e habitava uma granja tão pobre e tão pequena que era difícil imaginar uma vida tão simples para quem tivera tantos triunfos.

Certa feita, os embaixadores samnitas foram visitá-lo. Ao encontrá-lo no campo, em sua simplicidade, aceitaram ficar para o almoço, mas pediram para cozinhar apenas rábanos, refeição a que estavam acostumados. Ao mesmo tempo, presentearam-no com boa quantidade de ouro, para que tivesse uma vida melhor. Mas Mânio, idealista convicto, ofendido, despediu-os com o ouro e tudo, dizendo: "Quem se contenta em comer apenas rábanos não tem o que fazer com o ouro; quanto a mim, considero mais honroso dar ordens aos donos de ouro do que aos que nada têm".

Catão, rememorando essas coisas simples de Mânio, voltou para casa e pôs-se a refletir ainda mais. Reviu toda a situação de sua casa, suas terras, sua família, seus servos e todas as despesas. Então, a partir daí, determinou-se a abolir o supérfluo, passando a trabalhar a terra pessoalmente ao máximo, tirando de seus braços o próprio sustento.

Em sua filosofia, Catão considerava o corpo a primeira praga da alma; e para a cura desta, seria preciso torná-la mais liberta, purgando os males na elaboração dos discursos e na contemplação das coisas elevadas, para deixá-la mais distante das paixões e dos desejos corporais.

Com o exemplo de Mânio, Catão passou a amar ainda mais a sobriedade, a moderação e o hábito de contentar-se com pouco. Mais tarde, essas qualidades ficariam bem claras em todos os seus discursos e livros[2] publicados.

---

[2] Marco Pórcio Catão, o Censor, é considerado o primeiro escritor importante em prosa latina. Escreveu vários livros, e foi o primeiro autor a escrever em latim uma história de Roma, em sete volumes, intitulada *Origenes*. Mas o único livro a chegar até nós foi *De Agri Cultura*, em que exprime como administrar uma fazenda com muitos empregados, exalta os valores da terra, trata de medicina, oratória e arte militar. Escreveu cerca de 150 discursos, dos quais restam agora apenas fragmentos. (N.A.)

No início de sua carreira política, havia em Roma um personagem dos mais nobres: Lúcio Valério Flaco. Era um homem de autoridade, de bom julgamento e apto a conhecer bem os jovens e os seus sentimentos. Procurava ver neles os bons valores e a honestidade, sementes da virtude, capazes de impulsioná-los na carreira política. As terras de Valério também estavam unidas às de Catão, mas, diferente de Mânio, tinha idade próxima à de Catão.

Valério ouviu comentário de seus empregados sobre os costumes e a maneira de viver do vizinho, que davam conta de Catão ir às cidades vizinhas para advogar em favor de outros. Queria conhecê-lo melhor, então ordenou que fossem convidá-lo para jantar. Assim, depois de conviverem um pouco, vendo que Catão era um homem de natureza amável, honesta e educada, semelhante a uma boa planta precisando apenas de pouco cultivo e transporte a terreno mais nobre para frutificar, exortou-o a morar em Roma. Ali poderia falar em público e envolver-se nos grandes negócios. Catão assim o fez. E logo seria muito considerado, tendo feito muitos amigos nas causas defendidas.

Valério se tornou seu professor, instruía-o para seguir sempre em frente. Não tardou muito e Catão, pelo sufrágio do povo, foi eleito tribuno em 214 a.C.; ou seja, capitão militar, comandante de mil homens de infantaria. Em seguida, em 204 a.C., foi eleito questor, encarregado das questões financeiras do Estado. Nessa altura, Catão já tinha um assento no Senado, tendo adquirido boa fama, autoridade e reputação, por isso foi eleito pretor, em 198 a.C.

"O companheiro de Valério Flaco", como era chamado, tornou-se um dos principais e mais dignos da política romana, sendo eleito cônsul[3]. Por motivo de sua rigidez, durante seu consulado ficou conhecido como aquele que podia perdoar a todos os que erravam por engano, exceto a ele mesmo. Em guerra, obteve a honra do triunfo, mas não fez como outros que após alcançarem o degrau supremo retiravam-se da

---

3 Lucius Valerius Flaccus e Marcus Porcius Catone foram eleitos em dupla para o consulado de 195 e censores em 184 a.C. (N.A.)

vida pública para apenas desfrutar da honra e da glória do mundo, sem mais "dor de cabeça".

Catão, ao contrário, ao terminar seu consulado, não abandonou nunca a sua virtude nos negócios públicos, mas recomeçou tudo, apresentando-se na praça como pessoa comum, dando o prazer da sua convivência aos amigos e aos cidadãos. Os pequenos proprietários tinham nele um amigo, um conselheiro e defensor de suas causas. Era, de fato, um líder.

Marco Pórcio Catão, após alguns anos do consulado, pleiteou o cargo de censor. Em Roma, tal cargo assinalava o auge da dignidade e da honra para todo administrador público. Era, por assim dizer, o coroamento de todos os cargos e autoridades exercidas no governo.

O censor da República tinha direito de inquirir sobre a vida de cada cidadão; podia reformar os costumes de cada um, porque os romanos consideravam não ser lícito ter uma vida particular desregrada, como bem a quisesse, sem receio de repreensão e penalidade do censor. Ninguém podia agir a seu gosto, conforme o seu apetite, sem ter sobre si um julgamento maior para guiá-lo ao bom caminho quando fosse preciso. Em Roma, considerava-se que a índole e o costume dos homens ressaltavam mais na vida particular do que na pública, a qual era vivida em pleno dia e diante de todos, com as máscaras próprias de cada um. Assim, de uma maneira ou de outra, precisavam ser reformados.

Para isso, eram eleitos dois reformadores, com a função de guardar e corrigir os costumes da vida particular, enquadrando ao rigor da lei todo cidadão à margem da virtude. Se o cidadão tivesse irregularidades contra si, um decreto corregedor se lhe impunha para mudança de vida, renovação da ordem moral e enquadramento aos estatutos sociais e aos costumes do Estado.

Os oficiais dessa autoridade chamavam-se censores, na linguagem romana, os quais eram eleitos em número de dois: um representava a antiga nobreza (classe aristocrata), e outro, a camada popular. Além de tudo, ambos tinham autonomia para retirar o poder do administrador público e cassar do Senado quem houvesse vivido de modo contrário aos preceitos da ordem, da moral e da bondade estabelecidos em Roma.

Quando Catão se apresentou entre os concorrentes ao cargo, quase todos os políticos e nobres do Senado se esforçaram para impedir a sua vitória. Uns o fizeram por inveja, considerando uma vergonha para a nobreza ter de suportar um homem da plebe em posto tão alto, sendo eles os primeiros em suas famílias a alcançarem a dignidade do Estado. Outros o fizeram por comprometimento, sabendo que tinham transgredido as leis e as ordens da República e temendo, por isso, a autoridade de um homem severo como Catão, não acostumado a poupar ninguém.

Os aristocratas, aconselhando-se mutuamente, opuseram-se a sete dos competidores, adotando a prática de adular a plebe com palavras graciosas e promessas de toda ordem, como se o povo tivesse necessidade de magistrados delicados, agindo sob sua vontade. Mas Catão, ao contrário, sem demonstrar que seria delicado e gentil no exercício do cargo, ameaçava da tribuna aos que viviam de modo irregular; em voz alta, dizia que a cidade precisava de uma limpeza. Assim, intimava o povo a eleger os candidatos mais rigorosos, como ele.

Aos aristocratas, Catão pediu voto para Valério Flaco, seu amigo e representante das famílias nobres, em cuja companhia, caso fosse eleito, tinha esperança de melhorar o Estado. Queria cortar as cabeças de uma verdadeira hidra enrolada na cidade, tirar as delícias dos esbanjadores, a volúpia e os gastos excessivos da administração pública. Dizia ao povo, em seus discursos, que estava vendo a atitude dos demais concorrentes, os quais procuravam alcançar o cargo com tramas suspeitas, pois temiam os homens corretos, cumpridores do dever. Por isso, a sua ação e a de Valério Flaco seriam decisivas para a retomada da ordem.

O povo de Roma demonstrou ser magnânimo e digno de grandes governantes, não recusando a seriedade e a retidão inflexível desse personagem. Rejeitando todos os outros, o povo elegeu Marco Catão e Valério Flaco.

A primeira medida de Catão, depois da posse, foi nomear *princeps* do Senado seu amigo e companheiro, Lúcio Valério Flaco, privando todos os políticos transgressores das leis e dos bons costumes da dignidade de senador. No final de seu mandato, o povo romano ficou agradecido e louvou os seus feitos na administração. Em sua honra, mandou levantar uma estátua no templo da deusa Carna[4], responsável pela saúde, sob a qual mandou gravar não os seus feitos de armas nem os seus triunfos, mas uma inscrição cujas palavras eram: "Em honra a Marco Catão, o Censor, pelo que fez para os bons costumes, pelas suas santas ordens e pelos seus sábios ensinos que deram disciplina ao Estado, que já declinava em agonia".

Na vida particular, Catão era enaltecido por ter sido bom pai, bom marido e bom administrador. Inicialmente, desposou uma mulher mais nobre do que rica, atenciosa nas coisas razoáveis e honestas. Em casa, não tolerava violência, dizendo: "Aquele que bate em sua mulher ou em seu filho comete um grande sacrilégio, como quem viola ou rouba as coisas mais santas existentes no mundo". Considerava maior elogio ser bom marido do que bom senador; como exemplo, disse que a coisa mais louvável na vida de Sócrates fora a paciência, sendo humano e cortês com sua mulher e filhos.

Depois de sua esposa engravidar e dar-lhe um filho, não havia negócio mais urgente para ele, nem para o Estado, do que ir para casa na hora que a mulher precisava dar algo ao filho. Ela alimentava a criança com o próprio leite e, muitas vezes, amamentava também os filhos de suas escravas, para lhes incutir senso de caridade e de amor natural, irmanando todos no aleitamento materno.

4 A deusa Carna era muito reverenciada pelo povo de Roma. Seu templo ficava no monte Célio e era tida como protetora da saúde e das famílias, fechava as portas às doenças e aos ladrões. Por ocasião da festa em sua homenagem, celebrada no dia 1º de junho, eram servidos manjares, que consistiam em pedaços de torresmo com guisado de favas, misturados com farinha. Era um alimento forte e nutritivo, feito para restaurar as forças e dar vigor ao corpo. Cf. Ovídio, em *Os Fatos*, o. c., p. 299-303. (N.A.)

Quando seu filho atingiu a idade da razão e tornou-se capaz de aprender as primeiras letras, ele mesmo ensinou-lhe o principal, enquanto um escravo chamado Quilon, homem honesto e bom gramático, ensinava-lhe outras matérias – Catão não queria um escravo discutindo com seu filho nem lhe puxando as orelhas. Ensinou-lhe a gramática, as leis, a esgrima, a atirar o dardo, a lidar com a espada, a esporear os cavalos e a manejar todas as armas. Exercitou o menino no combate com os punhos, ensinou-lhe como suportar o frio e o calor, a passar a nado a correnteza de um rio impetuoso e outras coisas mais.

Compunha e escrevia de próprio punho belas histórias em letras grandes, para o filho conhecer as pessoas de bem dos tempos antigos e os seus feitos virtuosos. Aos poucos formou o seu caráter, a exemplo do dele, para melhor viver e servir à família, aos amigos e ao Estado. Tinha grande cuidado em não pronunciar palavras grosseiras na presença do filho, como se estivesse diante das vestais. Ao menino, não faltaram bons propósitos para fazer tudo de modo digno, sendo formado nos moldes da virtude perfeita. Aprendeu a ter bom coração, procurando fazer o que o pai lhe mostrava.

Quando moço, o filho de Catão desposou uma das filhas do general Paulo Emílio, irmã do segundo Cipião, de nome Tércia. Foi recebido como parente naquela nobre casa, tanto pela sua própria virtude como pela dignidade de seu pai. Assim, o estudo, o sacrifício e o cuidado do pai para com o filho terminaram bem, como merecia.

No fim da vida, Catão se tornou um tanto rude e impetuoso na aquisição de bens. Abandonou o trabalho da terra, dizendo que agricultava mais pelo prazer do que pelo proveito. E, para o dinheiro ficar mais seguro e rentável, pôs-se a comprar lagos e reservatórios de água, bacias naturais de água quente e praças apropriadas para o trabalho da piscicultura; também se determinou a comprar terras onde houvesse pastagens e árvores de corte para lucro imediato. Disso tudo recolhia grandes somas.

Sempre teve fascínio pela medicina, mas não confiava nos gregos que a professavam em Roma. Havia chegado a seu conhecimento a resposta de Hipócrates ao rei da Pérsia, quando este lhe chamara e ofertara grande soma de ouro para servi-lo. Mas o médico jurou que jamais serviria os bárbaros: eram inimigos dos gregos.

Catão afirmou que isso era procedimento comum dos médicos helênicos, por isso não confiava neles. Pediu ao filho para fugir de todos os médicos gregos. E ele mesmo tratou de fazer um pequeno tratado de medicina, pelo qual curava os de sua casa, quando adoeciam.

Em seu tratado de medicina, não proibia comer como faziam outros, mas alimentava os doentes com frutas, verduras e carnes leves, de fácil digestão. Considerava o regime uma medicação. Usando esse tratado, conservou a própria saúde, a de sua família e de seus empregados. Interessou-se pela medicina a vida inteira, tendo ultrapassado os 80 anos ao desencarnar, em 149 a.C.

De sua segunda mulher, Salonina, teve um filho, ao qual acoplou o nome dela, chamando-o de Catão Saloniano. Esse filho desencarnou quando pretor, mas deixou um descendente, o qual alcançaria a dignidade consular e seria pai de Catão, o Jovem, grande adversário de Caio César no Senado. "O Jovem" herdaria o caráter do bisavô, constituindo-se no personagem que definiria a sentença de Lentulus Sura.

Cerca de dois séculos antes de Catão, o Censor, surgiu em Atenas um discípulo de Sócrates, de nome Platão (427-347 a.C.), que se tornaria personagem intelectual dos mais importantes. Platão influenciaria profundamente toda a filosofia ocidental, e em Roma não seria diferente.

Platão buscou compreender a "justiça" de modo amplo e profundo. Para entendê-la integralmente, elaborou a doutrina da palingenesia (do grego: *palin* – de novo; e *genesis* – geração). Era um modo de entender a evolução por meio de nascimentos sucessivos, em que o mesmo elemento original, denominado por ele de "alma", haveria de reaparecer na carne, imprimindo nela suas características ancestrais decorrentes de seus apetites, por assim dizer, para, num movimento de avanço, no decorrer das vidas sucessivas, torná-los puros.

Platão considerava que a Justiça Divina se manifesta no homem por meio da alma, a qual estaria sujeita a várias existências até se tornar totalmente pura. Para ele, a alma se ligava ao corpo no nascimento. E, se durante a vida terrena, cheia de provas e apetites, a alma se ligasse às coisas impuras, haveria de retornar, cumprindo um processo cíclico de melhoria, até obter a condição evolutiva capaz de livrar-se da palingenesia.

Seu raciocínio, para explicar o retorno da alma, era inovador. Em sua lógica, argumentava que entre os mundos opostos (físico e ultrafísico), unindo a condição de "estar vivo" e "estar morto", havia uma síntese única, chamada "reviver". Assim, os mortos nasceriam dos vivos e os vivos dos mortos. Enquanto o homem vive no mundo físico, a alma, por sua vez, estaria vivendo em algum lugar, em um ambiente incomum, o qual poderia ser chamado de "mundo das ideias" ou "mundo espiritual" (*Fédon* 72 b-d).

Para Platão, a alma seria superior ao corpo, não se restringindo às percepções sensórias da carne, mas dotada de funções de ordem espiritual, racional e de vontade própria. A alma teria uma condição divina e seria criada numa outra natureza. O corpo seria a sua manifestação material, cuja palingenesia cíclica se encarregaria de evolucioná-la até a condição de extrema pureza (*Timeu* 69d; *República* X, 611b, 612a; *Política* 305a-c).

Em sua doutrina, a alma se conserva e se renova no constante reviver. Essa volta cíclica não seria feita no sentido de um corpo morto voltar a viver, como ensinado pelos judeus no dogma da ressurreição, mas no sentido de a alma renascer num corpo novo, conservando o mesmo caráter oriundo de seus apetites anteriores, até aprender tudo o que lhe falta e renovar-se, atingindo a pureza. A palingenesia seria o meio pelo qual a Justiça Divina se faria presente na evolução.

Quando observamos esses pensamentos de Platão e tomamos as figuras de Catão, o Censor, e de seu bisneto, Catão, o Jovem, nascido cerca de meio século após a morte de seu bisavô, vemos que a doutrina da palingenesia poderia encontrar neles um fundamento abalizado, de cunho prático na evolução progressiva de uma mesma essência.

De modo sugestivo, havia no bisneto uma reaparição de características ancestrais do bisavô, fazendo-se supor o retorno do mesmo espírito. Ambos eram tão semelhantes no caráter, nas ideias e na maneira de ser, que a multiplicidade das existências não se mostra improvável para justificar tanta semelhança. Um mesmo espírito estaria aperfeiçoando os seus apetites em épocas distintas.

Em ambos, era comum a disposição de afrontar os inimigos, de enobrecer a si próprios com trabalhos valorosos, de serem homens honestos, sérios e defensores das causas nobres. Ambos eram oradores eloquentes, pessoas simples e frugais, amantes da sobriedade e da moderação. O estilo grave, exigente e correto de ambos estampou neles uma marca de caráter comum. Dir-se-ia que, se fossem irmãos, não seriam tão iguais. E, pela doutrina da palingenesia, defendida por Platão, cujas ideias ambos conheciam, os dois Catões poderiam ser o mesmo espírito cumprindo ciclos de progresso em tempos quase imediatamente sucessivos.

Tal fato em ambos os Catões não ficaria isolado, pois, como veremos ainda, a alma de Lentulus Sura, desencarnada durante a conjuração, numa palingênese sugestiva haveria de voltar meio século depois na figura de Públio Cornelius Lentulus, autor da *Epístola Lentuli*.

Catão, o Jovem, bisneto do Censor, nasceu em Roma, em 95 a.C. Era filho de Catão Saloniano e Lívia Druso. Lívia, por sua vez, já estava no segundo casamento e trouxe do primeiro dois filhos: Servília Cipião e Quinto Cipião.

Ocorre que Catão e seus irmãos ficaram órfãos muito cedo e foram levados para morar na casa de um tio materno, Marco Lívio Druso, recebendo dele a típica educação aristocrática, classe da qual faziam parte.

Servília, irmã de Catão por parte de mãe, embora fosse pouco mais velha que Caio Júlio César (o mesmo que mais tarde defenderia Lentulus Sura no Senado), o amou profundamente. Catão, por sua vez, desde a juventude, não gostava de César nem do namoro dele com sua irmã.

Servília, sendo pouco mais velha, por interesses familiares casou-se com Marco Júnio Bruto. Logo teve um filho, no qual colocou o nome do marido. Contudo, dizia-se em Roma que Bruto era filho de Caio Júlio César, embora César fosse, na época, um jovem namorador de apenas 16 anos.

Tais comentários, mais tarde, fariam grande diferença na vida de Catão, de Servília, de César e de Bruto, como ainda veremos. Neste capítulo, interessa-nos apenas aprofundar os estudos sobre a personalidade de Catão, o Jovem, e de Caio César, seu oponente político.

Na história de Roma, Catão, o Jovem (mais tarde chamado de Utinense), é descrito geralmente como homem íntegro, de princípios elevados e moral exemplar, grande defensor da República numa época de decadência política, em que o regime republicano estava próximo do fim. São poucos os personagens históricos cuja estatura moral pode ser comparada com a dele. Para entender seu caráter, é preciso observar os acontecimentos no final da República, época assinalada pelo nascimento político do grande Caio Júlio César e marcada pelo colapso das instituições republicanas.

Considerar que Catão tenha alcançado destaque na história apenas por ter ficado contra César sem dúvida é uma posição redutora. Algumas figuras históricas ficaram famosas por terem atuado contra alguém muito ilustre, as quais eram pessoas sem luz própria, mas cuja luz fora refletida do ilustre oponente. Contudo, esse não é o caso de Catão. Embora tenha ficado sempre contra César, ao contrário de outros, foi um senador de luz própria.

É certo que, se não fosse César, Catão poderia ser contado como personagem obscuro. E de fato sua reputação não teria chegado a um ponto tão elevado se não tivesse feito oposição a César, porque, sem dúvida, César foi o maior da história.

Uma leitura superficial de Catão como senador poderia levar a uma conclusão errada, pois ele não fora apenas um opositor ferrenho, mas um intelectual de méritos e ideias próprias na defesa de sua causa. Viveu e refletiu a sua própria luz. Raramente a história oferece personagens de consistência moral e de seriedade como a sua.

A guerra civil vivida em Roma nos últimos anos da República envolveu dois grandes homens, Júlio César e Pompeu. Foram eles que, na época, competiram entre si pela supremacia em Roma. Ao fundo desse cenário, e quase nunca como personagem principal, aparece a figura de Catão como defensor incondicional do regime.

Catão foi um senador de espírito republicano. E, quando desencarnou, a República foi com ele, caiu inapelavelmente, dando lugar ao período imperial. Com ele, sucumbiram as tradições democráticas de Roma.

Mas a ação política de Catão, baluarte tenaz e incansável das instituições republicanas, foi oposta à de César. E esse seu posicionamento ficou mais evidenciado durante a conjuração de Catilina. Nela, em suas ações políticas e discursos no Senado, Catão foi o mais grave e o mais dramático contra todos os conspiradores.

No tempo da conjuração, Catão havia apenas iniciado seu assentamento no Senado e não tinha garantia nenhuma de ali permanecer; tinha 32 anos e fora eleito como tribuno da plebe, mas, ainda assim, era considerado jovem e estava numa posição hierárquica inferior à da maioria dos senadores.

Nessa condição, ainda pequena e perigosa para um jovem senador, ele protestou com veemência contra os conjurados e promoveu-lhes a pena de morte. Foi intransigente contra aqueles que ameaçavam as instituições da República.

Durante o julgamento de Lentulus Sura, Catão manifestou a grave suspeita de que César seria cúmplice de Catilina, deixando-o em má situação. Enquanto falava, fez uma sátira picante. Durante sua fala, César recebeu uma carta da assistência. Catão, por sua vez, notara a entrega do bilhete. Imaginando que fosse de algum conjurado presente, desafiou César a ler a carta em voz alta.

O fato criou uma verdadeira tempestade, acirrando a ira dos contrários. Então César, com sorriso divertido, entregou-lhe o bilhete, dizendo para ele próprio fazer a leitura. Catão não esperava que o bilhete fosse de Servília, sua irmã, amante de César, a qual, preocupada com o grave movimento fora do Senado, temia pela vida de César e pedia-lhe moderação.

Catão não leu o bilhete em voz alta, mas jogou-o de volta de maneira evasiva. Foi a primeira vez que esses dois personagens se viraram um contra o outro: Catão, apoiando a política republicana e querendo justiça a todo custo contra os conjurados; César, contrário ao regime em vigor, contestava a situação, defendia os conjurados e se tornaria o adversário mais perigoso da República.

Salústio, em seus relatos, informa que em muitos aspectos ambos se pareciam: na origem, na idade, na elegância, na grandeza de alma e na fama. César era considerado grande pelos seus dons e pela sua generosidade, Catão, pela sua integridade de vida. César se tornou popular por sua clemência e misericórdia, enquanto Catão, pelo rigor de suas posições. Em um, os pobres encontravam seu ponto de arrimo, no outro, os corruptos e malvados decaíam na ruína. Um era elogiado pelo seu trato e flexibilidade, o outro, pela sua firmeza indobrável. Para César, poderia se falar em novas oportunidades, para Catão, de apegos tradicionais inquebrantáveis.

Catão dirigiu os seus esforços à temperança, à honestidade e, acima de tudo, ao rigor; não competia com os ricos na riqueza nem fazia intrigas para chegar ao poder, mas preferia competir com os virtuosos para ter mais virtude, com os austeros para ter mais disciplina, e com os honestos pelo desinteresse da fortuna. Antes de tudo, preferia ser bom no íntimo, em vez de apenas transparecer uma bondade "de fachada". Ao proceder assim, a fama lhe correu atrás, sem ser preciso procurá-la. Fez da moral o seu programa público de conduta. Era de natureza forte, imperturbável; colocava em prática uma coerência administrativa que, na época, parecia beirar o ridículo, pois estava fora de seu tempo no quesito retidão. Por isso, "preferia rejeitar dez verdades a aceitar uma só mentira".

Catão e César foram dois expoentes fundamentais e diferentes da aristocracia romana. Catão, com sua rigidez, era a favor da República; César, por sua vez, não lhe era contra, no entanto, agia de modo mais liberal, favorecendo o ambiente democrático.

Catão, caso tivesse vivido até mais tarde, ainda teria provavelmente desempenhado um papel fundamental na República, embora haja dúvida quanto a isso, pois a presença de César o estimulava, e sem este, como haveria de ser, desempenhar tal papel seria apenas conjectura.

Catão se fez defensor dos valores republicanos, podendo-se dizer que era a personificação da República, independente do adversário político a enfrentar no início da crise republicana, a qual se confundia entre dois personagens: César e Pompeu. O Senado para ele foi o seu coração, o seu centro de gravidade, um lugar de equilíbrio entre as forças.

Hoje, a objeção levantada contra Catão é de ele não ter entendido que o regime aristocrático de Roma estava exaurido, a República mergulhava numa profunda crise e o poder dado a Pompeu era apenas uma consequência da incapacidade do Senado em resolver os problemas concretos da população. Seria preciso reformas profundas, mas seu conservadorismo não lhe permitia aceitar isso.

Naquele tempo, no Senado, os confrontos entre Catão e César foram motivos de crônicas discutidas à exaustão no cenário político romano. Não havia sessão em que Catão deixasse de refutar ardentemente os argumentos de César, enquanto este, invocando as dificuldades do povo nos debates, amadurecia o seu enorme potencial de ditador.

Em uma sessão, César perdeu a paciência. Dotado então de poder quase absoluto no triunvirato, mandou um segurança interromper Catão e levá-lo à prisão. O poder de César no Senado foi aumentando aos poucos, tendo o povo a seu lado, enquanto a oposição sistemática de Catão não pôde detê-lo.

César foi gradualmente minando o Senado e o modo de operar republicano com as suas ações. Mais um pouco e o ordenamento da República ficaria em xeque. Os senadores começaram a considerar que deveria haver um só cônsul, dando preferência a Pompeu, pois com seu grande exército já havia feito enormes conquistas no Oriente.

Após aquele primeiro conflito no Senado, defendendo Lentulus Sura e os demais conspiradores, a estrela de César, aos poucos, começou a brilhar com intensidade cada vez maior, e seu brilho já resplendia longe. Cada conquista sua nas Gálias era aclamada por todos como obra de extrema magnitude. Apenas Catão teve coragem de erguer sua voz e discordar abertamente de César.

Cícero, por sua vez, abstinha-se o quanto podia de ir ao Senado, com receio de tudo virar contra si, como acabou acontecendo depois, principalmente após a morte de César, quando o poder maior passou às mãos de Marco Antônio, enteado de Lentulus Sura, que se dispôs a liquidar todos os seus inimigos.

O próprio César iniciou a ofensiva. Vestígios disso são dados por Suetônio, em *A Vida dos Doze Césares*, onde expressa: "César não perdeu nenhuma oportunidade de fazer a guerra, mesmo injusta ou perigosa, pois não perdeu oportunidade de atacar de modo arbitrário os federados, os inimigos e os selvagens". Determinou-se a aniquilar os contrários, iniciando suas operações nas Gálias e seguindo para Roma. Apesar de suas muitas vitórias, Catão se opôs a ele e, por vezes, criticou a sua conduta guerreira, influindo no Senado de modo decisivo.

Em alusão a César, Catão declarou no Senado que a República deveria fazer oferenda aos deuses, para os soldados de boa-fé não serem punidos pelos crimes cometidos por seus generais. Em seguida, propôs entregar César aos alemães, dizendo que os germânicos tinham sido tratados de modo infame. Era uma receita antiga dos augures: entregar o general para não chamar sobre os soldados o castigo dos deuses, em razão da quebra injusta de um pacto. Tratava-se de um argumento apenas político, pois a preocupação com o castigo divino, de uma forma ou de outra, ainda estava bem viva na consciência do povo. Tentava com isso fazer o povo vacilar contra César.

De fato, Catão estava deveras preocupado, não tanto com os êxitos alcançados por César, mas com a falta de autoridade que César atribuía ao Senado, não lhe dando o devido valor. Seria preciso combatê-lo, ele considerava. Mas, sozinho, não poderia fazê-lo; assim, recorreu à estratégia de colocá-lo contra um rival de igual valor, o qual só poderia ser Pompeu. E dessa estratégia pode ter nascido a histórica guerra civil.

De início, Catão também houvera feito oposição aos esforços de Pompeu, pois, como comandante-chefe do exército romano, Pompeu era muito mais poderoso que César, e isso o incomodava, porque ele queria a República para os políticos, não para os generais. Mas, diferente de César, Pompeu se fazia mais respeitoso e acessível ao Senado. Então, vendo César tornar-se perigoso demais, Catão decidiu aproximar-se de Pompeu e tê-lo a seu lado.

Ao mesmo tempo, alguns senadores propuseram uma novidade: atribuir o consulado apenas a Pompeu, sem a figura de um segundo cônsul para partilhar o poder. Para a República, isso seria uma forma de ditadura consentida pelo Senado. De início, Catão foi relutante, mas percebeu que nessa condição teria um excepcional raio de ação, muito mais vasto para colocar em prática as suas ideias contra as de César. Então concordou em conceder a Pompeu tal privilégio, apoiando-o na eleição ao consulado. Pompeu, por sua vez, agradecido, nomeou Catão seu conselheiro. E este perfilou com ele, embora no passado tivesse sido seu oponente, mas sabia que Pompeu era respeitoso para com o ordenamento da República, tido pela aristocracia como grande aliado.

César, porém, considerava ultrapassado o modelo de governo em vigor e não se adaptava ao *modus operandi* da República. Sua maneira fria de proceder, as suas manifestas repulsas contra os senadores, o seu desprezo pelas instituições tradicionais, pelos representantes delas, o seu egocentrismo, a sua fria determinação em declarar guerra na Gália, as suas agressões contra povos opositores, as suas atitudes de superioridade ao apresentar-se a qualquer um; tudo, enfim, colocava-o fora da aristocracia e do poder republicano, tornando-o suspeito em tudo, caso assumisse o poder maior de ditador, como permitia o ordenamento jurídico em vigor na época.

Os sucessos obtidos por César na Gália elevaram ainda mais o seu ego. Apesar dos diversos avisos de Roma sobre os seus excessos, César continuou a sua campanha militar. Em 1º de janeiro de 49 a.C., o Senado decidiu tomar decisões contra César: seu exército deveria ser desmobilizado de pronto, no prazo determinado; se isso não fosse feito, tal ato seria considerado contrário à República e ele ficaria sujeito aos rigores do Senado. Mas César não tinha nenhuma intenção de ceder ao decreto.

Catão, por sua vez, declarou num discurso que ninguém poderia impor condições à República. Então, o Senado decidiu dar um ultimato a César. Em resposta, na noite de 10 para 11 de janeiro, César, com seu exército, atravessou o Rubicão e tomou a cidade mais próxima: era o início de sangrenta guerra civil.

Deflagrado o confronto, alguns discutiam quem teria iniciado a disputa: Catão ou César? Na alma, Catão trazia um trabalho de séculos, um legado da história que o obrigava a salvaguardar a República, erguida a duras penas por ilustres antepassados. Da parte de César, vendo a miséria do povo e a fartura dos ricos, não podia entregar nas mãos de seus adversários o trabalho preparatório de anos. Quanto a Pompeu, este se defendia dizendo atuar apenas no interesse da República, acrescentando que César teria de curvar-se; mas a República, a este ponto, era Pompeu e seus aliados.

Nesse ambiente, o processo que levaria a República à sua ruína nasceu, evoluiu e marchou para o final, sem haver um responsável definido, sem ninguém desejar a guerra, embora ela estivesse ali, diante de todos, para cumprir seu papel renovador.

Declarado o confronto, muitos consideraram que, se Pompeu e César pensassem como Catão, ambos não fariam guerra, mas, por certo, haveria outros que pensariam como os dois primeiros, fazendo a guerra eclodir de modo semelhante, porque a solução guerreira fora própria da natureza humana desde o começo, ao longo de toda a caminhada do homem em seu aperfeiçoamento moral.

Após os primeiros movimentos de César, Pompeu ainda tentou evitar o confronto. Enviou alguns de seus embaixadores a César, porque entre ambos havia uma inimizade pessoal, a qual não poderia interferir no bem-estar do povo romano.

César fez o mesmo, enviando-lhe os seus emissários, mas aproveitou para apresentar novas propostas. Dizia estar pronto para depor seu comando, desde que Pompeu ficasse estacionado com seu exército na Espanha e todos os exércitos da Itália fossem desmobilizados ao mesmo tempo. Ocorre que as coisas não evoluíram dessa maneira. E o resultado foi outro, já conhecido.

Não é nosso objetivo examinar aqui tais ocorrências, nosso foco é outro. No final, os exércitos se enfrentaram a 9 de agosto de 48 a.C., na batalha de Farsália. Pompeu perdeu a guerra e fugiu para o Mar Egeu, depois foi ao Egito. César já tinha ido ao Egito e feito um pacto com Cleópatra, descendente de Ptolomeu. Em 28 de setembro daquele mesmo ano, Pompeu foi morto e decapitado por ordens de Ptolomeu XIII. A guerra estava terminada. Agora, Caio César era o homem mais poderoso de Roma.

Um ano antes de Pompeu ter deixado a Itália, Catão, em protesto às medidas de César, deixara de cortar barba e cabelo. Em janeiro de 49 a.C., recebeu o comando do exército na Sicília, mas com muitas limitações para vencer um confronto com o adversário.

Quando as forças cesaristas se aproximaram, Catão, de modo voluntário, deixou o campo de batalha com seu exército, considerando-se incapaz de manter a província e sustentar uma guerra prolongada.

Contudo, como parte integrante do exército de Pompeu, ainda resistiu. Foi o mais tenaz adversário de César. Sua queda tornou-se a mais difícil. Na verdade, Catão e suas forças fugiram para a África, constituindo um exército de resistência. Tratava-se mais de resistir à ideia do que ao exército de César, cujas forças eram muito superiores.

Após a batalha de Farsália, Catão foi para Cirene, na atual Líbia, e de lá penetrou na província da África, após uma marcha de 20 dias a pé, transportando água em burros e usando os nativos para curar picadas de cobra em seus homens. Depois reuniu mais forças e, em 6 de fevereiro de 46 a.C., travou com os cesaristas a batalha de Tapso, na Tunísia de hoje, perdendo o embate.

Com isso, César conquistou o norte da África e Catão fugiu para Útica, formando ali nova resistência. Estava disposto a lutar, mas não obrigava ninguém a fazer o mesmo: sabia que a guerra estava perdida.

Determinado a não se entregar a César, Catão dizia que apenas os perdedores e os criminosos eram obrigados a implorar perdão. Tinha permanecido imbatível a vida inteira, e, nas vezes que César pretendera superá-lo, fora ele a superar César.

Considerava-se superior na legitimidade e na pureza da causa, e que não poderia ser abatido, tampouco aprisionado. Para ele, César fora o perdedor, pois, agora, não poderia esconder da Pátria as suas ações hostis à República. Aos amigos, dava seu veredito contra César como se estivesse no Senado, imputando culpa ao opositor. Em seus pensamentos, orientava-se de acordo com a lei antes da guerra, e não pela lei do vencedor que a tudo podia. Com isso, talvez quisesse justificar para si próprio a própria vida.

Sentindo não poder prosseguir por mais tempo, exortou seu filho a pedir clemência a César. Perguntado por que não fazia o mesmo, respondeu:

> Eu cresci em liberdade e com direito à livre expressão. Agora, na minha idade, não posso mudar a mim mesmo, não posso trocar a liberdade pela servidão. Quanto a ti, meu filho, que nasceste e foste criado num outro regime, é justo servir ao vitorioso, "divindade" que agora decidirá o teu destino.

Catão fora homem honesto, tivera caráter limpo e nos momentos mais difíceis agira com extrema coragem, não podia renunciar agora a esses valores. Em seu filho, algo dele também ficara. Restaram as coisas exemplificadas, as quais deviam ser respeitadas. Quanto à política, desaconselhou ao filho participar dela, dizendo:

> Os acontecimentos de agora não permitem que a política seja feita como convém a um Catão; se feita de outra maneira, seria uma vergonha.

Foi na cidade de Útica, na África, aos 53 anos, que ele pôs fim à própria vida, trespassando-se com uma espada. Por isso é hoje conhecido como Catão de Útica (ou Utinense). No ato do golpe, seu filho correu para acudi-lo e um médico enfaixou a sua ferida. Mas depois, sozinho, livrou-se das ataduras e sangrou até a morte; era o ano de 46 a.C.

Quanto ao filho, este desencarnaria quatro anos depois, em 42 a.C., na batalha de Filipos, quando as forças do segundo triunvirato, prosseguindo a guerra civil, derrotaram os republicanos liderados por Marco Bruto e Cássio, cabeças do assassínio de César no Senado.

A autoridade extraordinária gozada por Catão em vida, como personificação da República, foi reforçada com a sua morte. Cícero fez o elogio de Catão, enquanto César, em resposta, não deixou de louvar-lhe a eloquência e os serviços prestados à Pátria, mas seu discurso fora nitidamente anti-Catão; queria desprestigiar as ideias e a conduta de seu maior oponente. Ninguém melhor que César poderia compreender a força de Catão no Senado: fora ele o seu principal alvo.

Ao saber de sua morte, olhou o longo horizonte e, como se tivesse vendo o oponente na imensidade, disse: "Catão, invejo a tua morte, porque me invejaste a glória de te salvar". A este ponto, César queria o triunfo, a glória de ter vencido seu oponente, o qual, numa atitude magnânima, ele haveria de perdoar, dando-lhe a vida, assim como perdoou Cícero, Marco Bruto e muitos outros após a vitória. Quando César chegou a Útica, para participar dos funerais, os moradores já tinham realizado um cortejo solene: tudo estava terminado.

Em vida, Catão fora tão forte que mesmo após a morte sua moral seria lembrada, suas ideias seguidas e seus exemplos tidos como modelo. Mas o poder de Catão, após a sua morte, somente haveria de manifestar-se muito mais tarde, colocando em xeque os políticos de falsa moral. Fora um dos políticos mais notáveis da história, fiel aos seus princípios, identificado com o regime republicano e dono de uma sabedoria política sem precedentes. Por isso se fez guardião do Senado. Entraria para a história como o político de maior prestígio e de maior poder na República, tendo lutado por ela até o fim.

Recordando as qualidades de Catão, não é demais pensarmos o quão útil seria uma figura como ele em nosso tempo. Agora, dotado de modernos conhecimentos, sua força moral e sua retidão ganhariam mais força, contagiando os políticos de uma maneira geral. Alguns talvez ficassem horrorizados com tanto senso moral, outros, inibidos, mas muitos se sentiriam confortados por ter um líder como ele, capaz de modificar para melhor uma classe inteira.

Considerando-se a doutrina da palingenesia, não seria demais imaginar, no futuro meão, a vinda de espíritos tão virtuosos à Terra. Almas que, com o seu valor, poderiam dar sentido de honra tão carente hoje nas instituições. Seriam verdadeiros representantes da dignidade humana tão almejada por pessoas de bem. Essas almas talvez tivessem de vir exiladas de outras paragens e munidas de uma missão redentora, longe de sua verdadeira Pátria, e fora de seu tempo, mas com a força moral do caráter ilibado haveriam de proporcionar um avanço sem igual nas coisas do bem. Assim, teríamos sobre a Terra os novos Catões, em benefício de toda a humanidade.

10
TRIUNFO, AMBIÇÃO E MORTE

Caio Júlio César, após tantas e tão grandes conquistas, vencera a guerra civil contra Pompeu na batalha de Farsália. Depois venceu ainda outros embates menores, consolidando a sua vitória. Milhares de soldados morreram nos campos de batalha e outros caíram prisioneiros, os quais, na maioria, acabaram sendo incluídos em seu exército.

César perdoou muitos integrantes da nobreza, incluindo Marco Bruto, filho de Servília e supostamente dele próprio. Bruto, fiel aos princípios republicanos, casara-se com Pórcia, filha de Catão, o Jovem, e lutara no exército de Pompeu, mas agora pedia perdão a César para continuar vivendo.

Plutarco, em *Vida de Júlio César*, conta que após a batalha César ficara penalizado quando Bruto não fora achado inicialmente entre os prisioneiros. Imaginava que estivesse morto; mas soube depois que estava preso. O próprio Bruto pediu para se apresentar a César, deixando-o deveras contente. Para ele, fora um alívio saber que Bruto escapara ileso, são e salvo, para ambos agora estreitarem relações.

Antes da batalha final, em Farsália, vários sinais de augúrio prognosticaram o resultado do embate; um, dos mais notáveis, foi o que aconteceu na cidade de Trales, onde tinha o templo da vitória. Nele, havia uma estátua de César e, ao seu redor, uma terra muito dura, pavimentada de pedra ainda mais dura e, no entanto, nascera ali uma palmeira, junto à base da estátua, dando bom presságio a César. Houve também outro, na cidade de Pádua, onde Caio Cornélio, perito na arte de adivinhação, conhecido de Tito Lívio (historiador famoso que na época tinha 12 para 13 anos), estava por acaso naquele dia contemplando o voo dos pássaros, quando, no momento exato da batalha, intuiu, dizendo: "Nesta mesma hora começa a luta; neste mesmo instante os exércitos se chocam".

Depois, acalmando-se, Cornélio observou o voo dos pássaros e os presságios; então, nitidamente inspirado, levantou-se e, impelido por uma força divina, bradou alto: "A vitória é tua, César!" Todos os presentes se admiraram. Então o adivinho tirou a coroa de louros de sua cabeça e fez um juramento. Disse que jamais haveria de recolocá-la, caso a sua arte de predizer não fosse comprovada. Ele assim o fez e, mais tarde, a vitória de César seria confirmada. Segundo Plutarco, o próprio Tito Lívio, nascido em Pádua, assim como Cornélio, fizera a tal confirmação.

Essa fora a última guerra de César. Mas, em Roma, sua entrada triunfal desagradou mais aos romanos do que a quaisquer outros, porque César não derrotara um chefe estrangeiro nem os reis bárbaros, mas houvera vencido os filhos da própria Pátria, cuja sorte tinha sido adversa. Houvera extinguido a descendência de homens ilustres.

O povo julgava que César não poderia exultar sobre a calamidade do próprio país. Não lhe ficava bem regozijar-se de uma vitória cujo valor era apenas dele, não do povo; somente ele e seus generais poderiam defendê-la. Não havia desculpa, senão a dele, para se justificar perante os deuses e perante os homens. Sua entrada vitoriosa em Roma era apenas uma formalidade, não uma honra.

Nos meses anteriores, César não havia mandado nenhuma mensagem alvissareira ao povo por suas vitórias na guerra civil, ao contrário: por vergonha, houvera rejeitado qualquer glória. Agora, não obstante os romanos se dobrarem a ele, o faziam com o freio na boca, julgando que o governo de um só poderia ser mais pacífico e dar-lhes a chance de respirar melhor.

Após tantos males e misérias da guerra civil, o povo romano, em 44 a.C., além de eleger César cônsul, elegeu-o também "ditador perpétuo", por toda a vida. Tratava-se, agora, da perfeita tirania: ao poder soberano acrescentava-se a força plena da ditadura e o temor político de o ditador jamais ser deposto.

Após a vitória de César, Cícero, vendo a sua popularidade, propôs ao Senado decretar-lhe várias honras, dentro dos limites humanos; mas depois, sob disputa acirrada, os políticos lhe acrescentaram outras, excessivas. Os aduladores de César, exagerando em tudo, tornaram-no odioso, aborrecido a eles mesmos pela superioridade excessiva, pelas honras inoportunas e pelo grau de privilégio a ele decretado. Nesse ambiente, quem o odiava não lhe estendia a mão menos que seus aduladores, querendo, ambos os lados, maiores chances de conspirar contra ele, mas fazendo parecer, às escondidas, os mais justos motivos para atentar contra a sua pessoa e ter o devido respaldo dos descontentes.

Após a guerra civil, César administrou o Estado de modo correto. Ninguém pôde imputar-lhe censura nem recriminação. O Senado decretou a ele, de modo justo, entre outras honras, a construção do templo da Clemência, em agradecimento à sua conduta humanitária durante a guerra, porque após a sua vitória perdoou muitos dos que tinham tomado as armas contra ele. Chegou a conceder honras e cargos do governo a alguns de seus opositores, como a Cássio e a Bruto, os quais ele colocou para trabalhar na administração e puderam chegar ao posto de pretor.

Quanto a Pompeu, após César ter mandado derrubar as estátuas em sua homenagem na euforia da vitória, mandou reerguê-las depois. Em razão disso, Cícero, "raposa velha" como sempre, argumentou que, reerguendo as estátuas de Pompeu, César tinha garantido as suas próprias, porque fora ele o vencedor de Pompeu.

Quando os amigos de César o aconselhavam a acautelar-se e a tomar guardas para sua segurança pessoal, alguns, inclusive, se apresentando para defendê-lo, ele não os quis aceitar, dizendo que era preferível morrer de uma vez a esperar a morte constantemente. Para conseguir o amor e a benevolência do povo – a mais honrosa e segura defesa com que podia contar, segundo ele –, deu novamente festas públicas, organizou banquetes e mandou distribuir presentes e trigo com fartura. Aos soldados, para recompensá-los, repovoou várias cidades destruídas no passado, onde estabeleceu os que não tinham residência, entre as quais estavam também Cartago e Corinto, reconstruídas nesse tempo.

Quanto aos homens de maior posição, César os conquistou dando-lhes postos na administração: a uns, a pretoria e os consulados; a outros, honras e proeminências; a todos, em geral, muitas esperanças, procurando fazer cada qual contente com seu governo. Um dos cônsules, chamado Máximo, morreu apenas um dia antes de terminar seu consulado, e César declarou cônsul, para o único dia faltante, a Canínio Rebílio. E, como todos os políticos foram à sua casa para cumprimentá-lo e regozijar-se pela nomeação, segundo antigo costume para com os magistrados recém-eleitos, Cícero, gracejando, disse: "Apressemo-nos, antes que seu consulado termine".

De resto, tendo César vocação para os grandes feitos e uma tendência natural para ambicionar as honras e a prosperidade das conquistas, seus bajuladores não o deixavam gozar em paz os frutos já alcançados, mas, ao contrário, animavam-no a novas guerras. E César as imaginava. Em sua mente, arquitetava as mais perigosas e audazes empresas, sempre com o desejo de novas glórias, como se a glória presente já lhe fosse inteiramente passada. Essa paixão não era outra coisa senão um autoestímulo egoísta e exacerbado, uma obstinação em vencer a si próprio, combatendo nele a glória do passado com a esperança maior no futuro, uma ambição desmedida de fazer sempre algo maior do que já houvera feito.

Com esses pensamentos, César fazia preparativos para guerrear os Partos; e, depois de dominá-los, passar então à Hircânia, costeando o mar Cáspio e o monte Cáucaso para, em seguida, contornar o Ponto e invadir a Cítia; e, depois de ter percorrido todo o país e todas as nações e províncias vizinhas dos germanos, invadiria a própria Germânia, voltando, finalmente, pela Gália, até chegar à Itália; com isso, estenderia o Império Romano por todos os lados, de modo a limitá-lo apenas pelo oceano.

Enquanto preparava essa incursão guerreira, mudou o calendário para deixá-lo mais condizente com o período anual e projetou inúmeras edificações importantes. Arquitetou cortar o istmo do Peloponeso, onde está a cidade de Corinto, fazendo um canal de ligação dos mares. Para maior comodidade dos comerciantes, desenhou um canal entre os rios Teveron e Tibre, desviando o curso por um fosso largo e profundo, desde Roma até a cidade de Circeum, para desembocar as águas na costa de Terracina. Projetou drenar as lagoas, entre as cidades de Pomentinum e Sétia, para aproveitar as terras na lavoura e dar trabalho a milhares de homens.

Na costa marítima, próxima a Roma, planejou erguer enormes paredões, fazendo o caminho de entrada do porto; limparia toda a baía em redor de Óstia, na embocadura do braço esquerdo do Tibre, retirando rochedos e pedras ocultas sob as águas, ao longo de toda a costa, bem como os obstáculos que tornavam insegura a navegação.

Também planejou a construção de portos, de armazéns e abrigos para embarcações que aportavam em Roma diariamente, vindas de portos distantes. Todas essas coisas já estavam preparadas, apenas aguardando a ordem de César. O povo se deslumbrava com tais planos.

Mas havia algo deveras nefasto, granjeando-lhe um ódio patente e mortal: o cargo de ditador perpétuo. Isso incomodava todos os políticos de Roma, os quais se sentiam cerceados. E quando seus bajuladores lhe sugeriram transformar a ditadura perpétua em reinado perene, tornando-lhe rei, a sugestão o empolgou.

Mas o povo e os políticos se sentiram desconfortáveis, pois há muito o período de reinado dera lugar ao republicano, com vantagens. Voltar ao primeiro seria um enorme retrocesso. Foi esse o primeiro motivo de César ser visto com desconfiança pelo povo, dando pretexto aos políticos de articularem contra ele.

Todavia, quem queria lhe proporcionar essa honra apenas semeara uma notícia tão enganosa quanto a de Lentulus Sura sobre o vaticínio dos augures. Foi dito ao povo que, segundo os *Livros Sibilinos,* os romanos venceriam os Partos quando a guerra lhes fosse feita sob o comando de um rei, caso contrário, a vitória não seria obtida.

Em razão disso, quando César voltava de Alba para Roma, alguém teve a coragem de chamá-lo de rei e de saudá-lo como tal; com isso, de modo geral, o povo se aborreceu. Ele, por sua vez, admirado, disse que não era rei e sim César, e que assim queria ser chamado. Ninguém ousou replicar, mas um grande silêncio se fez na multidão. Nesse dia, César ficou agastado e aborrecido. E, nitidamente nervoso, continuou seu caminho.

No ínterim de sua viagem a Alba, o Senado lhe havia decretado certas honras, as quais superavam a dignidade humana. Reunidos então os cônsules, os pretores e todos os membros do Senado, foram ter com ele na praça, onde, na tribuna, fazia um discurso ao povo. Todos foram cientificá-lo de que na sua ausência tinham sido decretadas homenagens em sua honra. Ele, porém, constrangido, não se dignou nem mesmo a levantar-se, mas falou-lhes como se fossem homens vulgares, dizendo que tais honras precisavam ser diminuídas, não aumentadas ainda mais.

Essa sua repulsa não somente desgostou o Senado, mas também o povo, que a julgou de mau gosto. Pensou-se que a dignidade das coisas públicas estava sendo desprezada por ele, em razão de seu pouco-caso em relação aos magistrados do Senado. Então, todos se retiraram tristes, de cabeça baixa. Ele percebeu a insatisfação e dirigiu-se para casa. Na intimidade do lar, retirando a túnica em volta do pescoço, disse bem alto aos amigos: "Se querem a minha garganta, estou pronto para quem quiser cortá-la". Ele sabia que tais excessos poderiam levá-lo à ruína.

Todavia, depois, tentando desculpar-se dessa falta política, alegou enfermidade. Disse que estava sujeito à epilepsia[1] e, na hora, fora pego de surpresa enquanto fazia um discurso ao povo, assim a interrupção para as honras fora inoportuna, pois o havia perturbado, causando-lhe uma espécie de alucinação. Tentou se levantar para explicar ao Senado a sua atitude, mas Cornélio Balbo, um de seus bajuladores, em pé, ao lado dele, impediu-o, dizendo: "Não te queres lembrar de que és César e te prestam aqui a reverência e a homenagem de que tens direito?". Com isso, ele teve de se sentar e suportar as honras indesejadas.

Além desses motivos de mal-estar e insatisfação, sobrevieram as injúrias feitas por César aos tribunos do povo. Era então a festa das Lupercais, uma das mais antigas de Roma, realizada no retorno da primavera para afastar os maus espíritos e purificar a cidade. Outrora, na Arcádia, essa festa era própria dos pastores, feita para a divindade Pã multiplicar os rebanhos. Em Roma, vários moços patrícios, inclusive os detentores de cargos na magistratura, após receberem dos sacerdotes, na gruta do Palatino, as tiras do couro de um animal sacrificado, corriam nus no entorno da cidade, batendo, por brincadeira, com as tiras, em todos na rua; muitas senhoras e moças da sociedade se punham diante deles, apresentando-lhes as mãos, para açoite, julgando que o ato fosse favorável às grávidas, ao darem à luz, e às inférteis, para a concepção.

César assistia a esse passatempo sentado na tribuna dos discursos, numa cadeira de ouro, revestido dos hábitos próprios do triunfo. Marco Antônio, enteado de Lentulus Sura, seu general na Farsália e agora cônsul de Roma, era um dos corredores dessa festa santa.

---

[1] Nos períodos mais agudos, César tinha visagens e ataques de epilepsia; seus médicos davam tudo como crise nervosa. (N.A.)

Quando Antônio apareceu na praça, o povo lhe abriu caminho para correr; foi então apresentar a César um diadema real, em feitio de coroa, ornado com um ramo de loureiro; uns poucos aplaudiram o ato de Antônio, mas não de modo entusiasta. Porém, quando César recusou, todo o povo aplaudiu, com palmas prolongadas; e, como Antônio insistiu em dar-lhe a coroa de louros, poucos, igualmente, manifestaram o seu contentamento com novos aplausos. Quando César o recusou pela segunda vez, todo o povo, num só gesto, aplaudiu com mais veemência ainda.

César, então, tendo certeza de que o gesto de Antônio não agradara o povo, levantou-se de seu assento e ordenou para levarem o diadema a Júpiter, no Capitólio. O povo, depois, na cidade, encontrou algumas estátuas de César e coroou-lhe a cabeça, à maneira dos reis. Porém, dois tribunos do povo, Flávio e Marulo, se puseram a arrancá-las; ao encontrarem alguns simpatizantes de César fazendo-se de reis, mandaram prendê-los. O povo, por sua vez, seguiu em massa os prisioneiros, batendo palmas em sinal de alegria e gritando o nome de Lúcio Bruto. Quando soube disso, César ficou tão irritado que acusou Marulo e seu companheiro pelo episódio e os demitiu do cargo; censurou também o povo, considerando-o estúpido, verdadeiros animais.

O povo, por isso, voltou-se em favor de Marco Bruto, o qual, pelo lado paterno, era descendente da família de Lúcio Bruto, cônsul em 509 a.C., o primeiro que houvera quebrado a sucessão dos reis, abolindo a monarquia e instaurando a República. Do lado materno, Marco Bruto era da família dos Servílios, uma das mais nobres e das mais antigas de Roma; era sobrinho de Catão, o Jovem, e também seu genro, pois se casara com sua filha, Pórcia. E por ter lutado no lado contrário, na Farsália, recebera de César o perdão, além de ter recebido dele, também, cargo importante na administração; Bruto tivera grandes honras de César, motivos e favores que o faziam moderar em suas atitudes e conter os seus impulsos. Por tudo isso, César julgava que Bruto não poderia ficar contra ele, mesmo porque um laço sentimental os unia, e tudo fora concedido em favor de seus familiares e amigos. Ninguém, que havia lutado contra César, recebera dele tantas benesses quanto Bruto.

Não obstante o povo querer por instantes colocá-los em confronto, ainda assim César confiava em Bruto; naquele ano, já lhe havia dado uma honrosa pretoria e já o designara para cônsul, mais à frente, em detrimento de Cássio, que contra ele disputava o apoio de César.

Para obter seu favor, Cássio estava em litígio com Bruto, mas César sentenciou: "É verdade que Cássio tem títulos e alega as mais justas razões, mas ele não passará na frente de Bruto". Estava decidido a apoiar Marco Bruto em todas as suas investidas políticas.

Certa feita, quando a conspiração já se urdia e tramava contra ele, César não quis dar fé aos acusadores de Bruto, mas, tocando o próprio corpo com a mão, respondeu-lhes: "Bruto esperará o fim deste corpo!", querendo dizer que a virtude de Bruto era digna de confiança; mesmo tendo a ambição de governar, César julgava que Bruto jamais se mostraria ingrato nem lhe atentaria contra a vida.

Todavia, os que desejavam uma mudança radical só tinham olhos para Bruto, ou, pelo menos, olhavam-no mais que a qualquer outro, mas não ousavam se dirigir a ele para dizer-lhe os íntimos desejos. Entretanto, à noite, em sua tribuna e na sede da pretoria, onde Bruto dava audiência, algumas pessoas enchiam os locais de pequenos cartazes e letreiros, indagando: "Bruto, tu dormes? Tu não és um verdadeiro Bruto?". E assim o incitavam contra César.

Por causa desses escritos, Cássio, sentindo o desejo cada vez mais lhe inflamar o peito, e tendo alguns motivos particulares de ódio contra César, solicitou, ele mesmo, mais insistente ainda, que aqueles dizeres continuassem a inflamar Bruto, mas de modo velado.

César, por sua vez, tinha Cássio sob suspeita; e, um dia, falando aos mais achegados, perguntou-lhes: "Quais são as intenções de Cássio? A mim não agrada vê-lo tão pálido". Outra vez, alguns caluniaram Antônio e Dolabela de maquinar uma conjuração, mas César respondeu: "Não temo muito esses corpulentos, bem-vestidos e de boas feições, mas antes os magros e pálidos". Fazia alusão a Cássio e a Bruto, que nessa altura estavam unidos contra ele.

Por certo, o destino é mais fácil de prever do que de evitar. Quando Cássio e Bruto tramavam contra César, apareceram sinais e presságios extraordinários: luares estranhos no céu, figuras e fantasmas correndo de lá para cá no ar, pássaros predadores vinham pousar na praça e no fórum em pleno dia, possibilitando prognósticos difíceis de serem declarados a César, em razão da sua gravidade.

Segundo Plutarco, o filósofo Estrabão escrevera que homens estranhos foram vistos dentro de uma espécie de fogo que não queimava, e que um soldado da guarda fora visto semeando fogo das mãos. Embora quantos vissem esse soldado pensassem que ele havia ficado queimado, ao cessar o fogo se constatou que nada havia sofrido. César, em suas oferendas, encontrou uma vítima imolada sem coração, coisa estranha e monstruosa, porque um animal não pode viver sem tal órgão, mas o coração dela havia desaparecido após o sacrifício, não sendo mais encontrado.

Em outra ocasião, muitos disseram que um adivinho lhe predissera para estar em guarda nos dias de março, em especial no décimo quinto dia, porque nesse estaria em grande perigo de vida. Segundo Plutarco, ao chegar o dia marcado, César saiu de casa para ir ao Senado; saudando o adivinho, disse-lhe sorrindo: "Os idos de março chegaram", e o adivinho lhe respondeu baixinho: "Deveras chegaram, mas ainda não passaram".

No dia anterior, na casa de Marco Lépido, durante um banquete, César assinava algumas cartas, como fazia de costume, escutando a conversa de outros sobre qual morte seria melhor e mais desejável; então, disse bem alto, antecipando-se aos demais: "Aquela que menos se espera".

Após a refeição, estando ao leito com sua esposa, como era de costume, todas as portas e janelas do quarto abriram-se sozinhas e ele despertou sobressaltado; então, assustado pelo barulho e pela claridade da lua iluminando o quarto, ouviu de sua mulher, Calpúrnia, envolvida em sono profundo, palavras confusas e gemidos mal articulados; não podia entender a sua fala, pois, segundo soube depois por ela, Calpúrnia sonhava com a morte dele e chorava, segurando-o nos braços, morto.

O autor Tito Lívio escreve que Calpúrnia, enquanto dormia, sonhara que atacavam César e o feriam. Para César, ela chorava. Quando amanheceu, Calpúrnia pediu a César para ele não sair de casa, e que adiasse a reunião do Senado ou, então, se não quisesse acreditar no sonho, ao menos indagasse aos presságios sobre os acontecimentos do dia. Isso deixou César apreensivo e desconfiado, porque jamais havia percebido em Calpúrnia qualquer superstição e, agora, ela estava atormentada pelo sonho.

Seguindo o conselho da esposa, depois de ter feito imolar várias vítimas, César ouviu dos adivinhos que os presságios nada lhe prometiam de bom. Então ele resolveu mandar Marco Antônio ao Senado, para suspender a Assembleia e não correr riscos.

Nesse ínterim, chegou Décimo Bruto, cognominado Albino, que havia participado da conjuração de Catilina e em quem César muito confiava — tanto que, por testamento, o havia constituído seu segundo herdeiro.

César não sabia que Décimo Bruto estava em mais uma conjuração, desta vez a tramada por Cássio e Marco Bruto, para matá-lo. Temendo que César adiasse a Assembleia e a conspiração fosse descoberta, zombou dos adivinhos e incitou César a ir ao Senado. Afirmou que, se ele não fosse, daria motivo aos senadores de ficarem descontentes e julgá-lo mal, porque o adiamento seria tomado como mais um desprezo.

Nesse dia, a reunião fora cancelada por ordem de César; os senadores estavam prontos a conceder-lhe, pelo voto individual, o título de Rei de todas as províncias do Império Romano, fora da Itália, permitindo-lhe usar o diadema real em toda parte, tanto na terra como no mar.

Décimo Bruto disse a César, com ironia, que, se alguém fosse adiar a Assembleia, todos iriam para casa, ficando à espera de sonhos melhores de Calpúrnia para uma nova reunião. Então, indagou: "O que diriam os teus inimigos? E os teus amigos, como ficariam numa situação assim? Os opositores diriam a todos os teus amigos que são eles pessoas servis, referendando uma dominação tirânica." E completou: "Se resolveste de fato abominar este dia, seria melhor, ao menos, que saindo de casa fosses ao Senado, para saudá-los e comunicar-lhes o adiamento da reunião para outra data". Dizendo isso, tomou César pela mão e levou-o para fora.

César não estava longe de seu palácio, quando viu um servo estrangeiro querendo falar-lhe; o servo, quando notou que não podia se aproximar, por causa do povo ao redor dele, foi à sua casa e procurou Calpúrnia, dizendo-lhe para os seguranças vigiarem bem a César, até a sua volta. O servo disse saber de coisas importantes, mas não poderia revelar a outro, senão a César.

Um homem de nome Artemidoro, nativo da ilha de Cnido, mestre de retórica em língua grega, pela sua profissão tinha familiaridade com alguns cúmplices de Marco Bruto, por meio dos quais sabia quase tudo da trama contra César. Esse homem foi levar a ele um pequeno memorial, escrito de próprio punho; ao ver que César recebia bem todos os pedidos, mas os entregava imediatamente aos auxiliares, aproximou-se o mais possível e disse-lhe: "César, lê este bilhete, sozinho, mas agora mesmo, pois encontrarás nele coisas graves e importantes para ti". César tomou-o, mas por causa da multidão não o pôde ler, embora por vezes tentasse fazê-lo. Tendo o papel na mão e tentando lê-lo, entrou no Senado.

Todas essas coisas poderiam ser apenas coincidências, não fosse o desenrolar dos acontecimentos. Inclusive porque no local da reunião havia uma estátua de Pompeu, morto por

César, e aquele era um dos edifícios dados por ele ao governo. Parecia isso proposital, como se alguma divindade guiasse o incidente e o levasse à execução.

A esse respeito, conta-se que Cássio, pouco antes de pôr mãos à obra, olhou para a estátua de Pompeu e invocou seu auxílio; mas essa atitude não coadunava com as ideias de Cássio, partidário do epicurismo, homem que cultivava os valores materiais e era dado à volúpia e aos prazeres terrenos. É possível que, na iminência do perigo, tenha sentido uma necessidade repentina, e em vez do discurso costumeiro, quando de espírito calmo, preferiu ele, em meio ao nervosismo, fazer um peditório a Pompeu.

Marco Antônio, por sua vez, sempre fiel a César em todos os momentos, homem forte e robusto, foi retido fora do Senado por Décimo Bruto, o Albino, o qual lhe fazia recomendações de teor evasivo, apenas no intuito de deixá-lo longe de César.

Quando César entrou no recinto, todo o Senado levantou-se para saudá-lo; então alguns dos conjurados puseram-se por detrás de sua liteira e outros lhe foram ao encontro; falaram-lhe como querendo interceder por Metelo Cimber, senador que rogava o perdão de César para seu irmão voltar do exílio; assim o seguiram, sempre rogando, até ele sentar-se. E, como César rejeitara os pedidos e ficara irritado com o assédio, começaram a importuná-lo mais, com violência. Metelo, por sua vez, tomando a túnica de César, arrancou-a do pescoço: era o sinal combinado. Os conjurados, cercando César, já estavam prontos.

Casca, então, deu-lhe por detrás um golpe de punhal na altura da nuca; mas a ferida não foi grave, nem mesmo mortal, porque, nervoso ante a perigosa façanha, não teve força nem firmeza para desferir o golpe. César, voltando-se para ele, segurou seu punho e ambos se puseram a gritar. O ferido, então, disse: "Miserável Casca, traidor, o que fazes?!". E o agressor, pedindo socorro ao irmão, bradou: "Meu irmão, ajuda-me!"

Formou-se então um motim. Muitos dos presentes, pegos de surpresa por desconhecerem a conspiração, ficaram tão fora de si, espantados e cheios de horror, e nada souberam fazer. Não fugiram nem puderam socorrê-lo, nem mesmo abriram a boca para gritar. Aqueles que, porém, tinham planejado a sua morte o rodearam com punhais, e, para onde quer que ele fosse, encontrava sempre quem o ferisse, pois os punhais reluzentes visavam-lhe o rosto e os olhos, enquanto ele se defendia com as mãos, como animal selvagem acuado pelos cães de caça.

Os conjurados tinham combinado cada qual dar-lhe um golpe, participando todos do assassínio. Após Casca, Marco Bruto foi em seguida, dando-lhe, curiosamente, um golpe no genital. César, por sua vez, defendia-se, resistindo com bravura, saltando de lá para cá e clamando ajuda a plenos pulmões.

Até que finalmente viu Marco Bruto de punhal na mão; então, envolveu a cabeça com o manto e, sem resistir mais, foi empurrado, por acaso ou por expressa intenção dos conjurados, até o pedestal da estátua de Pompeu, a qual ficou toda ensanguentada.

Assim, a estátua parecia estar presidindo a vingança e o castigo de seu inimigo, atirado agora por terra, aos seus pés, quase morto pelo grande número de ferimentos recebidos. Foram 23 golpes de punhais, quase todos ao mesmo tempo, tão próximos e descontrolados que os próprios agressores se feriram uns aos outros. Em pouco tempo, ali mesmo, Caio Júlio César morria, aos 56 anos. Era, então, 15 de março de 44 antes da Era Cristã.

11
DISCURSOS FÚNEBRES

No Senado, embora Marco Bruto tivesse se apresentado para falar do sucedido, os senadores não tiveram coragem de ficar. Todos fugiram apressadamente, enchendo a cidade de tumulto, espanto e terror. O povo fechou as portas de casa, os negociantes abandonaram as lojas e correram para a rua, querendo ver os acontecimentos. Outros, tendo já sabido do fato, voltaram às pressas para casa. Marco Antônio e Emílio Lépido, os maiores amigos e generais de César, vendo tanto alvoroço e não sabendo a extensão do complô, esconderam-se; depois, ocultamente, fugiram para outras casas, longe das suas.

Bruto e seus comparsas, ainda excitados pelo assassínio, mostrando suas armas cheias de sangue, saíram do Senado e foram ao fórum; na praça pública, alegres e seguros, conjurando o povo a defender sua liberdade, detiveram-se a falar com todos pelo caminho; alguns os seguiram, misturando-se a eles, como se também fossem conjurados, para usufruir, com falsas insígnias, de parte da honra. Dentre estes, estavam Caio Otávio e Lêntulo Spinter, depois castigados por vã ambição de glória, sob a vingança de Marco Antônio e do jovem César, que os mandaram matar; assim, não gozaram eles da glória, por cuja ambição haveriam de morrer, porque ninguém acreditou neles, não pertenciam à falange rebelada. E quem os castigou vingou neles a vontade, não a realização.

Bruto, no dia seguinte, junto a seus comparsas, veio à praça para falar em público e disse:

> Sede pacientes até o fim. Romanos, concidadãos e amigos! Escutai a exposição da minha causa e fazei silêncio, para que possais ouvir. Crede em minha honra e a respeitai, para poderdes acreditar nela. Julgai-me segundo a vossa sabedoria e ficai com os sentidos despertos, para poderdes julgar melhor. Se houver alguém nesta reunião, algum amigo afetuoso de César, direi a esse que o amor de Bruto, dedicado a César, não era menor que o dele. E se esse amigo, então, perguntar por que motivo Bruto se levantou contra César, eis a minha resposta: não foi por amar menos a César, mas por amar mais a Roma. O que seria preferível: que César continuasse com vida e vós todos morrêsseis como escravos, ou que ele morresse e todos vós vivêsseis como homens livres? Eu, por haver amado César, pranteio-o; por ter sido ele feliz, alegrei-me; por ter sido ele valente, honrei-o; mas, por ter sido ele ambicioso, matei-o! Portanto, tive lágrimas para sua amizade, alegria para sua fortuna, honra para seu valor e morte para sua ambição. Haverá aqui, neste momento, alguém tão vil que deseje ser escravo? Se houver alguém nessas condições que fale, porque o ofendi. Haverá alguém tão grosseiro para não querer ser romano? Se houver que fale, porque o ofendi. Haverá alguém tão desprezível que não ame a sua Pátria? Se houver que fale, porque o ofendi. Faço aqui uma pausa: respondei-me. (*Júlio César*, A.III, W. Shakespeare.)

O povo o escutou, sem manifestar se reprovava ou aprovava a sua matança, ficando um silêncio morno. De um lado, mostravam a compaixão sentida por César, e, de outro, reverenciavam a suposta virtude de Bruto.

O Senado, por sua vez, receoso e livre do poder de César, decretou um perdão geral; e para contentar a todos, pois os amigos de César eram fortíssimos, ordenou que a memória de César fosse honrada, como se ele fosse um deus; decretou que nada mudaria das determinações de César em vida, tudo permaneceria igual, até as concessões feitas nas províncias; decretou também as honras que convinham a Bruto e a seus comparsas, para todos se julgarem contentes. Assim, a paz e a ordem foram restituídas, por certo tempo. Agora, seria a vez dos funerais de César.

Marco Antônio, aos 12 anos, recebera a notícia da morte de seu pai. Depois, aos 20 anos, ele mesmo fora reclamar o corpo de seu padrasto, Lentulus Sura, ao cônsul de Roma, Cícero. Agora, duas décadas após a trama que vitimara seu padrasto, faria os funerais de Júlio César, seu melhor amigo, homem que o colocara no posto de general e o fizera cônsul de Roma.

Diante do cadáver de César, em seu discurso taquigrafado pelos escribas e, depois, reproduzido na *Acta Senatus,* Marco Antônio deixou clara toda a sua indignação para com os assassinos, com os quais ele haveria de acertar contas.

Muito mais tarde, o autor William Shakespeare, em *Júlio César,* se encarregaria de imortalizar tal discurso, contando, à sua maneira elegante, aqueles acontecimentos. Quando Antônio, emocionado, chegou ao local onde estava o corpo morto de César, tendo a multidão ao seu entorno, na condição de cônsul de Roma e de amigo de César, fez o célebre discurso fúnebre:

> Cidadãos romanos – iniciou Antônio –, bons amigos, concedei-me um pouco da vossa atenção. Vim aqui para fazer o funeral de César, não para elogiá-lo. Aos homens, sobrevive sempre o mal que fizeram, enquanto o bem vai enterrado com os seus ossos: que seja assim também com César. Cidadãos, o nobre Bruto vos contou que César era ambicioso. Se ele realmente o foi, grave falta teria sido a sua, tendo, agora, expiado essa falta com gravidade. Aqui estou por permissão[1] de Bruto e

---

[1] Falava-se que a quantidade de conjurados chegava a 40 senadores, tendo ainda inúmeros simpatizantes, mas a essa altura Marco Antônio e os antigos generais de César não sabiam as forças reais de seus adversários. Como César estava morto, cabia agora respeitar, relativamente, aqueles que o mataram. Marco Antônio assim procedeu, imaginando que as forças reunidas por Bruto fossem, talvez, superiores às suas. (N.A.)

dos restantes – tenho que Bruto seja homem honrado..., como os outros; todos, homens honrados. – aqui me acho para falar nos funerais de César. Ele foi meu amigo, fiel e justo; mas Bruto disse que ele era ambicioso, e Bruto é muito honrado. César trouxe numerosos despojos de guerra, que encheram os tesouros de Roma e de todos vós. Nisso, por acaso, se mostrou César ambicioso? Para o grito dos pobres, César tinha lágrimas; sua ambição deve ter sido de algo mais duro, não isso. Mas Bruto disse que ele era ambicioso, e Bruto é muito honrado. Vós o vistes nas Lupercais: por três vezes recusou-se a aceitar a coroa que eu lhe dava. Seria isso ambição? No entanto, Bruto disse que ele era ambicioso, sendo certo que Bruto é muito honrado. Contestar o nobre Bruto, eu não pretendo aqui; só vim vos dizer o que sei, realmente. Todos antes o amavam, não sem causa justa. O que então vos impede agora de chorá-lo? O julgamento de Bruto?! Por acaso fostes para o lado dos brutos, dos animais? Se sois humanos, perdestes a razão? Perdoai-me; mas neste momento tenho o coração no ataúde de César; preciso calar um pouco, até serenar o peito.

Após uma breve pausa, Antônio se afastou do ataúde, deu um tempo e enxugou as lágrimas, depois prosseguiu:

Até ontem a palavra do magnânimo César podia resistir ao mundo inteiro. Hoje, está aí, sem que o mais humilde de vós se curve para chorar o cadáver. Cidadãos! Se eu estivesse disposto a vos rebelar o coração e a mente numa incitação de revolta, agora eu ofenderia Bruto, ofenderia Cássio, que são homens honrados, como vós bem o sabeis. Não pretendo ofendê-los; antes quero ofender o defunto, a mim e a vós todos, do que ofender pessoas tão honradas. Vedes este pergaminho? Ele traz o selo de César; encontrei-o em seu quarto; é o testamento de César! Se ouvísseis a sua leitura – desculpai-me, não pretendo lê-lo –, todos vós haveríeis de correr para beijar as feridas desse morto e tingir os vossos lenços em seu sagrado sangue. Haveríeis de mendigar-lhe um cabelo, por lembrança, pois, ao morrerdes, seria ele um testamento aos vossos herdeiros como rico legado.

O povo, curioso, em altas vozes quis saber o que dizia o testamento de César. E Antônio prosseguiu:

> Acalmai-vos, bons amigos. Não posso lê-lo; não convém a vós ficardes sabendo o quanto César vos amava. Não sois de pedra, nem de pau, mas homens; e, como tal, se ouvísseis a leitura deste testamento, os vossos corações ficariam inflamados, e por demais furiosos. Agora, não é conveniente saberdes os detalhes, mas vos adianto que todos vós sois os herdeiros de César.

Depois dessas palavras, o povo inflamado insistiu tanto que Antônio não teve como recusar a leitura. Dirigiu-se então para mais perto do corpo de César e, antes de ler o testamento, disse a todos:

> Não me aperteis tanto – admoestou no início –, afastai-vos um pouco. Quero falar-vos daqui. Se lágrimas tiverdes, preparai-vos neste momento para derramá-las. Conheceis este manto?! Ainda me lembro de quando César o estreou, era uma tarde de verão; estava em sua tenda, justamente no dia em que vencera os fortes Nérvios [belgas habitantes do vale do Sambre]. Vede aqui o furo deixado pela adaga de Cássio; contemplai vós a este aqui, é o estrago feito pelo invejoso Servilius Casca; através deste outro, apunhalou-o o amado Marco Bruto, e ao retirar seu aço amaldiçoado, observai, com cuidado, como o sangue de César o seguiu, como se quisesse vir à porta, a fim de convencer-se de ter sido mesmo o amado Bruto quem o abatia de modo tão grosseiro; porque Marco Bruto, como o sabeis, era o anjo do falecido! Julgai vós, ó deuses, quanto o amava César. De todos, foi o golpe mais ingrato, pois, quando Bruto viu o nobre César, uma ingratidão mais forte do que o braço dos traidores colocou César inteiramente por terra. Então, o seu coração potente se lhe partiu; e, no manto, escondendo o rosto, veio então o grande César cair justamente ao pé da estátua de Pompeu, com o sangue que a todo tempo lhe escorria. Que queda monumental, cidadãos! Eu! vós! nós todos caímos nesse instante; e, alegrando-se sobre nós todos, havia uma traição

rubra de sangue. Vejo que agora chorais, e que sois sensíveis à impressão de um sentimento de piedade: delicadas lágrimas agora se derramam de vós. Mas, quero indagar-vos: chorais tanto, bondosas almas, só de olhardes o manto roto de César, assim cheio de furos? Então olhai para isto: o próprio corpo de César, tão deformado pelos traidores! Bons e amáveis amigos, não desejo vos levar a uma súbita revolta. Os autores desse ato são honrados... Ignoro as causas particulares que os levaram a esse extremo; mas são todos eles sábios e honrados, e decerto vos dariam razões do que fizeram. Não vim aqui roubar o vosso coração. Careço da eloquência de Bruto. Sou um homem franco e prático, como bem o sabeis; sou aquele que tinha o mérito de amar o seu amigo; disso já sabiam bem quantos permitiram que eu viesse aqui falar dele. Pois é fato: não tenho espírito, nem valor, tampouco palavras, gestos, eloquência e força de oratória para inflamar o sangue dos ouvintes. Contento-me em falar tal como faço aqui, de modo simples, para vos dizer apenas o que todos vós já o sabeis; e ora vos mostro as feridas do nosso querido César, para vos emudecer a boca ou concitá-las a falar por mim. Se eu fosse Bruto, e Bruto fosse Antônio, haveria aqui um Antônio capaz de vos levantar o espírito para cada uma das feridas de César; em cada uma delas, se levantaria uma voz capaz de fazer até as pedras de Roma se revoltarem. (*Júlio César*, A.III, c.II, W. Shakespeare.)

Nessas magníficas palavras, Antônio mostrara ao povo o verdadeiro quadro de dor vivido por Júlio César, ao ser morto por aquele que tanto considerava. Outros até poderiam fazê-lo – considerava Antônio –, mas Bruto, não! Para ele, era o cúmulo da insensatez.

Em sua oração fúnebre, Antônio mostrara seu sentimento amigável, seu agradecimento e seu amor quase filial. Mexera com o sentimento das massas volúveis, que se dobram pela oratória de políticos falsos. Mostrara ao povo que a mão hábil que guia, praticando o bem com docilidade e a justiça como bênção de recomposição, pode ser a mesma que conduz ao descaminho, ao crime e à injustiça.

Aquele que um dia antes fora aclamado pelo povo, no dia seguinte estava morto por mãos ingratas, dentre as quais estavam as de Bruto, a quem tinha como filho, mas fora seu algoz. Numa fantástica tirada de intelecto, em sua oração fúnebre, Marco Antônio mostrou a surpresa de César ao ser morto pelo filho de sua amada Servília, e talvez dele próprio. No Senado, diante da agitação ao redor, duvidando até da própria visão ao ver Bruto de punhal na mão, César foi ferido de morte; então, sem tempo para ver os assassinos, seu sangue brotou de sua ferida, saiu em golfadas e, rolando cada vez mais, foi à porta procurar por Bruto, como se o sangue fosse os seus olhos; sem acreditar no que vira, queria convencer-se de ser mesmo Bruto o seu algoz, conjurado chefe que o abatera, a quem ele tinha como filho.

12
CÉSAR E OS DRUIDAS

Façamos aqui, neste capítulo, uma pausa na narrativa, para lembrar que o espírito de César, ao deixar a vida terrena, iria para a eternidade. No mundo espiritual refletiria sobre as suas ações e os seus apetites na Terra, para planejar uma nova existência e purificar seu espírito, conforme ensinava, na época, a doutrina de Platão, referente à palingenesia.

Mas não era apenas lendo Platão que César haveria de conhecer essa doutrina. Durante sua estadia na Gália, época em que sua fama aumentara como nunca, vivendo ali, entre os druidas, conhecera algumas práticas dessa religião. César registrou os feitos desses homens enigmáticos em seu livro, *De Bello Gallico,* possibilitando-nos saber quem eram eles e o que faziam. Diferente da religião romana, o druidismo ensinava, de modo peculiar, a mesma palingenesia de Platão. É o próprio César quem conta:

> Em toda a Gália há duas classes de homens, tidos em alguma conta e estimados pelo povo. Dessas duas classes, uma é a dos druidas, a outra, a dos cavaleiros. A plebe, por sua vez, nada ousando para si própria, não é admitida nem para dar conselho, ficando quase no patamar dos escravos. Tais homens, quando se veem oprimidos ou endividados pela grandeza dos tributos ou pela prepotência dos poderosos, se fazem escravos dos

nobres, os quais exercem sobre eles os mesmos direitos dos senhores sobre os escravos.

Os druidas desempenham as funções sagradas, fazem sacrifícios públicos e privados, com também resolvem as questões religiosas. A eles acode grande número de jovens, para instruírem-se, os quais lhes dedicam grande estima. Decidem sobre todas as contendas públicas e particulares. Aqueles que cometem crime ou perpetram a morte, que disputam a herança ou os limites de suas propriedades, são julgados pelos druidas, que lhes ditam recompensas e castigos. E, se alguém do povo recusa sujeitar-se às suas decisões, sobre este é lançado um interdito: não pode participar dos sacrifícios. Tal pena é considerada por eles gravíssima. Quem incorre em tal interdição é tido como ímpio e facínora; todos se afastam dele, fogem de seu contato para dele não receber nenhum dano; tampouco a ele se faz justiça quando a solicita, e ele não participa de nenhum encargo político.

Porém, todos esses druidas têm apenas uma autoridade suprema, superior a todos os outros; morto esse presidente, sucede-lhe quem mais sobressai em dignidade; ou, se há muitos iguais na hierarquia, entre eles é eleito um, pelo sufrágio. Algumas vezes, a disputa da suprema autoridade é feita por armas.

Os druidas, em época estabelecida do ano, se juntam no território dos Carnutes [entre os rios Sequana (Sena) e Liger (Loire), hoje cidades de Chartres e Órleans], região considerada o coração da Gália [França]. E para lá se dirigem todos os que têm controvérsias a resolver, sujeitando-se aos seus decretos e às suas sentenças.

Supõe-se que tal doutrina tenha surgido na *Britannia* [Inglaterra], e dali sido transmitida para a Gália. Ainda agora [época de César], aqueles que desejam estudá-la, com fundamento, no mais das vezes vão para lá aprendê-la.

Os druidas costumam abster-se da guerra e não pagam os tributos a que estão sujeitos os demais gauleses; gozam de isenção do serviço militar e de imunidade nas demais imposições do Estado. Excitados por tais privilégios, muitos os procuram para frequentar as suas escolas, seja por vontade própria ou por encaminhamento dos pais ou parentes.

É dito que esses estudantes aprendem de memória grande número de versos. Alguns deles ficam nas escolas por até vinte anos, estudando; não lhes é lícito aprender a doutrina escrevendo, mas, em tudo o mais, seja nos negócios públicos ou privados, os druidas se servem do alfabeto grego na comunicação.

Parece-me que assim o fizeram por duas razões: primeira, para evitar que sua doutrina se espalhe pelo vulgo, mantendo-a secreta; segunda, que os aprendizes, valendo-se apenas das escrituras, deixem de aprendê-la pelo exercício da memória, pois querem que a leiam, mas que a doutrina seja decorada. Não obstante tal facilidade, com ajuda da escritura a maior parte dos estudantes coloca de lado a vontade de aprendê-la de memória.

Sobretudo, fazem acreditar a si próprios que a alma nunca morre, mas passa, após a morte, de um para outro corpo, e julgam que isso estimula muitíssimo os seus valores, eliminando também o medo da morte. [Eis aqui a palingenesia, ensinada na Gália pelos druidas e na Grécia, por Platão].

Discutem sobre todas as coisas e transmitem os seus ensinamentos à juventude, falando sobre as estrelas e o movimento dos astros, sobre a grandeza do universo e da Terra; falam da natureza ao seu entorno, dos deuses imortais e seus poderes. (*De Bello Gallico*, livro VI, §§ 13-14.)

A terra que os romanos no tempo de Júlio César chamavam de *Britannia* era somente a Inglaterra, não incluía a Escócia, a Irlanda e o País de Gales; tampouco a Bretanha, região a oeste da França que na Idade Média foi dominada pelo rei da Inglaterra. A Bretanha, com a "guerra dos cem anos" (1337-1453), foi anexada ao Ducado de Borgonha, passando para o domínio da França.

Antes disso, após as conquistas romanas de 43 a.C., mais ao sul, o termo latino *Britannia* passou a designar toda a Grã-Bretanha. A suposta origem dos druidas, indicada por César, é de fato a Inglaterra. Acredita-se que os druidas fossem sacerdotes do povo celta oriundos das ilhas Britânicas e aparentados de alguma forma com os gauleses.

Sugestivamente, esses sacerdotes seriam oriundos da região de Stonehenge, por ser este local a mais antiga cultura neolítica com traços herméticos e vestígios de coisas extraordinárias, indicativos de ter existido ali uma religião semelhante à dos druidas.

Nota-se, também, pelas palavras de César, que os chamados "deuses imortais" dos romanos, para os druidas, eram os "espíritos". E que a palingenesia era ensinada amplamente por eles, em especial aos jovens, em cursos mais ou menos esquematizados com duração de até vinte anos, pois a doutrina, embora escrita em grego, devia ser memorizada.

Desde o surgimento da Doutrina dos Espíritos, em meados do século XIX, uma comunicação do espírito Zéfiro[1] dera conta de que o presidente da instituição druídica, na época de Júlio César, era Allan Kardec. E que, por meio da palingenesia, conhecida pelos druidas como círculo de Abred, o espírito Kardec teria voltado na figura de Hippolyte Léon Denizard Rivail, na mesma França em que vivera nos tempos de César.

No início do século XIX, o espírito daquele sacerdote druida teria tomado um novo corpo, tendo como missão codificar a Doutrina Espírita e, por ela, dar aprimoramento a outras doutrinas. Os seus registros, sob orientação do Espírito de Verdade, deram ao mundo uma interpretação mais desenvolvida da palingenesia, mostrando os aspectos factuais do fenômeno e traduzindo-se como novo avanço no saber do homem sobre si mesmo.

Quanto a César, seria um erro ver hoje nele apenas um conquistador, voltado aos seus intentos em favor de si e de Roma. Na linguagem antiga, tomando a designação do religioso romano anterior à Era Cristã, César seria um joguete dos deuses. Seu gênio militar, suas ambições de domínio e sua engenharia política fizeram dele um homem de ideias audazes e inovadoras. Por isso, chegou ao primeiro posto da nação mais importante do globo, na época. Ao seu lado, reuniram-se os gênios mais proeminentes da época, homens

---

1 WANTUIL & THIESEN, 1984, v. III, p. 81-85. (N.A.)

intrépidos capazes de modificar o mundo e de dar-lhe iniciativas de progresso como jamais vistas.

Em seu tempo, a Gália não era nada. Terras como Marselha, Lyon e Órleans eram povoadas por cavaleiros bárbaros da pior espécie; apenas os druidas, com a sua religião, produziram algo mais alvissareiro para aquela sociedade tão carente de humanidade e de bons costumes.

Após a dominação de César, a sociedade ocidental se modificou com novos focos de luz; desenvolveram-se as ciências, as artes, as letras e o direito. Para a Gália, e muitas outras terras, César não foi apenas um dominador, mas aquele que sacrificou homens em benefício de seus ideais, dando civilização e progresso a todos os povos. O modo cesariano de pensar e agir com o tempo tornou-se universal, pois Roma passou a dominar o mundo inteiro.

É preciso notar que desde o início da civilização a Terra não foi um mundo em que o progresso se fez pelas vias da persuasão e da mansuetude. Ao contrário, a época de César era a da espada, não a da cruz; somente com a chegada do Cristo, mais de meio século depois, as coisas começariam a mudar em todo o mundo ocidental.

A estadia de César na Gália foi um período difícil, mas de muito aprendizado e recompensa. Dentre os poucos informes hoje existentes sobre os druidas, os de César são considerados de extremo valor histórico. Vamos observar:

> A segunda classe de homens é a dos cavaleiros. Estes, quando necessário ou na ocorrência de guerra [o que, antes da chegada de Cesar, quase todos os anos era costume acontecer, seja por ofensa entre as tribos ou para repelir o vizinho], vão todos à luta. E, quanto mais sobressai em cada um a estirpe e o poder da riqueza, tanto mais guardas e clientes os têm em torno de si, para sua segurança. Na Gália, apenas nisso consiste o crédito e o poder de cada homem.
>
> Todas as nações gaulesas são dadas às superstições, por isso, o cidadão de valor, quando acometido de enfermidade grave ou do dever de ir à guerra, correndo grande perigo de

vida, para sua salvação é preciso imolar uma vítima humana em vez da vida animal; ou, então, prometer fazê-lo, servindo-se dos druidas para tais práticas. Pensam eles que o poder das divindades não pode ser aplacado sem o pagamento de uma vida humana por outra; para esse fim, praticam sacrifícios públicos. Algumas tribos da Gália fazem simulacros de grandeza descomunal, em cujos recipientes de vime são colocados homens vivos e lançado fogo, fazendo-os expirar por abrasamento entre as chamas. Reputam isso agradável aos deuses imortais; e dão como vítima os criminosos surpreendidos no furto, no crime de morte ou em qualquer outro delito; mas, na falta de tais prisioneiros, sacrificam até os inocentes.

Dentre os deuses, os druidas adoram em especial a Mercúrio, do qual existem muitas estátuas; consideram-no o inventor de todas as artes, o guia dos caminhos difíceis e das jornadas, o maior protetor para ganhar dinheiro e da prática do comércio. Depois dele, vem Apolo, Marte, Júpiter e Minerva. Sobre estes, a opinião deles é quase a mesma da de outros povos: Apolo afasta as doenças, Minerva transmite as artes, Júpiter faz o império dos céus, Marte preside a guerra.

Quando se propõem a pelejar, devotam as presas de guerra em oferenda. Após a vitória, sacrificam os animais capturados e depositam os bens restantes num só lugar. É possível ver muitos desses túmulos amontoados em várias tribos. Quase nunca acontece de alguém, desprezando a religião, ousar esconder a presa de guerra ou roubar a oferenda depositada, sendo isso considerado um crime gravíssimo, punido com torturas e suplício.

Todos os gauleses se apregoam descendentes de Dite [Plutão], segundo lhes ensinam os druidas. Por isso, calculam a divisão do tempo pelo número de noites, não pelo de dias; assim, contam eles os dias natalícios, o princípio dos meses e dos anos, de modo que o dia vem sempre depois da noite. Nos demais usos da vida, quase só diferem de outros povos por não consentir que seus filhos se aproximem deles em público, senão quando crescidos, em idade do serviço militar, pois é indecoroso para eles o filho em idade impúbere apresentar-se em público na presença do pai.

No casamento, o dinheiro trazido pela mulher, a título de dote, é juntado com o do marido e feita uma estimativa dos bens. Sua administração é feita de modo comum e de acordo com os interesses individuais. Após a morte, o cônjuge sobrevivente fica com a parte do outro e com todos os rendimentos. O homem, na qualidade de marido, tem direito de vida e morte sobre a mulher, assim como na de pai, sobre os seus filhos.

Quando morre algum pai de família ilustre, de boa linhagem, os parentes do morto se reúnem e, se houver suspeita sobre a mulher, esta pode ser torturada; e, se o crime for descoberto, fazem-na perecer pelo fogo, com todo gênero de tortura.

Os funerais, de acordo com o estado de cultura do povo, são magníficos e suntuosos; todos os objetos amados em vida pelo morto, incluindo os animais, são lançados na fogueira; e, pouco antes de agora, os escravos e clientes, queridos do defunto, eram também queimados no funeral. (*De Bello Gallico*, livro VI, §§ 15-19.)

Estudos realizados em época recente, baseados nos poucos escritos que restaram sobre os druidas, não obstante as dificuldades para decifração da linguagem arcaica e do sentido metafísico, colocaram viva luz sobre o conjunto doutrinário de seus ensinamentos.

Havia neles uma originalidade incomum, própria dos espíritos mais impregnados de filosofia. O mistério com que a existência humana se apresentava ao intelecto antigo, nas escolas doutrinárias, era elucidado de modo singular, colocando nos espíritos daqueles homens primitivos, ainda envoltos nas trevas da Antiguidade, um sentido revelador das coisas divinas. Pelos druidas, as almas da Terra conheceram os mistérios dos céus. As almas infelizes, agastadas pelos apetites inadequados da vida terrena que o livre-arbítrio lhes outorgava, expiavam as suas faltas pelo sofrimento numa época bárbara, dispondo-se, no curso da pluralidade das existências e ao longo dos séculos, à reforma de seus vícios para um futuro melhor.

César, por sua vez, essa grande figura da Antiguidade, teve em suas mãos os destinos da Gália (França) iniciante.

Após dez anos de lutas acirradas para dominar aquele povo, conseguiu edificar uma unidade poderosa. Mas Roma, fazendo tremer o mundo, cometeu graves excessos no desempenho do poder. E, como tudo que cresce além do permitido é freado pelas mãos de Deus, Roma mais tarde seria destronada pelas forças do bem. Então os gauleses e os druidas rudimentares, sob novas condições de progresso, se precipitaram sobre outros povos como uma torrente. Buscaram as melhores terras, as uvas mais saborosas para os vinhos e as mulheres mais belas. Atravessando as Gálias para outras partes do enorme corpo de Roma, foram, aos poucos, formando as suas colônias e desagregando o Império Romano. O gênio de César, no passado, houvera criado condições de progresso para o povo gaulês dominar outros povos no futuro. Não obstante os ódios, as guerras e os crimes, a renovação verificada em todos os povos da Europa vem da época de César, porque o progresso é uma lei divina, e as disputas, uma maneira de incrementá-lo.

Allan Kardec, espírito druida dos tempos de César e, também, codificador da Doutrina dos Espíritos, trabalhando na Sociedade Parisiense de Estudos Espíritas em 1859, recebeu uma mensagem atribuída ao espírito de Júlio César. Falando dos tempos próximos em que sobrevieram as guerras de 1870, 1914 e 1940, o comunicante informava que os embates que estavam para vir eram lutas do bem contra o mal e estimulava a todos, dizendo:

> Esperai com paciência, porque nem as vossas maldições, nem os vossos louvores poderiam em nada mudar a vontade de Deus. Ele saberá sempre manter ou afastar os seus instrumentos do teatro das ocorrências, conforme tenham eles cumprido a sua missão ou dela abusado, a fim de servir a pontos de vista pessoais, do poder que tiverem adquirido por seu sucesso. Tendes o exemplo do César moderno e o meu. Por várias existências miseráveis e obscuras eu tive que expiar as

minhas faltas, e da última vez² vivi na Terra com o nome de Luís IX. Júlio César (*Revista Espírita*, dez. 1859).

De fato, no século XX, sobrevieram duas guerras mundiais que mudaram o mundo, mas a informação dada pelo espírito de César, dizendo que tinha voltado à vida e movimentado a figura de Luís IX, rei da França, era deveras interessante, pois São Luís era o espírito mentor³ da Sociedade Parisiense de Estudos Espíritas, da qual estava à frente Allan Kardec. Mais à frente voltaremos a este assunto.

No próximo capítulo vamos retomar a narrativa dos acontecimentos em Roma, quando, após a morte de César, iniciaram-se as grandes intrigas.

---

2 Por este registro da *Revista Espírita*, dada na Sociedade de Estudos Espíritas de Paris, a "última vez" que o espírito de Júlio César vivera na Terra fora como Luís IX (1215-1270); outras fontes dão conta de que viera depois como Napoleão Bonaparte (1769-1821). A verdade não pode estar em coisas que divergem, razão pela qual, na dúvida, ficamos com Kardec, como recomendou Chico Xavier. (N.A.)
3 WANTUIL & THIESEN, 1984, v. III, p. 42-43. (N.A.)

13

INÍCIO DAS GRANDES INTRIGAS

Marco Túlio Cícero era um intelectual que admirava os diálogos de Platão. Dizia que, se Júpiter quisesse falar, aquele seria o seu estilo. De alguma maneira, o filósofo grego influenciara sua vida e sua maneira de escrever, ficando patente isso em seu livro *Da República*, obra magnífica que chegou completa até os dias atuais.

Nesse livro, falando de Deus, Cícero filosofa dizendo:

> Todas as coisas que se movem acham em Deus o seu princípio de movimento; mas tudo que se move carece de um princípio impulsionador, e como tudo nasce de Deus e este não nasce de coisa alguma, porque se de alguma coisa nascesse não seria o princípio, então não tendo Ele início em nada nem término em coisa alguma, conclui-se, por conseguinte, que Deus se move por si mesmo, não teve nascimento nem tampouco pode morrer, por isso é Eterno. (*Da República*, livro VI, § 18.)

Cícero, considerando a alma humana à semelhança de Deus, complementa indagando:

> Uma vez demonstrada a eternidade do ser que se move por si mesmo, quem pode negar a imortalidade como atributo da alma humana? (idem, l. VI, § 19).

Estando convicto de que sua filosofia é exata, ensina com determinação:

> Fica sabendo que tu não és mortal, senão mortal apenas o teu corpo, porque tu não és o que parece a tua forma (idem, l. VI, § 17).

No final da obra, conclui dizendo:

> Com a morte, o espírito voará veloz para o seu santuário, rompendo a prisão material que o prende. A alma dos que na vida se abandonaram aos prazeres corporais voluptuosos, servos de sua paixão e escravos dos prazeres libidinosos, uma vez quebrada a prisão do corpo vaga errante ao redor da Terra, e somente após a agitação de séculos torna de novo a entrar neste lugar (*idem*, l. VI, § 19).

Nota-se, por suas palavras, que Cícero acreditava num Deus eterno e poderoso, criador de todas as coisas, e na alma de natureza imortal; para ele, essa alma, ao deixar a prisão do corpo, ficaria em estado errante ao redor da Terra, tornando novamente, numa outra existência corpórea, a este mesmo ambiente, para cultivar as virtudes de pureza, como ensinado por Platão na palingenesia.

Num outro livro, ao qual deu por título *Brutus*, além de descrever as qualidades requeridas a todo orador, Cícero fez também uma análise crítica dos oradores da Roma Antiga, até daqueles cujo discurso não presenciara, mas cujas informações sobre eles tivera na época.

De início, fala da morte de um amigo, Quinto Hortênsio, e com ele entabula os próprios pensamentos. Esse amigo, seu confidente e aliado político, no livro é feito personagem confessor, com quem Cícero faz as suas reflexões. Na obra, ele se ocupa da beleza estética do discurso e da eloquência como elementos de persuasão, componentes necessários para formar um bom conjunto na oratória. Mostra-se convicto de que a retórica e a política andam juntas; para ele, sem oratória não haveria político, pois a arte da política está em persuadir com a palavra.

No que diz respeito a Públio Lentulus Sura, do qual Cícero fora o algoz por tê-lo condenado sem apelação, dispensou palavras a ele mais como crítica do que como relato sobre o desempenho daquele no Senado, devendo aqui as suas palavras ser interpretadas com o devido cuidado, levando em consideração o estado emocional da inconfessável *mea culpa* de Cícero. Ele aponta:

> Gneo Lentulus [cônsul em 72 a.C., um ano antes de Lentulus Sura], graças à sua retórica, obteve uma reputação de eloquência muito além de sua capacidade. Ele não tinha nenhuma sutileza especial (embora fizesse acreditar isso, em razão de sua fisionomia imponente e de sua expressão facial), tampouco uma elocução abundante, mas nisso conseguia enganar, fazendo pausas, exclamações e entoando a voz de modo agradável e harmonioso; colocava calor em sua oração, e assim não sentia falta das qualidades que lhe faltavam. Portanto, a exemplo de Quinto Cúrio [senador amante de Fúlvia, delator dos planos de Sura a Cícero], ocupou um lugar entre os oradores apenas por certa riqueza de elocução e por nenhum outro valor reconhecido; assim Gneo Lentulus, graças à ação no discurso, na qual foi excelente, ocultou a mediocridade de suas outras propriedades na oratória. E o mesmo pode ser dito de Públio Lentulus Sura [cônsul em 71 a.C.]; neste, a aparência distinta, com movimentos cheios de arte e de graça, junto com a voz doce e possante, foi capaz de esconder a sua pouca rapidez na elaboração dos argumentos e na maneira de falar. Assim, fora dessa ação, nada nele se vislumbrava, e por todo o resto era inferior ao precedente. (*Brutus*, §§ 234-235).

Mais à frente, Cícero ainda acrescenta:

> Quanto a estes dois Lentulus consulares [Gneo e Públio]: Um deles, Públio, foi o vingador dos meus erros, mas patrono da minha salvação, aquele cujas qualidades, quaisquer que fossem elas, eram devidas inteiramente aos méritos obtidos

na escola, porque os dotes naturais lhe faltavam por completo; contudo, ainda assim, era tão notável no emprego dos sentimentos em suas palavras, que angariava para si as boas prerrogativas dos personagens de alto prestígio por ele citados, conservando consigo as qualidades daqueles, como se fossem suas. (Brutus, § 268.)

Em outra obra, Cícero registrou os seus mais notáveis discursos pronunciados contra Marco Antônio, os quais receberam o nome de *Filípicas*, em homenagem aos discursos de Demóstenes contra Filipe da Macedônia. Com essa obra, Cícero iniciava a maior de todas as disputas e daria início à grande intriga que haveria de decretar o seu fim.

Ele sonhava escrever uma história primorosa de seu país, enriquecendo-a com tradições gregas e narrações das primeiras idades de Roma, mas seu propósito foi desvirtuado por uma série de acontecimentos públicos e particulares, ocorrências que atribularam a sua vida de modo intenso.

Na vida particular, primeiro repudiou sua mulher, Terência, porque durante a guerra ela se ocupara pouco com ele; quando ele partiu para os campos de batalha, Terência ficou de abastecê-lo, mandando-lhe as coisas necessárias, mas não o fez. Após a guerra, quando retornou à Itália, não recebeu dela mais nenhuma prova de afeição. Quando ele permaneceu no sul da Itália, por muito tempo, Terência não foi vê-lo. Nesse período, sua filha, Túlia, a quem ele tinha todo amor do mundo, foi juntar-se a ele ainda jovem, e Terência não lhe deu o séquito suficiente para o longo percurso, tampouco as provisões necessárias. Enfim, Terência abandonou sua casa, deixando-a vazia e sobrecarregada de dívidas.

Esses pretextos todos, tidos como honestos, foram apresentados por Cícero em seu divórcio. Terência, entretanto, negava que houvesse verdade em suas acusações, e o próprio Cícero lhe deu uma excelente justificativa ao desposar, pouco depois, "uma moça de rara beleza", conforme dizia Terência, referindo-se a Publília.

Porém, um liberto de Cícero, de nome Tiron, afirmou que ele se casara pela riqueza da noiva, pois precisava pagar as dívidas. A moça era rica e Cícero possuía bens penhorados, além de dever somas consideráveis. Então se deixou persuadir por amigos e parentes e desposou-a, no final de 46 a.C., não obstante a grande diferença de idade. Falava-se que a fortuna da moça o faria se livrar dos credores.

Marco Antônio, por sua vez, respondendo às *Filípicas* de Cícero, discursos que o acusavam ao extremo, fez vários comentários sobre esse casamento. Asseverou que Cícero repudiara a mulher que envelhecera a seu lado; dizia, com escárnio, que Cícero era um "homem pássaro", pois um pássaro jamais se afasta de casa nem vai à guerra servir a Pátria, embora agora fugisse do ninho.

Após o casamento, Cícero perdeu sua filha, Túlia, em fevereiro de 45 a.C., que morreu[1] no parto na casa de um dos Lentulus, que ela havia desposado pouco tempo antes, após a morte de Pison, seu primeiro marido.

Os filósofos acorreram de todos os lados à casa de Cícero, a fim de consolá-lo. "Perdi a única coisa que me ligava à vida", escreveu ele em uma carta a Ático. Ao receber a carta, esse amigo o convidou para uma visita. E, na grande biblioteca dele, leu tudo que os filósofos gregos tinham escrito sobre como vencer a tristeza. "Mas a minha dor derrota toda consolação", registrou Cícero, em *Cartas a Ático*.

Essa infelicidade afetou-o tão profundamente que em julho daquele ano acabou repudiando Publília, convencido de que ela havia ficado contente com a morte de sua filha, a quem ele amava mais que tudo na vida.

Nos funerais, quando o testamento de César foi aberto e constatou-se ter deixado um presente honesto, em dinheiro, para cada cidadão romano, e, na praça, o povo viu seu corpo todo retalhado pelos golpes de punhal, confirmando o que

---
1 Plutarco, Vida de Cícero, XLI-§ 2°. (N.A.)

dissera Marco Antônio em seu discurso, então ninguém mais pôde conter a multidão e ela resolveu tudo por si própria.

Naquele tempo, era costume incinerar o cadáver. E o povo se pôs a correr para lá e para cá, trazendo objetos e colocando-os ao redor do corpo de César: mesas, bancos, balcões e palanques. Formou-se um empilhamento dos mais altos. Então puseram fogo em tudo e queimaram o corpo ali mesmo, onde estava.

Quando o fogo se fez bem aceso, o povo tomou tições ardentes e saiu à procura dos assassinos. Foi à caça dos principais deles, para pegá-los e incendiar suas casas. Outros, à procura dos criminosos, correram pela cidade inteira, para fazê-los em pedaços; todavia, eles não foram achados.

Um dos familiares de César, de nome Cina, na noite anterior tivera uma estranha visão, na qual César o convidava para cear; Cina não queria, no entanto César, tomando-o pela mão, levou-o contra a vontade. O ocorrido deixou Cina doente, com febre. Mas, sabendo que o povo queimava o corpo de César, saiu de casa para participar do funeral assim mesmo.

Chegando à praça, alguém do povo perguntou-lhe quem era; disse seu nome: Cina. Dentre os conjurados havia um de mesmo nome. Então a notícia correu de boca em boca. Em pouco tempo, divulgou-se entre o povo, por engano, ser ele um dos matadores de César. Então o agarraram com tal furor que o partiram ali mesmo.

Isso causou medo descomunal a Bruto e a Cássio. Dias depois, ambos saíram da cidade e haveriam de sofrer a maior de todas as perseguições. Plutarco conta isso em *Vida de Bruto*.

César sobreviveu a Pompeu apenas quatro anos. E como fruto de seu poder, obtido com tanto ardor, tanta dificuldade e a custo de tantos perigos e sangue derramado, obteve apenas um nome vão e uma glória inútil, virtudes passageiras com as quais só angariou inveja e ódio de seus concidadãos.

Todavia, aquela sua determinação costumeira e favores dos deuses tidos ao longo da vida continuaram ainda após sua morte, numa vingança implacável, perseguindo por mar e terra os seus algozes. Dos conjurados, não ficou um só sem castigo. E os débitos de César, perante os deuses em que ele acreditava, se tornaram ainda maiores. Marco Antônio foi o seu instrumento. De todas as coisas ocorridas entre os seus perseguidos, a mais estranha foi a de Cássio. Este, depois de fugir para a Síria, foi à Macedônia e ali seria derrotado na batalha de Filipos, matando-se com a mesma arma com que houvera ferido a César.

Plutarco dá conta de que nesse tempo um grande cometa aparecera durante sete noites consecutivas, e o sol ficara obscurecido por longos meses. Durante todo aquele ano, o sol esteve pálido, nunca com a sua claridade peculiar; seu calor ficara fraco, encoberto sempre por nuvens cinzentas e frias. O povo sentia o ar pesado, tenebroso e espesso, envolvido por uma radiação incapaz de sutilizá-lo. Naquele ano, os frutos gerados da terra restaram duros e verdes, apodrecendo antes de ficarem maduros.

Para Bruto, a perseguição não seria muito diferente. Surgiu-lhe um fantasma, cuja morte não fora agradável aos deuses, segundo acreditava. Plutarco conta que Bruto estava para levar seu exército da cidade de Abidos para a costa do continente e descansava, como de costume, à noite em sua tenda, mas ainda não estava adormecido, pensando em suas façanhas e no seu futuro.

Bruto era um general dos mais vigilantes, menos sujeito ao sono e acostumado à vigília. De súbito, na porta de sua tenda se fez um rumor sibilante; ele ergueu a luz do archote e olhou ao redor. Teve uma visão terrível. Parado, à sua frente, havia o espírito de um homem, mas de tamanho enorme e feiíssimo de rosto.

A princípio, Bruto sentiu medo, mas quando viu o fantasma quieto, perto de seu leito, sem pronunciar palavra, arrumou coragem e perguntou: "Quem és tu?". O fantasma respondeu: "Sou o teu anjo mau, Bruto, e tu me verás perto da cidade de Filipos". Bruto, por sua vez, como guerreiro, replicou incisivo: "Pois bem, então te verei lá". E num repente o espírito desapareceu.

A 3 de outubro de 42 a.C., na batalha de Filipos, lutando contra as forças de Marco Antônio e as do jovem César Otaviano, Bruto ganhou a primeira batalha. Rompeu tudo à sua frente e chegou ao acampamento inimigo saqueando o local. Mas na noite precedente à segunda batalha, travada a 23 de outubro, o mesmo fantasma apareceu-lhe de novo, desta vez sem dizer palavra. Por intuição, Bruto compreendeu que sua hora havia chegado.

No dia seguinte, lançou-se de corpo e alma na luta e passou por momentos extremos, mas não morreu. Porém, vendo seus soldados caírem um a um, derrotados no campo de batalha, desesperou-se. Não tendo como vencer, subiu ao topo de uma rocha e, lançando-se sobre a ponta de sua espada, atravessou o corpo de lado a lado, morrendo de imediato; tinha, então, 43 anos.

Façamos aqui uma pausa, para uma reflexão sobre o aparecimento daquele tal fantasma de tamanho enorme e aparência horrível. Allan Kardec conta na *Revista Espírita* – maio de 1858 – que em seu trabalho interrogara uma das entidades codificadoras e esta lhe dissera ser errado considerar a alma, também chamada perispírito, como ser imaterial, porque o espírito, por existir, deve ser constituído de alguma coisa, caso contrário, nada seria.

Segundo Kardec, o espírito não é uma abstração, como pensam alguns, mas um ser cuja natureza íntima escapa aos sentidos do homem. Haveria duas espécies de matéria: uma grosseira, que constitui o envoltório exterior, morrendo com o tempo; outra sutil e indestrutível, que seria imortal e jamais pereceria.

Esta última, de composição semimaterial, por assim dizer, não teria a rigidez da matéria compacta, sendo flexível e expansiva. Em razão dessas propriedades, tomaria formas variadas, segundo a vontade do espírito, o qual daria a ela esta ou aquela aparência. Assim, o envoltório físico seria imutável, enquanto a constituição sutil, ao contrário, seria moldável ao imperativo do espírito; poderia ser comprimida ou distendida segundo a sua vontade. Numa palavra: presta-se a todas as metamorfoses pelo pensamento.

Compreende-se assim, segundo a Doutrina dos Espíritos, como teria sido possível ao espírito de César, vagando de modo errático, transformar-se num fantasma de tamanho descomunal e aparência feiíssima, para assombrar Bruto, seu algoz.

Pouco antes do assassinato de César, a esposa de Bruto, Pórcia, filha de Catão, embora fosse estoica e procurasse viver de acordo com as leis naturais, quando soube da intenção do marido sobre César, descontrolou-se: provocou em si um profundo ferimento no braço, tentando demovê-lo do assassínio.

Dois anos depois, ao ser perdida a batalha de Felipos, Pórcia soube do suicídio do marido e, assim como ele, não teve mais vontade de viver: engoliu carvão em brasa, tendo morte horrível. Assim como Bruto, seu espírito foi também estagiar no vale dos suicidas, onde ambos colheram os frutos que plantaram na Terra.

A ação de Marco Antônio contra Bruto, Cássio e demais conjurados não fora parcial e apenas para vingar a morte de César, mas integral, extensiva a todos os seus inimigos pessoais.

Cícero, embora não tomasse parte da conjuração, houvera sentenciado à morte Lentulus Sura, padrasto de Antônio, deixando a casa de Júlia em profundo sofrimento. Essa foi a causa principal de Antônio se tornar o grande opositor de Cícero. Ambos se tornaram inimigos ferrenhos, a ponto de não se suportarem.

Embora Cícero gozasse de grande prestígio em Roma, sentia-se ameaçado. Sabia que Antônio, agora na posse do poder supremo, estava disposto a liquidá-lo. E o ódio recíproco que se formou entre eles haveria de selar um passado horripilante, deixando para a posteridade, no curso das existências plurais, a tarefa de reajustamento.

No próximo capítulo vamos observar a trama feita por Marco Antônio contra Cícero.

14

A VINGANÇA COMPLETA

Cícero não tomou parte na conjuração contra César, ainda que fosse um dos mais devotados amigos de Bruto e, descontente com o rumo dos negócios do Estado, desejasse, como nenhum outro, o retorno de Roma à antiga ordem. Mas os conjurados não ousaram dar crédito a um caráter tímido como o dele, nem a um homem em cuja idade já haviam desaparecido a audácia e a força juvenil. Executados os planos a Bruto e Cássio, os amigos de César se prepararam para colocar em prática os seus, numa vingança atroz.

Plutarco conta, em *Vida de Cícero,* que o temor do povo era ver Roma mergulhada numa nova guerra civil. E para aliviar essa carga, logo de início, após a morte de César, Marco Antônio, como cônsul de Roma – ainda sem saber a extensão das forças conjuradas –, convocou o Senado e em poucas palavras falou sobre a necessidade de paz e concórdia.

Cícero, por sua vez, fez um longo discurso, como era de seu feitio e de acordo com as circunstâncias. Convenceu os senadores de que deviam decretar, a exemplo de Atenas, uma anistia geral para tudo quanto se havia feito, além de distribuir os governos de algumas províncias a Cássio e a Bruto, agora tidos como homens fortes do Império.

Mas Plutarco assinala que essas medidas acabaram ficando sem efeito, pois o povo, incitado por Antônio, se deixou arrastar pela paixão natural em frente ao corpo de César. E quando no fórum Antônio mostrou a túnica toda ensanguentada, furada pelos golpes mortais que César havia recebido no Senado, encheu a multidão de tal furor que ela quis fazer justiça com as próprias mãos.

Os conjurados, temendo o povo, tomaram a resolução de abandonar Roma. Então Antônio e os demais amigos de César souberam quem houvera tramado a conjuração e puderam avaliar as forças dos inimigos. Nesses dias, a vingança já começava a ser planejada.

Plutarco prossegue os seus relatos dizendo que Antônio logo ergueu a cabeça disposto a assumir sua responsabilidade diante do povo e todos se assustaram com isso, sobretudo Cícero, pois a ideia de comandar Roma sozinho era uma verdadeira ameaça para todos os seus opositores.

Antônio, vendo o crédito político de Cícero se fortificar a cada dia e sabendo ser ele amigo de Bruto, suportava sua presença de modo impaciente. Considerava que seria preciso fazer algo. Entre eles, há muito havia uma desconfiança mútua, nascida da diferença absoluta de costumes e estilos de vida.

Cícero, temendo ações contrárias de Antônio, quis filiar-se a alguém de prestígio equivalente. De início, escolheu Dolabela, aliado de Antônio, mas que no passado havia sido superior a ele no exército. Então se propôs a ir à Síria, como lugar-tenente de Dolabela.

Sabendo disso, Aulus Hírtio e Caio Pansa, dois homens de bem e amigos de Cícero que deviam no início do ano suceder Antônio no consulado, suplicaram a Cícero que não os abandonasse, prometendo ajuda para destruir o poder de Antônio. Cícero não se recusou a acreditá-los, mas também não lhes deu muita fé nas palavras. Contudo, o apoio dos consulares gerou nele certa indecisão, a qual não se resolveu a tempo e Dolabela partiu.

Cícero, após combinar com Hírtio que iria passar o verão em Atenas e retornaria a Roma após ele e Pansa tomarem posse do consulado, embarcou para a Grécia. A viagem por mar sofreu muitas interrupções. Mas, ainda assim, Cícero conseguia todos os dias ter notícias de Roma.

Seus mensageiros lhe asseguravam que se operava uma mudança extraordinária em Antônio: não tomava uma resolução sequer sem o acordo do Senado. Diziam que só faltava a presença de Cícero, para dar aos negócios públicos uma situação mais favorável.

Então ele lamentou a sua excessiva previdência e voltou a Roma. Na chegada, constatou quanto era querido do povo: uma multidão considerável saiu para saudá-lo e ele passou quase o dia todo em apertos de mãos e abraços, desde as portas da cidade até sua casa.

No dia seguinte, Antônio convocou o Senado e chamou também Cícero, mas ele não compareceu, ficou em casa sob pretexto de ter feito uma viagem fatigante. Seu verdadeiro motivo, porém, era o temor de alguma cilada, assim como tivera César, da qual escutara rumor durante a viagem de retorno.

Antônio, ofendido com uma suspeita que classificava caluniosa, decretou em plenário para os soldados irem à sua casa e conduzi-lo ao Senado; caso recusasse, a ordem era incendiar a casa. Porém, por insistência de vários senadores, acabou revogando a sua ordem e contentou-se em penhorar apenas alguns bens menores de Cícero, como castigo, o que aconteceu, já que Cícero não foi convencido a sair de casa.

Desse dia em diante, ambos deixaram de se cumprimentar, quando estavam juntos ou passavam um pelo outro. Ambos viviam nessa desconfiança quando o jovem César chegou a Roma, vindo de Apolônia.

Tratava-se de Otávio, sobrinho de César, seu herdeiro por testamento, o qual, como era de costume, adotou o nome de Caio Júlio César, acrescentando Otaviano. Vinha reclamar sua herança e uma soma de 25 milhões de dracmas, da qual Antônio tomara posse. Nesse momento, Cícero viu sua grande chance de romper em definitivo com Antônio.

Filipe, que havia desposado a mãe de Otaviano, e Marcelo, marido de sua irmã, juntos com Otaviano foram à casa de Cícero.

Combinou-se ali que Cícero haveria de apoiar Otaviano no Senado e no fórum, usando sua eloquência e seu prestígio junto aos políticos e ao povo. Por seu turno, o jovem César empregaria seu dinheiro e suas armas na proteção à vida de Cícero, pois o rapaz dispunha de grande número de soldados veteranos, os quais tinham servido às ordens do ditador, seu tio, Caio Júlio César.

Cícero, porém, se viu obrigado, por motivos mais poderosos, a receber com alegria as ofertas de Otaviano. Isso porque, no tempo em que Pompeu e César ainda viviam, Cícero teve um sonho no qual eram chamados ao Capitólio os filhos dos senadores. Dentre estes, Júpiter devia eleger o soberano de Roma.

Em seu sonho, os cidadãos acorreram em multidão e cercaram o templo. Os meninos, vestidos com a "túnica pretexta", ficaram sentados, em silêncio. De repente, as portas do templo se abriram e os meninos, levantando-se, passaram cada um por diante de Júpiter. Contudo, voltavam aos seus lugares cheios de aflição. Porém, quando o jovem César, Otaviano, aproximou-se, Júpiter estendeu-lhe a mão e disse: "Romanos, eis aqui o chefe que porá termo às vossas guerras civis". Esse sonho se teria gravado tão vivamente em seu espírito que ele jamais esqueceria a imagem de Otaviano.

Naquela ocasião, Cícero não o conhecia, mas, no dia seguinte, quando descia o Campo de Marte, à hora em que os meninos voltavam de seus exercícios matinais, o primeiro deles que notou foi Otaviano, tal qual o vira em sonho.

Impressionado com o encontro, perguntou-lhe o nome de seus pais. O pai chamava-se Otávio, homem de nascimento pouco ilustre; mas sua mãe, Átia, era sobrinha de Caio Júlio César, o qual não tinha filhos e instituíra, por testamento, o filho de sua sobrinha como herdeiro de sua casa e de seus bens.

Depois desse sonho, sempre que Cícero encontrava o menino não deixava de lhe falar de modo cordial nem de lhe fazer um agrado, e ele aceitava com naturalidade. Aliás, o nascimento de Otaviano ocorrera sob o consulado de Cícero, ano em que Lentulus Sura fora penalizado.

Porém, o que ligou Cícero a Otaviano foi, antes de tudo, o ódio contra Antônio e seu caráter, que não sabia resistir à ambição. Ele esperava pôr a serviço da República a atividade desse rapaz que, aliás, procurava por todos os meios insinuar-se em sua amizade, chegando até a chamá-lo de "pai", por respeito.

Bruto, indignado com essa fraqueza, censurou Cícero energicamente em *Cartas a Ático*. Cícero, segundo Bruto, adulando o jovem César pelo medo que lhe inspirava Antônio, não deixava lugar para dúvida, ou seja, antes de livrar a Pátria da tirania, queria dar a si mesmo um senhor mais doce e humano. Todavia, embora Bruto censurasse tal proteção a Cícero, para a sua própria, nas incursões bélicas contra Antônio, levou consigo Marco, filho de Cícero, que se encontrava em Atenas recebendo lições de filosofia. Bruto encarregou-o de importante tarefa, e Marco a desempenhou com total êxito.

Em Roma, o poder de Cícero atingia o apogeu, sempre exaltando Otaviano, que mantinha grande parte do exército de seu tio, Caio César, já morto, e recebendo dele o suporte necessário.

Em 43 a.C., sob o consulado de Hírtio e Pansa, Cícero, dispondo de tudo como senhor da situação, influenciou o Senado para expulsar Antônio e sublevou os espíritos contra este. No final, foram mandados dois exércitos consulares sob comando de Hírtio e Pansa para declarar guerra a Antônio.

Enfim, Cícero convenceu o Senado de que, por um decreto, devia conceder a Otaviano honras militares e lictores armados de feixes, fazendo de Otaviano o defensor oficial da Pátria, onde quer que fosse.

No campo de batalha, Antônio matou os dois cônsules enviados por Cícero, mas saiu derrotado, fugindo com seu exército para reunir novas forças. Os exércitos dos dois cônsules mortos, por sua vez, queriam reunir-se aos de Otaviano, mas o Senado temia esse rapaz, cujo futuro já dava mostras de ser brilhante. Então fez todos os esforços para desmobilizar os soldados, conferindo-lhes honras e recompensas sob o pretexto de que, com a derrota de Antônio, a República não precisava mais defender-se com aquele aparato militar.

Otaviano, por sua vez, alarmado com essas medidas, mandou secretamente alguns dos seus falar a Cícero, exortando-o a disputar o consulado, mas tendo como companheiro de chapa ele próprio.

Cícero, conforme afirmavam os emissários, dispunha da coisa pública com experiência e governaria o rapaz, que não ambicionava outra coisa senão os títulos honoríficos. O próprio Otaviano confessaria depois que, temendo ver-se abandonado por todos em vista do licenciamento de suas tropas, jogara com a ambição de Cícero.

Não obstante a sua idade, fascinado com a proposta, Cícero se deixou enganar nesse momento por um rapaz inexperiente, mas astuto. Embora Otaviano não tivesse idade para concorrer ao posto de cônsul, ainda assim Cícero apoiou a pretensão dele. E conseguiu o favor do Senado para algumas de suas aspirações.

Contudo, os amigos de Cícero mais que depressa o censuraram. E não tardou que ele próprio reconhecesse o seu engano, julgando que dessa maneira estaria sacrificando a liberdade do povo.

Otaviano, vendo as suas pretensões caírem por terra, em razão da pouca idade, modificou seu modo de agir. Não quis mais saber de Cícero. Ligou-se aos antigos aliados de seu tio: Marco Antônio e Lépido. Agora queria chegar ao poder por outros meios.

A essa altura, Antônio já havia reorganizado seu exército. Lépido, por sua vez, com a experiência de antigo cônsul e chefe militar, agora era rico banqueiro, capaz de financiar um exército poderoso para vingar os assassinos de César, a quem tudo devia. Unidos estes personagens numa empreitada comum, Otaviano viu ali a sua chance de chegar ao topo do poder.

Então, reunidos os três chefes mais poderosos de Roma, discutiram a questão por três dias, uniram as suas forças e juntos formaram o que ficou conhecido como Segundo Triunvirato, repartindo o Império entre si, como se fosse a herança de Caio Júlio César para eles.

Otaviano ficou com as províncias da Sicília e da África, Antônio com a Gália Cisalpina e Lépido com a Gália Narbonense e a Espanha. Nessa mesma reunião, organizaram uma lista de duzentos cidadãos, para expurgo do Senado, e mil e duzentos cavaleiros, cuja morte lhes parecia necessária. Tratava-se agora de realizar a vingança, de modo completo.

Dentre as proscrições, aquela que dera lugar à mais viva disputa foi a de Cícero. Durante a reunião, Antônio não queria ouvir falar em acomodações se Cícero não fosse o primeiro a perecer. Lépido, de sua parte, apoiava os pedidos de Antônio. Otaviano, por sua vez, resistia à ideia.

Passaram reunidos durante três dias, perto da cidade de Bolonha, numa conferência secreta, discutindo tudo sobre o Império. O local da reunião era uma ilha, situada no meio do rio que separava os campos onde estavam os exércitos.

Transpirou da reunião que Otaviano lutara vivamente nos dois primeiros dias, para salvar Cícero. No terceiro, porém, cedeu; teve de abandoná-lo à própria sorte. Todos os três fizeram concessões recíprocas. Otaviano teve de sacrificar Cícero; Lépido, seu próprio irmão, Paulo; e Antônio, seu tio materno, Lúcio César, que houvera votado a favor de Cícero na morte de Lentulus Sura.

A cólera e a raiva dos três chefes culminaram por afogar neles todo e qualquer sentimento de humanidade. Eles tinham provado ao mundo que não havia monstro mais selvagem do que o próprio homem, quando possui nas mãos o poder de saciar a sua ambição descontrolada.

De modo arbitrário, deram sentença de morte a centenas de cidadãos e mandaram cumpri-la, uma a uma. Estava decretada a vingança completa, não apenas pela morte de César, mas daqueles que não tinham sequer participado da conjuração e eram francos opositores do Triunvirato. O regime instituído naquela reunião daria início, em apenas alguns anos – após o desentendimento entre os três chefes e a queda de dois deles –, ao regime imperial dos Césares, derrubando em definitivo a República de Cícero.

Plutarco conta que, enquanto isso, Cícero estava em sua casa de campo, em Túsculo, com seu irmão, Quinto Cícero. E, logo que correu a primeira notícia das proscrições, ambos resolveram ir a Astira, outra casa de campo de Cícero, situada à beira-mar. Eles queriam dali embarcar para a Macedônia, onde ficariam ao lado de Bruto, cujas forças, segundo os boatos, estavam bem acrescidas. Então, cada qual se pôs numa liteira, partindo tristes e abatidos, sem mais esperanças.

Num dado ponto, interrompendo a viagem, ambos aproximaram as liteiras e deploraram mutuamente a sorte. Quinto era o mais acabrunhado. Lamentava-se, sobretudo, da falta de recursos que teria de afrontar: "Não trago nada comigo", queixava-se. Cícero, por sua vez, levava poucas provisões para a viagem. Na conversa convieram que talvez fosse melhor a Cícero apressar a fuga, enquanto Quinto voltaria até sua casa, para se prover do quanto necessário. Tomada essa resolução, os irmãos se abraçaram ternamente e separaram-se com os olhos banhados de lágrimas. Imaginaram que dificilmente tornariam a se ver.

Dias depois, Quinto, traído por um de seus serviçais e entregue àqueles que o procuravam, foi morto, juntamente com seu filho. Cícero, por sua vez, ao chegar a Astira, encontrara um barco preparado, no qual embarcara. O tempo estava bom, e ele viajou até o monte Circe. Os capitães quiseram logo fazer vela e demandar novo porto. Cícero, porém, temendo o mar ou talvez porque tivesse alguma esperança na fidelidade de Otaviano, saltou por terra e caminhou cerca de cem estádios (uns 20 quilômetros) em direção a Roma.

Caindo, porém, em novas aflições, mudou de pensamento, retomando o caminho do mar. Ficou em Astira, onde passou a noite entregue a pensamentos terríveis, sem saber o que decidir. Por um momento, pensou em penetrar secretamente na casa de Otaviano e degolar-se junto ao fogão, a fim de expor a pessoa do jovem César à fúria vingadora do povo. Mas o medo de ser torturado, caso lhe pusessem as mãos, o fez desviar desse pensamento. Sempre oscilando entre resoluções igualmente perigosas, abandonou-se aos seus serviçais, dando ordens para o conduzirem por mar a Caieté, onde possuía uma quinta. Era um retiro agradável no verão, onde o sabor refrescante dos ventos do Mediterrâneo se fazia sentir.

Nesse lugar, havia um pequeno templo dedicado ao deus Apolo, situado à beira do mar. De repente, ergueu-se do templo um bando de corvos, dirigindo seu voo barulhento ao barco de Cícero, que procurava alcançar a terra. Os corvos pousaram nos dois lados do mastro, enquanto os outros picavam as extremidades das cordas. Todos no barco olharam para esse sinal, tido como de mau presságio.

Cícero desembarcou e foi direto para casa; precisava se deitar e descansar a mente. Porém, a maior parte dos corvos veio pousar na janela de seu quarto, soltando gritos aterradores. Um deles adentrou o recinto e, com o bico, puxou a gola da túnica com que Cícero cobrira o rosto. Em vista disso, seus criados lhe censuraram a fraqueza e o desânimo: "Será que haveremos de ser testemunhas da morte do nosso amo? Se os animais vão a seu auxílio e inquietam-se com a ameaça, nós que somos inteligentes não faremos nada pela sua salvação?" Queriam assim lhe dar ânimo. Mas usando mais força que palavras, puseram-no numa liteira e tomaram o caminho do mar.

Enquanto isso, os algozes chegaram: um centurião, chamado Herênio, e um tribuno militar, Popílio. Este último, inclusive, havia sido outrora defendido por Cícero num processo em que era acusado de parricídio. Vinham seguidos de uma tropa de satélites. Encontrando as portas fechadas, arrombaram-nas. Cícero não apareceu e o pessoal da casa assegurava não o ter visto.

Porém, um rapaz chamado Filólogo, liberto de Quinto, a quem este havia instruído nas belas-letras e na ciência, cheio de temor informou ao tribuno que a liteira estava sendo conduzida para o mar, pelas aleias cobertas. O tribuno com seus soldados se lançaram em perseguição, indo por um atalho rumo à saída das aleias.

Cícero, ao perceber que a tropa conduzida por Herênio corria precipitadamente por sob o arvoredo, disse aos servos que parassem a liteira. E, levando a mão esquerda ao queixo, gesto que lhe era peculiar, atirou sobre os assassinos um olhar intrépido. Os cabelos eriçados, cheios de pó, e o rosto desfigurado pelos pesares exerceram sobre os soldados tal impressão, que a maioria cobriu o rosto, enquanto Herênio o degolava. Cícero havia posto a cabeça fora da liteira, oferecendo assim o pescoço ao carrasco. Morreu aos 64 anos.

Herênio, de acordo com a ordem que lhe dera Marco Antônio, cortou-lhe a cabeça, assim como as duas mãos, que haviam escrito as *Filípicas*. Cícero intitulara *Filípicas* os seus discursos contra Antônio, que existem até os dias de hoje.

Quando a cabeça e as mãos decepadas chegaram a Roma, Antônio realizava os comícios para eleição dos magistrados. "Agora, acabaram-se as proscrições", disse ele, justificando-se, depois de ouvir a informação sobre o assassínio e ao ver o aspecto sangrento dos despojos. Fê-los colocar nas bordas da tribuna em que estava. Era um espetáculo terrível para todos os romanos. O povo parecia estar vendo não o rosto de Cícero, mas a imagem da própria alma vingativa de Antônio.

Todos em Roma sabiam que diferente de Bruto, que não tivera consideração nenhuma para com Caio Júlio César, seu suposto pai, a quem ele apunhalara no Senado, Marco Antônio, ao contrário, amava Lentulus Sura como um filho ama ao pai. Antônio houvera reclamado o corpo de Lentulus a Cícero, defendera o padrasto após a morte em todas as afrontas, vira sofrer Júlia, sua mãe, que amava Lentulus desde a juventude e, finalmente, vingara sua morte, executando Cícero e Catão.

Em meio a tantas crueldades, Antônio completou seu ato de justiça entregando Filólogo, o delator, a Pompônia, mulher de Quinto Cícero. Ela, de posse do traidor, além dos vários suplícios terríveis que lhe submeteu, forçou-o a cortar a própria carne, pouco a pouco, e fê-lo assar e comê-la em seguida, enquanto ainda tinha esperanças de viver.

Enquanto isso, na Macedônia, Bruto e Cássio estavam unidos para resistir a Antônio. E o fizeram com valor, mas não puderam resistir muito, ruindo ambos na batalha de Filipos.

Dois anos depois, os três chefes do Império voltaram a reunir-se e fizeram uma nova divisão. Tudo das províncias fora dividido. Antônio ficou com o Oriente, Lépido com a África e Otaviano com o Ocidente. E, para não haver disputa, Roma e a Itália foram consideradas neutras, onde os cônsules atuavam plenamente.

No início, tudo caminhava bem no Triunvirato, os chefes se entendiam. Chegaram até a unir forças para derrotar outros governantes. Esse foi o caso de Sexto Pompeu, que dominava o comércio de trigo africano e recebera os governos da Sicília, da Córsega e da Sardenha, consideradas regiões da Itália, embora fossem ilhas.

Sexto houvera organizado uma grande frota naval e no comércio com Roma procurava vantagens. Marco Antônio e Otaviano se uniram para eliminá-lo. Antônio, dono de imensa frota, emprestou os seus navios para Otaviano, que atacou Sexto, derrotando-o. O comércio de trigo passou então para as mãos de Lépido.

Otaviano, para estreitar laços com Antônio, pois este se fizera riquíssimo, arranjou-lhe o casamento de sua irmã, Otávia. Tudo caminhava bem, até Antônio separar-se da mulher, em 36 a.C., para se casar no Egito, com Cleópatra.

Como era costume dos romanos abastados, Antônio deixou em Roma seu testamento, guardado no templo de Vesta, imaginando que estaria seguro e inviolável até sua morte. Mas Otaviano soube e leu o testamento.

Confirmando as suas suspeitas, viu que Antônio legava toda sua herança para Cleópatra. E que nomeava regente a Cesarion, filho de Cleópatra e de Júlio César, a quem Antônio declarava seu herdeiro e sucessor. Com tal disposição, seria apenas uma questão de tempo até Cesarion atingir a idade e assumir o seu papel.

A partir daí, Otaviano determinou-se a combater Antônio, pois Roma não podia admitir em seu Império um herdeiro egípcio, filho ilegal de Júlio César. E menos ainda que uma parte do Império caísse em mãos de Cleópatra, uma rainha egípcia da linhagem de Ptolomeu.

Em Áctium, perto da Grécia, Antônio foi derrotado em batalha e fugiu para o Egito, com Cleópatra. Mas Roma estava determinada a liquidar Antônio. Otaviano queria ter o poder completo e mandou sua frota. Invadiu a Alexandria e as tropas desembarcaram na cidade. Antônio e Cleópatra suicidaram-se. A essa altura, Antônio tinha 53 e Cleópatra, 39 anos.

O Egito era a terra mais rica do globo, tinha tesouros acumulados durante milênios pelos faraós. Otaviano, tendo em mãos uma imensa fortuna, organizou o maior de todos os exércitos, formando 70 legiões de infantaria, num total de 370 mil homens, incluindo ainda inúmeros regimentos de cavalaria, tropas auxiliares e guarda pretoriana. Estruturou uma força militar invencível, com mais de meio milhão de homens bem treinados e fortemente armados. O trigo, anteriormente vendido a Roma, passou a alimentar a Itália inteira, sem nenhum dispêndio. A plebe, usufruindo de muitos benefícios, elevou o seu padrão de vida como nunca. Iniciava-se então uma época de fartura.

Quando Otaviano entrou em Roma, marchando em triunfo, seria recebido pelo povo como verdadeiro deus. E, tendo sido sempre respeitoso para com os senadores, teve do Senado o reconhecimento completo.

Plutarco finaliza a *Vida de Cícero* registrando que Otaviano, após longos anos, ao entrar na casa de um de seus netos, ficara surpreendido ao vê-lo com uma das obras de Cícero na mão. Movido pelo receio, o rapazinho procurava esconder o livro na túnica. Mas Otaviano, notando isso, tomou o livro, leu uma parte e, devolvendo-o ao menino, disse-lhe: "Esse foi um sábio, meu filho; um sábio que amava a sua Pátria".

Quando Otaviano derrotou Antônio e tomou por colega de consulado Marco, filho de Cícero, em 30 a.C., este se sentiu vingado ao anunciar a derrota naval de Marco Antônio em Áctium. Foram então decretadas medidas duríssimas para afastar o legado de Antônio.

O Senado, sob a magistratura do filho de Cícero, derrubou as estátuas de Antônio, revogou as honras de que ele gozava e proibiu, por decreto público, qualquer pessoa da família dos Antônio colocar em qualquer de seus descendentes o nome de "Marco Antônio". Assim, por esse meio, a vingança dos deuses, em quem eles acreditavam, reservara à família de Cícero o direito de castigar Antônio, findando a vingança.

No poder absoluto, Otaviano deu a Roma uma nova forma de governo. O poder executivo estava agora sob o comando de um chefe militar, o Imperador, mas mantinha a aparência de um regime republicano. Embora Otaviano governasse Roma como cidadão, nas províncias o fazia como Imperador. O Senado, por sua vez, deu a ele mais títulos do que houvera dado a Caio Júlio César, seu tio. E tratou logo de legalizar o seu poder, dando-lhe o título de Augusto, honraria confiada apenas aos deuses até então.

O ano de 27 antes de Cristo marcou o fim de uma República secular, dando início ao período Imperial. Otaviano ocupou o poder até o ano 14 da Era Cristã, quando desencarnou. A partir dele viriam os demais Césares, cuja paixão pelo poder haveria de fazer de todos, sem exceção, deuses inexistentes e déspotas contumazes, reservando a cada qual um destino duríssimo de expiação e provas, para ressarcir os débitos de seus apetites terrenos, como ensinado na época pela doutrina da palingenesia, a qual ainda será vista em outros desenvolvimentos no próximo capítulo.

15

LENTULUS SURA: A QUESTÃO DA DESCENDÊNCIA

Antes de prosseguirmos, façamos neste capítulo uma pausa nas narrativas, para voltarmos à época de Lentulus Sura e refletirmos um pouco sobre a sua descendência, a qual daria origem, 65 anos depois de sua morte, ao nascimento de Públio Lentulus, autor da *Epístola Lentuli*.

Na Roma Antiga, ninguém podia ser cidadão romano se não fosse livre. Todos os patrícios e plebeus em igualdade de condições podiam ter a cidadania romana. Quem a possuísse podia agir legalmente em todos os campos; tinha direito de comprar terras e adquirir propriedades, votar nas assembleias, ser eleito magistrado, casar-se com uma romana, apelar ao povo em assembleia se fosse condenado e outras coisas mais inerentes à cidadania.

Lentulus Sura, morto aos 53 anos, teve o corpo reclamado por seu enteado, Marco Antônio. Nessa ocasião, Antônio era ainda um rapaz beirando a idade de 20 anos, cheio de vigor, de aspirações militares e políticas. Lentulus Sura casara-se com sua mãe, Júlia Antónia (prima de segundo grau de Caio Júlio César), após a morte do primeiro marido dela, Marco Antônio Crético.

Júlia, nascida em 104 a.C., era 12 anos mais nova que Lentulus Sura. Estava viúva e era mãe de quatro filhos, cujo mais velho era Marco Antônio, com 13 anos, quando se casou em segundas núpcias e passou a conviver com Lentulus de modo perfeitamente legal.

Lentulus tinha 46 anos. E na época passava por uma das situações políticas mais difíceis de sua vida, após ter sido cassado e expulso do Senado. Marco Antônio, o filho mais velho de Júlia, que nas segundas núpcias da mãe era ainda um menino, aceitara o matrimônio com toda naturalidade e tivera Lentulus como a um pai.

Sete anos depois, em 63 a.C., dadas as circunstâncias em que Lentulus foi executado, Antônio mostrou todo seu afeto ao ir ao cárcere *Tullianum* reclamar o corpo do padrasto, sem que os possíveis filhos legítimos de Lentulus Sura, oriundos de possível casamento anterior, de adoção ou de emancipação legal precisassem fazê-lo. A ausência deles poderia ser justificada pela perigosa agitação que tomara conta da urbe ou, simplesmente, pela estadia fora da cidade, motivada por serviço militar em base distante ou coisa do gênero, comum a todos os filhos das boas famílias romanas.

Se nessa época Antônio contava apenas 20 anos, os demais filhos de Sura, de um primeiro casamento, teriam por volta de 30. Aos 25 anos, de modo geral, os homens já estavam casados e muitos até pela segunda vez. Além disso, o exército romano os requisitava das melhores famílias, fazendo parte da carreira de cada jovem ocupar posto de liderança e habituar-se às coisas militares, seguindo para terras distantes. Os filhos de Sura, de um primeiro casamento, já não estariam mais com ele, mas cada qual, em razão da idade, devia estar cursando a sua vida de modo independente.

Dadas as circunstâncias da morte de Sura e o regime militar em vigor, não se deve estranhar que Marco Antônio, vivendo em sua casa o drama de uma morte, tomasse a iniciativa de ir ele mesmo, cheio de ímpeto, como lhe era característico, resgatar o corpo de Lentulus.

Em tais circunstâncias, é perfeitamente justificável a ausência de um filho legítimo de Sura para resgatar o corpo do pai. Mas isso não significa que ele não tivesse filhos, apenas não estavam presentes no ato do resgate. Os motivos desse procedimento poderiam ser vários, inclusive por interesse dos próprios historiadores em mostrar em seus textos a figura proeminente de Antônio, em detrimento dos filhos de um primeiro casamento de Sura, politicamente menos interessantes. Poderiam inclusive estar presentes, mas sem menção digna de história.

Cícero, por exemplo, não tinha interesse nenhum em elogiar pessoas de bem da família de Lentulus Sura, por isso não falou delas. Mas, por razões políticas, procurou ocupar-se daqueles que representavam para ele uma ameaça. Dessa maneira, tendo Antônio como seu principal adversário em decorrência da pena de morte imposta a Sura, Cícero não lhe poupou ataques públicos nem registros desfavoráveis. O historiador Plutarco relata essa inimizade:

> Júlia, mãe de Marco Antônio, não era em absoluto inferior a nenhuma das grandes matronas de seu tempo. Sob a sua guarda, o jovem Antônio recebera educação, tendo ela se casado novamente, após a morte do marido, com Cornelius Lentulus, aquele que foi executado por Cícero ao participar da conspiração de Catilina. Parece certo que a morte do padrasto esteve na origem do clima de inimizade e desconfiança que sempre imperou na relação entre Antônio e Cícero. (*Vida de Antônio*.)

Ainda segundo Plutarco, Antônio afirmaria mais tarde, cheio de pesar:

> Ao corpo de Lentulus fora negado o enterro; somente por intermédio de uma súplica de minha mãe dirigida à esposa de Cícero os restos de meu padrasto foram devolvidos a ela. (*Vida de Antônio*.)

Alguns anos à frente, a inimizade entre Antônio e Cícero se tornou tão grande que Cícero haveria de escrever as suas *Filípicas* apenas para atacar Antônio. E de fato atacou, dizendo a ele, em uma das passagens:

> Com que eloquência, com que firmeza, com quanta gravidade emitiu a opinião teu tio Lúcio César [irmão de Júlia, mãe de Antônio], contra o marido da irmã dele, teu padrasto [Sura]. Aquele era o homem a quem deverias tomar como mestre e conselheiro nas tuas resoluções e na tua conduta; porém, antes disso, preferiste a teu padrasto [Sura] do que a teu tio [Lúcio]. Eu, alheio à tua família, como cônsul segui os conselhos dele, e tu, filho da irmã dele – que assunto de interesse público a ele consultaste? A quem tu procuras em tais casos, aos deuses imortais? [E, aludindo a Quinto Fádio, pai de Fádia, primeira esposa de Antônio, indaga:] Por pessoas de cujo nascimento nada se tem ouvido até agora? [aludia assim à classe dos escravos libertos, à qual Fádio pertencia]. (II *Filípicas.*)

Embora Cícero fosse inimigo político de Lentulus Sura e, pela pena de morte que lhe aplicara, tenha se tornado opositor natural de Antônio, ainda assim é Cícero, em razão dessa inimizade, que nos lega informações valiosas sobre a vida de ambos, seguido pelo historiador Plutarco.

Júlia Antónia, por sua vez, após a morte de Sura e até o final de sua vida seria uma mulher atuante, defendendo a causa dos filhos, dos parentes e da sociedade. Depois da execução inesperada de Lentulus, envolveu-se nos meandros da guerra civil entre César e Pompeu. Em seguida, após a morte de César, enquanto Marco Antônio perseguia Bruto, na Itália, ela exercitava em Roma todo seu prestígio, influindo decisivamente nos bastidores para o Senado não declarar os atos de Antônio contrários à República.

Numa de suas iniciativas, intercedeu a favor das mulheres ricas que corriam o risco de perder sua aristocracia em razão da riqueza, cuja política lhes era desfavorável.

Numa outra situação difícil, decorrente de crime imputado contra o seu irmão, Lúcio Júlio – o mesmo que anos antes fora favorável à pena de morte de Sura –, Júlia pediu a Marco

Antônio, então triúnviro de Roma (e inimigo de Lúcio por este ter acusado Sura), para ser piedoso com ele. Antônio atendeu à mãe, tentando livrar o irmão dela da morte naquela ocasião, embora não pudesse fazê-lo sempre, dadas as indisposições de Lúcio com Otaviano.

Após a guerra de Perúgia, em 41 a.C., embora fosse bem tratada por Otaviano, Júlia deixou Roma e foi à Sicília, no sul da Itália. Dali seguiu para a Grécia, indo visitar Marco Antônio. Em Atenas, favoreceu a reconciliação de Antônio com os demais membros de governo, retornando depois à Itália, com o filho, em 39 a.C., ano de sua morte.

Por sua personalidade aristocrática, atuando sempre de modo inteligente nos bastidores da política e à frente dos interesses de sua casa, Júlia foi elogiada por homens ilustres, recebendo deles o título de "modelo de matrona romana". Dentre os que a elogiaram, estão: Plutarco *(Vida de Antônio, 2,1-32,4-5)* e o próprio Cícero *(Catilinárias, IV, 6)*.

Júlia Antónia convivera em matrimônio com Lentulus Sura apenas seis ou sete anos. Foi respeitada por todos os homens ilustres da Roma Antiga, indistintamente, em razão de seus atos dignos de elogios. Foi um espírito de escol, em todos os sentidos.

Quanto a Lentulus Sura, deve notar-se que a falta de registro oficial sobre a sua vida matrimonial anterior, numa época tão distante como aquela, apenas mostra que a administração romana não pôde conservar todos os seus documentos.

Antes da união com Júlia, não se pode afirmar que Sura tenha ficado solteiro ou, então, que tenha casado com outra mulher. Sabe-se apenas que se casou com Júlia e desse matrimônio não houve filhos.

Por outro lado, a falta de casamento era algo improvável, não só para o patrício Lentulus Sura, mas para qualquer romano. O próprio Marco Antônio, que obteve depois expressão na história por alcançar o topo do poder durante o

Segundo Triunvirato, não teve do Estado romano todos os registros conservados.

De fato, conforme assinala a história, Antônio se casou com sua prima, Antónia Híbrida, tendo com ela uma filha, Antónia de Trales, nascida em 52 a.C., quando ele era questor e contava 31 anos. Além dessa união, registram-se mais três uniões de Antônio e os filhos desses casamentos, mas não ficara registrado o seu primeiro matrimônio. Sabe-se apenas que Fádia, sua primeira mulher, não era patrícia, mas filha de um rico liberto. Cícero, seu inimigo político, em razão disso o apresentou ao Senado de modo sombrio:

> Haverei de picar Antônio em pedaços... apenas me bastará dizer aos filhos de nossos filhos que Antônio teve filhos com a filha de Quinto Fádio, e não precisarei colocar mais fel no discurso[1].

Aqui é preciso explicar que Marco Antônio não era Catilina, conjurado que Cícero houvera atacado com as suas *Catilinárias*. Os princípios de Antônio estavam acima dos de Catilina. Mais tarde, como triúnviro de Roma, como já mostrado antes, Antônio faria Cícero pagar caro por tais ataques. As *Filípicas*, um conjunto de 14 discursos de Cícero entre os anos 44 e 43 a.C., tinham por objetivo derrubar Antônio e seus partidários; contudo, por tal afronta, Cícero pagaria caro, com a própria vida. Antônio casara-se com Fádia, e, do que a história nos legou de Fádia, pelos discursos de Cícero, temos que tanto ela como seus filhos ficaram à margem da história, desapareceram, por assim dizer.

Cícero procurou rebaixar Antônio de todas as maneiras, atacando sua primeira mulher e seus filhos, os quais eram tidos pela maior parte da sociedade romana como pessoas inferiores, vindas da classe servil. Numa das intervenções

---

[1] Cícero: *Carta a Ático* (*Atticum* – originais, em nov. 2009, disponível no website: thelatinlibrary.com); parte em RICOTTI, E. Salza Prina, em *Amori ed amanti tra la repubblica ed il principato*. Rome: L'Erma di Bretschneider, 1992. Ver também Cícero: *II Filípicas*. (N.A.)

políticas no Senado, ele ataca Antônio e rebaixa a condição dos filhos, replicando com desdém e hipocrisia:

> Antônio, creio que quiseste fazer menção disso para te recordar da ínfima classe social da qual vieste, quando todos recordam que tu foste genro de um liberto e que os teus filhos são netos de Quinto Fádio, o escravo. (II *Filípicas.*)

Após a morte de Antônio, quando Otaviano Augusto subiu ao poder e o filho de Cícero teve projeção, Fádia sumiu da cidade, teve de fugir com os filhos, mantendo-se oculta em local distante com medo de ser morta. Os filhos legítimos de Antônio e Fádia jamais tiveram os seus nomes mencionados na história, mas existiram de fato e viveram as suas vidas, assim como os filhos de outros patrícios, inclusive os de Lentulus Sura, cuja vida sentimental deveria ser intensa, como sugere a sua própria personalidade.

De modo semelhante, a história não mostra quem foram os pais de Lentulus Sura, embora não se possa negá-los. E algo do gênero também haveria de ocorrer com os registros de sua descendência. Ainda assim, mais tarde, um de seus descendentes possibilitaria o nascimento de seu bisneto, Cornelius Lentulus, o Públio, contemporâneo de Jesus, que retrataria em carta a figura do Nazareno.

Em suma, todos os indícios apontam para uma descendência efetiva e constante da família Cornelius Lentulus, abundante inclusive na época inicial do cristianismo, embora nem todos os registros ficassem preservados para fazermos hoje a reconstrução completa de sua árvore genealógica, com absoluta certeza de todos os seus componentes.

Tem-se hoje, e com boas chances de ter sido real, que Lentulus Sura tivera como antepassado Lúcio Cornelius Lentulus (irmão de Gneo Cornelius Lentulus), patrício célebre, cônsul em 199 a.C., após voltar da Espanha; como avô teria tido Públio

Cornelius Lentulus, cônsul empossado em 162 a.C.; como parente próximo do pai teria tido Publius Cornelius Scipio Nasica Serápio, cônsul em 138 a.C. Daí para frente, os antepassados e parentes próximos são apenas possibilidades, culminando, após uma ou duas gerações, por nascer Públio Cornelius Lentulus, o "Sura"[2].

A falta de registros oficiais não permite certificar os antepassados próximos de Sura, tampouco os seus descendentes[3]. Sabemos, contudo, que a sua existência fora real. Com certeza, observando-se os dados de sua vida e a brevidade manifesta aos 46 anos ao casar-se com Júlia Antónia, mulher 12 anos mais jovem que ele, isso nos leva a considerá-lo um homem ativo em sua plenitude.

Sem dúvida, Lentulus Sura tivera sua prole para continuidade de sua geração, fato característico da linhagem Cornélia, da qual ele provinha. Além disso, se remontarmos aos motivos da sua cassação no Senado, vamos notar a sugestiva possibilidade de vida amorosa intensa, como gostavam de ter os romanos, em especial os patrícios, donos de grande fortuna e de pequena moral.

Ademais, imaginar que todos os magistrados tiveram os seus registros nos Anais do Estado e que tal demonstrativo ficasse conservado por dois mil anos, mostrando quem foi e o que fez cada um deles, seria desconhecer a ação corrosiva do tempo, os incêndios comuns em Roma, as rapinas civis e as guerras que dilapidavam os arquivos e os bens públicos; em suma, seria desconhecer a história.

O Senado romano, como Assembleia no final da República, época de Lentulus Sura, dava assento a 600 membros sujeitos à renovação anual decorrente das eleições para a magistratura. Todos os magistrados de Roma tinham ali o

---

2 Veja fragmento da árvore genealógica dos Cornelius dado pela Academia Francesa, "Apêndice B: Dictionnaires et Encyclopédies sur 'Academic'". (N.A.)
3 Veja, também, "Apêndice B: Árvore genealógica dos Lentulus". (N.A.)

seu lugar, podendo pedir opinião sobre este ou aquele assunto de interesse da sua administração.

Os magistrados, eleitos cada qual para seu cargo, eram renovados segundo o regime individual de cada cargo, proporcionando, no conjunto senatorial, um novo composto de forças partidárias a cada ano. Do Senado participavam os cidadãos mais experientes da República, controlando as finanças, a política e a religião. Quando convocados por um cônsul, pretor ou tribuno, seus membros se reuniam na Cúria, ao lado do fórum, para deliberarem. Cada senador chamado a manifestar-se pelo cônsul ou pelo *princeps* do Senado expressava sua opinião sobre o tema em pauta, tentando fazer valer as suas ideias perante os demais. Em seguida, obtinha-se o *Senatus consultum*, por meio do voto majoritário dos presentes. O cumprimento do parecer ali externado dependia do magistrado responsável para executá-lo ou não. Para funcionar, o Estado romano se articulava em três poderes: o dos comícios e Assembleias que elegiam os magistrados, o das magistraturas que exerciam o poder executivo, e o do Senado, órgão consultor dos magistrados e executor das questões proeminentes de Estado. O equilíbrio dessas três forças, sem nenhuma delas ter capacidade de invalidar o poder da outra, deu a Roma o melhor sistema político da Antiguidade. E a renovação de seus membros privilegiava todos os cidadãos romanos, desde uma população urbana com quase um milhão de pessoas até a população rural, muitas vezes maior, além de inumeráveis cidadãos romanos que viviam nas províncias, fora da Itália.

Se juntarmos os anos do período Republicano (de 509 a 28 a.C.) com os do Império, até a morte de Tibério (em 37 d.C.), temos um total de 546 anos de intenso trabalho político. Na maior parte desse tempo, o Senado dera assento anual a 300 magistrados; depois da ditadura de Lúcio Cornelius Sila (81-79 a.C.), esse número se elevou para 600 membros. No período de meio milênio, o Senado dera acesso a um colegiado com mais de dez mil nomes. Um contingente senatorial dessa magnitude e complexidade dificilmente poderia ter guardado todos os seus registros, de modo a sabermos hoje o nome, os cargos ocupados e datas, as deliberações e os atos executados pelos políticos da época; e menos ainda a relação de seus ascendentes e descendentes, cujo parentesco nada tinha com a coisa pública nem havia motivo para citação nos Anais de Estado.

Portanto, se não temos os registros de certos políticos da Roma Antiga, não é necessariamente porque eles não existiram, mas porque seria impossível preservar o *tabularium* completo ao longo de dois milênios. Salvaram-se apenas alguns registros isolados da administração e aqueles casos em que os escritores antigos se debruçaram na análise histórica, apontando nomes em suas obras.

Esse não foi o caso dos descendentes de Lentulus Sura, os quais não ficaram registrados na história; e menos ainda o caso de Públio Cornelius Lentulus, que teria sido um de seus descendentes, o qual não se sobressaiu na administração de Roma a ponto de ficar registrado nos livros hoje remanescentes, salvo a preciosa *Epístola Lentuli*, da qual ainda falaremos. Do primeiro ficaram apenas alguns registros, com ênfase na conjuração de Catilina; do segundo, a carta sobre Jesus, conhecida na Antiguidade e em seguida arquivada e esquecida, sendo reencontrada depois, tardiamente.

16

CRISTIANISMO, DOUTRINA E ESPÍRITOS

O Império Romano na época de Otaviano Augusto seria diferente dos tempos anteriores. As conquistas de Pompeu no Oriente, de César nas Gálias e de Marco Antônio no Egito legaram a Otaviano um território de proporções enormes, tão rico como jamais fora. Com ele, teve início a época mais gloriosa de Roma.

Não obstante a ilustre ascendência de Otaviano, os políticos mais proeminentes da antiga República não imaginavam que ele pudesse chegar ao topo do poder. O regime republicano não caiu pela mão do mais forte, mas pelo considerado o mais fraco. Os conjurados tinham eliminado seu pai adotivo, Caio Júlio César, o verdadeiro homem forte, mas, contrariando as expectativas, Otaviano reuniu forças consideráveis, formou o Segundo Triunvirato e derrotou todos os matadores de César. Em seguida, ele próprio encarregou-se de derrotar os antigos aliados, Lépido e Marco Antônio, os quais, movidos pela ambição do poder, já se faziam inimigos.

Ninguém imaginava que um jovem sem experiência política e militar, tendo uma constituição física fraca e saúde precária, poderia chegar a tanto. Com a sua chegada ao topo do poder, seguiu-se em Roma um tempo de profunda renovação de valores. Sem ninguém perceber, de repente o mundo romano estava entregue ao filho adotivo de um ditador assassinado para dar continuidade às suas reformas.

Um jovem enérgico e magnânimo estava então no poder do maior império do mundo. Forças imponderáveis agiam sobre ele, exigindo-lhe sobriedade e harmonia nos atos, fazendo repousar as nações cansadas de guerras seculares. Um período de paz mais duradouro sobreveio na capital do Império e alastrou-se para todas as províncias. Todas as nações foram agraciadas com os ares de mansidão e alegria que passaram a vicejar, dando esperanças alvissareiras à plebe sofredora.

Otaviano, no curso de seus longos anos de governo, os quais foram assinalados por históricas iniciativas, não percebeu que as altas esferas preparavam espíritos de escol para encarnar na Terra. Inteligências raras foram reunidas em todo o Império Romano, para promoverem grande mudança no pensamento da humanidade.

Nos templos de mármore, nos jardins suntuosos e nas vivendas romanas surgiram novas mentalidades capazes de criar leis mais harmônicas e justas, e de fazê-las rolar num oceano mais humano, para banhar todos os povos do Império. Preparavam-se, assim, os caminhos da Boa-nova, sem que os historiadores da época dos Césares percebessem a grande guinada que o mundo daria em direção a uma nova religiosidade: o cristianismo.

Em Roma, a preocupação religiosa vinha de longa data, mas as mudanças não ocorreram sem sacrifícios, mortes e castigos. O próprio Cícero, pouco mais de meio século antes do cristianismo, passara grande parte de sua vida tentando entender os deuses imortais. Ele acreditava que os deuses tinham o governo dos céus, mas questionava a si próprio se estariam "eles" inativos na Terra, sem tomarem parte na vida do homem e na direção dos governos do mundo; ou se, pelo contrário, todas as coisas tinham sido criadas e ordenadas pelos deuses em um dado começo, sendo conservadas em movimento evolutivo desde toda a eternidade. Essa dúvida de Cícero era a mesma de muitos, a qual permaneceu até a chegada do cristianismo.

Os intelectuais de Roma, ao tomarem conhecimento da Boa-nova, não a aceitaram de imediato, mas tiveram de amadurecer a ideia por anos. No início, quando souberam que o Deus dos cristãos era uma entidade acima de todas, fizeram críticas severas. Surpreendidos com a ideia de um Criador que se fazia presente em toda parte, diziam que o Eterno estaria em tudo, até na cozinha e em outros cantos da casa, vendo as pequenezes humanas e importando-se com elas. Isso, no início, foi motivo de profundo escárnio.

Mas essa mentalidade da elite, ao passar do tempo, foi aos poucos sendo modificada, pois a moral evangélica estava muito acima de enxergar-se nela apenas um Deus "bisbilhotando" na cozinha. Contudo, passaram-se três séculos de doutrinação e de eventos acompanhados de intensas perseguições para o cristianismo ser elevado à categoria de *religio licita*. Então, todos os deuses imortais caíram por terra, diante da grandeza da Boa-nova.

Em tempos mais recentes, Allan Kardec, no livro *A Gênese*, registrou em sua Introdução que as grandes ideias jamais irrompem de súbito numa sociedade. As que se assentam sobre a verdade sempre têm precursores que lhes preparam os caminhos. Depois, chegado o tempo, Deus envia um homem com a missão de resumir, coordenar e completar os elementos esparsos, reunindo-os numa só doutrina. Desse modo, a ideia, que não surgiu bruscamente, quando aparece encontra espíritos dispostos a aceitá-la.

Foi isso que ocorreu com a ideia cristã, a qual fora pressentida de muitos séculos antes de Jesus, tendo por principais precursores Sócrates e seu discípulo Platão. Ela não só complementou os ensinos gregos, mas também os hebraicos, pois Jesus, tendo nascido na Judeia, durante o governo de Otaviano Augusto, completou as ideias do povo judeu e modificou por completo as dos romanos. Os pensamentos de Cícero e de outros filósofos importantes sobre o Eterno mostraram-se incompletos com o advento do cristianismo, cujo caráter fora revelador e que responderia muitas das questões com mais lógica.

Uma revelação divina, entendida como tal, por certo deve conter em si a eterna verdade. Não fosse assim, Deus seria apenas uma abstração, pois tudo o que está sujeito a erro e a mudanças não pode emanar de um ser perfeito, detentor de toda a verdade. Todos os ensinos religiosos, dados na Antiguidade, mesmo os mais elevados, caso fossem passageiros, teriam de vir de entidades inferiores a Deus. Seriam protagonizados por espíritos de uma hierarquia inferior ao Supremo. Com o advento do cristianismo, os próprios romanos notaram que os deuses por eles reverenciados estavam postados num patamar inferior ao Deus referido por Jesus.

O Decálogo de Moisés, por sua vez, não obstante o surgimento do cristianismo, revelou-se como verdade irrevogável pelo uso da razão, continuando de pé como farol da humanidade até os dias atuais. Se de um lado o cristianismo veio apenas completar as leis menores, sem alterar os Dez Mandamentos, dando novo entendimento aos ensinos hebraicos, de outro, ele alterou por completo a devoção aos deuses imortais de Roma, pois deu a eles, quando muito, uma posição subalterna abaixo da do Criador.

No culto aos deuses, o povo romano repetia palavras e ritos cujo verdadeiro significado ninguém sabia, mas os repetia supondo não ofender os deuses ou no intuito de obter benesses. O fundamento lógico havia desaparecido: não atendia mais à razão. Os deuses, devotados para satisfação de necessidades momentâneas, deixaram de atender aos anseios do povo, porque tais anseios estavam agora nos ensinos de Jesus. Com isso, aos poucos esses deuses foram substituídos, pois a religião, como fenômeno social, também evolucionou.

O Cristo fez dos ensinos mosaicos a base de seu edifício. Todos os outros ensinos, que não eram verdades eternas, foram abolidos. Com isso, os templos de Roma ruíram. O próprio povo romano, em contato com os ensinos cristãos, provou de sua água e acabou rejeitando as demais fontes. Assim, no curso dos primeiros séculos, os deuses imortais de Roma deram lugar ao Cristo.

Contudo, mesmo trazendo coisas novas, a grandeza do mundo espiritual não fora mostrada em sua plenitude, conforme afirma Allan Kardec; o povo da Antiguidade estava preparado para absorver apenas certas verdades, dentro de limites ainda estreitos; por isso, os ensinos de Jesus não puderam ser completos; e ele próprio acrescentou:

> Eu teria ainda muita coisa para vos dizer, mas agora não sois capazes de suportá-las. Quando, porém, vier aquele, o Espírito da Verdade, ele vos conduzirá à verdade completa. Não falará por conta própria, mas dirá tudo o que tiver ouvido, e vos anunciará as coisas do futuro. (Jo 16:12-13.)

Kardec argumenta que, se o Cristo não disse tudo quanto poderia dizer, foi porque julgou conveniente deixar certas verdades na sombra até que os homens chegassem ao estado de compreendê-las. Como Ele próprio o confessou, seu ensino estava incompleto, pois anunciava a vinda daquele que o completaria: o Espírito da Verdade.

Numa releitura de Kardec, vemos que o Cristo não pôde desenvolver seu ensino de maneira completa, pois faltava aos homens o conhecimento que só seria adquirido com o tempo, sem o qual nada faria sentido ou, se o fizesse, seria desvirtuado; em seu tempo, muitas coisas teriam parecido absurdas. A expressão "ele vos conduzirá à verdade completa" deve ser vista no sentido de explicar e desenvolver, não no de ajuntar-lhe verdades novas, porque tudo em Jesus já estava em estado de gérmen, faltando apenas a chave para se apreender o sentido de suas palavras.

A pluralidade das existências, cujo princípio o Cristo estabeleceu no Evangelho, sem, todavia, defini-la, assim como a muitos outros temas, é uma das mais importantes leis reveladas nos registros de Kardec, confirmando Platão e estendendo o raciocínio deste. Mostra o *modus operandi* da lei de progresso, a evolução da alma que não cessa numa única existência.

Com essa lei, ficam explicadas todas as aparentes anomalias da vida humana; as diferenças de posição social; as mortes prematuras que, sem a palingenesia, tornariam inúteis para a alma as existências breves; as desigualdades de aptidões intelectuais e morais, verificadas pela anterioridade do espírito em seu aprendizado, o qual traz, ao nascer, cabedal adquirido por ele no curso das existências anteriores.

A doutrina da criação da alma, no "instante do nascimento", impõe um sistema criador dotado de criaturas privilegiadas. Nessa doutrina, os homens são estranhos uns aos outros, nada os liga, os laços de família são puramente carnais; não há nenhum modo solidário que os ligue ao passado, pois não existiam e, por conseguinte, não puderam evoluir; com a doutrina do nada, antes do nascimento, todas as relações cessam com a vida e os seres humanos não se mantêm solidários no futuro. Pela palingenesia, ao contrário, todos são solidários no passado, no presente e no futuro; e como as relações se perpetuam, tanto no mundo espiritual quanto no corpóreo, a fraternidade tem por base as próprias leis da natureza, fazendo cada qual se tornar melhor; o bem tem esse objetivo, enquanto o mal reserva para si consequências inevitáveis.

Com a palingenesia ensinada por Platão, pelos druidas e por Jesus em alguns de seus ensinos (como em *Mateus* 17, quando os seus discípulos compreenderam que Elias havia voltado à vida como João Batista, séculos depois), e completada por Kardec, na Doutrina dos Espíritos, desaparecem os preconceitos de raça e de casta. Na pluralidade das existências, o mesmo espírito pode tornar a nascer rico ou pobre, ser capitalista ou proletário, chefe ou subordinado, livre ou escravo, homem ou mulher. De todos os argumentos invocados contra as injustiças humanas, a servidão humana e a sujeição da mulher à lei do mais forte, nenhum há que possa primar com mais lógica do que o fato material da pluralidade das existências.

Na época de Otaviano Augusto, a esfera do Cristo aproximava-se da Terra, conforme os relatos mediúnicos hoje existentes. E as suas vibrações de amor já se faziam sentir por toda parte. Na espiritualidade, enquanto o exigente Catão preparava-se para absorver os ensinamentos do Cristo, nascendo de novo e seguindo os passos do apóstolo Paulo como um de seus companheiros de jornada, Lentulus Sura, por sua vez, fazia planos semelhantes para encontrar o Cristo na Judeia e escolher o seu caminho. Os espíritos inteligentes, anteriormente encarnados na Roma Antiga, cansados de lutas milenárias e buscando um recomeço nos moldes da filosofia de Platão, viram no cristianismo a sua chance. Abraçaram a causa e foram em frente. Uns o fizeram desde o início, influenciados por Jesus ou pelos apóstolos, outros em épocas posteriores; cada qual o fez segundo o seu entendimento e a sua possibilidade.

Tem-se como certo que os espíritos guerreiros foram afastados do planeta, enquanto os bem-intencionados, reunidos pelo Cordeiro de Deus, tiveram cada qual sua tarefa de recomposição e fizeram-se humildes seguidores do sublime emissário. As lições de verdade e de luz do Evangelho iriam espalhar-se pelo mundo inteiro. O *Novo Testamento* seria a mensagem permanente dos céus às almas em trânsito na Terra, sequiosas por desfrutar a perene glória após deixarem este vale de lágrimas. O Evangelho de Jesus seria o guia espiritual das alturas; o caminho, a verdade e a vida dos que não morrem; o manual de coragem, de amor e da felicidade perene para toda alma que queria desfrutar de tais glórias.

Segundo os escritos de Francisco Cândido Xavier, dessa fonte de luz fora banhado o espírito Emmanuel, após a sua desencarnação como Lentulus Sura. Enquanto ele estava na espiritualidade e sendo aconselhado por seus ancestrais, pôde refletir sobre o seu passado e planejar uma nova vida, buscando então novas experiências para recompor suas faltas.

Sob a lei imperiosa da palingenesia, a qual não lhe era avessa por ter conhecido os livros de Platão, o espírito Emmanuel voltou novamente para a mesma Roma de suas antigas lembranças, agora movimentando a figura do senador Públio Cornelius Lentulus, bisneto do antigo senador Lentulus Sura.

Numa releitura de Chico Xavier, vemos que o espírito amargurado de Sura queria agora aprender com Jesus, embora não estivesse preparado de todo, pois a posse do poder mundano, para obter as coisas materiais e passageiras, ainda tinha mais valor para ele do que as espirituais. Não obstante, queria dominar a si próprio. Então teve de sujeitar-se a novas contingências. Vamos observar melhor essa nova fase de Emmanuel mais à frente, mas antes vejamos como se deu o contato entre Chico e Emmanuel.

Foi principalmente do *Parnaso de Além-Túmulo* que tiramos algumas destas linhas, dando preferência às palavras do próprio Francisco Cândido Xavier, porque não há ninguém melhor do que ele para falar de seu trabalho mediúnico e do contato que teve com seu guia espiritual, responsável por sua extensa lavra psicografada. Mas aproveitamos também informações de quem conviveu com ele, para termos mais detalhes da sua mediunidade e da sua vida.

Chico Xavier nasceu em Pedro Leopoldo, estado de Minas Gerais, em 1910. Filho de um lar muito pobre, aos quatro anos teve a sua primeira manifestação mediúnica. Após assistir com os seus pais e irmãos a uma cerimônia religiosa católica, na cidade de Matozinhos, Chico, ainda muito pequeno, caminhou a pé 11 quilômetros, numa noite fria e chuvosa, até chegar de volta a Pedro Leopoldo, onde morava. Estava exausto. Dona Maria João de Deus, como mãe dedicada e cuidadosa, trocou logo a roupa do filho e levou-o à cozinha, para comer alguma coisa.

Nesse meio-tempo, ela começou a preparar um café para o marido, João Cândido. Ele, preocupado com a ocorrência de aborto na casa vizinha, passou a falar sobre o caso. A criança havia nascido fora de tempo, mas o pai de Chico ainda não havia atingido a verdade sobre a questão e discutia isso com a esposa. Foi aí que Chico ouviu uma voz estranha, falando sobre o caso do aborto, dentro de sua mente; de imediato, ele transmitiu ao pai:

> "O senhor naturalmente não está informado com respeito ao caso; o que houve foi um problema de nidação inadequada do ovo, de modo que a criança adquiriu posição ectópica". Escutando isso, o pai arregalou os olhos e disse com espanto: "O que é isso, Maria? Esse menino não é o nosso!" (*Folha Espírita em Revista*, p. 8.)

Ninguém ali sabia o que era "nidação" [fixação do óvulo fecundado em local inadequado do aparelho reprodutor feminino], tampouco posição "ectópica" [o feto não estava na posição normal dentro do órgão gerador]. A explicação médico-biológica dava conta de que nessas condições não poderia haver uma gestação normal, seguindo-se, então, o aborto espontâneo do organismo.

Naturalmente que uma explicação dessa não poderia vir de uma criança com idade de quatro anos. Algo estranho estava ocorrendo com o Chico, a ponto de seu pai observar que quem falava não poderia ser o seu filho. Mas, enfim, o caso passou e a vida seguiu. Alguns meses depois, o menino Chico ficou órfão de mãe e experimentou toda sorte de aborrecimento.

Embora tivesse certo pendor para a literatura e desejasse estudar, o menino não tinha como. Foi matriculado no grupo escolar aos oito anos, onde pôde chegar até o quarto ano primário. Estudava apenas uma pequena parte do dia e trabalhava numa fábrica de tecidos, das três da tarde às duas da manhã; chegou quase a adoecer gravemente com regime tão rigoroso; porém, essa situação modificou-se em 1923, quando então conseguiu um emprego no comércio, tendo um salário diminuto, onde o serviço durava das sete da manhã às oito da noite. Mas era menos rude e prolongou-se por muitos anos.

Chico nunca pôde estudar senão alguns rudimentos de aritmética, história e vernáculo, como o eram as lições da antiga escola primária. É verdade que, em sua casa, sempre estudou o que pôde, mas seu pai, completamente avesso à sua vocação para as letras, por vezes deu ao filho o desprazer de ver seus livros e revistas queimados.

Chico jamais teve autores prediletos; embora tivesse prazer por todas as leituras, nunca pôde estudar os estilos dos vários escritores, nem sequer diferençar tais questões. Neste ponto, o meio em que viveu sempre foi árido para ele. Os seus familiares não o estimulavam, porque, na verdade, não podiam. O seu ambiente fora sempre alheio à literatura; era um cenário de pobreza, de desconforto, de penosos deveres e sobrecarregado de trabalhos para angariar o pão cotidiano, onde não se poderia pensar em letras.

A família de Chico era católica, e ele não podia escapar aos sentimentos dos seus. Fora criado com as teorias da Igreja, frequentando-a com muito amor, desde os tempos de criança; quando ia às aulas de catecismo, sentia imenso prazer. Até 1927, ninguém da família podia admitir outras verdades além das proclamadas pelo catolicismo; mas eis que uma de suas irmãs, em maio daquele ano, fora acometida de terrível obsessão; a medicina fora impotente para lhe conceder sequer uma pequenina melhora. Na casa de Chico, vários dias consecutivos foram de amargos padecimentos. Então a família decidiu solicitar o auxílio de um distinto amigo, espírita convicto, o senhor José Hermínio Perácio, que caridosamente se prontificou a ajudá-los com sua boa vontade e seu esforço.

Perácio era um verdadeiro discípulo do Evangelho. Ofereceu a sua residência, bem distante da da família de Chico, onde então, num ambiente totalmente modificado, poderia a sitiada estudar as bases da Doutrina Espírita, orientando-se quanto aos seus deveres e desenvolvendo, ao mesmo tempo, as suas faculdades mediúnicas. Sob os cuidados caridosos dele e de sua digníssima esposa, dona Cármen Pena Perácio, médium dotada de raras faculdades, a irmã de Chico hauria, para benefício da família inteira, os ensinamentos sublimes da Doutrina dos Espíritos.

Foi nesse ambiente onde imperavam os sentimentos cristãos de dois corações profundamente generosos que a mãe de Chico, desencarnada em 1915, haveria de mergulhá-los numa imorredoura saudade, quando começou a ditar-lhes os seus conselhos salutares, por intermédio de dona Cármen Perácio. O espírito da mãe entrou em pormenores da vida da família, que essa senhora Perácio desconhecia por completo. Até a grafia era absolutamente igual à da genitora, quando ainda na Terra.

Debruçados então sobre esses fatos e essas provas irrefutáveis, Chico e seus familiares puderam solidificar a fé, que se tornaria inabalável para cada um deles. Em breve, a irmãzinha antes obsidiada regressava ao lar, cheia de saúde e felicidade, integrada no conhecimento da Doutrina dos Espíritos, luz que, daí em diante, haveria de nortear os passos da família inteira.

Diante dos fatos incontestáveis, não obstante os grandes sacrifícios, Chico resolveu formar um núcleo de crentes para estudo e difusão da doutrina. E foi nessas reuniões que ele se desenvolveu como médium escrevente, semimecânico, sentindo-se feliz por apresentar tal oportunidade de progredir, datando daí o ingresso de seu nome nos meios de comunicação, para onde começou a escrever sob a inspiração de bondosos mentores espirituais, seus assistentes.

Só nos últimos dias de 1931, desenvolveram-se em Chico, de maneira clara e mais intensa, a vidência, a audição e outras faculdades mediúnicas. Prosseguindo em suas reuniões e constituindo para o grupo uma fonte inesgotável de consolação, ele, em seu recanto de trabalho e de prece, isolou-se das coisas terrenas, para fazer a comunhão com os seus desvelados amigos do mundo espiritual. E continuou assim recebendo as ideias dos mesmos amigos de sempre nas reuniões, psicografando-as, coligindo fragmentos de prosa sobre os *Evangelhos*.

No início, somente duas vezes recebera comunicação em versos simples. Porém, em agosto daquele ano, apesar de muito a contragosto, porque jamais nutrira a pretensão de entrar em contato com entidades elevadas por saber de suas "imperfeições", começou a receber a série de poesias publicadas no *Parnaso*. Todas essas psicografias em seguida redundaram em livros; quando, certa feita, perguntado se as palavras que escrevera eram suas, ele explicou com simplicidade:

> O que posso afirmar, categoricamente, é que, em consciência, não posso dizer que são minhas, porque não despendi nenhum esforço intelectual ao grafá-las no papel. A sensação que sempre senti, ao escrevê-las, era a de que vigorosa mão impulsionava a minha. Doutras vezes, parecia-me ter em frente um volume imaterial, onde eu as via e copiava; e, doutras, que alguém as ditava aos meus ouvidos, experimentando sempre no braço, ao psicografá-las, a sensação de fluidos elétricos que o envolviam, acontecendo o mesmo com o cérebro, que se me afigurava invadido por incalculável número de vibrações indefiníveis. Certas vezes, esse estado atingia o auge, e o interessante é que me parecia haver ficado sem o corpo, não sentindo, por momentos, as menores impressões físicas. É o que experimento, fisicamente, quanto ao fenômeno que se produz frequentemente comigo. (*Parnaso*, p. 33.)

Chico dizia que nunca evocara quem quer que fosse; as produções mediúnicas chegavam-lhe sempre espontaneamente, sem que ele ou seus companheiros de trabalho as provocassem, e jamais foram pronunciadas, em suas preces, o nome de qualquer dos espíritos comunicantes. Muitas vezes, ao receber as páginas, era necessário recorrer a dicionários, para saber os respectivos sinônimos das palavras empregadas, porque tanto ele como os seus companheiros as desconheciam, por mera ignorância.

No livro *Emmanuel*, nas palavras iniciais, Chico registrou que numa dessas reuniões habituais, em 1931, ele viu a seu lado pela primeira vez o bondoso espírito Emmanuel. Ele psicografava, naquela época, as produções do seu primeiro livro mediúnico, Parnaso..., recebido através de suas faculdades, e experimentava os sintomas de grave moléstia nos olhos.

Chico via no espírito presente os traços fisionômicos de um homem idoso, sentindo sua alma envolvida na suavidade da presença daquele, mas o que mais o impressionou foi que a generosa entidade se fazia visível, para ele, dentro de reflexos luminosos que tinham a forma de uma cruz. Às suas perguntas naturais, respondeu o bondoso guia:

> Descansa! Quando te sentires mais forte, pretendo colaborar igualmente na difusão da filosofia espiritualista. Tenho seguido sempre os teus passos e só hoje me vês, na tua existência de agora, mas os nossos espíritos se encontram unidos pelos laços mais santos da vida, e o sentimento afetivo que me impele para o teu coração tem as suas raízes na noite profunda dos séculos... (*Emmanuel*, p. 15.)

Essa afirmativa foi para ele imenso consolo e, desde aquela época, passou a sentir a presença constantemente desse amigo invisível que, dirigindo as suas atividades mediúnicas, esteve sempre ao seu lado, em todas as horas difíceis, ajudando-o a raciocinar melhor no caminho da existência terrestre. A promessa do espírito de colaborar na difusão da Doutrina dos Espíritos seria cumprida na íntegra.

Emmanuel produziu, por intermédio de Chico, as mais variadas páginas sobre os mais diversos assuntos. Solicitado a pronunciar-se sobre esta ou aquela questão, notava-se sempre nele o mais alto grau de tolerância, afabilidade e doçura, tratando sempre todos os problemas com o máximo respeito pela liberdade e pelas ideias dos outros. Convidado a identificar-se, várias vezes esquivou-se delicadamente, alegando razões particulares e respeitáveis, afirmando, porém, ter sido, na sua última passagem pelo planeta, padre católico, desencarnado no Brasil. Contudo, levando as suas dissertações ao passado longínquo, dissera ter vivido ao tempo de Jesus, quando, então, se chamara Públio Lentulus, enquanto Chico fora sua filha, Flávia Lentúlia. Daí nasceria o livro, Há 2000 Anos..., no qual o autor espiritual dá detalhes sobre essa sua vivência e a de outros que com ele estiveram ligados.

Emmanuel, em todas as circunstâncias em que se fez presente por intermédio de Chico, deu a quantos o procuraram os testemunhos de grande experiência e de grande cultura. Para Chico, fora um espírito de incansável dedicação. E junto da entidade bondosa daquela que fora a mãe de Chico na Terra, Maria João de Deus, a assistência de Emmanuel sempre foi um apoio para o seu coração nas lutas penosas de cada dia.

Muitas vezes, quando Chico se colocava em íntimas lembranças de vidas passadas e as sensações angustiosas lhe prendiam o coração, ele sentia, em seu interior, uma palavra amiga e confortadora. Emmanuel levava-lhe, então, para as Eras mortas, explicando-lhe os motivos grandes e pequenos das atribulações de cada instante. Recebia, invariavelmente, com a assistência do mentor, um conforto indescritível e, assim, renovava as suas energias para a tarefa espinhosa da mediunidade, ainda tão incompreendida na Terra.

Foi assim que ao longo de seus 92 anos de vida, encerrada na carne a 30 de junho de 2002, Chico Xavier psicografou 412 livros. Foi o trabalho mediúnico-literário mais extenso de que se tem notícia na literatura mundial, publicado por várias editoras e em vários idiomas, cujos direitos autorais foram todos doados em favor da Doutrina dos Espíritos e dos necessitados.

No próximo capítulo vamos observar as vidas de Emmanuel e Chico Xavier enquanto encarnados na Roma Antiga, época em que o senador Públio Lentulus conheceu Jesus.

17

PÚBLIO LENTULUS: LEGADO DE TIBÉRIO

Nas psicografias e manifestações psicofônicas do médium Francisco Cândido Xavier, o espírito Emmanuel declarou por inúmeras vezes ter sido o ex-senador Públio Lentulus, descendente da família dos *Cornelius,* durante a época de Jesus Cristo. No curso de seu trabalho que daria origem ao livro *Há 2000 Anos...,* levado a efeito entre outubro de 1938 e fevereiro de 1939, Emmanuel deu a conhecer alguns pormenores daquela sua existência.

Nas palavras iniciais, ao falar de sua intimidade, o espírito conta ter sido na época um patrício orgulhoso, uma alma indiferente e ingrata. Mas, agora, após muitas existências de provas e expiações, ao receber a devida permissão da espiritualidade, iniciou esforços para grafar as suas lembranças do tempo em que se verificara na Terra a passagem de Jesus. De modo humilde, esclareceu que seu trabalho era despretensioso e rogou a Deus para que pudesse levá-lo a bom termo.

Emmanuel disse que agora todos poderiam verificar a extensão de suas fraquezas no passado, sentindo-se, porém, confortado em aparecer com toda a sinceridade do seu coração ante o plenário das consciências humanas. Rogou a todos para orarem com ele, pedindo a Jesus para que pudesse completar o seu esforço, de modo que o plenário se dilatasse além do meio restrito, a fim de que a sua confissão fosse um roteiro para todos.

Durante esse trabalho, Emmanuel se esforçou para adaptar aquela história antiga ao sabor das expressões do mundo moderno. Disse que, relatando a verdade, fora levado a penetrar na essência das coisas, dos fatos e dos ensinamentos. Assim, ora as recordações lhe foram suaves, ora extremamente amargas. Suaves por rememorar as lembranças amigas, mas dolorosas por ver naquele tempo seu coração inflexível, que não soubera aproveitar o minuto radioso que soara em seu espírito. Rogou então a Jesus para atingir os fins a que se propôs no livro, ou seja, não apenas dar uma lembrança interessante sobre a sua personalidade, a qual ele julgou ser por demais pobre, mas oferecer uma experiência como exemplo aos que trabalham hoje na semeadura evangélica.

Embora passados dois mil anos, sua alma ainda revivia os dias tristes e amargurados daquela existência. Então indagou a si mesmo: "Que são dois milênios, Senhor, no relógio da Eternidade?". De fato, vinte séculos para o homem podem parecer muito, mas para o espírito são como vinte dias de provas, de experiências e lutas redentoras. Em seus momentos de íntima reflexão, considerou que só a bondade de Jesus é infinita, somente a Sua misericórdia pode abranger todos os séculos e todos os seres, porque Nele vive a gloriosa síntese de toda a evolução terrestre, fermento divino de todas as culturas, alma sublime de todos os pensamentos.

Ao escrever aquele livro, o espírito Emmanuel explicou que diante de seus olhos se desenhara a velha Roma de seus pesares e de suas quedas dolorosas. Sentiu-se envolto na miséria de suas fraquezas e contemplou os monumentos decaídos da vaidade humana. Pôde rever aquelas obras de expressões políticas que caracterizaram a liberdade e a força, a autoridade e o poder, a fortuna e a inteligência dos senhores cujas grandezas foram efêmeras, perdurando apenas por um dia passageiro e fugaz. Eram tronos e púrpuras, mantos preciosos de honrarias terrestres, togas magistrais de uma justiça humana falha e passageira, parlamentos senatoriais e decretos tidos como irrevogáveis por mentes imersas no egoísmo das coisas materiais.

Mas, enquanto isso, em silêncio, Emmanuel informa que, naqueles tempos da Roma Antiga, Jesus observava a confusão que se estabelecera entre aqueles homens inquietos, dos quais ele mesmo, na figura de Públio Lentulus, fazia parte; e, com o Seu desvelado amor, Cristo soube salvar as criaturas no instante mais doloroso de suas ruínas. Não permitiu que a Babel romana se levantasse mais alto do que poderia. E, quando Jesus viu que o mundo dos Césares ameaçava a própria estabilidade da vida no planeta, disse: "Basta!". E os tempos mudaram com os *Evangelhos*. Os grandes monumentos e as estátuas dos deuses rolaram de seus pedestais. Um sopro de morte varreu as regiões infestadas pelo vírus da ambição e do egoísmo, despovoando a grande metrópole do pecado. Ruíram os circos, caíram os palácios, enegreceram-se os mármores luxuosos. "Bastou uma palavra tua, Senhor, para que os grandes senhores voltassem às margens do Tibre como escravos misérrimos!...", concluiu ele.

Assim, aqueles romanos antigos, como o senador Públio Lentulus, encarnação do espírito Emmanuel, sua filha Flávia Lentúlia, espírito que na encarnação mais recente personificaria Chico Xavier, e ainda outros que viveram naquela Antiguidade, perambularam dentro da própria noite, até o dia em que uma nova luz brotou em suas consciências. A eles foi preciso o passar dos séculos para aprenderem as primeiras letras da ciência infinita, do perdão e do amor de Jesus.

Contudo, obedecendo aos imperativos redentores da palingenesia, eles voltaram em épocas recentes e aqui estiveram para louvar a grandeza de Jesus; enquanto nós, aqui, nos servimos ao máximo das palavras de Emmanuel, expressas em *Há 2000 Anos...* – livro autobiográfico de Públio Lentulus que mostra episódios da história do cristianismo no primeiro século –, para darmos neste capítulo alguns detalhes daquela sua vida e, também, daquelas almas a quem ele esteve ligado.

Em seus escritos, vamos encontrar informes valiosos sobre a *Physiognomia Christi*, mencionada na *Epístola Lentuli*, da qual vamos aprofundar estudos mais à frente. Este capítulo dá o testemunho mediúnico do antigo senador Públio Lentulus, na figura do espírito Emmanuel, sobre as circunstâncias em que foi escrito e o teor genérico da famosa carta, a qual, mais tarde, constituiria documento histórico inserido no hoje conhecido *Ciclo de Pilatus*.

Emmanuel inicia os seus relatos contando sobre os acontecimentos vividos por ele há dois mil anos. Recorda-se que naquela tarde caíam os últimos clarões do sol por sobre o seu casario romano. As águas do Tibre ladeavam o Aventino e entre as construções elegantes e sóbrias, exibindo mármores preciosos, no sopé da famosa colina, um edifício reclamava a atenção pela singularidade de suas colunas severas e majestosas. O exterior do edifício indicava a posição de seu proprietário, dado o aspecto artístico e imponente da construção. Era a residência do senador Públio Cornelius[1] Lentulus, homem ainda moço que, à maneira da época, exercia no Senado funções legislativas e judiciais, de acordo com os direitos que lhe competiam como descendente de antiga família de senadores e cônsules da República.

O Império fundado por Otaviano Augusto havia limitado os poderes senatoriais, cujos detentores já não exercem nenhuma influência direta nos assuntos privativos do governo imperial, mas mantivera a hereditariedade dos títulos e a dignidade das famílias patrícias, estabelecendo as mais nítidas linhas de separação das classes na hierarquia social.

Eram 19 horas de um dia de maio do ano de 31 da Era Cristã. Públio Lentulus, em companhia do seu amigo Flamínio Severus, reclinado no triclínio, terminava o jantar, enquanto Lívia, esposa de Públio, expedia ordens domésticas a uma jovem escrava etrusca. O anfitrião era um homem relativamente jovem, aparentando menos de 30 anos, não obstante

---

1 Em *Há 2000 Anos...*, livro do qual nos servimos fartamente, é dado o nome Públio Lentulus Cornelius, com a *gens* (Cornelius) colocada por último, mas era costume romano colocar a *gens* após o primeiro nome. É provável ter havido inversão. Preferimos adotar a forma romana corrente: Públio Cornelius Lentulus. (N.A.)

o seu perfil orgulhoso e austero; usava uma túnica de ampla barra purpúrea, que impunha certo respeito aos que se aproximavam, contrastando com o amigo que, revestindo a mesma indumentária de senador, deixava entrever idade madura, iluminada de cãs precoces, em penhor de bondade e experiência da vida.

Deixando a jovem senhora entregue aos cuidados domésticos, ambos se dirigiram ao peristilo, buscando um pouco de oxigênio da noite cálida, embora o aspecto ameaçador do firmamento prenunciasse chuva iminente.

Flamínio, pensativo, quis saber da saúde da filhinha de Públio, Flávia Lentúlia[2], indagando se já houvera recorrido aos médicos. Públio, preocupado, contou-lhe que infelizmente já lançara mão de todos os recursos ao seu alcance. Inclusive, nos últimos dias, Lívia a havia levado para se distrair em sua vivenda no Tibur[3], procurando ali um dos melhores médicos, o qual afirmara tratar-se de caso sem remédio na ciência daqueles dias. O facultativo não chegara a positivar o diagnóstico, certamente em razão da sua comiseração pela doente e pelo desespero dos pais; mas, segundo as suas observações, presumia tratar-se de lepra.

Um laivo de perspectivas sombrias transparecia na fronte dos dois amigos, enquanto as primeiras gotas de chuva satisfaziam a sede das roseiras floridas que enfeitavam as colunas graciosas e claras. Públio, calado, ouvia o amigo, mas considerou que, apesar de todos os seus projetos, os áugures não favoreciam as suas esperanças, porque sua pobre filha mais parecia uma dessas infelizes criaturinhas atiradas ao Velabro[4], não obstante todos os cuidados. Com desalento, desconfiava até da magnanimidade dos deuses.

---

2 Pelo sobrenome Lentúlia, nota-se grande consideração de Públio pela família Lentulus, da qual ele provinha, ramo da gens Cornélia. (N.A.)
3 Tibur (hoje Tívoli) é uma cidade mais antiga que Roma, situada na região do Lázio, centro da Itália. Curiosamente, um dos principais monumentos da cidade é o antigo Templo da Sibila Albunea, construído no século II a.C., que fora trágica para as pretensões do antigo senador Lentulus Sura. (N.A.)
4 Velabro, bairro da antiga Roma, localizado sobre um pântano. (N.A.)

A propósito desse recurso imponderável dos deuses, no cérebro de Públio fervilhavam mil teorias. Há tempos, em visita à casa do amigo, tivera ocasião de conhecer mais intimamente um velho liberto grego de Flamínio. O ex-escravo falou-lhe de sua permanência na Índia, dando-lhe conta das crenças hindus e das coisas misteriosas da alma. Disse a ele que cada qual pode regressar, depois da morte, ao teatro da vida, em outros corpos. Era a mesma palingenesia de Platão, a qual era ensinada na Índia com outras palavras.

Públio começou a considerar que o liberto talvez tivesse razão. Afinal, não sabia como explicar a diversidade da sorte nesse mundo e o porquê da opulência dos bairros aristocráticos em contraposição às misérias ali bem perto, no Esquilino. A fé no poder dos deuses não conseguia elucidar esses problemas torturantes. Vendo sua desventurada filhinha com a carne dilacerada e apodrecida, sentia que o escravo liberto poderia estar com a verdade. Afinal, que teria feito a pequena Flávia, nos seus sete anos incompletos, para merecer tão horrendo castigo das potestades celestiais? Que alegria as divindades romanas poderiam encontrar nos soluços de uma criança e nas lágrimas dolorosas que calcinam o coração dos pais? Não seria mais compreensível e aceitável terem os homens vindos de longe com dívidas para com os poderes celestes?

Flamínio meneou a cabeça, como quem deseja afastar uma dúvida, mas, retomando seu aspecto habitual, ponderou que em seus 45 anos de existência não conhecia crenças mais preciosas do que as romanas, no culto venerável dos antepassados. Disse que a diversidade das posições sociais é um problema oriundo da arregimentação política, a única que estabeleceu uma divisão nítida entre os valores e os esforços de cada um; quanto à questão do sofrimento humano, lembrou que os deuses podem experimentar as virtudes morais do homem com as maiores ameaças ao ânimo de cada um, sem que fosse necessário adotar os princípios religiosos dos egípcios e dos gregos, princípios que já os tinham reduzido ao aniquilamento e ao cativeiro.

Públio, por sua vez, disse ao amigo que, conforme os hábitos romanos, fazia sacrifício aos deuses e ninguém mais que ele se orgulhava das gloriosas virtudes de suas tradições familiares. Entretanto, suas observações não surgiram tão somente a propósito da filha doente. Há dias, andava torturado pelo espantoso enigma de um sonho.

Nessa altura, Públio tinha os olhos parados, mergulhados em profundas cismas, parecendo devorar uma paisagem que o tempo distanciara no transcurso dos anos. Sentado no largo banco de mármore prosseguiu dizendo que há sonhos que se distinguem da fantasia, tal a sua expressão de realidade irretorquível. Explicou que ele há poucos dias voltava de uma reunião no Senado, onde se discutia um problema de profunda delicadeza moral, quando se sentira em inexplicável abatimento. Recolhera-se cedo e, quando parecia divisar junto dele a imagem de Têmis, guardada no altar doméstico, considerando as singulares obrigações de quem exerce as funções da justiça, sentira que uma força extraordinária selava suas pálpebras cansadas e doloridas. No entanto, via outros lugares, reconhecendo paisagens familiares ao seu espírito, das quais se havia esquecido inteiramente.

Realidade ou sonho, não o sabia dizer, mas se viu revestido das insígnias de cônsul, ao tempo da República. Parecia-lhe haver retrocedido à época de Lúcio Sergius Catilina, pois o via a seu lado, bem como a Cícero, os quais lhe figuravam duas personificações, a do mal e a do bem.

Sentia-se ligado ao primeiro por laços fortes e indestrutíveis, como se estivesse vivendo a época tenebrosa da sua conspiração contra o Senado e participando, com ele, da trama ignominiosa que visava a mais íntima organização da República. Prestigiava as intenções criminosas de Catilina, aderindo a todos os projetos com a sua autoridade administrativa, assumindo a direção de reuniões secretas, onde decretara assassínios nefandos... Num relâmpago, reviveu toda a tragédia, sentindo que suas mãos estavam nodoadas do sangue e das lágrimas de pessoas inocentes.

Públio contemplou, atemorizado, como se estivesse regressando involuntariamente a um pretérito obscuro e doloroso, a rede de infâmias perpetradas com a conjuração, que em boa hora fora esmagada pela influência de Cícero; e o detalhe mais terrível é que ele havia assumido um dos papéis mais importantes e salientes na afronta. Todos os quadros hediondos do tempo passaram, então, à frente de seus olhos espantados.

Todavia, o que mais o humilhava nessas visões do passado culposo, como se a sua personalidade atual se envergonhasse de semelhantes reminiscências, é que se prevalecia da autoridade e do poder para, aproveitando a situação, exercer as mais acerbas vinganças contra inimigos pessoais, expedindo ordens de prisão sob terríveis acusações. E ao seu coração desalmado não bastava o recolhimento dos inimigos aos calabouços infectos, com a consequente separação dos afetos mais caros e mais doces da família. Ordenara também a execução[5] de muitos, na escuridão da noite, acrescendo a circunstância de que a muitos adversários políticos mandara arrancar os olhos, na sua presença, contemplando-lhes os tormentos com a frieza brutal das vinditas cruéis.

Depois de toda a série de escândalos que o afastaram dos afazeres, sentiu o término dos seus atos infames e misérrimos, diante de carrascos inflexíveis que o condenaram ao terrível suplício do estrangulamento, experimentando, então, todos os tormentos e angústias da morte.

O mais interessante, porém, é que revivera o inenarrável instante da sua passagem pelas águas escuras do Aqueronte, quando lhe parecia haver descido aos lugares sombrios do Averno, onde não penetram as claridades dos deuses. A grande multidão de vítimas acercou-se, então, de sua alma angustiada e sofredora, reclamando justiça e reparação, rebentando em clamores e soluços que lhe pereciam no recôndito do coração.

---

5 Nessas recordações de Emmanuel devemos considerar que, em 71 a.C., ele fora cônsul de Roma, detentor do máximo poder, e que em 63 a.C., durante a conjuração de Catilina, era pretor em exercício, magistrado responsável pelo julgamento de inúmeras causas. Não obstante pudesse estar praticando atos legais nos cargos que ocupara, agora, todavia, o peso moral dos atos praticados atormentava sua consciência. (N.A.)

Por quanto tempo esteve assim, prisioneiro desse martírio indefinível, não saberia dizê-lo. Apenas se recordou de haver lobrigado a figura celeste de Lívia, sua esposa, que no meio desse vórtice de pavores estendia-lhe as mãos fúlgidas e carinhosas. A esposa o afigurava familiar de épocas remotíssimas, porque não hesitara um instante em tomar-lhe as mãos suaves, conduzindo-o a um tribunal onde se alinhavam figuras estranhas e venerandas. Cãs respeitáveis aureolavam o semblante sereno desses juízes celestes, emissários dos deuses para julgamento dos homens da Terra. A atmosfera caracterizava-se por estranha leveza, cheia de luzes cariciosas que iluminavam, perante todos os presentes, os seus pensamentos mais secretos.

Diante desse tribunal desconhecido, a figura que lhe pareceu ser a autoridade central dirigiu-lhe a palavra, dizendo que a justiça dos deuses, na sua misericórdia, determinara sua volta ao turbilhão das lutas deste mundo para que, nos prantos da remissão, fossem limpas as nódoas de suas culpas.

> Viverás numa época de maravilhosos fulgores espirituais, lutando com todas as situações e dificuldades, não obstante o berço de ouro que te receberá ao renasceres, a fim de que edifiques tua consciência denegrida nas dores que purificam e regeneram!... Feliz de ti se bem souberes aproveitar a oportunidade bendita da reabilitação pela renúncia e pela humildade. Determinou-se que sejas poderoso e rico, a fim de que, com o teu desprendimento dos caminhos humanos, no instante preciso, possas ser elemento valioso para os teus mentores espirituais. Tu terás inteligência e saúde, fortuna e autoridade, para regeneração integral da tua alma; porque chegará um momento em que serás compelido a desprezar todas as riquezas e todos os valores sociais, se bem souberes preparar o coração para a nova senda de amor e humildade, de tolerância e perdão, que será rasgada em breves anos à face escura da Terra!... A vida é um jogo de circunstâncias que todo espírito deve entrosar para o bem, no mecanismo do seu destino. Aproveita, pois, essas possibilidades que a misericórdia dos deuses coloca ao serviço da tua redenção. Não desprezes o chamamento da verdade, quando soar

a hora do testemunho e das renúncias santificadoras... Lívia seguirá contigo pela via dolorosa do aperfeiçoamento, e nela encontrarás o braço amigo e protetor para os dias de provações ríspidas e acerbas. O essencial é a tua firmeza de ânimo no caminho escabroso, purificando tua fé e tuas obras, na reparação do passado delituoso e obscuro!... *(Há 2000 Anos..., p. 24).*

    Flamínio ouvia-o com interesse e atenção, rebuscando o meio mais fácil de desvanecer impressões tão penosas a ele. Sentia ímpetos de desviar o curso dos seus pensamentos, arrancando-lhe o espírito daquele mundo de emoções impróprias da sua formação intelectual, apelando para sua educação e para o seu orgulho; mas, ao mesmo tempo, não conseguia afastar as próprias dúvidas, em face daquele sonho, cuja nitidez e aspecto de realidade deixavam-no aturdido.

    Públio recobrou novas energias e continuou, disse que, após as exortações daquele juiz severo e venerando, sentira seu espírito regressar à Terra. Observou Roma, que já não era bem a cidade do seu tempo; um sopro de beleza estava reconstituindo a sua parte antiga, porque notara a existência de novos circos, teatros suntuosos, termas elegantes e palácios encantadores, que os seus olhos não haviam conhecido antes. Teve ocasião de ver seu pai entre os seus papiros e pergaminhos, estudando os processos do Senado, e, depois de implorar a bênção dos deuses, no altar doméstico de sua casa, experimentou uma sensação de angústia no recesso da alma. Pareceu-lhe haver sofrido dolorosa comoção cerebral e ficara como adormecido, numa vertigem indefinível.

    Flamínio, tentando imprimir à voz uma tonalidade de convicção enérgica, discorreu longamente sobre os sonhos e a imaginação, disse que os atenienses, por sonharem excessivamente, transformaram-se em escravos misérrimos. Por isso, seria uma obrigação romana o reconhecimento da bondade dos deuses, os quais concedem o necessário senso de realidade para todos os triunfos e conquistas. Ponderou se seria lícito renunciar ao amor a si próprio e à posição da família, tão somente levado pela fantasia de um sonho.

Públio deixou o amigo discorrer sobre o assunto, recebendo-lhe as exortações e os conselhos, mas depois, tomando suas mãos generosas, explicou-lhe que ele seria indigno dos deuses caso se deixasse conduzir ao sabor dos acontecimentos. Um simples sonho não lhe daria margem a tão dolorosas conjeturas, mas a verdade é que ainda não lhe havia dito tudo. Levou-o pelo braço às galerias, num canto do peristilo, nas proximidades do altar doméstico, onde oficiavam os mais puros e mais santos afetos da família. Penetrando o escritório e a sala do arquivo com profundo sinal de respeito, Flamínio viu ali dispostos numerosos pergaminhos e papiros, enquanto, nas galerias, avultavam retratos de cera, de antepassados e antigos membros da família de Públio.

Públio Lentulus tinha os olhos úmidos e a voz trêmula, como se profundas emoções o dominassem naquela circunstância. Aproximou-se de uma imagem de cera, entre as muitas que ali se enfileiravam, chamando a atenção de Flamínio, que reconheceu na escultura a figura de *Públio Lentulus Sura,* bisavô paterno de Públio, estrangulado há quase um século na conjuração de Catilina.

Públio disse com ênfase, como quem está de posse da verdade, que fazia precisamente 94 anos que o pai de seu avô fora eliminado nessas mesmas circunstâncias de seu sonho. E pediu a Flamínio para reparar bem nos traços da figura de cera, para constatar a semelhança perfeita entre ele e esse longínquo antepassado. Estava quase certo de que achara a chave de seu sonho doloroso.

O nobre patrício observou a notável identidade de traços fisionômicos daquela efígie morta com o semblante do amigo presente. Suas vacilações atingiram o auge em face daquelas demonstrações alucinantes. Ia elucidar o assunto, encarecendo a questão da linhagem e da hereditariedade, mas o interlocutor, como se adivinhasse os mínimos detalhes de suas dúvidas, antecipou o julgamento. Públio disse que ele também participara de todas as hesitações que agora feriam o raciocínio do amigo, lutando contra a razão, antes de aceitar a tese da palingenesia, motivo de suas conversas. Ponderou que a sua semelhança pessoal com a imagem, ainda que mais extrema, seria natural e possível; isso, porém, não lhe houvera satisfeito plenamente e por isso expedira nos últimos dias um de seus servos à localidade de Taormina[6], em cuja adjacência estava antiga habitação, onde se guardava o arquivo do extinto cônsul e senador Lentulus Sura, fazendo transportá-lo à sua casa.

Certo de todos os seus conceitos e com as mãos nervosas Públio revirou os vários documentos, fazendo ver ao amigo os antigos papiros de seu antepassado. Eram notas de seu bisavô, acerca dos seus projetos, enquanto cônsul de Roma. De fato, encontravam-se no acervo de pergaminhos diversas minutas de sentenças de morte, as quais ele já havia observado em suas digressões do sonho inexplicável... Então, Públio pediu ao amigo para confrontar as letras daqueles documentos com as suas, mostrando que eram deveras parecidas. As provas caligráficas eram irrefutáveis. Disse que há muitos dias seu coração vivia um obscuro dilema. E indagava a si mesmo se não seria ele Públio Lentulus Sura reencarnado.

Flamínio Severus deixou pender a fronte, com indisfarçável inquietação e indizível amargura. As provas de lucidez e lógica do amigo tinham sido numerosas. Tudo conspirava para que o seu castelo de explicações desmoronasse, fragorosamente, diante dos fatos consumados. Mas, ainda assim, procurou novas forças, a fim de salvaguardar o patrimônio de suas crenças e tradições, tentando esclarecer o espírito do companheiro de tantos anos. Abraçou-o com profundo sentimento e concordou com ele, em face desses acontecimentos alucinantes. O fato era capaz de empolgar o espírito mais frio, mas disse a Públio que ele não poderia arriscar

---

6 Comunidade italiana na região da Sicília, província de Messina, da qual Cícero faz menção em seu segundo discurso contra Caio Licínio Verre, propretor da Sicília de 73 a 71 a.C. (época em que Lentulus Sura estava no auge político), e depois o ataca, acusando-o de concussão. (N.A.)

suas responsabilidades no rumo incerto das primeiras impressões. Disse que, se aquilo parecia uma realidade plausível, existiam, entretanto, as realidades imediatas e positivas, aguardando dele o concurso ativo na interpretação.

Mesmo considerando as ponderações de Públio e acreditando na veracidade do fenômeno, Flamínio ponderou que não se deveria mergulhar o raciocínio em tais assuntos misteriosos e transcendentes. Disse ser avesso a essas perquirições, certamente em virtude de suas experiências da vida prática. Concordando, de modo geral, com o ponto de vista de Públio, recomendou a ele não estendê-lo além do círculo de sua intimidade fraternal. Não obstante a propriedade de conceitos com que Públio havia dado o testemunho de sua lucidez, ainda assim o amigo sentia-o cansado e abatido em meio ao torvelinho de trabalhos do ambiente doméstico e social.

Então fez uma pausa nas suas observações comovidas, como quem raciocinava procurando recurso eficaz para remediar a situação, e sugeriu ao amigo descansar um pouco na Palestina, levando a família para essa estação de repouso. Naquela região de clima adorável poderia talvez se operar a cura de sua filhinha, restabelecendo, simultaneamente, as suas forças orgânicas agora exauridas. Talvez assim esquecesse o tumulto da cidade, regressando mais tarde a Roma revigorado e com novas energias.

O procurador da Judeia era amigo de ambos. Seria possível harmonizar ali vários problemas de interesse mútuo e de funções recíprocas, porquanto não seria difícil obter do imperador a dispensa dos trabalhos no Senado, de modo que Públio pudesse receber subsídios do Estado enquanto permanecesse na Judeia executando tarefas específicas. Para ajudar, Flamínio se propôs a tomar para si a direção de todos os negócios de Públio na Itália, zelando pelos interesses dele e pelas suas propriedades.

O jovem senador deixou transparecer no olhar uma chama de esperança e, como se estivesse examinando intimamente todas as razões favoráveis ou contrárias à execução desse projeto, ponderou que a ideia era providencial e generosa.

Marcou então a sua partida para alguns meses adiante, após a chegada ao lar de seu segundo rebento, que Lívia estava esperando para breve.

Enfim, cessara o aguaceiro. O firmamento esplendia de constelações lavadas e límpidas. Reiniciara-se o tráfego das carroças barulhentas, com os gritos pouco amáveis dos condutores, porque, na Roma Imperial, as horas do dia eram reservadas, de modo absoluto, ao tráfego dos palanquins patrícios e ao movimento dos pedestres.

Flamínio despediu-se do amigo, retomando a liteira suntuosa, com o auxílio de seus escravos. Públio Lentulus, por sua vez, tão logo se viu só, encaminhou-se ao terraço, onde corriam céleres as brisas da noite alta. E, sob a claridade do luar opulento, contemplou o casario romano espalhado pelas colinas sagradas da cidade gloriosa. Espraiou os olhos na paisagem noturna, considerando os problemas profundos da vida e da alma, deixando pender a fronte, entristecido. Incoercível tristeza dominava seu ânimo voluntarioso e sensível, enquanto uma onda de amor-próprio e de orgulho lhe sopitava as lágrimas íntimas do coração atormentado por pensamentos de angústia.

Façamos aqui uma pausa, caro leitor, para observarmos as atividades públicas do senador Públio Lentulus. Devemos considerar que nessa época do Império Romano não se estava mais no período da antiga República de Cícero; muita coisa já havia mudado.

O posto de senador, entendido este como membro eleito do colégio senatorial, embora não tivesse remuneração específica no Senado, o mesmo não se poderia dizer da função exercida por esse membro como funcionário de Estado, prestando serviço direto ao executivo do poder imperial.

A categoria de senador do Império fora obtida por Lentulus ao ser empossado no cargo de questor, em Roma. E na Palestina, província imperial, tratava-se de desempenhar atividade específica, a serviço do imperador Tibério, gozando de sua amizade e auferindo ganhos advindos de sua função exercida na administração pública.

Observando as suas narrativas, vemos que Públio tinha condição oficial e capacidade própria para exercer alguns cargos na administração do Estado. Em especial, havia ao menos três: o cargo de *proquestor*, exercido em qualquer província de Roma; o de *questor Caesaris*, alto funcionário encarregado das finanças; e o de *legado iuridici* (legado jurídico), responsável por assuntos judiciários, tanto os de cunho civil comum quanto os de Estado.

Devemos observar que o *cursus honorum* de um patrício romano, como Lentulus, começava oficialmente com dez anos de serviço militar na cavalaria romana ou na equipe de um general, o qual quase sempre era um parente ou amigo da família. O nepotismo não era condenado nesse tempo, mas tido como atividade de formação do tribuno patrício, considerado normal pelo Estado.

Em teoria, esse período militar se fazia necessário para o pretendente ficar qualificado a obter um cargo político no futuro, mas, na prática, muitas vezes esse regulamento não era aplicado com rigor. Os candidatos a postos eletivos eram escolhidos mais pela reputação de suas famílias do que pelas qualidades pessoais desenvolvidas ao longo do serviço militar. As famílias mais antigas e abastadas de Roma, que podiam suportar os gastos das campanhas eleitorais, levavam nítida vantagem sobre as demais. Assim, todo patrício se elegia primeiro questor, depois podia concorrer ao posto de edil, caso desejasse, porque esse posto – pouco considerado por lidar com a infraestrutura da cidade – era em sua maioria exercido por plebeus. O comum em Roma era o questor participar da administração até a idade de ocupar o cargo de pretor, tentando depois outras elevações, mas Públio não ficaria em Roma e sim na província.

No tempo de Tibério, o *cursus honorum* iniciava com o cargo de questor, ou seja, um procurador executivo de primeiro passo na hierarquia política. Sob Tibério, as idades mínimas exigidas no período da República tinham sido todas abreviadas, mas, geralmente, os mais jovens membros da classe senatorial tinham mais de 25 anos. O mandato de questor dava acesso automático ao colégio do Senado. E, embora o exercício da questura fosse por prazo definido, a permanência do senador no colégio senatorial não o era. Podia tornar-se quase vitalício, após a primeira eleição, caso o senador, não mais pertencente à administração direta, passasse incólume pelo trabalho da censura nas inspetorias especiais feitas a cada cinco anos. O questor, contudo, tinha a seu desfavor o fato de não ser bem-visto pela população, em razão dos tributos que podia imputar a ela.

O cargo seguinte era o de edil. No tempo de Tibério, essa candidatura exigia a idade mínima de 30 anos; os ocupantes eram considerados administradores menores, tendo de comandar a estrutura prático-funcional das cidades, por isso a maioria pertencia à plebe; pouquíssimos patrícios tinham interesse nesse cargo.

Aos 36 anos, tanto o questor quanto o edil podiam candidatar-se ao posto de pretor, cargo muito disputado pela aristocracia, tendo por incumbência a administração da justiça. Aos 42 anos, quem tivesse cumprido o *cursus honorum* podia chegar a "cônsul" (Augusto reduziu temporariamente essa idade para 33 anos, em seu benefício), cargo mais almejado na política romana, responsável principalmente pela agenda política e pelo comando do exército. Terminado esse mandato, vinham os cargos mais altos e lucrativos da administração, em sua maioria exercidos no governo das províncias de Roma. Essas idades mínimas, no caso dos patrícios, cuja formação e experiência eram tidas como relevantes, podiam ser diminuídas de dois anos.

Públio Lentulus, no início da narrativa de *Há 2000 Anos...*, com sua hereditariedade patrícia e idade de 30 anos, após um processo eletivo teria plenas condições de exercer a questura ou a edilidade; por conseguinte, teria acesso legal ao colégio do Senado. Eventualmente, qualquer dos postos de *proquestor, quaestor Caesaris* ou *legati iuridici* fariam dele não somente um representante do Imperador junto ao Senado, mas seu preposto junto ao procurador da Judeia. Desses três postos, o senador ocupou apenas o de *legati iuridici*. Vamos observar as hipóteses.

Se Públio fosse um *proquestor,* na condição de preposto de Tibério poderia ser uma espécie de auditor ou executor de serviço específico. Algo semelhante ao que fizera o procônsul Gneo Pompeu Magno, que em sua época não ficaria devendo nada em autoridade e conquista a Tibério. Pompeu, após ultrapassar o monte Hermon, marchou sobre Damasco, onde já estava o seu preposto, o proquestor Marco Emílio Scauro, atuando ali para impor os interesses[7] tributários de Roma junto aos príncipes Ircano e Aristóbulo. Públio poderia fazer algo semelhante, mas em seus escritos de *Há 2000 Anos...*, não temos nada indicando que tenha exercido essa função.

Se Públio fosse um *quaestor Caesaris*, teria por encargo as tarefas que incluíam o recolhimento de tributos ao Estado e a inspetoria do tesouro na província. Poderia ser nomeado chefe da comissão encarregada de recensear os habitantes, redigir textos legais em nome do Imperador e usar de força militar para desempenho de suas funções. Contudo, em *Há 2000 Anos...*, também não temos nada indicando o exercício dessa função.

Se Públio fosse um *legati iuridici*, suas atribuições seriam de âmbito judicial, e dessa função temos inúmeros exemplos narrados em *Há 2000 Anos.* A função especial de um "legado jurídico" não era oficial na época de Tibério; mas, por ser de uso corrente, passou a oficial no século segundo, sendo concedida a jovens aspirantes ao cargo de pretor que tivessem menos de 36 anos (idade oficial para candidatar-se a pretor) e mais de 30 anos. A condição de Públio Lentulus era exatamente esta.

De fato, na obra *Há 2000 Anos...* (p. 39), observa-se a expressão "legado do Imperador", sugerindo-nos que Públio teria exercido a função de "legado jurídico", que na época

---

[7] Para mais informes, veja "Apêndice A", itens em "Principais Acontecimentos": "Primavera", "Verão" e "Outono" de 63 a.C., nos quais estejam presentes os nomes de Pompeu, Scauro, Ircano e Aristóbulo. (N.A.)

de Tibério já existia e não era oficial; em corroboração a ela, vemos a informação de que Públio examinava "processos do Estado" (p. 39), sendo tal afirmativa confirmada com o processo de Pilatos, enviado por Públio ao Senado Romano, por meio de Flamínio (p. 215). Mas o exercício de sua função exigia também o exame de processos civis, considerando-se que "muitos o procuraram para intervir no processo de Jesus de Nazaré" (p. 136), e que Pilatos assessorou-se dele para mandar Jesus a Herodes (p. 139). Conforme os registros, vemos que Públio vivera "envolto nos processos de Estado, os quais lhe roubaram os encantos da vida" (p. 335), que "julgou uma imensidade de processos de várias naturezas" (p. 378). E, mais ainda, que na Judeia teve *incursões na edilidade*; aqui, devemos considerar que, sujeitando-se a ficar na Judeia por 15 anos, devido ao rapto de seu pequeno filho, Públio passou a ocupar cargos inerentes à administração, tendo recebido em mãos, inclusive, o "processo da reforma administrativa da Judeia" (p. 393) para ser enviado à sede de governo. Finalmente, quando já velho e esgotado, recordou--se de que "na Páscoa de 33 tivera em mãos o processo do Emissário Divino" (p. 426) e lamentou: "Não houve sequer um gesto decisivo de defesa da nossa parte" (p. 426).

Com tais informações, não há dúvida de que Públio quando saíra de Roma tinha um cargo de questor, fazendo parte do colégio senatorial. Na Judeia, sendo um senador do Império, ocuparia função especial por gozar da amizade de Tibério, que o colocara naquela administração como "legado jurídico" (nome não oficial) ou "legado do Imperador" (como ele mesmo afirma). Nessa função, pôde exercer seu trabalho de "legado" e passou, com o tempo, à condição de "edil", uma espécie de prefeito na administração.

Sendo um preposto especial do Imperador na província, o governante local deveria facilitar ao máximo seu trabalho e funcionar com ele em plena sintonia, porque, desse entrosamento, poderia depender a permanência do governador no cargo. E assim chegou Públio Lentulus à Palestina no ano 32 da Era Cristã[8].

---

8 Primeira parte, capítulo II, do livro *Há 2000 Anos...* (N.A.)

Públio pretendia fixar-se por algum tempo na mesma residência de seu tio Sálvio, em Jerusalém, até encontrar o melhor clima do país para beneficiar a saúde de sua filhinha. O pretor Sálvio Lentulus há muito fora destituído do governo das províncias [como propretor] e agora tinha atribuições mais simples, funcionando junto ao atual procurador da Judeia.

A esposa de Sálvio, Fúlvia Prócula, por sua vez, uma mulher bonita e bem cuidada, era irmã de Cláudia, mulher de Pilatos, a quem Públio havia sido recomendado para o exercício profissional na alta administração. O imperador, a par de tudo, prontificou-se a auxiliá-lo com as suas ordens diretas, facilitando-lhe o serviço e os encargos particulares de saúde familiar.

As informações dão conta de que a viagem transcorrera com o máximo de serenidade e calma. Não obstante a beleza da paisagem na travessia do Mediterrâneo e a novidade dos aspectos visuais exteriores, considerando a monotonia dos seus afazeres na vida romana junto a numerosos processos do Estado, Públio trazia o coração cheio de sombras e amarguras. Debalde, a esposa procurara aproximar-se de seu espírito irritado, buscando tanger assuntos delicados de família, com a finalidade de conhecer e suavizar seus íntimos dissabores. Ele experimentava a impressão de que caminhava para emoções decisivas no desenrolar de sua existência.

O jovem senador já conhecia parte da Ásia, porque, durante a juventude, havia servido um ano na administração de Esmirna, de modo a integrar-se, da melhor maneira, no mecanismo dos trabalhos do Estado. Contudo, não conhecia Jerusalém, onde o esperavam como legado do imperador, para solução de vários problemas administrativos de que fora incumbido junto ao governo da Palestina.

Devemos observar que na época em que Públio Lentulus estivera em Esmirna, a cidade já era considerada muito antiga; datava da época neolítica, mas fora colonizada pelos gregos no século XI a.C. Acreditava-se que os primeiros colonizadores de Roma teriam vindo de Esmirna, cujo porto era de grande importância ao comércio da região.

A cidade fora anexada ao Império Romano em 85 a.C., após a guerra contra Mitrídates, passando a ser província de Roma. Era conhecida como Ásia Menor, importante zona militar. O estágio de Públio nessa cidade ocorreu por volta do ano 20 da Era Cristã. Tratava-se de uma cidade exuberante, disputando com Éfeso o título de "cidade mais bela", sendo também local religioso e místico.

Alguns anos mais tarde, entre 53-56 d.C., o apóstolo Paulo fundaria em Esmirna uma igreja cristã, ficando tal iniciativa registrada em *Atos dos Apóstolos* 19:8-10. A igreja de Esmirna tornou-se deveras importante, sendo mencionada inclusive no *Apocalipse* 2:8-11. Ali esteve também o apóstolo João, e, perto do ano 65 d.C., o venerando Policarpo haveria de nascer nessa cidade, sendo depois elevado ao posto de bispo, por João, tendo sido martirizado durante a celebração dos jogos públicos. Hoje, Esmirna é a atual Izmir, na Turquia, localizada junto à costa do mar Egeu.

O desembarque de Públio Lentulus e de sua comitiva deu-se no pequeno porto da Palestina, sem incidentes dignos de menção. Esperavam-no, além do legado do procurador, alguns lictores e numerosos soldados pretorianos, comandados por Sulpício Tarquinius, munidos de todos os aprestos e elementos exigidos para uma viagem tranquila e confortável pelas estradas de Jerusalém.

Depois de uma estadia curta, mas cheia de incidentes naquela cidade, Públio e sua família se prepararam para deixar Jerusalém e seguir à Galileia. Então Pilatos se disse responsável pelos patrícios da província e não o deixou partir à mercê do acaso, tão somente na companhia de escravos e servos de confiança. Designou então o lictor Sulpício, homem que merecia sua inteira confiança, para dirigir os serviços de segurança que lhe eram devidos. Além dele, colocou no séquito mais um lictor e alguns centuriões, partindo todos para Cafarnaum, onde ficaram sob as ordens de Públio Lentulus.

Embora Pilatos lhe causasse pouca simpatia, Públio lhe agradeceu de modo cortês. Terminados os preparativos de viagem, a compacta caravana se pôs em movimento, atravessando os territórios de Judá e as montanhas verdes da Samaria, em demanda da sua estação de destino.

Naquela época, o grau de autoridade de um magistrado romano variava com o cargo ocupado por ele, podendo ser notado pelo número de lictores que constituíam a sua escolta. Os lictores eram soldados especiais que tinham o poder de punir e de abrir caminho à força nos aglomerados para deixar passar seu comandante; faziam isso usando uma espécie de cassetete, mais ou menos grosso, com cerca de um metro de comprimento, feito de varas de bétulas brancas (símbolo de punição), amarradas por correias vermelhas (símbolo de união e soberania), tendo numa das pontas uma lâmina de machado (símbolo de vida e morte).

Eles abriam caminho na multidão com essa arma e, com ela, podiam até matar, se fosse necessário. Assim, na administração romana, o ditador tinha direito a 24 lictores, o cônsul, a 12 deles, o pretor a seis e o edil a dois lictores. Geralmente, os homens públicos que recebessem alguma nomeação de importância, mesmo que o cargo não detivesse o poder de *imperium*, como no caso, os questores e os legados jurídicos podiam receber temporariamente o trabalho dos lictores como forma de homenagem ou de proteção. Públio Lentulus teve escolta de dois lictores em sua missão na Palestina, dentre os quais Sulpício (p. 73).

No próximo capítulo vamos ver o encontro que o senador Públio Lentulus teve com Jesus, fato que haveria de marcar o seu espírito para todo o sempre, dando a ele motivo de escrever a *Epístola Lentuli*, endereçada ao Senado Romano por meio de um senador amigo, conforme registros do espírito Emmanuel no livro *Há 2000 Anos...*

18
ENCONTRO COM JESUS

Vamos seguir neste capítulo observando as narrativas de Emmanuel, para termos a ideia exata dos acontecimentos que antecederam, e deram curso, ao seu extraordinário encontro com Jesus. Ele deixa claro, em *Há 2000 Anos...* (seu livro autobiográfico que conta episódios da história do cristianismo no primeiro século), que as figuras de Públio Lentulus e de sua esposa Lívia consideravam o clima de Jerusalém favorável à cura de sua filhinha doente, a qual chegara ali já apresentando o rosto infantil coberto de tons violáceos, prenúncios de indisfarçadas feridas na face. Em razão disso, o lictor Sulpício Tarquinius, homem da confiança do governador Pôncio Pilatos, sentiu-se com liberdade de intervir durante um jantar no assunto em debate e disse que em Nazaré havia um profeta realizando grandes coisas.

Embora Sulpício fosse ironizado por Pilatos, o qual argumentava que os doutores da Lei se consideravam inspirados pelo céu e que cada qual era dono de uma nova revelação, ainda assim, Sulpício prosseguiu. Disse compreender o fanatismo e o deslumbramento daquelas miseráveis criaturas, mas ficara deveras intrigado com a figura impressionante de um Galileu, ainda moço, quando de sua passagem por Cafarnaum.

No centro de uma praça, acomodado num banco improvisado feito de pedra e areia, vira considerável multidão que ouvia as palavras desse profeta, plenamente extasiada de admiração e comovida com as suas palavras. Sulpício disse que também fora tocado de uma força misteriosa e invisível. Falou que da personalidade extraordinária daquele homem e de sua beleza simples vinha um "não sei quê", dominando a turba que se aquietava, de leve, ouvindo-lhe as promessas de um eterno reinado...

A narrativa de Emmanuel prossegue e dá conta de que ele escutara de Sulpício que os cabelos do profeta esvoaçavam às brisas da tarde mansa, como se fossem fios de luz desconhecida nas claridades serenas do crepúsculo; e de seus olhos compassivos parecia nascer uma onda de piedade e comiseração infinitas. Descalço e pobre, notava-se no profeta a limpeza da túnica, cuja brancura se casava à leveza de seus traços delicados. Sua palavra era como um cântico de esperança para todos os sofredores do mundo, suspenso entre o céu e a terra, renovando os pensamentos dos que o escutavam... Falava das grandezas e conquistas humanas como se fossem coisas bem miseráveis, fazia amargas afirmativas acerca das obras monumentais de Herodes, em Sebasto, asseverando que acima de César está um Deus Todo-Poderoso, providência de todos os desesperados e de todos os aflitos. No seu ensinamento de humildade e amor, considerava todos os homens como irmãos bem-amados, filhos desse Pai de misericórdia e justiça, que eles ainda não conheciam.

A voz de Sulpício, segundo Emmanuel, estava saturada do tom emocional característico dos sentimentos dos filhos da verdade. Públio, Lívia e os demais ouvintes se contagiaram da comoção de sua narrativa, escutando a palavra dele com o maior interesse.

Pilatos, todavia, sem perder o fio de suas vaidades de governador, interrompeu-o, declarando que a doutrina de um Deus único não era novidade para ninguém naquela terra de ignorantes; mas, não poderia concordar com esse conceito de fraternidade irrestrita. Como ficariam então os escravos? E os vassalos do Império? Onde ficariam as prerrogativas do patriciado? Então, com ênfase, advertiu Sulpício, indagando: "Não sabes que a anuência de um lictor pode significar enorme prestígio para as ideias desse homem?".

Sulpício fez algumas ponderações em defesa de sua íntima comoção, mas aliviou o discurso dizendo que o profeta não constituía motivo de receio para as autoridades provinciais. Além disso, essas pregações não prejudicavam os camponeses, porque eram feitas geralmente nas horas de ócio e descanso, no intervalo dos trabalhos de cada dia, notando-se, igualmente, que os companheiros prediletos do profeta eram os pescadores mais ignorantes e humildes da região do lago. Ele completou afirmando que não reconhecia privilégios sobrenaturais no profeta e acreditava que a ciência do Império poderia elucidar o fato extraordinário que iria narrar em seguida.

Então contou um episódio vivido por Copônio, velho centurião destacado na cidade de Cafarnaum, observado por ele próprio. Disse que a voz do profeta de Nazaré havia deixado uma doce quietude no ambiente, quando o centurião apresentou ao profeta o filhinho moribundo, implorando caridade para a criança que agonizava. O nazareno elevou os olhos radiosos para o firmamento, como se observasse a bênção dos deuses romanos, e, depois, as suas mãos tocaram o menino, que, por sua vez, parecia haver experimentado um fluxo de vida nova e, levantando-se de súbito, pôs-se a chorar e foi em busca do carinho paterno, após descansar no profeta os olhinhos enternecidos...

Públio Lentulus notara que o caso era curioso, ficando intrigado com a narrativa. Mas, assim como Pilatos, também reconheceu que o povo dali era muito diverso do romano e que havia naquele povo visível carência de raciocínio e de senso prático. Tanto o governador como os magistrados ali presentes não podiam se empolgar com figuras como aquela, mas deviam manter rígidos os princípios romanos, no sentido de salvaguardar a soberania inviolável do Estado. Seria preferível manter as sábias determinações da sede do governo, não se detendo a casos isolados, mas ponderando apenas as razões dos sacerdotes do Sinédrio, que representavam o poder legítimo daquele povo, aptos a harmonizar com os romanos a solução de todos os problemas de ordem política e social.

Embora Públio se desse por satisfeito com tais argumentos, ainda assim as senhoras presentes pareciam profundamente impressionadas com a descrição de Sulpício, inclusive a pequenina Flávia, que lhe bebera as palavras com o máximo de curiosidade infantil.

Num dos dias que se seguiram, conta o espírito Emmanuel que Sulpício Tarquinius, honrado com a confiança de Públio Lentulus para lhe providenciar uma moradia naquelas paragens, solicitara uma entrevista particular. Sugeriu a Públio o arrendamento de rica propriedade pertencente a um compatrício, nos arredores de Cafarnaum, encantadora cidade da Galileia, situada no caminho de Damasco. Disse que tinha ali um amigo decidido a arrendar por tempo indeterminado a sua esplêndida vila, uma herdade provida de todo o conforto, com pomares preciosos, num ambiente de absoluto sossego.

Públio Lentulus aceitou a sugestão de Sulpício, que reputou sensata, mesmo porque, de fato, não podia se interessar pela aquisição definitiva de qualquer imóvel na Galileia, pois pretendia regressar a Roma em breve. Então autorizou Sulpício a concluir o negócio, confiando no conhecimento dele sobre o assunto.

Terminados os aprestos de viagem, a compacta caravana se pôs em movimento. Alguns dias foram gastos pelas estradas que contornavam muitas vezes as águas leves e límpidas do Jordão. Prestes a chegar a Cafarnaum, à distância de meio quilômetro de caminho, entre árvores frondosas, junto ao lago de Genesaré, uma herdade imponente os aguardava para sua estação de repouso.

A propriedade estava situada em pequena elevação de terreno, rodeada de árvores frutíferas dos climas frios, já que há dois mil anos a Galileia, hoje transformada em poeirento deserto, era um paraíso de verdura. Em suas paisagens maravilhosas desabrochavam flores de todos os climas. O lago imenso, formado pelas águas cristalinas do rio sagrado do cristianismo, era talvez a mais piscosa bacia em todo o mundo, descansando as suas vagas mansas e preguiçosas ao pé dos arbustos ricos em seiva, cujas raízes se tocavam do perfume agreste dos eloendros e das flores silvestres. Nuvens de aves cariciosas cobriam, em bandos compactos, aquelas águas feitas de um prodigioso azul-celeste, encarceradas hoje entre rochedos adustos e ardentes.

Públio e sua mulher sentiram uma onda de vida nova, que seus pulmões aspiravam a longos haustos. Entretanto, o mesmo não acontecia à pequenina Flávia, cujo estado geral piorava ao extremo, contra todas as previsões. Agravaram-se as feridas que lhe cobriam o corpo magrinho e a pobre criança não conseguia mais arredar pé do leito, onde se conservava em profunda prostração. Acentuava-se, desse modo, a angústia paterna, que, embalde, recorreu a todos os meios para melhorar as condições da doentinha.

Um mês havia transcorrido em Cafarnaum, onde, já em maior contato com os dialetos do povo, não lhes era desconhecida a fama das obras e das pregações de Jesus. Vezes inúmeras, Públio pensou em dirigir-se ao taumaturgo, a fim de solicitar a sua intervenção a favor da filhinha, atendendo a um apelo secreto do coração. Reconhecia no íntimo, porém, que semelhante atitude representava humilhação para a sua posição política e social, aos olhos dos plebeus e vassalos do Império, examinando as consequências que poderiam advir de tal procedimento.

Não obstante essas ponderações, Públio permitia que numerosos servos de sua casa assistissem, aos sábados, às pregações do profeta de Nazaré, dentre os quais uma serva chamada Ana, que se tomara de respeitosa veneração por aquele a quem os humildes chamavam de Mestre. Dele, os escravos teciam as mais encantadoras histórias, nas quais o senador nada via, além de arrebatamentos instintivos da alma popular, se bem não deixasse de surpreendê-lo a opinião lisonjeira de um homem como Sulpício.

Uma tarde, porém, os padecimentos da pequenina Flávia tinham atingido o auge. Além das feridas que, de muitos anos, haviam se multiplicado no corpinho gracioso, outras úlceras surgiram nas regiões da epiderme, antes violáceas, transformando seus órgãos delicados numa pústula viva. Públio e Lívia, intimamente consternados, aguardavam um fim próximo.

Nesse dia, após o jantar muito simples, Sulpício demorou-se até mais tarde, a pretexto de confortar o senador com a sua presença. É assim que vamos encontrá-los no terraço espaçoso, onde Públio lhe indaga sobre o profeta de Nazaré, cujos rumores tinham se avolumado.

Sulpício contou a Públio que alguns compatrícios tinham o profeta na conta de um visionário, opinião que ele também compartilhava quanto às suas prédicas, cheias de parábolas incompreensíveis, mas não quanto às suas obras, as quais tocavam os corações. Disse que o povo de Cafarnaum andava maravilhado com os seus milagres e que, em torno dele, já se formara uma comunidade de discípulos dedicados, seguindo-o por toda parte.

O lictor explicou que o profeta pregava alguns princípios que feriam as mais antigas tradições romanas, por exemplo, a doutrina do amor aos próprios inimigos e a fraternidade absoluta entre todos os homens. Exortava os ouvintes a buscarem o reino de Deus e a Sua justiça, mas não se tratava de Júpiter, senhor das divindades romanas; ao contrário, o profeta falava de um Pai misericordioso e compassivo, que segue a todos do Olimpo e para quem as ideias mais secretas dos homens ficam patentes. De outras vezes, o profeta de Nazaré se expressava acerca desse reino do céu com apólogos interessantes, mas incompreensíveis, nos quais havia reis e príncipes criados pela sua imaginação sonhadora, que nunca poderiam ter existido.

Pelos relatos, Públio Lentulus observou a Sulpício que o Profeta seria um simples homem do povo, a quem o fanatismo dos templos judaicos enchera de desejos injustificáveis. E supôs que a autoridade administrativa nada tinha a recear de semelhante pregador, mestre dotado de humildade e fraternidade incompatíveis com as conquistas guerreiras de Roma. Por outro lado, ao ouvir de Sulpício a descrição dos feitos do profeta, sentiu que tal homem não poderia ser uma criatura tão vulgar, como supunha.

Quando Sulpício indagou se desejaria conhecê-lo, Públio esquivou-se com superioridade, dizendo que de modo algum faria isso, pois tal cometimento de sua parte viria quebrar a compostura dos deveres que lhe competiam como homem de Estado, desmoralizando a sua autoridade perante o povo. Aliás, considerou que os sacerdotes e pregadores da Palestina deveriam fazer estágios de trabalho e estudo na sede do governo imperial, a fim de renovarem o espírito profético, que naquelas terras se observa em toda parte. Em contato com o progresso de Roma, haveriam de reformar as suas concepções íntimas acerca da vida, da sociedade, da religião e da política.

Enquanto os dois mantinham essa palestra sobre a personalidade e os ensinos do mestre de Nazaré, no quarto da doentinha estavam Lívia e Ana, preocupadas com as feridas que cobriam a epiderme da pequenina enferma, agora transformadas em uma só úlcera generalizada.

Ana, com coração bondoso e meigo, pouco mais velha que sua senhora, havia se transformado em companheira predileta no círculo dos seus afazeres domésticos. Naquele deserto de corações, era naquela serva, inteligente e afetuosa, que a alma sensível de Lívia encontrara um oásis para as confidências e lutas de cada dia. Ana lhe disse que guardava no coração profunda fé nos milagres do Mestre, acreditando mesmo que, se levassem a criança para receber a bênção de suas mãos, ela sararia das chagas e ressurgiria para o amor materno.

Lívia, entretanto, com ponderação e tristeza, não estava disposta a lembrar Públio dessa providência, consciente de que ele haveria de recusá-la, dada a sua posição social; mas, francamente, desejaria ver esse homem caridoso e extraordinário de que Ana sempre lhe falava. Inclusive, no último sábado, escutara de Ana que muitas mães tinham levado ao Mestre as suas crianças enfermas, com doenças consideradas incuráveis, as quais foram curadas por ele. A figura daquele homem, famoso e bom, exercia atração singular no espírito dela.

 Enquanto os grandes olhos de Lívia expressavam o maior interesse pelas narrações encantadoras e simples da serva leal, não repararam ambas que a doentinha as acompanhava com aguçada curiosidade, característica das almas infantis, não obstante a febre alta que lhe devorava o organismo. Neste comenos, o senador, após as despedidas de Sulpício, buscou o dormitório da pequena enferma, direcionado por sua ansiedade paternal. Diante dele, calaram-se as duas mulheres, entregando-se tão somente aos afazeres que as retinham junto ao leito da pequenina, agora gemendo dolorosamente.

 Públio Lentulus se debruçou sobre o leito da filha, com os olhos rasos de pranto. Brincou com as suas mãozinhas mirradas e feridas, fazendo-lhe festas, com o coração tocado de infinita amargura. Disse a ela, com a voz estrangulada, que lhe haveria de comprar muitos brinquedos e muitas novidades. Copioso suor empastava as excrescências ulcerosas da doentinha, que deixava transparecer angustiosa ansiedade. Notava-se nela grande esforço, como se estivesse realizando o impossível para responder ao pai. Públio insistiu em murmúrios para a menina lhe pedir o que quisesse. Buscaria tudo... mandaria a Roma um portador, especialmente para trazer todos os brinquedos que lhe fossem pedidos.

 Ao cabo de visível esforço, pôde a pequenina finalmente murmurar algumas palavras em resposta, com a voz cansada e quase imperceptível: "Papai... eu quero... o profeta... de Nazaré...".

 O senador baixou os olhos, humilhado e confundido em face do imprevisto daquela resposta, enquanto Lívia e Ana, como se fossem tocadas por uma força invisível e misteriosa pela cena inopinada, esconderam o rosto, já totalmente inundado de pranto.

 O dia seguinte amanheceu trazendo as mais sérias preocupações a Públio e a sua família. Ainda cedo, Públio estava em íntimo colóquio com a esposa, que a ele se dirigiu de modo afetuoso e suplicante. Ela considerou que o marido deveria atenuar um pouco os rigores da posição em que o destino os havia colocado, procurando aquele homem generoso, para benefício da filha. Disse que todos se referiam às ações daquele homem, empolgados por sua bondade edificadora, e que ela própria acreditava que o coração dele haveria de apiedar-se da desditosa situação pela qual estavam passando.

O senador ouviu-a apreensivo e incerto. Disse que acederia aos desejos da esposa, mas somente o faria em razão da angústia que povoava as suas almas, fazendo transigir de maneira tão rude com os seus princípios. Não procederia, todavia, conforme Lívia lhe havia sugerido. Iria sozinho à cidade, como se estivesse em hora de simples entretenimento, passando pelo trecho do caminho que conduz às margens do lago, sem chegar ao cúmulo de abordar pessoalmente o profeta, de modo a não descer da sua dignidade social e política. E, no caso de sobrevir alguma circunstância favorável, far-lhe-ia sentir o prazer que lhes causaria a sua visita, para reanimar a filha doente.

Lívia aprovou confortada e agradecida a iniciativa do marido, guardando na alma a mais sincera e profunda fé. Incentivou-o a ir dizendo que ficaria rogando a bênção dos céus para essa iniciativa. Estava certa de que o profeta, surgindo agora para eles como verdadeiro médico de almas, saberia que, atrás da posição do senador do Império, havia corações sofridos e chorosos.

Públio notou que a esposa se exaltava nas suas considerações, deixando-se conduzir pelo que julgava um excesso de fraqueza; entretanto, nada lhe admoestou a respeito, em face das amarguras do momento, suscetível de desvairar o cérebro mais forte. Então, deixou que as horas movimentadas do dia se escoassem com as claridades do poente e, quando o crepúsculo entornava as suas meias-tintas na paisagem maravilhosa, saiu de casa, fingindo distração e alheamento, como se desejasse conhecer de perto a antiga fonte da cidade, motivo de atração para todos os forasteiros.

Após haver percorrido uns 300 metros de caminho, o senador encontrou alguns transeuntes e pescadores, que se recolhiam e o encaravam com mal disfarçada curiosidade. Em certo momento passou sobre as suas amargas cogitações íntimas: onde estaria o profeta de Nazaré naquele instante? Não seria uma ilusão a história dos seus milagres e da sua encantadora magia sobre as almas? Não seria um absurdo procurá-lo ao longo dos caminhos, abstraindo-se dos imperativos da hierarquia social? Em todo caso, deveria tratar-se de homem simples e ignorante, dada a sua preferência por Cafarnaum e pelos pescadores.

Dando curso às ideias que lhe fluíam da mente incendiada e abatida, Públio Lentulus considerou dificílima a hipótese do seu encontro com o mestre de Nazaré. Como se entenderiam? Não lhe interessara o conhecimento minucioso dos dialetos do povo e, certamente, Jesus lhe falaria no aramaico comumente usado na bacia de Tiberíades.

Profundas cismas entornavam-lhe do cérebro para o coração, como as sombras do crepúsculo que precediam a noite. O céu, porém, àquela hora, era de um azul maravilhoso, enquanto as claridades opalinas do luar não haviam esperado o fechamento absoluto do leque imenso da noite. O senador sentiu o coração perdido num abismo de cogitações infinitas, ouvindo-lhe o palpitar descompassado no peito opresso. Dolorosa emoção lhe compungia agora as fibras mais íntimas do espírito.

Apoiara-se, insensivelmente, num banco de pedras enfeitado de silvas, e deixara-se ali ficar, sondando o ilimitado do pensamento. Nunca experimentara sensação idêntica, senão no sonho memorável, que ele havia relatado unicamente a Flamínio. Recordava-se dos menores feitos da sua vida terrestre, afigurando-se haver abandonado, temporariamente, o cárcere do corpo material. Sentia profundo êxtase, diante da natureza e das suas maravilhas, sem saber como expressar a admiração e o reconhecimento aos poderes celestes, tal a clausura em que sempre mantivera o coração insubmisso e orgulhoso. Das águas mansas do lago de Genesaré parecia-lhe emanar suavíssimos perfumes, casando-se deliciosamente ao aroma agreste da folhagem.

Foi nesse instante que, com o espírito sob o império de estranho e suave magnetismo, ouviu passos brandos de alguém que buscava aquele sítio. Diante de seus olhos ansiosos, estacara uma personalidade inconfundível e única. Tratava-se de um homem ainda moço, que deixava transparecer nos olhos, profundamente misericordiosos, uma beleza suave e indefinível. Longos e sedosos cabelos molduravam-lhe o semblante compassivo, como se fossem fios castanhos levemente dourados por luz desconhecida. Sorriso divino, revelando ao mesmo tempo bondade imensa e singular energia, irradiava da sua melancólica e majestosa figura uma fascinação irresistível.

Públio Lentulus não teve dificuldade em identificar aquela criatura impressionante, mas, no seu coração, marulhavam ondas de sentimentos que, até então, eram ignorados por ele próprio. Nem a sua apresentação a Tibério, nas magnificências de Capri, lhe havia imprimido tal emotividade ao coração. Lágrimas ardentes rolaram-lhe à face, que raras vezes haviam brotado dos olhos, e força misteriosa e invencível fê-lo ajoelhar-se na relva lavada em luar. Desejou falar, mas tinha o peito sufocado e opresso. Foi quando, então, num gesto de doce e soberana bondade, o meigo Nazareno caminhou para ele, qual visão concretizada de um dos deuses de suas antigas crenças. E, pousando carinhosamente a destra em sua fronte, exclamou em linguagem encantadora, que Públio entendeu perfeitamente, como se ouvisse o idioma patrício, dando-lhe a inesquecível impressão de que a palavra era de espírito para espírito, de coração para coração:

"Senador, por que me procuras?" E, espraiando o olhar profundo na paisagem, como se desejasse que a sua voz fosse ouvida por todos os homens do planeta, rematou com serena nobreza: "Seria melhor que me procurasses publicamente e na hora mais clara do dia, para que pudesses adquirir, de uma só vez e para toda a vida, a lição sublime da fé e da humildade...

Mas eu não vim ao mundo para derrogar as leis supremas da natureza e venho ao encontro do teu coração desfalecido!". *(Há 2000 Anos..., p. 85.)*

Públio Lentulus nada pôde exprimir, além de suas lágrimas copiosas, pensando amargamente na filha; mas o profeta, como se prescindisse das suas palavras articuladas, continuou:

> Sim. Não venho buscar o homem de Estado, superficial e orgulhoso, que só os séculos de sofrimento podem encaminhar ao regaço de meu Pai; venho atender às súplicas de um coração desditoso e oprimido e, ainda assim, meu amigo, não é o teu sentimento que salva a filhinha leprosa e desvalida pela ciência do mundo, porque tens ainda a razão egoística e humana; é, sim, a fé e o amor de tua mulher, porque a fé é divina... Basta um raio só de suas energias poderosas para que se pulverizem todos os monumentos das vaidades da Terra. *(Há 2000 Anos..., p. 86.)*

Comovido e magnetizado, o senador considerou, intimamente, que seu espírito pairava numa atmosfera de sonho, tais as comoções desconhecidas e imprevistas que se represavam no coração, querendo crer que os seus sentidos reais estavam travados num jogo incompreensível de completa ilusão.

"Não, meu amigo, não estás sonhando", exclamou meigo e enérgico o Mestre, adivinhando-lhe os pensamentos. "Depois de longos anos de desvio do bom caminho, pelo sendal dos erros clamorosos, encontras, hoje, um ponto de referência para a regeneração de toda a tua vida. Está, porém, no teu querer aproveitá-lo agora, ou daqui a alguns milênios. Se o desdobramento da vida humana está subordinado às circunstâncias, és obrigado a considerar que elas existem de toda a natureza, cumprindo às criaturas a obrigação de exercitar o poder da vontade e do sentimento, buscando aproximar seus destinos das correntes do bem e do amor aos semelhantes. Soa para o teu espírito, neste momento, um minuto glorioso, se conseguires utilizar tua liberdade para que seja ele, em teu coração, doravante, um cântico de amor, de humildade e de fé na hora indeterminável da redenção, dentro da eternidade. Mas ninguém poderá agir contra a tua própria consciência se quiseres desprezar indefinidamente este minuto ditoso! Pastor das almas humanas, desde a formação deste planeta, há muitos milênios venho procurando reunir as ovelhas tresmalhadas, tentando trazer-lhes ao coração as alegrias eternas do reinado de Deus e de sua justiça!". (*Há 2000 Anos...*, p. 86.)

Públio fitou aquele homem extraordinário, cujo desassombro provocava admiração e espanto. Humildade? Que credenciais o profeta lhe apresentava para falar assim, a ele, senador do Império, revestido de todos os poderes diante de um vassalo? Num minuto, lembrou a cidade dos césares, coberta de triunfos e glórias, cujos monumentos e poderes ele acreditava, naquele momento, fossem imortais.

Todos os poderes do teu império são bem fracos e todas as suas riquezas bem miseráveis. As magnificências dos césares são ilusões efêmeras de um dia, porque todos os sábios, como todos os guerreiros, são chamados no momento oportuno aos tribunais da justiça de meu Pai que está no céu. Um dia, deixarão de existir as suas águias poderosas, sob um punhado de cinzas misérrimas. Suas ciências se transformarão ao sopro dos esforços de outros trabalhadores mais dignos do progresso, suas leis iníquas serão tragadas no abismo tenebroso destes séculos de impiedade, porque só uma lei existe e sobreviverá aos escombros da inquietação do homem – a lei do amor, instituída por meu Pai, desde o princípio da criação... Agora, volta ao lar, consciente das responsabilidades do teu destino... Se a fé instituiu na tua casa o que consideras a alegria com o restabelecimento de tua filha, não te esqueças que isso representa um agravo de deveres para o teu coração, diante de nosso Pai, Todo-Poderoso!... (*Há 2000 Anos...*, p. 87.)

O senador quis falar, mas a voz tornara-se embargada de comoção e de profundos sentimentos. Desejou retirar-se, porém, nesse momento, notou que o profeta de Nazaré se transfigurava, de olhos fitos no céu. Aquele sítio deveria ser um santuário de suas meditações e de suas preces, no coração perfumado da natureza, porque Públio adivinhou que ele orava intensamente, observando que lágrimas copiosas lhe lavavam o rosto, banhado então por uma claridade branda que evidenciava a sua beleza serena e indefinível melancolia.

Nesse instante, contudo, suave torpor paralisou as faculdades de observação do patrício, que se aquietou estarrecido. Deviam ser nove horas da noite quando o senador sentiu que despertava. Leve aragem acariciava-lhe os cabelos, e a Lua entornava seus raios argênteos no espelho carinhoso e imenso das águas. Guardando na memória os mínimos pormenores daquele minuto inesquecível, Públio sentiu-se humilhado e diminuído em face da fraqueza de que dera testemunho diante daquele homem extraordinário.

Uma torrente de ideias antagônicas represava-se em seu cérebro, acerca de suas admoestações e daquelas palavras agora arquivadas para sempre no âmago da sua consciência. Também Roma não possuía os seus feiticeiros? Buscou rememorar todos os dramas misteriosos da cidade distante, com as suas figuras impressionantes e incompreensíveis. Não seria aquele homem uma cópia fiel dos magos e adivinhos que preocupavam igualmente a sociedade romana? Deveria ele, então, abandonar as suas mais caras tradições da Pátria e da família para tornar-se um homem humilde e irmão de todas as criaturas? Sorria consigo mesmo, na sua presumida superioridade, examinando a inanidade daquelas exortações que considerava desprezíveis. Entretanto, subiam-lhe do coração ao cérebro outros apelos comovedores. Não falara o profeta da oportunidade única e maravilhosa? Não prometera, com firmeza, a cura da filhinha à conta da fé ardente de Lívia? Mergulhado nessas cogitações íntimas, voltou para casa. Ao chegar, abriu cautelosamente a porta da residência, encaminhando-se ansioso ao quarto da enferma e... oh! Suave milagre! A filha repousava nos braços de Lívia, com absoluta serenidade.

Uma força sobre-humana e desconhecida mitigara-lhe os padecimentos atrozes, porque seus olhos deixavam entrever uma doce satisfação infantil, iluminando-lhe o semblante risonho. Lívia contou-lhe, então, cheia de júbilo maternal, que, em dado momento, a pequenina dissera experimentar na fronte o contato de mãos carinhosas, sentando-se em seguida no leito, como se uma energia misteriosa lhe vitalizasse o organismo de maneira imprevista. Alimentara-se, a febre desaparecera, contra todas as expectativas, e ela já revelava atitudes de convalescente, palestrando com a mãe, cheia da graça espontânea de sua meninice.

Terminado este relato, a jovem senhora ainda prosseguiu, falando com entusiasmo que, quando Públio saíra de casa, ela e Ana oraram com fervor junto da doentinha, implorando ao profeta que atendesse ao apelo. Ele deveria ter ouvido, pois agora a menina já estava em restabelecimento. Lívia não se continha de felicidade. "Ah! Jesus deve ser um emissário direto de Júpiter, enviado a este mundo em gloriosa missão de amor e de alegria para todas as almas!", exclamou ela, com o coração aliviado.

Ana, porém, que escutava comovida, interveio num gesto espontâneo e incoercível, oriundo da grata satisfação daquele momento, dizendo que Jesus não vinha da parte de Júpiter. Disse que ele é o Filho de Deus, seu Pai e nosso Pai que está nos céus, e cujo coração está sempre cheio de bondade e misericórdia para todos os seres. Conclamou para louvarem então o Todo-Poderoso, pela graça recebida, agradecendo a Jesus com uma prece de humildade.

Públio Lentulus acompanhou a cena, em silêncio, intimamente contrariado por verificar a intimidade estreita de sua mulher com uma simples serva da casa. Observou, com profundo desagrado, não só a espontaneidade da gratidão entusiástica de Lívia, como a intromissão de Ana na conversa, o que considerava ousadia. Num relance, mobilizou todas as reservas de seu orgulho para restabelecer a disciplina interna de sua casa, e, retomando o aspecto altivo da sua expressão fisionômica, dirigiu-se secamente à esposa. Disse a ela para se coibir desses arrebatamentos, afinal não via nada de extraordinário no que acabara de ocorrer. Disse nada ter faltado à doentinha, no tocante ao tratamento e aos cuidados necessários. Portanto, seria apenas lógico esperar uma reação salutar de seu organismo, em face da continuada assistência.

Quanto a Ana, Públio, voltando-se com arrogância para a serva, sentenciou que acreditava já cumprida a sua missão naquele quarto, considerando as melhoras da menina, e, portanto, não via mais necessidade de sua permanência junto da patroa, devendo deixar o restante para as servas de seu serviço pessoal.

Então, não restando alternativa, Ana fitou a senhora, que a essa altura mostrava no rosto os sinais evidentes de sua amargura pelo imprevisto daquelas palavras intempestivas, e, fazendo ligeira e respeitosa mesura, saiu do aposento onde havia empregado as melhores energias da sua fraternal abnegação.

Lívia, agora em particular com o marido, não pôde deixar de censurar as suas palavras, justamente agora, quando ela estava certa de que ambos deveriam mostrar à dedicada serva toda a alegria de reconhecimento, mas Públio, ao contrário, procedia com semelhante aspereza.

O senador não perdeu a oportunidade para replicar, dizendo que as infantilidades da esposa obrigavam-no a proceder de tal maneira. Afinal, o que diriam da matrona que se dá de alma aberta às suas escravas mais humildes? Como se comportaria o coração com esses excessos de confiança? Disse que notara com desgosto, agora, haver profundas divergências entre ambos. Por que essa demasiada confiança no profeta de Nazaré, quando ele não se mostrava superior aos magos e feiticeiros de Roma? Além disso, onde ela estava colocando as tradições de suas divindades familiares, se não sabia guardar a fé em torno do altar doméstico?

Lívia, definitivamente, não concordou com as palavras e ponderações de Públio. Tinha plena convicção de que a sua querida Flávia fora curada por aquele homem extraordinário. No instante da súbita melhora, quando a criança falava das mãos sublimadas que a acariciavam, Lívia disse ter visto, com os seus próprios olhos, que o leito da menina estava saturado de luz diferente, como nunca havia visto até então.

Públio voltou à carga, dizendo que ela, por certo, estava desvairando, depois de ter passado por tantas fadigas; ou, então, que estava contagiada pelas alucinações daquele povo fanático, em cujo seio ele teve a pouca sorte de cair...

Mas a esposa, ainda outra vez, não concordou, ponderando que não se tratava de desvario. Não obstante as palavras do marido viessem do coração e fosse ele a pessoa mais amada e admirada por ela na Terra, ainda assim tinha a certeza de que o mestre de Nazaré acabava de curar a sua filha; e, quanto a Ana, reiterou Lívia que achava injusta a atitude de Públio, aliás, em desacordo com a proverbial generosidade que tinha ele para com os servos da casa. Disse que ambos não poderiam esquecer que Ana estava sendo de uma dedicação a toda prova, não só junto dela, mas também da menina, num lugar tão ermo e distante como aquele. Lívia disse ao marido que outras podiam ser as crenças da serva, mas presumia que a sua conduta honesta e santificante só poderia honrar o serviço de Ana em sua casa.

O senador ficou pensativo, considerou a elevação dos conceitos da mulher e, sentindo-se arrependido de seu ato impulsivo, capitulou diante do bom senso daquelas palavras. Em ato contínuo, concordou com Lívia, dizendo apreciar dela a nobreza do coração e que estimaria a continuidade de Ana nos serviços privados; contudo, não poderia transigir no caso da cura da filha. Não admitia atribuir ao mago de Nazaré o restabelecimento dela. Quanto ao mais, agradaria a ele saber que a confiança e intimidade da esposa estavam reservadas apenas a si. Aos servos e desconhecidos não deveria um patrício, e especialmente uma matrona romana, abrir as portas do coração.

Lívia aceitou as observações do marido, acariciando a filha reanimada e refeita do abatimento profundo que a prostrara por espaço de muitos dias. Intimamente, agradecia satisfeita a Jesus, pois lhe falava o coração que o acontecimento era uma bênção que o Pai celeste lhe enviara ao espírito maternal, através das mãos caridosas e santas do Mestre.

Públio, contudo, obedecendo ao impulso de suas vaidades pessoais, não desejava recordar a figura extraordinária que tivera ante os olhos deslumbrados. Arquitetava castelos de teorias na sua imaginação sobressaltada, para afastar a interferência direta daquele homem, no caso da cura da filha, respondendo, assim, às objeções do seu próprio espírito observador e analista meticuloso. Não podia esquecer que o profeta o envolvera em forças ignoradas, emudecendo sua voz e fazendo-o ajoelhar-se, fazendo doer, ao orgulho ferido, essa circunstância considerada como lamentosa humilhação. Essas ideias martirizavam-no, povoavam seu cérebro exausto de tantas lutas interiores e, depois de uma invocação aos gênios protetores da família, no altar doméstico, buscou repousar das amargas fadigas íntimas.

Naquela noite, todavia, sua alma experimentava as mesmas recordações da existência pregressa, nas asas embaladoras do sonho. Viu-se vestido com as mesmas insígnias de cônsul ao tempo de Cícero, reviu as atrocidades praticadas por Públio Lentulus Sura, sua expulsão do Senado, as reuniões secretas de Lúcio Sergius Catilina e as perversidades revolucionárias; então, sentiu-se de novo levado à presença daquele mesmo tribunal de juízes austeros e venerandos, que no sonho anterior haviam-no informado de seu renascimento na Terra em época de grandes claridades espirituais. Diante daqueles magistrados veneráveis, ostentando togas alvas de neve, experimentou amarga sensação de angústia, sentindo bater descompassado o coração. O mesmo juiz respeitável levantou-se, no ambiente sublimado de luzes espirituais, exclamando:

Públio Lentulus, por que desprezaste o minuto glorioso, com o qual poderias ter comprado a hora interminável e radiosa da tua redenção na eternidade? Estiveste, esta noite, entre dois caminhos: o do servo de Jesus e o do servo do mundo. No primeiro, o jugo seria suave e o fardo leve; mas, escolheste o segundo, no qual não existe amor o bastante para lavar toda a iniquidade... Prepara-te, pois, para trilhá-lo com destemor, porque preferiste o caminho mais escabroso, em que faltam as flores da humildade, para atenuar o rigor dos espinhos venenosos!... Sofrerás muito, porque nessa estrada o jugo é inflexível e o fardo pesadíssimo; mas agiste com liberdade de consciência, no jogo amplo das circunstâncias de tua vida. Conduzido a uma oportunidade maravilhosa, perseveraste no propósito de percorrer a via amarga e dolorosa das provações mais ríspidas e mais agudas. Não te condenamos, para tão somente lamentar o endurecimento do teu espírito em face da verdade e da luz! Retempera todas as fibras do teu eu, pois enorme há de ser, doravante, a tua luta! (*Há 2000 Anos...*, p. 93.)

Atento, Públio ouvia aquelas exortações, mas, nesse instante, despertou para as sensações da vida material, experimentando singular abatimento psíquico, a par de uma tristeza indefinível. Ainda cedo, sua atenção foi reclamada por Lívia, que lhe apresentava a pequena Flávia, convalescente e feliz. A epiderme como que se alisara, submetida a processo terapêutico desconhecido e maravilhoso, desaparecendo os tons violáceos que, anteriormente, precediam as rosas de chaga viva.

O senador recuperou alguma coisa da serenidade íntima, ao verificar melhoras positivas da filhinha, a qual apertou amorosamente de encontro ao coração. Então disse a Lívia, mais tranquilo, que à noite do dia anterior estivera com o chamado mestre de Nazaré, mas, com a lógica da sua educação e dos seus conhecimentos, não podia admiti-lo como autor do restabelecimento da menina. E, de modo superficial, passou a relatar os acontecimentos que já conhecemos, sem referir, todavia, os pormenores que mais o impressionaram.

Lívia, por sua vez, ouviu atenciosamente a narrativa, mas, notando-lhe as íntimas disposições para com o profeta, que ela considerava criatura superior e venerável, não quis externar seu pensamento em torno do assunto, receosa de um atrito de opiniões, inoportuno e injustificável. No seu coração, agradecia àquele Jesus carinhoso e compassivo, que lhe atendera às angustiosas súplicas maternais e, no imo da alma, acariciava a esperança de beijar-lhe a fímbria da túnica, com humildade, em testemunho do seu sincero reconhecimento, antes de regressar a Roma.

Quatro dias decorridos, a enferma apresentava sinais evidentes de seguro restabelecimento físico, dando motivo ao mais amplo júbilo de todos os corações. Em radiosa manhã, a jovem Lívia acalentava o filhinho, prestes a completar um ano, e instruía a criada de nome Sêmele, de origem judia, designada para velar pela criança, tal o interesse que demonstrara pelo pequenino Marcus desde o instante de sua admissão ao serviço. Em dado momento, a serva divisou ao longe dois cavaleiros desconhecidos, a todo galope, e informou à senhora.

Ouvindo a observação, Lívia pôde vê-los igualmente ao longo da estrada ampla, e logo se foi para o interior da casa, a fim de prevenir o marido. Efetivamente, daí a minutos estacavam à porta dois cavalos suados e ofegantes. Um homem trajado à romana, em companhia de um guia judeu, apeava rápido e bem-disposto. Tratava-se de Quirilius, liberto de confiança de Flamínio Severus, que vinha de Roma, em nome do patrão, trazer a Públio e sua família notícias e numerosas lembranças.

Essa surpresa amável encheu o dia de gratas recordações e sadios prazeres, motivando horas das mais inefáveis alegrias. O nobre patrício não esquecera os amigos distantes, e, entre as notícias confortadoras e a considerável remessa de dinheiro, vieram doces lembranças da amiga, Calpúrnia, endereçadas a Lívia e aos dois filhos.

Naquele dia, Públio Lentulus ocupou-se tão somente de encher numerosos rolos de pergaminho, para mandar, ao companheiro de luta, notícias minuciosas de todas as ocorrências. Entre elas estava o restabelecimento da filhinha, atribuído ao clima adorável da Galileia. Públio e Lívia anunciavam alegremente, aos seus amigos distantes, que pretendiam retornar a Roma, dado o perfeito restabelecimento da pequena Flávia.

E como Públio possuía naquele valoroso descendente dos Severus uma alma de irmão dedicado e fiel, a cujo coração jamais deixara de confiar as mais recônditas emoções do seu espírito, escreveu-lhe longa carta, em suplemento, com vistas ao Senado Romano, sobre a personalidade de Jesus Cristo[1], encarando-a serenamente sob o estrito ponto de vista humano, sem nenhum arrebatamento sentimental.

Nessa passagem do livro *Há 2000 Anos...*, Emmanuel dá claramente o seu testemunho sobre ter escrito a *Epístola Lentuli,* a qual chegou até nossos dias. No próximo capítulo vamos observar em detalhes essa famosa carta e aquilo que pôde ser encontrado hoje em termos de registros históricos, para refletirmos sobre a sua veracidade.

---

1 Livro *Há 2000 Anos...*, p. 96, final do capítulo V, primeira parte, O Messias de Nazaré; ver também pequena descrição da fisionomia, capítulo III, p. 58. (N.A.)

19

A EPÍSTOLA LENTULI

O escritor Públio Cornelius Tacitus (55-120 d.C.), também senador de Roma, informa que na época de Tibério, entre os anos 14 a 37 da Era Cristã, houve quietude na Judeia: *"Sub Tiberio quies"*. Esse parecer deve-se ao fato de que, na ótica militar do Estado romano, a capacidade de reação armada do povo judeu era diminuta; a província da Judeia não representava um perigo para Roma, estava sob controle.

Contudo, a insatisfação popular a cada dia tomava corpo e exigia precauções de Tibério. A agitação que se formava na Judeia teria motivado o imperador a mandar um preposto seu àquelas paragens – Públio Cornelius Lentulus – para tomar pé da situação e informar-lhe tudo.

Como senador do Império, Lentulus estava capacitado a interpretar as aspirações do povo da província e os motivos mais íntimos de sua agitação, a qual, diga-se de passagem, avultava dia após dia de modo incomum. Na Judeia, ele saberia entender a situação como se apresentava e poderia relatá-la a Tibério, para outras providências além das judiciais, que ele próprio teria a incumbência de tomar. Como preposto do imperador, tinha a sua confiança.

O que Lentulus viu de agitação na Judeia parece não lhe ter causado espanto, ao contrário, a chamada "agitação popular" produzia-se, em boa parte, por decorrência das atitudes benevolentes de um homem. Esse homem era Jesus, um completo desconhecido na época.

Conforme a *Epistolae Lentulii* (Epístola Lentuli), Lentulus descreve para Tibério a fisionomia de Cristo e alguns atos messiânicos de Jesus. Nada do que vira dava ideia de anarquismo, de um líder rebelde que justificasse uma ação armada de Roma. Tudo o que se passava na Judeia poderia ser resolvido lá mesmo, pelo governo local.

As qualidades próprias de um senador patrício como Lentulus, vivendo o clima da Judeia, no conceito dos orgulhosos aristocratas romanos dificilmente haveria de tê-las um representante da classe equestre, como o procurador da Judeia, Pôncio Pilatos. Essa questão preconceituosa teria inclusive facilitado a nomeação de Lentulus para sua missão.

Pilatos não gozava de bom prestígio em Roma. Pouco mais tarde, por ordem do imperador, ele seria perseguido. "Até que se fez assassino de si mesmo, coagido durante o governo de Caio Calígula" (imperador de 37 a 41 da Era Cristã), logo após o governo de Tibério, conforme registra Eusébio de Cesareia em *História Eclesiástica*, II:7,8.

De fato, o julgamento e a condenação do procurador da Judeia estão descritos num conjunto de documentos apócrifos, chamados *Ciclo de Pilatus,* no qual se incluem os evangelhos da paixão, como o *Evangelho de Nicodemos* e o retrato de Jesus, conhecido como *Epístola Lentuli.*

É certo que um senador em missão numa província tida como sem prestígio da Judeia, para executar funções jurídicas, inteirar-se da situação jurídico-administrativa e relatá-la ao imperador, não haveria de agradar nenhum político de Roma em início de carreira. Mas, segundo registra Francisco Cândido Xavier em *Há 2000 Anos...,* Lentulus tinha a filha doente e esperava curá-la sob novos ares; portanto, não somente aceitou a missão na Judeia, mas agradeceu muito por ela. Hoje, aos cristãos aderentes à psicografia, o trabalho de Chico Xavier é tido como digno do maior crédito e por isso é levado em consideração.

Não obstante a agitação popular e o constante embate religioso entre grupos rivais, ainda assim, do ponto de vista militar, aquele período era de quietude, como deixaria patente Tacitus, também senador algumas décadas depois. Sua posição estava em sintonia com a de Públio Lentulus, cujos relatos de brandura mostrados na *Epístola Lentuli* não davam margem a cogitar-se uma intervenção armada na Judeia, motivada por agitação popular. A agitação religiosa, embora a cada dia tomasse corpo, ainda assim não dava motivo para o exército romano invadir Jerusalém.

O historiador Flávio Josefo, judeu de família sacerdotal, em sua *História dos hebreus* (XVIH:4), escrita no final do primeiro século da Era Cristã, mostra que quem vivia em Jerusalém, longe do Senado Romano, presenciava certa agitação. O procurador da Judeia, Pôncio Pilatos, enfrentara essa agitação, mas de modo que não haveria de agradar os políticos de Roma.

Josefo narra que nesse período Jesus iniciara o seu ministério e, falando das ocorrências de Seu aparecimento, diz que Ele era um homem sábio. Fala que as obras do Cristo eram por demais admiráveis para Ele ser considerado um homem comum. Informa que Jesus ensinava quem sentia prazer em escutá-lo, aqueles que queriam ser instruídos de verdade. Conta que Ele fora seguido não somente por judeus, mas também por muitos gentios. "Era o CRISTO", exclama em letras maiúsculas. E completa: "Os homens mais ilustres da nossa nação acusaram-no perante Pilatos e o fizeram crucificar". Por fim, Josefo culmina relatando a paixão de Cristo e narra outras ocorrências.

"Por esse mesmo tempo, aconteceu uma grande perturbação na Judeia e um horrível escândalo em Roma", diz ele. De fato, tal escândalo na cidade dos Césares envolveu a figura de Saturnino e sua esposa Fúlvia, culminando na expulsão de todos os judeus de Roma. Os cônsules, depois de um censo bem elaborado, castigaram boa quantidade de judeus e expulsaram todos os outros para a ilha da Sardenha, num total de quatro mil deles: "Em Jerusalém tinham de ser tolerados, mas em Roma, não".

Por esse tempo, ocorreu em Jerusalém o insólito episódio dos estandartes, conforme narrado no Evangelho de Nicodemos (também chamado de *Atos de Pilatos*), e, em seguida, veio a paixão de Cristo. Josefo fala disso com segurança. Deixa claro que o povo judeu sempre esteve contrário ao domínio romano, mas podia conviver com ele, desde que Roma não afrontasse a sua religião.

Parece certo que a questão da convivência tenha sido o principal motivo para Roma considerar o judaísmo uma "religião lícita", prevista em lei e praticada fora da Judeia, no intuito de oferecer convivência mais pacífica para os seus prepostos na Judeia e facilitar a arrecadação de tributos.

Mais alguns anos e essa mesma legalidade não haveriam de ter os cristãos, nos primeiros séculos do cristianismo, pois os adeptos da Boa-nova não tinham uma nação para ser dominada e para pagar tributos a Roma. A insistência da prática cristã na ilegalidade, sem nada em troca para o Estado romano, haveria de redundar em incontáveis perseguições, martírios e mortes em todo o Império.

A revolta dos judeus contra Pilatos, na época de Cristo, teve motivo religioso e social. O procurador da Judeia, excedendo-se repetidas vezes com ações de governo tidas como ilegais no direito romano, complicou sua situação junto ao Senado. Na Judeia, viviam muitos cidadãos romanos, os quais não queriam sofrer com os excessos de Pilatos e foram reclamar ao Senado, abrindo processos.

O episódio dos estandartes e a paixão de Cristo, ambos com episódios contrários às aspirações de Roma, deixaram patentes tais excessos. Pilatos, com o poder que o cargo de procurador da Judeia lhe dava, enviou tropas dos quartéis de Cesareia para Jerusalém. O contingente armado trazia em mãos estandartes com a imagem de Tibério. O imperador era considerado um deus para os romanos e isso afrontava os judeus, cujo Deus era outro.

A imagem de César era tão contrária às leis judaicas que nenhum outro procurador, antes de Pilatos, fizera o mesmo. As tropas romanas entraram na cidade à noite, por isso, somente no dia seguinte a imagem seria percebida. A confusão começou quando os judeus viram a efígie de Tibério nos estandartes. Contrários à imagem, foram a Cesareia reclamar ao procurador. Ficaram na cidade por vários dias, em manifestações, exigindo a retirada dos estandartes, mas Pilatos se mantinha firme em sua negativa.

Imaginava ele que, se acatasse o pedido, estaria contrariando o imperador. Não teve a sensibilidade de um senador romano, acostumado a lidar com o povo, que numa suposta atitude magnânima teria atendido o pleito popular e tirado vantagens da situação. Ao contrário, ordenara às tropas empunharem as armas, sinalizando aos soldados para envolverem o povo, por todos os lados.

Então, acossados e sem poder reagir, os judeus colocaram o pescoço por terra e, desafiando Roma, ofereceram a si próprios ao sacrifício. Essa resposta em massa, tão inesperada e incisiva, demonstrara ao procurador que as leis religiosas da província estavam acima das de Roma. E, se fosse preciso, eles pagariam com a própria vida. Vendo isso, Pilatos ordenou que os estandartes fossem levados de volta para Cesareia.

A divulgação da imagem de um deus, como era nos estandartes a figura de Tibério, fato comum em Roma, onde César era um deus legalmente cultuado, na Judeia, por sua vez, tal imagem afrontava a religião, dando motivo ao Sinédrio de atiçar o povo contra o domínio romano. Assim, qualquer outra fisionomia que fosse tida como imagem de um deus haveria de ter a mesma repulsa: "Não adoreis ídolos", dissera Moisés muito antes.

Tertuliano[1], um dos Pais da Igreja, no início do cristianismo (final do século II), quando os devotos da nova religião queriam ter sua prática legalizada, citando um decreto do Senado, registra: "Nenhum deus deve ser instituído pelo

---

1 Tertuliano foi o primeiro a identificar o "movimento das mesas" (o espiritismo o faria no século XIX, na sua fundação), já na Roma Antiga, por volta do ano 190. Numa crítica, ele diz: "Se feiticeiras invocam espíritos e fazem aparecer as almas dos mortos, se matam crianças com o propósito de obter uma resposta dos oráculos, se com suas ilusões de magia têm a pretensão de fazer vários milagres, se iludem com sonhos a cabeça do povo pelo poder dos demônios, cuja ajuda pediram, por cuja influência, igualmente, cabras e mesas se tornam algo divino – quanto mais não é este poder do mal zeloso em fazer as suas capacidades com todos, a favor de si próprio, e por seus próprios meios, o que serve aos objetivos de outros" (*Apologética, XXIII, 1*). (N.A.)

imperador antes que seja aprovado pelo Senado". E, após citar a experiência vivida por Marco Emílio, em relação ao deus Alburno, explica:

> Assim também acontece em nosso caso [aos cristãos], porque entre vós [os romanos] a divindade é dada por julgamento dos seres humanos. A não ser que os deuses deem satisfação aos homens, não lhes é reconhecida sua divindade – Deus deve ser propício ao homem. Entre os cristãos primitivos, Jesus, pelos seus milagres e pela sua ressurreição, estaria qualificado como deidade.

E Tertuliano ainda prossegue:

> Tibério, em cujos dias surgiu o nome cristão no mundo, tendo recebido informações da Palestina sobre os acontecimentos que demonstravam de modo claro a divindade de Cristo, levou, adequadamente, o assunto ao Senado, com sua própria decisão a favor de Cristo. O Senado rejeitou a proposta porque não fora ele próprio que a houvera feito. Mas o imperador manteve sua postura, ameaçando, com sua ira, todos os acusadores dos cristãos. Consultai vossa história. (*Apologética*, V,1-4.)

A história a que Tertuliano se refere são os Anais do Estado, ali estão as "informações da Palestina"; podendo, também, de maneira não oficial, ser notada no *Ciclo de Pilatus*, em especial no *Julgamento e Condenação de Pilatus*, que mostra Tibério dirigindo-se ao Senado para incriminar o procurador da Judeia, por ter ele sentenciado à morte uma deidade como Jesus.

A seu turno, o apócrifo *Ciclo de Pilatus*, que conserva o antiquíssimo nome *Vingança do Salvador*, em 2,18, informa que Tibério tinha lepra e queria curar-se; mas, com Jesus já morto, sua esperança era de que algum dos discípulos o fizesse. Talvez por isso, tentando deificar Jesus e tornar o cristianismo "religião lícita", para se curar na legalidade, Tibério fizera tal proposta ao Senado.

Eusébio de Cesareia, por sua vez, nascido por volta de 260 d.C. na Palestina, um dos mais conceituados Pais da Igreja, autor da famosa *História Eclesiástica*, cita Tertuliano e diz que Tibério estava informado de tudo sobre Jesus, por meio de registros e escritos oficiais:

> Pilatos, segundo antigo costume de que o governador da província transmitia as novidades nela ocorrida ao detentor do poder real, a fim de que este ficasse bem-informado de tudo, comunicou ao imperador o que circulava na Palestina inteira sobre a ressurreição de Jesus. Assim, Tibério teve conhecimento dos milagres de Jesus e de que, após a sua paixão e ressurreição dentre os mortos, o povo passou a crer que Jesus era um Deus. (*História Eclesiástica*, I, 2.)

Mais tarde, quando os Pais da Igreja elevaram o Cristo à categoria de Deus, a instituição Igreja, então emergente, aproximou-se dos romanos, os quais estavam acostumados a cultuar vários deuses, mas se afastou do judaísmo, que na época já se determinara a ter Jesus apenas como profeta.

A *Epístola Lentuli,* por seu turno, fora um documento enviado a Tibério para colocá-lo a par de tudo, como era de costume, escrita por um senador presente em Jerusalém, sob o comando do próprio imperador, para serviços jurídicos e informes especiais a ele mesmo.

A carta dava também a Tibério a *Physiognomia Christi;* a missiva mostrava a ele, com cuidado de escrita, os dotes de um homem religioso tido pelo povo como "Profeta da verdade"; nela, não ficou registrada a imagem de um deus para concorrer com Tibério nem, tampouco, com o Deus dos judeus; dava apenas subsídios ao imperador para refletir sobre aquele homem incomum e decidir, sob a sua ótica, o que fazer em tal situação. Levando em conta os registros de Tertuliano, Tibério tinha interesse na legalização do cristianismo, ao qual Pilatos era contrário, mas Públio Lentulus favorável, em razão íntima da cura da filha.

Tibério, segundo consta dos apócrifos, por interesse próprio quis deificar Jesus e tornar a religião lícita, mas não teria tido tempo para trabalhar sua proposta no Senado; haveria de desencarnar antes, facilitando a rejeição do projeto pelo colégio senatorial.

A seita dos gnósticos, por sua vez, conforme consta nos escritos dos Pais da Igreja, aproveitou a ideia de divindade, juntou a ela as informações do *Ciclo de Pilatus,* já existentes, e reproduziu a imagem de Cristo naquilo que hoje é chamado de "santinho".

Mas os cristãos primitivos, ligados aos mandamentos judaicos, principalmente ao "não adoreis ídolos", não podiam conceber tal prática, assim como o fizeram com os "estandartes de Tibério". Por conseguinte, a repulsa dos Pais da Igreja seria imediata, reprovando e combatendo a iniciativa gnóstica.

Não obstante os cuidados da Igreja, a imagem divulgada de Cristo se popularizou. Os primeiros cristãos que a usaram foram os do racionalismo gnóstico, nos tempos do papa Aniceto, entre 155 e 166 d.C., em Roma. Isso é relatado por Irineu de Lyon, discípulo de Policarpo, que depois seria bispo de Lyon, em 177 d.C.

Irineu, importante Pai da Igreja, durante a sua missão, depois de atuar como missionário no sul da Gália, morou em Roma, onde participaria como mediador das controvérsias religiosas entre as igrejas do Oriente e do Ocidente. Na cidade dos Césares, durante o ano 180 d.C., escreveria a sua grande obra *Contra heresias.* Nesse livro, ele diz:

> Alguns deles [os gnósticos] marcam a fogo os discípulos atrás do lóbulo da orelha direita. Foi assim que Marcelina, seguidora dessa seita, foi a Roma, nos tempos de Aniceto [Papa], e arruinou a muitos. Eles se chamam gnósticos. Possuem umas imagens, algumas pintadas, outras feitas de materiais diversos, e dizem que reproduzem o Cristo e foram feitas por Pilatos, quando Jesus estava entre os homens. (*Contra heresias*, I, 25, 6).

Além de falar da imagem de Jesus, Irineu descreve também todas as escolas heterodoxas, conhecidas como heréticas. Dá conta de que a fisionomia de Cristo era usada no hoje denominado "santinho". A imagem, citada por Irineu, segundo ele, muitos "diziam vir da época de Pilatos". Seria oriunda de uma suposta pintura feita por alguém, ou decorrente da impressão do "rosto de Cristo" num pano, como mostra um dos apócrifos do *Ciclo de Pilatus,* que Irineu parecia conhecer:

> Verônica disse: "Estando eu a caminho para levar o lenço ao pintor para que O desenhasse, meu Senhor veio ao meu encontro e perguntou-me aonde ia; quando Lhe manifestei o meu propósito, pediu-me o lenço e o devolveu com a imagem de Seu venerável rosto". *(Morte de Pilatus, o que condenou Jesus*[2].)

Esse apócrifo citado pertence ao *Ciclo de Pilatus,* do qual consta, inclusive, a *Epístola Lentuli,* que relata a *physiognomia Christi*. Se essa imagem do lenço de Verônica haveria de inspirar as pinturas do passado, as quais, hoje, em sua maioria, batem com a descrição da carta enviada a Tibério, isso nos faz supor que as imagens primitivas de Jesus no lenço de Verônica e na *Epístola Lentuli* podem validar-se mutuamente, uma completando a outra.

A inteligência da descrição na *Epístola Lentuli,* sem afrontar os judeus nem os romanos da época, tampouco esta ou aquela religião, se faz digna de um senador patrício com sensibilidade política, como é dito ter sido Públio Lentulus. Sua conhecida carta faz parte de um conjunto de escrituras chamado *Ciclo de Pilatus*. Nesse *Ciclo*, estão contidos os *Atos de Pilatos*, que mais tarde receberiam o nome concorrente de *Evangelho de Nicodemos*. A favor disso, têm-se os registros dos mais antigos escritores da Igreja.

De fato, essas escrituras apócrifas eram conhecidas por teólogos como Justino, Tertuliano, Irineu e Eusébio. Em seus escritos, eles demonstram tê-las conhecido; apoiaram-se nos argumentos dessas escrituras para validarem os seus, embora possam não ter, por outros motivos, contribuído para a inclusão delas no cânon oficial. Mas, ainda assim, foram responsáveis por legitimá-las na história.

---
2 PROENÇA, 2005, p. 722. (N.A.)

Justino, por exemplo, após contar em seu livro as profecias de Jesus e os martírios na cruz, assevera: "Que tudo isso aconteceu assim podeis comprová-lo pelas *Atas de Pilatos*, redigidas em seu tempo" (*I Apologia*, 35). E torna ainda a asseverá-las após relatar os milagres de Cristo: "Que tudo isso foi feito por Cristo [os milagres], vós o podeis comprovar pelas *Atas* redigidas no tempo de Pilatos" (*I Apologia*, 48).

Justino nascera na Samaria por volta do ano 100; não era de origem judaica, não falava hebraico e não estava influenciado por conversa vantajosa de eventual samaritano da época. Tudo o que sabia teve de filtrar, fazendo pesquisa e usando de bom senso.

Foi em Roma que Justino fundou uma escola filosófica, escreveu as suas obras e trabalhou. Sendo homem culto, conhecedor do Estado romano e um dos Pais da Igreja, digno do melhor conceito, não é concebível que um homem com tal prestígio tenha inventado tais *Atos* ou *Atas de Pilatos* e colocado em suas obras. As obras de Justino fizeram história e ele não ficaria isolado em seus argumentos; seria confirmado por outros de grande prestígio.

Corroborando os seus escritos, vieram teólogos de valor reconhecido no cristianismo, também honrados com o título de Pais da Igreja. Entre eles, há consenso de que as *Atas de Pilatos* de fato existiram. É provável que aquelas que lhes chegaram às mãos não tenham sido os registros oficiais do Estado romano, mas narrações de homens que viveram os fatos, certificando a história com os seus registros. A *Epístola Lentuli* faz parte desse ciclo. E, se ainda não temos os originais para legitimá-la e levá-la em consideração como prova incontestável, ainda assim ela não causa qualquer mal ao ser humano, pelo contrário, mostra o retrato falado de Cristo. Trata-se de algo legítimo em seu aspecto messiânico.

Por outro lado, a existência do senador Públio Lentulus, na Roma Antiga, e sua estada efetiva na Judeia, durante a alvorada cristã, são dadas pela *Epístola Lentuli*. Ao que tudo indica, observando os registros mencionados da Antiguidade, a carta era conhecida no tempo de Tibério e, certamente, alguém a escreveu. Esse alguém registrou nela o nome Públio Lentulus, seu autor.

A seu turno, os cristãos adeptos da vida após a morte e da possibilidade de o espírito comunicar-se com o homem através da mediunidade, sobretudo pela psicografia de Chico Xavier, consideram verídica a existência de Públio Lentulus. Para esses, trata-se de uma das encarnações do espírito Emmanuel, o mesmo que movimentara a figura do senador Lentulus Sura, conforme os princípios da palingenesia de Platão, embora isso possa não ser aceito por céticos, dogmáticos e outros oponentes doutrinários.

Quanto aos contrários à palingenesia, não há que se pensar em unanimidade. Devemos reconhecer que o cristianismo também não é a religião de metade dos seres humanos do globo, e nisso cada qual coloca os seus motivos. Como instituição, assim como as outras religiões, o cristianismo nascera do testemunho pessoal. Suas provas são apenas testemunhais, não há nada científico que o caracterize. Essas provas testemunhais deram base aos *Evangelhos,* aos *Atos,* às *Epístolas* e ao *Apocalipse,* componentes do *Novo Testamento.* Cada qual no campo religioso caminha segundo as suas crenças.

Para os opositores contumazes do cristianismo, nem prova testemunhal haveria, pois os *Evangelhos de Marcos,* de *Lucas,* os *Atos de Lucas,* as 14 *Epístolas de Paulo* e, sugestivamente, o *João da Primeira Epístola* não foram testemunhas da história. Marcos, Lucas, Paulo e o João citado nada viram os fatos por si próprios, mas receberam informações de outros, para as suas escrituras tidas hoje como canônicas. Estes não conviveram com o Cristo, mas foram aceitos pela Igreja segundo critério próprio de validação discutível do ponto de vista testemunhal. A validade de seus escritos deu-se pela importância do conteúdo e pela sintonia deles com os escritos dos apóstolos João, Mateus, Pedro, Tiago e de seu irmão, Judas, os quais de fato conviveram com Jesus.

Mas, pergunta-se: Onde estão os originais desses que andaram com o Cristo? Um confronto com os *Evangelhos* atuais poderia legitimá-los e a verdade ficaria ressaltada.

Contudo, os originais não são apresentados! E, a julgar pelos achados tardios das Escrituras e pelos chamados Apócrifos, como é o caso do *Ciclo de Pilatus*, os quais dão entendimento complementar aos canônicos, parece que nunca haveremos de tê-los. A Igreja, como instituição, nunca daria a público os seus originais, porque, sugestivamente, tudo leva a crer que algo importante foi mexido.

A *Epístola Lentuli* pode muito bem ter sido um testemunho verídico de quem de fato estivera com Cristo, de quem vira a Sua fisionomia e descrevera o Seu caráter. Ela não é uma afronta a Jesus, senão pelo fato de a Igreja não tê-la acolhido. Observa-se, a seu turno, que a Doutrina Espírita, surgida em meados do século XIX, autenticou tardiamente a carta por uma via insólita: a psicografia. Esta, por estar no campo religioso, não é aceita por outras doutrinas. Contudo, para os espíritas, a *Epístola Lentuli* é testemunho verídico e de valor inestimável.

Assim como outros apócrifos da Antiguidade, a *Epístola Lentuli* foi certamente traduzida para outros idiomas. Tudo indica que o original do primeiro século fora escrito em latim, redigido por um senador romano e destinado ao Estado. Não era um documento para circulação normal, por isso teria de ficar em arquivo oficial. Porém, ao que tudo indica, alguns tiveram conhecimento dela e divulgaram o seu conteúdo, ainda que verbalmente. Em seguida, no final da Idade Antiga ou início da Idade Média, a carta teria mudado de mãos, saindo do arquivo oficial para o privado. Então, aquele homem desconhecido, de quem ela tratava, já era o Cristo, oficializado pelo Estado romano.

Informação valiosa sobre a *Epístola Lentuli* foi dada em tempos mais próximos, no século XIX. Edward Robinson[3], coordenador do *The biblical repository*, nessa publicação trouxe o artigo intitulado *On the letter attributed to Publius Lentulus, respecting the personal appearance of Christ* (Sobre

---

3 Ver "Apêndice C: *A Epístola Lentuli* no século XIX". (N.A.)

a carta atribuída a Públio Lentulus, a respeito da aparência pessoal de Cristo).

A *Epístola Lentuli*, publicada naquele trabalho, já houvera sido impressa antes no *Calmet's dictionary*, num artigo intitulado *Lentulus*. Nele, Robinson informa que a versão mais antiga da qual teve conhecimento fora publicada por Anselmo, arcebispo de Canterbury, morto em 1109. E explica que essa mesma carta publicada por Anselmo teria sido reimpressa no final do século XV ou no início do XVI, em Paris.

Sabe-se também que, em 1280, transcrições da *Epístola Lentuli* foram achadas em Aquileia, hoje província de Udine, nordeste da Itália, na época sob jurisdição de Constantinopla.

Pouco depois, ao findar a Idade Média, uma cópia foi parar nos arquivos dos Sforza-Cesarini, descendentes de Ludovico Sforza, o Mouro (1452-1508), e de Giuliano Cesarini, rica família da época medieval, protetora de Leonardo da Vinci.

Em tempos próximos, descendentes dos Cesarini, vindos de Genzano, uma localidade cerca de 30 quilômetros ao sul de Roma, estabeleceram-se na cidade dos Césares. Dos arquivos do duque de Cesarini, em Roma, parece provir a versão da Epístola Lentuli surgida no Brasil[4], no segundo quartel[5] do século XX.

Quanto aos autores de língua portuguesa, a primeira menção de que se tem notícia vem do século XVI, quando o padre jesuíta Geronimo Xavier (nome que ele assinava) mencionou-a em sua obra, *History Christ*, ao falar da *Life of Christ*, traduzida para o persa com auxílio de um erudito, Ahdal ben Kassum (ou Abdel Senarin Kazem), para o rei da Pérsia. Não

---

4 O autor Antônio Lima, em *Vida de Jesus* (FEB, 1939), na 4a edição, 1982, p. 168-169, dá essa versão da *Epístola Lentuli*. Esse livro foi prefaciado por Emmanuel, com psicografia de Chico Xavier, em 28 de outubro de 1936. (N.A.)

5 Desse mesmo período parece ser a *physiognomia Christi* obtida por via mediúnica num congresso espírita, pois, no período de 6 a 13 de setembro de 1925, Léon Denis realizou o Congresso Espírita Internacional de Paris, ocasião em que o senhor Forthuny organizou uma exposição de arte espírita, da qual faria parte a famosa pintura. Sobre o Congresso, ver DENIS, 2007. (N.A.)

obstante o seu trabalho e a sua boa intenção, o padre seria acusado de corromper as Escrituras.

A Inquisição correu solta por quase sete séculos, desde 1184 até 1821, fazendo-se presente na época de Geronimo (1549-1617). Para se defender das acusações que ele tinha como injustas, o padre Geronimo[6] escreveu uma carta, datada de 21 de dezembro de 1607, em que se justifica de modo oficial à Igreja. Na carta, diz que seu trabalho fora baseado em exemplares dos *Evangelhos* trazidos por um padre armênio, vindo de Jerusalém para a Mongólia, mais exatamente à cidade de Lahoor, no ano de 1598. Mas o reverendo havia desencarnado em seguida, e os seus pertences, contendo tais livros, foram entregues ao padre Manuel Panero, da Companhia de Jesus. Desses livros antigos, Geronimo teria se servido para redigir os seus, segundo ele.

Em sua carta, ele afirma que os *Evangelhos* que lhe serviram de base foram escritos no ano de 828 d.C., conforme constatado por ele mesmo naquelas páginas antigas; para ele, a antiguidade do papel também atestava isso. Disse que fora a partir dessas Escrituras que a sua versão fora realizada, sem qualquer alteração. Um exemplar da obra de Geronimo, depois considerada espúria pela Igreja, chegou a Portugal em 1610, vinda da Índia para exame.

Deve-se destacar que o propósito aqui não é saber se a obra de Geronimo, escrita no final do século XVI, era ou não espúria; se trata de conhecer o seu testemunho. Aquilo que seria considerado "fantasioso" pela Igreja, em sua época (a mesma da Inquisição), séculos antes não o era, a ponto de a *Epístola Lentuli* ser colocada como ilustrativo naqueles *Evangelhos* que Geronimo certificara terem vindo de Jerusalém e serem datados de 828 d.C. Segundo ele, a obra antiga que lhe chegara às mãos e servira de base à sua fora editada antes do século VIII, com o que concorda Casiri[7].

---

6 Ver "Apêndice D: Carta de Geronimo Xavier", nome conservado conforme assinatura na carta. (N.A.)
7 CASIRI, *Biblioth. Arabico-Hispana*, append., tomo II, p. 343 apud TOWNLEY, p. 226. (N.A.)

Assim, conforme o seu testemunho, a *Epístola Lentuli,* introduzida de algum modo em seus escritos e dando a *Physiognomia Christi* e outras informações para montar a sua *Life of Christ,* já era conhecida desde os anos 700 d.C.

Corroborando a informação do missionário, quase na mesma época surgem os escritos de Giovanni Damasceno. Este padre, nascido na Síria e convertido mais tarde ao cristianismo, também seria um dos maiores da Igreja, sendo, inclusive, santificado. Empenhou-se em demover o imperador bizantino de seu movimento iconoclasta.

Em 726 d.C., uma lei de Leão III, imperador de Bizâncio, interpretando literalmente o *Êxodo* (20:4), proibira o culto às imagens de Cristo, dos santos e de outros ícones na Igreja Ortodoxa. Damasceno, por sua vez, quis mostrar ao imperador que a iconoclastia não tinha sentido, pois a honra dos cristãos estava em adorar o Cristo, e não a sua imagem. Posicionou-se favorável às imagens sacras. O Papa, quatro anos mais tarde, alimentando o sonho de ressuscitar o Império do Ocidente, rompeu com Constantinopla.

Damasceno, em sua *Epistola ad Theophilum imperatorm de sanctis et venerandis imaginibus*[8], escrita por volta de 730 d.C., apresenta Jesus como:

> De porte alto e ligeiramente inclinado, cabelos cesários *(crispa caesarie)*, olhos cativantes *(venustis oculis)*, barba escura, traços similares aos de sua mãe em beleza, dedos longos, voz sonora com suave eloquência, brando e cheio de virtudes etc. (*ETISVI*[9], § 3, p. 350).

Os dizeres do padre Damasceno confirmam o seu conhecimento da *Epístola Lentuli* já no século VIII, quando reproduzira

---

8 Ver "Apêndice E: Epístola de Giovanni Damasceno". (N.A.)
9 Ver original, escritura completa, no "Apêndice E", impresso em grego e latim: Documenta catholica omnia – tabulinum: De ecclesiae patribus doctoribusque – matéria: ecclesiae patres graeci – argumentum: 675-749 – Iohannes Damascenus, sanctus. (N.A.)

ao imperador de Bizâncio uma parte da carta. Inclusive, os termos usados por ele, *crispa caesarie e venustis oculis,* estão mais para escritos de um senador imperial do que de um padre santificado. Sua descrição sugere ser cópia parcial e mais ou menos similar ao texto primitivo de Públio Lentulus.

Por certo, dos arquivos antigos a carta tomaria novos rumos, chegando, em razão do interesse por ela, a outros países. Sem dúvida, a sua tradução para outros idiomas, em versões malcuidadas, haveria de mudar algo do seu conteúdo e do seu estilo, dando origem às várias versões hoje conhecidas.

A *Epístola Lentuli*[10] apresentada a seguir, em português, é uma versão do *Monumenta S. Pattrum Orthodoxographa*, editado em Basileia, em 1569, sob a coordenação de Erhard Cell e Johann Jakob Grynaeus.

> Lentulus, legado em Jerusalém, ao Senado e ao Povo Romano: Nestes tempos apareceu e ainda se encontra entre nós um homem de grande virtude, que se chama Jesus Cristo, o qual é tido pelo povo como profeta da verdade; seus discípulos o chamam de filho de Deus, pois ele ressuscita os mortos e cura os doentes. É um homem notável, de alta estatura e aspecto venerando que pode inspirar, a quem o olha, tanto o amor como a temeridade. Seus cabelos são de um tom cobre-acastanhado, levemente ondulados até a altura das orelhas, sendo, a partir daí, mais escuros, encrespados e brilhantes até a altura dos ombros; usa-os repartidos ao meio, ao estilo dos Nazarenos. Seu rosto é bem conformado e de aspecto sereno, não tem rugas nem cicatrizes na face, a qual um rubor moderado torna ainda mais bela, sem nenhuma imperfeição no nariz nem na boca. Tem a barba abundante e avermelhada, quase da cor dos cabelos, não longa, mas bifurcada na altura do queixo. Sua expressão é simples e natural, e seus olhos são azulados e brilhantes. Sua expressão, quando reprova, é severa; quando aconselha, se faz serena e amável, até mesmo quase alegre, mas sem perder a sua dignidade, já que ninguém jamais o viu

---

10 MAAS, Anthony. *The catholic encyclopedia*. vol. 9. New York: Robert Appleton company, 1910. Publius Lentulus. *The letter of Lentulus*. Ver também os "Apêndices C e F", sobre a *Epístola Lentuli*. (N.A.)

rir, embora já o tenham visto chorar por vezes. Seu talhe corporal é esbelto, bonito de ver, com mãos e braços proporcionais; fala de modo grave e eloquente, mas é reservado e modesto; seu modo simples de ser pode ser comparado ao dos demais homens. Passai bem.

Temos de fazer aqui uma pausa para refletir sobre as funções de "legado" e edil que Públio Lentulus desempenhou enquanto esteve na Judeia.

Por informação de Públio, como já vimos, ele estava na Judeia como "legado do Imperador", ou seja, uma espécie de "legado jurídico", justificando-se assim o emprego do termo "legado" em várias referências a ele. Com o passar dos anos, também por informação dele, esteve presente na edilidade, espécie de "prefeito" naquelas instâncias. No início, desde 32 até 37 d.C., Públio atuou junto a Pilatos, por interesse e mandado da sede imperial. Não obstante, os primeiros teólogos atribuíram a ele um título indevido (procônsul, propretor, presidente etc.), talvez em razão de sua grande importância na Judeia. Naquela província, seria ele um senador preposto de Roma, exercendo trabalho de nomeação desconhecida dos teólogos da Antiguidade, razão pela qual aqueles títulos a ele atribuídos são, na prática, fictícios. Portanto, considerando-se a época em que a carta fora escrita e as evidências mostradas em *Há 2000 Anos...*, optamos pela mais provável função de "legado jurídico", ocupação dele na Judeia, cujo nível seria equiparado ao de proquestor e membro do colegiado senatorial romano.

⁓

Tertuliano, por sua vez, exerca a profissão de advogado e convertera-se ao cristianismo. Ele conta em seus escritos do ano 197 d.C., dirigindo-se aos governantes do Império Romano, que os acontecimentos capitais sobre Jesus foram todos dados a Tibério, por escrito.

De início, ele relata que os judeus ficaram tão exasperados com os ensinamentos de Jesus – pelos quais alguns de seus governantes e chefes se convenceram da verdade, porque muitíssimos o seguiram – que, por último, o levaram para Pôncio Pilatos. Então, com gritos estridentes, os judeus obtiveram a sentença que lhes entregava Cristo para ser crucificado (Apologética, XXI, 22). E Tertuliano prossegue os seus relatos contando o que Pilatos fizera a Jesus. Ao terminar, arremata dizendo que Roma fora informada de tudo, e por escrito:

> Pilatos escreveu sobre Cristo ao imperador reinante que era, na época, Tibério. Sim, e os imperadores também teriam acreditado em Cristo, caso eles não tivessem sido necessários ao mundo, ou se os cristãos pudessem se tornar imperadores. (Apologia, XXI).

Nota-se, por esse texto do segundo século, que as *Atas de Pilatos* de fato existiram, eram conhecidas e constavam dos Anais do Estado romano, pois Pilatos escrevera a Tibério. Cerca de um século depois, a existência desses documentos primitivos seria confirmada. E quem o fez foi Eusébio de Cesareia, em sua *História Eclesiástica*, escrita de 312 a 324 d.C.

Como os acontecimentos narrados por Eusébio foram vividos durante o governo de Maximino Daia, entre 308 e 313 d.C., esse Pai da Igreja fora testemunha ocular da história.

Ele dá conta de que, no Império Romano do Oriente, o imperador Maximino fazia insistente perseguição aos cristãos: não lhes permitia fazer qualquer convocação para essa ou aquela iniciativa, nem construir igreja nem realizar mais nenhuma das reuniões costumeiras. Seu *modus operandi* era de provocar uma inanição ideológica ao povo de Cristo.

Maximino, opondo-se ao imperador do Ocidente, Constantino I, o Grande, benfeitor do cristianismo, agia como verdadeiro tirano. Por volta de 310 d.C., suas ordens imperiais podiam ser vistas gravadas nas colunas de bronze erguidas nas cidades, para serem cumpridas. No interior dos estabelecimentos de ensino, o rigor avultava.

> "Nas escolas, as crianças tinham diariamente na boca Jesus, Pilatos e os *Atos* injuriosamente elaborados por Maximino", registra Eusébio. (*História Eclesiástica,* IX, 7, 1.)

E complementa:

> Havendo então alterado os *Atos de Pilatos,* e os *de Nosso Salvador,* repletos de blasfêmias de todo gênero contra Cristo, seus comandados os enviaram, com a aprovação dele próprio, às regiões sujeitas ao seu poder e, por meio de avisos, impuseram que em todos os lugares, nos campos e nas cidades, fossem expostos bem visíveis. E que os mestres das escolas cuidassem de ministrá-los às crianças em lugar do ensino habitual, fazendo com que os aprendessem de cor. Estas ordens, portanto, foram cumpridas. (*História Eclesiástica,* IX, 5, 1-2)

Os *Atos de Pilatos* de que se tem falado neste capítulo, cuja composição integral não é informada por nenhum autor antigo, mas da qual faz parte a *Epístola Lentuli*, de fato existiram, conforme registra Eusébio de Cesareia. E, em certa data, os *Atos de Pilatos* foram adulterados para servirem aos propósitos de Maximino nas escolas da Antiguidade, ensinando às crianças apenas o que lhe convinha. Portanto, são registros existentes, que reportam acontecimentos e escrituras datadas de quando Jesus vivia os últimos momentos de seu ministério, independentemente de outros teólogos da Antiguidade terem gostado ou não do seu conteúdo.

Outra versão da *Epístola Lentuli*, encontrada em biblioteca de importância, foi publicada recentemente por uma pesquisadora da localidade de Lêntula, na Itália, estância hidromineral nas cercanias da cidade de Pistoia, local que na Antiguidade pertencera a elemento da ramificação Lentulus.

Após 15 anos de pesquisa sobre o passado clássico dessa pequena vila, a escritora informa em seu livro, *Lentula,* que os Anais de Roma fazem referência a uma carta que o senador Públio Lentulus, em serviço na Judeia, na época de Tibério César, enviou a um amigo, também senador de Roma[11]. A pesquisadora publica a tal carta, algo diferente das anteriores já apresentadas, mas semelhante:

> No tempo de Tibério César, Públio Cornelius Lentulus, procônsul de parte da Judeia, escreveu esta carta para entrega ao Senado romano: "Apareceu e ainda vive por aqui um homem de extraordinário poder, de nome de Jesus. O povo o tem como profeta da verdade, e os seus discípulos o chamam de filho de Deus; ele ressuscita os mortos e cura todas as doenças. É um homem de estatura alta e bem-proporcionada; seu olhar, ao mesmo tempo autoritário e amável, quem olha, pode amá-lo ou temê-lo. Sua aparência é simples e madura. E seus olhos são vivazes e brilhantes. É temível quando reprova, mas carinhoso e amável quando ensina e consola. Nunca foi visto rindo, mas antes chorando de compaixão pelos outros. Sua postura corporal é alta e direta. Fala pouco e de modo comedido". *(Lentula,* p. 21.)

Nas informações de *Lentula,* colhidas em biblioteca conceituada, não obstante o posto de procônsul (irreal para um jovem senador), nota-se com propriedade o nome *Publius Cornelius Lentulus* escrito com a *gens* Cornélia posta no seu devido lugar (após o primeiro nome), e, mais importante, observa-se algo novo: a existência de uma segunda carta!

Além da carta enviada a Tibério, o senador teria mandado a Roma uma segunda, desta vez endereçada ao "Senado romano", aos cuidados de um senador do Império, que pela informação de Emmanuel trata-se de Flamínio Severus, a qual faria parte hoje, segundo o documento, dos Anais do Estado romano.

Essa informação justifica ao menos duas versões da *Epístola Lentuli,* das quais as outras seriam derivadas: uma enviada a Tibério, outra, ao Senado romano. Conforme se observa em

---

[11] Ver mais informações específicas no "Apêndice F". (N.A.)

Lentula, essa versão da carta pode ser achada na biblioteca[12] de Florença (Firenze), Itália.

Não obstante os escritos e os testemunhos valorosos de autores da época clássica, como Justino, Tertuliano, Irineu, Eusébio, Damasceno e Geronimo, pesquisadores sérios de épocas mais recentes também foram a campo para tentar autenticar a veracidade da *Epístola Lentuli*. Ainda assim, não chegaram a uma conclusão capaz de convencer céticos, dogmáticos e opositores doutrinários. O resultado dessas investigações pode ser resumido em alguns pontos capitais, capazes de ajudar o entendimento do pé da questão.

CONTRA a autenticidade da *Epístola Lentuli*, temos:

1º – O teor da epístola evangélica de Paulo, *1ª Coríntios* 11,14, em que o apóstolo reprova o uso de cabelo comprido no homem, contrariando o que Jesus teria usado, segundo o mencionado na *Epístola Lentuli;*

– Essa reprovação de Paulo seria justificável se ele, autor do texto, não conhecesse o costume de Jesus (pouco provável) ou, talvez, caso quisesse prevenir na Igreja o surgimento da vaidade (mais provável); por exemplo, o uso de cabelo comprido nos padres, a exemplo do informado na *Epístola Lentuli,* o que lhes daria uma aparência feminina. Esta última hipótese parece de fato a mais provável, porque, uma centena de anos após a carta citada de Paulo, o papa Aniceto, durante o seu pontificado, entre 155 e 166 d.C., proibiu o cabelo comprido aos padres, tendo como fundamento o disposto em *1ª Coríntios* 11,14.

2º – As discrepâncias no confronto entre as principais versões[13] da *Epístola Lentuli;*

– O conteúdo das diferentes versões poderia ser justificado pelo trabalho dos copistas durante parte da Idade Antiga, na

---

12 Ver "Apêndice F", notas de rodapé. (N.A.)
13 Ver o "Apêndice F: Ciclo de Pilatus e Epístola Lentuli". Trata-se da versão mais corrente da *Epístola Lentuli* impressa no Brasil. (N.A.)

Idade Média e mais além, com traduções descuidadas que, seguramente, mudaram alguns dizeres da carta e, inclusive, alteraram o estilo, como de fato pode ser visto nas versões hoje apresentadas.

3º – A aparente inconsistência sobre a estadia de um senador romano na Judeia, na época de Pôncio Pilatos, exercendo função especial a mando de Tibério, e a impossibilidade de identificar hoje o nome de *Publius Cornelius Lentulus* para certificação de sua existência em outros registros históricos além da carta;

– A dificuldade em identificar a estadia do senador em Jerusalém poderia ser justificada pela perda dos documentos oficiais do Estado romano, ao longo de dois mil anos. É possível, também, embora pouco provável, se considerada a exatidão da psicografia de Xavier, que o nome do senador tivesse algum complemento, um "nome de guerra", por assim dizer, a exemplo de "Sura", tal como Volusiano, Cipionino, Getuliano ou ainda outro.

4º – O silêncio de historiadores expressivos, não religiosos, até o final da Idade Média, sobre a existência da *Epístola Lentuli*;

– As evidências atuais da *Epístola Lentuli* estão nos documentos hoje conhecidos como *Ciclo de Pilatus*, corroboradas ainda pelo apócrifo *Evangelho de Nicodemos* e pelos livros dos Pais da Igreja e teólogos de expressão, como Justino, Tertuliano, Irineu e Eusébio (da Idade Antiga), além de Giovanni Damasceno e Geronimo Xavier (da Idade Média). Com certeza, o silêncio de outros autores expressivos, não religiosos, durante quase toda a Idade Média e mais além, poderia ser justificado se tivesse havido uma hipotética subtração da carta do arquivo oficial, seguido, depois, de parca reprodução; o desconhecimento de seu paradeiro e os imperativos da Igreja durante os quase sete séculos de Inquisição – período dominado pelo medo – teriam afastado tais historiadores de um assunto já sem importância no período.

5º – A sugestiva impressão de que a *Epístola Lentuli* tenha sido forjada em algum momento da época medieval;

– Neste caso, seria preciso desprezar os testemunhos dos Pais da Igreja, que, embora não tenham sido precisos quanto à existência da *Epístola Lentuli*, também não o foram quanto à definição do conteúdo das *Atas de Pilatos* e dos tais "informes" a Tibério, não obstante o uso de itens pinçados nesses documentos para uso em suas próprias obras. Além do fato de ser preciso desprezar, também, os escritos de Giovanni Damasceno e de Geronimo Xavier, que retrocedem o achado até o final da Idade Antiga, como anteriormente mostrado.

A FAVOR da autenticidade da *Epístola Lentuli*, temos:
1º – O teor histórico dos registros bíblicos, que, em linhas gerais, confirmam algumas descrições da *Epístola Lentuli*, se bem que minguados, como os de *Isaías* (52,13-15; 53,2-9); de *Lucas* (2,52); dos *Filipenses* (2,5-11), mas não dão informes sobre a *Physiognomia Christi*;
2º – Os escritos antigos dos Pais da Igreja e de outras figuras santificadas, como Justino de Roma, Tertuliano, Irineu de Lyon, Eusébio de Cesareia, Giovanni Damasceno e do missionário Geronimo Xavier;
3º – De valor relativo, têm-se os chamados apócrifos do *Ciclo de Pilatus*, um conjunto de documentos cuja *Epístola Lentuli* está inserida num contexto que permite reflexão sobre a sua autenticidade no tempo de Cristo, além das versões antigas achadas em arquivos e bibliotecas famosas;
4º – As pesquisas atuais em várias bibliotecas, como da Itália, França, Inglaterra e Alemanha, mostrando, de modo convincente, uma antiguidade da *Epístola Lentuli* que poderia remontar aos tempos do senador Públio Lentulus;
5º – Para os cristãos aderentes ao fenômeno da psicografia, sob profunda "inspiração", as mensagens assim recebidas, especialmente pelo médium Francisco Cândido Xavier, confirmam que o espírito Emmanuel encarnara como Públio Lentulus, autor da *Epístola Lentuli*, sendo tal encarnação dada como certa por pesquisadores de tal fenômeno. Bem como o

valor expressivo da extensa obra de Xavier sob os impulsos do fenômeno mediúnico de origem extracerebral, obtidos em estado de perfeita saúde física, mental e psicológica, que atestam a sua legitimidade, além de suas qualidades morais, que não permitem dúvidas sobre as suas excelentes qualidades pessoais.

– Nos itens mencionados, a história tem mostrado que não é incomum haver um imperativo maior atuando no homem, a ponto de fazer sobressair nele os valores colhidos apenas na fé, independentemente de seu valor pessoal. Sob tal imperativo, percebe-se a sua tendência em atribuir um valor maior aos objetos religiosos por não saber o seu atributo real. Então julga que os objetos poderiam ser de fato valiosos, sobretudo quanto à *Epístola Lentuli*, que poderia remontar a dois milênios e mostrar com exatidão a fisionomia de Cristo, figura emocionalmente tão sublime e amada dos cristãos. Contudo, ainda assim, uma fé destituída de razão pode, a exemplo do que se tem visto por vezes, passar ao campo da credulidade supersticiosa. É, portanto, dever de todo cristão ter bom senso em assuntos dessa natureza e pesquisar a lógica dos fatos, para se ver livre dessa tendência. Em assuntos materiais, o auxílio da ciência, quando possível, se faz necessário para resolver os impasses; e em temas psíquicos, ela terá ainda de se apresentar mais, fazendo uso de tecnologia refinada e de especialização no estudo da mente, para alcançar a dimensão das partículas e obter a verdade num mundo tido hoje como imponderável.

Ressalta-se que o amor à verdade deve estar sempre acima de tudo. Em benefício dessa verdade, não obstante todas as evidências já conhecidas e favoráveis à veracidade da *Epístola Lentuli*, não seria demais a vinda de novas pesquisas – examinando as suas versões principais e procurando novos dados históricos nos Anais do Estado romano, por exemplo, os exemplares antigos do *Ciclo de Pilatus* e outros registros daquela época; talvez, assim, novas provas venham à tona, dando uma nova luz ao conhecimento.

Enquanto isso, cada qual deve julgar por si próprio, de acordo com a sua cultura, a sua verdade e o seu sentimento. Porque, sobre a *Epístola Lentuli*, não obstante as evidências verificadas, ainda não há validação fundamentada em prova material da época aludida, assim como, também, não há a dos *Evangelhos* escritos em anos próximos aos da *Epístola*. Ambos não possuem provas consubstanciadas em escritos originais que deles se pudesse ter prova material, irrefutável na originalidade. Sem dúvida, ambos foram alterados, seus originais não mais existem, mas isso não quer dizer que não existiram.

Por outro lado, qualquer que seja o ponto de vista individual sobre a aparência física de Jesus, enquanto Ele viveu na Terra, todas as proposições ditas cristãs haverão de tê-Lo como figura sublime, independentemente da constituição carnal que teve e de Sua aparência física. Pelos atos de bondade e exemplos de amor que deu a todos, por Sua elevação de espírito, cheio de paz, de amor e de sabedoria, após deixar este mundo seguiu Ele para o seu trono Divino, dotado de eterna glória. Ontem, esteve entre os homens, em carne e osso; hoje, está com Deus, em espírito, guardando nas alturas as Suas ovelhas que já partiram e guiando, na Terra, o Seu rebanho que ainda haverá de ir.

Em suma, não é Jesus que está em jogo na *Epístola Lentuli*, mas a veracidade de um testemunho, o de Públio Cornelius Lentulus, que em detalhes acabamos de mostrar.

A carta existe e, conforme os testemunhos, é fato histórico desde a Antiguidade, independentemente de hoje se acreditar nela. Há quem acredite e quem não acredite. Aquele que não crê e acusa a inexistência do senador, cabe a ele, que acusa, o ônus da prova, porque o direito assim o exige. Mas bastaria a quaisquer das partes a apresentação (o que não é pouco) dos *Anais de Roma*, contendo todos os senadores eleitos entre os anos de 21 a 31 da Era Cristã; pois, nesse *tabularium* completo, haveria ou não um questor eleito de nome Públio Cornelius Lentulus. Enquanto isso não acontece (e só não acontece porque é impossível a apresentação de algo que não mais existe para fazer valer a posição desta ou daquela parte), qualquer acusação da inexistência do senador é vazia, sem qualquer efeito.

Não há como mudar o status de que Públio Lentulus existiu e foi autor da *Epístola Lentuli*, pois a prova substancial de sua existência é a carta. Corroborando a carta, estão testemunhos e vestígios que retrocedem ao primeiro século da Era Cristã, conforme mostrado. E, finalmente, a psicografia de Chico Xavier, pois a comunicação dos espíritos é tida como fato prático, constatável nas sessões espíritas, independentemente da crença adversária e da opinião cética, as quais não possuem meio científico capaz de explorar a mente interagindo com outras inteligências imponderáveis além do cérebro humano e advogam o contrário.

20
MEMÓRIAS DO PASSADO

O senador Públio Cornelius Lentulus chegou à época de Cristo influenciado pelos padrões de comportamento de sua família e pela cultura da sociedade romana. Inteligente, orgulhoso e rico, os motivos determinantes de suas ações pessoais estavam ligados à alta expectativa que ele tinha em agradar a si próprio e aos seus superiores no Estado romano. Não obstante fosse homem de temperamento forte e exigente, colocava a saúde e a segurança de sua família em plano mais elevado. No trato com as pessoas, fazia-se sociável junto aos pares de mesmo nível, mas se mantinha a certa distância dos servos, em sua casa, e fora dela, com o povo, fazia-se altivo e soberbo.

Esses traços da sua personalidade tinham sido forjados ao longo de uma extensa escalada evolutiva. Assim como todo espírito, ele também tivera um processo de formação gradual, complexo e único. Houvera iniciado nas primeiras encarnações e avançado em desenvolvimento ao longo das Eras, até chegar à sua existência na época de Cristo. Trazia, então, os valores adquiridos em sua última encarnação impressos na alma, quando movimentara a figura do pretor Públio Cornelius Lentulus Sura, condenado à morte durante a conjuração de Catilina.

No aspecto religioso, Públio Lentulus era adepto da religião dominante em Roma. Suas experiências na vida passada recomendavam a ele cautela com as crenças nessa nova encarnação, ficando distante dos arroubos típicos de uma mente imaginosa. Preferia as interpretações sólidas da ciência, em vez de deixar-se levar pelas doutrinas em voga.

Em sua época, havia quem dissesse que uma doutrina, seja ela qual fosse, só deveria ser considerada verdadeira quando a maioria dos homens assim a julgasse; em outras palavras, um único homem não poderia ter razão contra a maioria. Assim, Públio se mantinha reservado com relação aos feitos de Jesus, o qual na Palestina era tido como profeta, mas, fora dela, ainda um desconhecido.

Hoje sabemos que no mundo da ciência a verdade só se faz válida porque geralmente apenas um homem teve razão sobre todos os outros e, durante um longo processo de prova efetiva, causara benefício a todos os descrentes de sua ideia inicial. Embora Jesus professasse religião e não ciência, ainda assim fez algo semelhante ao científico com os seus feitos extraordinários. Embora fosse só, ensinou que o amor deveria morar no coração de todos, pois assim haveria paz na Terra e glória no mundo espiritual, intemporalidade em que a eterna vida é plena de felicidade aos que foram bons na Terra.

Para comprovar, Jesus produziu inúmeros efeitos físicos, curando inúmeras pessoas, mas o seu *modus operandi* estava tão além do entendimento da ciência antiga, que não dava para o mais ilustre científico sequer imaginar como Jesus produzia os tais feitos extraordinários que operava. E, ainda hoje, o mundo das partículas é um verdadeiro mistério para o homem, podendo-se dizer o mesmo do mundo espiritual, que por hipótese seria o estágio mais puro e sublimado do plasma inteligente.

Jesus, sem que pudesse ser entendido, preferiu recomendar ao homem que tivesse fé em Deus para obter as dádivas divinas. Ocorre que a fé humana fora pequena para uma descrença muito maior, sobrevindo, então, o martírio de Jesus, a sua crucificação, morte e ressurreição. Após o momento culminante que findou a sua passagem terrena, caberia aos Apóstolos e aos demais crentes resguardarem a fé e a Boa-nova ensinadas por Jesus.

Os romanos, por sua vez, consideravam que o povo judeu era místico em demasia. Por diversas vezes os prepostos de Roma notaram que as crenças judaicas despertavam impulsos e sentimentos poderosos no povo. Os freios sociais e as repressões de César dificilmente podiam deter aquele povo convicto de sua religião. E com os adeptos de Jesus, após a sua desencarnação, não seria diferente, pois os atos de fé ficaram até mais exacerbados, não demorando a surgirem os mártires que desafiaram o poder de Roma.

No início do cristianismo, a crença numa nova vida desfrutada nos esplendores celestes, junto a Jesus, fez os cristãos devotos – mas ainda desconhecedores dos Evangelhos em sua plenitude – chegarem a um ponto de extrema doação.

O dizer de Jesus, *"Daí a César o que é de César"*, completado por Ele admiravelmente em seguida com *"E a Deus o que é de Deus"*, não fora compreendido de modo integral. Essa sua máxima mostrava que o domínio de Roma impunha leis que deveriam ser cumpridas. Segundo a interpretação mais lúcida, as leis de César, vigentes na Terra para regular o convívio social, não deviam ser afrontadas. Por outro lado, quem afrontasse aqui as leis de Deus perceberia isso no mundo espiritual e haveria de resgatar depois as suas faltas, não adentrando o mundo das bem-aventuranças.

Em suma, a lei de César era social, variável e vigente na Terra, enquanto a de Deus era religiosa, invariável e vigente nos céus universais. Portanto, aquelas sábias palavras de Jesus, registradas mais tarde nos Evangelhos *(Mateus 22:21, Lucas 20:25 e Marcos 12:17)*, não eram de amplo conhecimento naqueles tempos, seja porque os Evangelhos ainda não estavam escritos, seja por interpretação apenas restrita, sem a necessária amplitude. Não observando as leis de César, os crentes mais extremados se deram em sacrifício, chegando ao martírio nas arenas de Roma.

A crença numa vida futura, plena de glória, ficou tão exacerbada em alguns cristãos que passou a superar os interesses vitais do corpo. Para eles, a vida no corpo físico ficara quase sem importância, quando comparada ao que supostamente seria vivido no mundo espiritual, após a morte. Em razão disso, chegava-se ao extremo de desafiar César para alcançar a glória, sacrificando-se.

O fanatismo avolumou como nunca, e ao fanático nenhum sacrifício era demasiado para defender e propagar a sua fé. Alguns passaram a viver o que os romanos chamavam "a ilusão de uma crença alucinada". De modo geral, os mártires tinham um padrão definido de mentalidade, ou seja, caso fossem mortos, haveriam de viver com Jesus na espiritualidade, e para isso se deixavam imolar com alegria: queriam estabelecer a vitória de seus ideais. A fé, transformada em fanatismo, adquiriu um grau extremo, fazendo a vida na matéria ser quase desprezível.

As perseguições de Roma nada puderam contra os mártires, apenas fizeram os seus exemplos de fé ainda mais contagiosos. E foram os atos extremos e impiedosos de Roma que mais contribuíram para perpetuar o cristianismo no mundo e para derrubar o próprio Império Romano. A permissão da pena de morte pelas leis romanas, o despotismo dos governantes e o abuso generalizado de poder formaram um conjunto de fatores negativos que fizeram os povos do mundo antigo considerar impróprio não somente aquele regime de governo, mas a religião pagã do Estado, reformando tudo segundo os preceitos nascentes do cristianismo.

No tempo de Cristo, os romanos consideravam que toda crença cega vinda de religião não oficial deveria ser debelada e o infrator, renegá-la publicamente. Pensavam que, ao fazer isso, o exemplo seria acompanhado por muitos e a crença seria extinta.

Toda crença não oficial era tida como uma espécie de patologia da mente a influenciar o povo contra César. Caso não fosse repelida, em público, o infrator deveria ser penalizado com a morte. Hoje, nota-se que havia exagero na atitude dos cristãos, e mais ainda quanto à pena de morte imputada a eles pelo Estado romano.

Nesse rigor despótico, milhares de cristãos foram martirizados, incluindo Lívia, esposa de Públio Lentulus, cuja fé em Jesus, após a cura da filhinha, permaneceria viva por toda a sua vida, encerrada para ela no ano 70 d.C., quando se deu em sacrifício na arena romana para salvar sua serva, Ana.

A seu turno, o senador Públio Lentulus, após o encontro com Jesus, dissimulou, considerando somente os valores impressos na sua personalidade. Como patrício, ele não poderia admitir feitos extraordinários na cura de sua filha. Contudo, no dia seguinte ao encontro com o Cristo, a menina estava curada. Um feito extraordinário houvera ocorrido, mas a sua personalidade não podia admitir... Sem dúvida, as "adivinhações" da sibila que o levaram ao erro fatal na encarnação passada, quando movimentara a figura de Lentulus Sura e acreditara que seria ditador de Roma após a conjuração de Catilina, na atual existência se faziam presentes por aguçado automatismo, manipulando a sua defesa pela via subconsciente de um espírito ainda endividado.

O homem antigo de modo geral e o romano, em particular, sempre contataram os espíritos, os chamados "deuses". Procuravam neles a sua proteção, buscavam conhecer o futuro e alterá-lo para melhor. Nesse intuito, não foram poucos os patrícios que recorreram aos adivinhos da época. Em Roma, a magia era quase uma religião. E o colégio dos augures só seria suprimido no quarto século da Era Cristã, pelo imperador Teodósio, em consequência do cristianismo que se fizera mais influente.

Certos oráculos, como o de Delfos, gozavam de tal autoridade, que de todos os pontos do mundo antigo acorriam pessoas para consultá-lo. Quando surgiu o cristianismo, tanto os oráculos da Grécia quanto as magias de Roma ficaram relegados ao desprestígio. Na maior parte dos casos, isso se deu em função da retirada dos espíritos inferiores do ambiente terreno, feita por Jesus com sua descida às entranhas do planeta; depois, continuando esse trabalho do Cristo, vieram os Apóstolos, os Pais da Igreja, os mártires e os crentes, os quais conseguiram purificar o ambiente espiritual e mantê-lo até o início da Idade Média, quando a Igreja decaiu, transformando a pureza do cristianismo primitivo num lodaçal de intrigas.

Na Roma dessas duas encarnações de Lentulus, os mágicos em ação eram muitos. Enquanto Sura confiara neles em demasia e decaíra nessa contingência, sendo condenado à morte, o senador Públio, ao contrário, procurou resguardar-se. Contudo, em sua casa, essas cismas de um coração empedernido e endividado como o dele não seriam correspondidas, pois sua esposa Lívia, sua filha Flávia e a serva Ana não tiveram dúvidas: observando Jesus e sua prática do bem, converteram-se ao cristianismo.

Públio Lentulus se interessava sobremaneira pela segurança da família e pelas coisas do Estado, fazendo tudo o que fosse preciso para isso. Mas, ainda assim, no âmbito familiar não fora capaz de impedir o rapto de seu filho Marcus, ocorrido no ano 33 d.C., logo após a fatídica Páscoa da Paixão de Cristo.

Vítima de uma trama movida por vingança, um judeu raptara seu filhinho, com apenas um ano de idade. A segurança familiar a que ele tanto se dedicara revelara-se insuficiente. Então, a esperança de deixar a Palestina num breve tempo foi embora, e o senador passaria anos procurando o filho, desesperadamente, sem lograr êxito.

Nas questões de Estado, Públio se tornou um opositor ferrenho de Pilatos, pelo qual adquiriu profunda aversão pessoal, sem poupar esforços para reunir provas e catalogar erros e injustiças do governante, para, no tempo oportuno, alijá-lo do poder na Palestina.

Segundo os relatos históricos, Pôncio Pilatos tinha um histórico familiar que lhe favorecia até certo ponto na defesa de sua administração. Cláudia Prócula, sua mulher, citada em

Mateus 27:19, era natural das Gálias e filha de Júlia. O imperador Tibério, por sua vez, casara-se com Júlia, em terceiras núpcias, por imposição de Otaviano Augusto, convertendo-se por aliança numa espécie de sogro de Pilatos, já que Cláudia Prócula era enteada do imperador.

Embora Tibério repudiasse Júlia, o procônsul Vitélio (governador da Síria), a quem o procurador da Judeia estava subordinado e devia explicações, por reclamos constantes dos samaritanos[1] mandou Pilatos a Roma, para se acertar junto ao imperador. Ocorre que nesse ínterim verificou-se a morte de Tibério, e Pilatos acabou ficando sem o seu suposto beneplácito, sujeitando-se então à administração de Caio Calígula, o novo imperador.

Em *Há 2000 Anos...*, nota-se Públio prometendo a Flamínio Severus, senador seu amigo e defensor de seus interesses em Roma, que mandaria à sede de governo todas as provas de irregularidades que pudesse reunir, a fim de que as autoridades romanas ficassem cientes das graves ocorrências da administração de Pilatos. Caberia ao Senado pleitear a remoção do procurador. Em face da distância e dos imperativos de defesa, mesmo depois de reunidas as provas, passaram-se tempos até Pilatos ser chamado a Roma, quando seria destituído de suas funções. Banido então para Viena, nas Gálias, terra de sua esposa, suicidou-se[2] depois de alguns anos, durante o governo de Caio Calígula, ralado de remorsos, privações e amarguras[3].

Mesmo com outra administração na província, Públio permaneceu na Palestina até o ano 46 d.C., detendo-se à procura do filho. Ofereceu elevadas recompensas e seguiu inúmeras pistas desencontradas, que nunca o levavam a encontrar Marcus. Voltou então para Roma nesse ano, após ser chamado por Flamínio, que estava às portas da morte. Tinha então 44 anos, dos quais 15 passados na Palestina.

---

1 Sobre esse episódio, consultar JOSEFO, livro 18, capítulo 5. (N.A.)
2 EUSÉBIO de Cesareia, livro segundo, capítulo 7. (N.A.)
3 VAN DYKE, *A Letter from Pontius Pilate's Wife* (Carta da Mulher de Pôncio Pilatos), em que Cláudia Prócula relata a Fúlvia (possível mulher de Sálvio Lentulus, tio de Públio) as amarguras do exílio. Ver "Apêndice G: Carta da Mulher de Pôncio Pilatos". (N.A.)

Sua estadia fora de Roma houvera sido de dura expiação, tanto para ele quanto para sua família. Tivera a cura da filha leprosa, mas perdera o filhinho num sequestro jamais esperado, além de se indispor irremediavelmente com a esposa e comprometer para sempre a sua carreira política, não cumprindo o *cursus honorum* que tanto desejava realizar desde a sua juventude.

Conforme os registros de *Há 2000 Anos...*, um ano antes de sua desencarnação, o senador Públio Lentulus apreciava a palavra simples e convincente de Ana, tratada agora como membro da família, que envelhecera ao lado de Flávia. Era notório seu interesse, sua comoção e alegria ao ouvi-la sobre a excelência dos princípios cristãos, quando se entretinham em recordações da Judeia distante.

Nessas amáveis palestras entre os três, logo após o jantar, discutia-se a figura do Cristo e as sublimadas ilações de sua doutrina. O senador conseguia agora meditar melhor – em face das suas dificuldades da velhice e da cegueira que o acometia há anos – sobre os grandiosos postulados do Evangelho, o qual estava ainda fragmentário e quase desconhecido. Então já podia ligar os princípios generosos e santos do cristianismo à personalidade do seu divino fundador. Longas horas ficavam ali os três, no terraço amplo, sob a luz branda das estrelas e expostos à carícia das brisas noturnas, usufruindo das inspirações celestes e fazendo as suas recordações.

Havia mais de sete anos que quase todas as palestras versavam sobre a personalidade do Messias de Nazaré e a excelsa pureza de sua doutrina, observada, antes de tudo, uma precisa discrição, porquanto os adeptos do cristianismo continuavam perseguidos por Roma, embora com menos crueldade. Em todo caso, invariavelmente, a conversação era entre enfermos e velhos, sem provocar o interesse dos amigos mais moços e mais felizes. Depois de algumas lembranças, dizia o velho senador, num tom convencido, que tinha certeza de que Jesus ficaria para sempre no mundo como o mais elevado símbolo de consolação e fortaleza moral para todos os sofredores e para todos os tristes.

Desde os primeiros dias de sua cegueira material procurara, intimamente, compreender a grandeza do Cristo, mas não conseguira ainda assimilar toda a extensão da sua sublimidade e dos seus ensinos. Lembrou-se, como se fosse ontem, do crepúsculo formoso em que o vira pela primeira vez, ao longo das margens do Tiberíades... Assombrava-lhe o fato de Jesus não ser doutor da Lei nem sacerdote formado pelas escolas humanas. Sua palavra, entretanto, estava como que ungida de uma graça divina. Recordou-se do olhar sereno e indefinível do Cristo que penetrava o fundo da alma. Seu sorriso generoso tinha a complacência de quem, possuindo toda a verdade, sabia compreender e perdoar os erros humanos.

Os ensinos de Jesus, diariamente meditados por Públio naqueles últimos anos, eram revolucionários e novos, pois arrasavam todos os preconceitos de raça e de família, unindo as almas num grande amplexo espiritual de fraternidade e tolerância. Nenhuma filosofia humana até então havia dito que os aflitos e os pacíficos eram bem-aventurados no céu; entretanto, com as lições do Cristo, tudo ficava renovado, modificava-se o conceito de virtude. Para o Deus soberano e misericordioso das alturas, a virtude não está no homem mais rico e poderoso do mundo, mas no mais justo e mais puro, embora pudesse ser humilde e pobre. Sua palavra compassiva e carinhosa espalhara ensinamentos que somente agora o senador podia compreender, na sombra espessa e triste dos seus sofrimentos.

Nas conversações com Ana e Flávia, Públio continuou dizendo que, antes do dia nefasto da morte do Cristo, somente o vira uma vez, mas havia bastado para ele receber as luminosas lições que somente agora podia compreender. Entendia então as exortações amigas que recebera do Mestre e compreendera, também, a oportunidade perdida. Naquele tempo, a profunda e benevolente palavra do Cristo lhe dissera no minuto do encontro que ele estava no momento grandioso de decidir entre aproveitá-lo na época ou daí a milênios, sem que lhe fosse possível entender o sentido simbólico de suas palavras...

Públio Lentulus, concentrado em suas reminiscências, estava convicto de que, se tivesse aproveitado a exortação de Jesus naquele dia, talvez houvesse alijado de si mais da metade das provações amargas que a Terra ainda lhe reservava. Se houvesse buscado compreender a lição de amor e humildade, teria reparado a tempo o grande mal que houvera feito pouco antes. Se houvesse entendido a caridade do Cristo na cura de sua filha, teria conhecido melhor o tesouro espiritual no coração de Lívia, vibrando com o espírito dela na mesma fé ou caindo juntos na arena do circo, o que lhe seria suave, em comparação com as lentas agonias do seu destino. Se tivesse sido menos vaidoso e mais humano, se lhe houvesse entendido a lição de fraternidade, agora tudo seria diferente.

Disse a Flávia que nos últimos anos tivera a presunção de haver chegado às mais seguras conclusões a respeito dos problemas da dor e do destino. Acreditava agora, com a experiência das atividades penosas que o mundo lhe ofertara, que todos nós contribuímos para agravar ou atenuar os rigores da nossa situação espiritual nas tarefas desta vida. Admitia, agora, a existência de um Deus Todo-Poderoso, fonte de toda misericórdia e de todo amor; acreditava que a Lei de Deus é a do bem supremo para todas as criaturas. E que o código divino de solidariedade e de amor deveria reger todos os seres, dentro dos dispositivos divinos, definindo a felicidade, determinismo do céu para todas as almas.

O senador passou a acreditar que, quando alguém cai ao longo do caminho, favorecendo o mal ou praticando-o de modo efetivo, sua alma encarnada, responsável por essa liberdade de escolha, contrai um débito na Lei de Deus, dívida a ser paga no futuro com o peso dos infortúnios. A vida e o sofrimento ensinam todos a entender melhor o plano das determinações de ordem divina.

Lembrou-se de que os antigos iniciados das religiões misteriosas do Egito e da Índia acreditavam que o espírito volta várias vezes à Terra, encarnando outros corpos. E, numa nova vida, faz o ressarcimento de suas faltas; assim como ele, inicialmente em sonho e, depois, examinando a semelhança da fisionomia de Lentulus Sura consigo, em relances tinha a impressão de serem a mesma pessoa e de estar revendo os seus erros cometidos no passado. A essa altura de suas recordações, lembrou-se de seus antigos sonhos, quando, ao ver-se com a indumentária de cônsul, nos tempos de Catilina, infligira aos inimigos políticos o suplício da cegueira, a ferro incandescente, quando se chamava então Lentulus Sura. Nos seus pensamentos caía agora uma torrente de ilações novas e sublimadas, como se fossem renovadoras inspirações da sabedoria divina.

Depois de alguns instantes, como se o relógio da imaginação houvesse parado alguns minutos para o coração escutar o tropel das lembranças no deserto de seu mundo subjetivo, o senador murmurou à filha palavras revelando o seu sentimento íntimo. Disse a ela que as energias sábias do céu haviam decidido sua morte, quando pequenina – determinação essa que ele, possivelmente, contrariara com sua súplica angustiosa de pai, descoberta em silêncio pelo Messias no fundo do seu orgulhoso e infeliz coração –, e que na época deveria ficar livre do cárcere da matéria; desse modo, poderia ela se preparar melhor para a resignação, para a fortaleza e para novos sofrimentos. Certamente, o espírito de Flávia renasceria mais tarde e encontraria as mesmas circunstâncias e os mesmos inimigos, mas teria um organismo mais forte para resistir aos embates penosos da existência terrestre. O senador reconhecia, agora, que há uma lei soberana e misericordiosa a obedecer, na qual não podemos interferir...

Quanto a ele, tendo um organismo resistente e uma fibra espiritual saturada de energia, sentia que, em outras vidas, havia procedido mal e cometido crimes nefandos. Sua atual existência teria de ser um imenso rosário de infinitas amarguras, mas via tardiamente que, se houvesse ingressado no caminho do bem, teria resgatado um monte de pecados do pretérito obscuro e delituoso. Agora entendia a lição do Cristo como ensinamento imortal de humildade, de amor, de caridade e de perdão – caminhos seguros para todas as conquistas do espírito, longe dos círculos tenebrosos do sofrimento. Ao terminar os seus relatos e recordações, o velho Públio Lentulus tinha uma lágrima dolorosa no canto dos olhos apagados.

Era assim que, ao fim de cada dia (conforme os próprios registros do espírito Emmanuel, no livro *Há 2000 Anos...*, escrito pelas mãos de Chico Xavier), sob o céu brilhante e perfumado de Pompeia, aquelas almas se prepararam para as realidades consoladoras da morte. Aproveitaram nas recordações do passado as claridades ternas e tristes das lições amargas que o destino lhes houvera reservado.

Públio Lentulus, a filha Flávia e a serva Ana desencarnaram no ano 79 d.C., sob as lavas do Vesúvio.

21
REDENÇÃO EDIFICADORA

Caio Júlio César esteve no comando das Gálias de 58 até 49 antes de Cristo. Nesses anos, capturou por volta de 800 cidades, submeteu mais de 300 tribos, reduziu à escravatura um milhão de gauleses e deixou nos campos de batalha cerca de três milhões de mortos. Não obstante os seus grandes feitos para as pompas de Roma, numa manobra política o general Pompeu interferiu no Senado e conseguiu um decreto que o destituía de suas funções. Foi nessa ocasião que César atravessou o Rubicão e numa sangrenta guerra civil iniciou a derrubada do regime republicano de Roma.

Mais de um milênio depois, cumprindo os imperativos da palingenesia, o mesmo espírito, segundo os indicativos da Doutrina Espírita[1], voltou à vida naquela mesma região. A primitiva Gália tinha agora outro nome: França. E o espírito que no passado movimentara a figura de César estava de volta na personalidade de Luís IX, buscando fazer a sua evolução com novas experiências. Nasceu em 25 de abril de 1215, no Castelo de Poissy, há 30 quilômetros de Paris, numa época em que ainda vivia seu avô, Filipe Augusto, oito anos antes de ser sucedido no trono pelo filho, Filipe, pai de Luís IX.

Sua infância transcorreu num ambiente de paz e de sabedoria. Recebeu educação primorosa, plena de ensinos religiosos

---

1 Ver *Revista Espírita* – dez. 1859, artigo "Comunicações Espontâneas", Júlio César, sobre a questão da identidade do espírito mentor. (N.A.)

que lhe imprimiram na alma o desprezo pelos prazeres e pelas vaidades do mundo. Depois das primeiras letras, iniciou outros estudos, por meio de preceptores, como era de costume, empenhando-se nas ciências. Após alguns anos da morte do pai, ele seria tutelado pela mãe, Branca de Castela, passando a reinar na França, em 1226.

Diferente de César, logo no início, Luís IX fez da corte francesa o seu monastério, e de seu país um imenso campo de fraternidade. Era bondoso e indulgente para com os pobres. Dizia que, por amor a Deus, preferia gastar sua fortuna mais socorrendo os necessitados do que com o luxo da corte. Considerava que, enquanto a exuberância poderia apenas lhe dar uma glória vã na Terra, o altruísmo fraternal, ao contrário, o levaria aos céus após a morte. Por isso era sensível e justo para com o povo. Concedia audiência a todos, recebendo-os em campo aberto, num bosque aprazível e perfumado pelas flores silvestres. Ali procurava deliberar em favor dos pobres. Sem dúvida, estava agora renovado em espírito, restava saber se assim permaneceria.

Ao completar 20 anos, casou-se com Margarida de Provença, filha mais velha de Raimundo Beranger, conde de Provença, e da princesa Beatriz de Saboia. A esposa, com sua beleza e graça harmoniosa, lhe dera dez filhos, cinco homens e cinco mulheres. Ele, homem culto, diferente em essência de outros governantes, preferiu ministrar por si próprio parte da educação dos filhos. Margarida o ajudava na tarefa educadora e gostava de acompanhá-lo aonde quer que fosse. Mais tarde, em 1270, quando sobreveio a desencarnação do marido, ela se retirou para o Mosteiro de Santa Clara, onde terminou seus dias, em 20 de dezembro de 1285.

Desde cedo o rei altruísta tomou para si a responsabilidade de instruir os seus rebentos, sempre à sua maneira culta e religiosa. Como rei letrado, sabia que César, em Roma, rejeitara de Marco Antônio a coroa de louros, símbolo do poder passageiro na Terra; e, como cristão fervoroso, recordava-se de que Jesus, em Jerusalém, recebera uma coroa de espinhos na cabeça. Essas passagens da história marcaram sua alma. Por isso, recordando o Cristo, às sextas-feiras não permitia a ninguém usar qualquer ornamento na cabeça, e ele mesmo não usava coroa.

No trato dos negócios públicos, seu governo foi admirável. A França jamais experimentara tantos anos de paz e prosperidade. Enquanto as outras nações se punham em guerras e confrontos com os vizinhos, os franceses tiveram a glória de viver aqueles anos em paz. Versado em leis, deteve-se na elaboração dos decretos e fez banir do Estado todos os desregramentos que julgava perniciosos a uma sociedade justa. Tratava-se de uma iniciativa imaginada por seu espírito desde a época da Roma Antiga.

Atendendo ao povo, praticava a justiça de modo tranquilo e sereno, fazendo dela o objetivo supremo de seu reinado. Para ele, a bondade de coração valia mais que tudo. E, para marcar esse conceito, certa feita chamou seu filho, herdeiro do trono, e num conselho de sabedoria disse-lhe que preferia mais um escocês governando a França com bondade do que ter ali um francês mau e déspota. Queria a todo custo que o filho seguisse seus exemplos de bondade, sendo fraterno com todos.

Dentre os desregramentos que julgava perniciosos na sociedade francesa estavam o famigerado duelo, os jogos de azar e os lugares deploráveis de orgia. Proibiu o duelo com vigor, sob alegação de que com ele não se praticava a justiça, mas o crime, o qual não poderia ficar impune.

Seu modelo de homem público foi um exemplo para todos os governantes que o seguiram, em especial quanto ao zelo para com os bens do Estado e quanto à justiça aplicada segundo as leis. Não admitia que os magistrados julgassem em causa própria, dando sentença injusta ou beneficiando alguns com suas decisões.

Nomeou desembargadores acima dos juízes de primeira instância para, num posto superior, a nova magistratura fazer revisão das sentenças e avaliar a conduta dos juízes. Por certo, trazia na alma as reminiscências de julgamentos sumários na

Roma Antiga, sem apelação. Parecia guardar no peito a derrota de César na causa de Lentulus Sura, cidadão que defendera de modo inglório e correndo risco de vida. Agora, as verdades do Cristo estavam em seu coração, exigindo dele as bem-aventuranças ensinadas no Sermão do Monte.

Em suas auditorias públicas, caso encontrasse alguém agindo mal no cumprimento do dever, impunha-lhe severa punição, obrigando-o também a restituir tudo o que houvera tomado do Estado. Se, ao contrário, observasse um serviço perfeito, recompensava o funcionário de modo justo, fazendo-o subir na escala de governo. Zelava pelo emprego da justiça social e pelo bem da causa pública; ofereceu maior segurança ao povo francês, além de beneficiar os pobres, dando-lhes melhores condições de vida.

Nos assuntos religiosos fez o que pôde para restabelecer a fé em Cristo, e assim foi responsável por resgatar uma infinidade de almas que tinham se desgarrado do rebanho, guiando-as para o caminho certo. Contudo, seu cajado de guia se fez pesado demais. No decorrer do tempo, a fé que trazia no peito tornou-se tão fervorosa que chegou ao extremo, transbordou e ele se fez excessivo. Passou a combater os heréticos com todas as suas forças, pois os considerava um mal da sociedade. Alargou a Inquisição na França e facilitou a pena de morte, imposta pela Igreja a muitos cidadãos.

Ainda insatisfeito em suas ações religiosas, ordenou-se um "lugar-tenente de Deus", dando início à perseguição dos judeus, tidos na França como culpados pela morte de Jesus. Aos praticantes de usura, após o processo condenatório, ordenou a expulsão do país e o confisco dos bens, e fez o mesmo com aqueles que não quiseram se converter ao cristianismo. O *Talmud*, depois de considerado ofensivo ao Cristo, foi queimado em praça pública. Após essas medidas, os judeus que ainda conseguiram ficar na França tiveram de usar uma estrela amarela no peito, e as mulheres, um chapéu especial, fazendo-se distintos, no intuito de não haver mistura no casamento.

Luís IX tinha para si que tais atos seriam um dever da França cristã, exemplo a ser seguido por toda cristandade no mundo. Seu engano e sua intolerância para com a crença alheia fizeram dele uma alma amargurada, cheia de débitos a serem resgatados na espiritualidade e possuidora de milhares de inimigos gnósticos e judeus.

Contudo, os seus excessos de fé não pararam aí, seguiram em frente para culminarem no erro de tantos outros governantes: sonhou libertar a Terra Santa. Por amor extremado ao Cristo, mas tendo no espírito uma tendência imperialista inata, quis a todo custo dar aos cristãos a terra na qual Jesus vivera. Para isso, não se importou com os milhares de vidas que seriam perdidas e com os prejuízos causados a tanta gente. Na execução das cruzadas, pôs-se em ainda maior débito com a espiritualidade, ficando sujeito a saldar suas faltas em épocas vindouras, ao imperativo dos afazeres redentores com as minorias que massacrara.

Determinado a concretizar as suas ideias, promoveu sua primeira cruzada, a sétima da história. Mas, sem os recursos necessários à guerra, haveria de colher apenas fracassos. O exército cristão não apenas pereceu na batalha, como também os seus sobreviventes acabaram dizimados pela peste, numa derrota avassaladora. E ele próprio caiu prisioneiro dos muçulmanos.

Enquanto esteve em mãos sarracenas, suas virtudes e seus conceitos de justiça foram capazes de influenciar o inimigo, que passou a considerá-lo um "Sultão justo". Isso lhe valeu a misericórdia inimiga, que lhe deixou voltar à Pátria, para promover nela as suas ideias.

Não obstante a grave lição, retornando à França não se deu por vencido: planejou uma nova cruzada. Queria a todo custo dar aos cristãos a terra em que Cristo vivera. Organizou pela segunda vez a expedição e aventurou-se no Oriente. E novamente se viu cercado por forças inimigas. Então, acuado, mandou dizer aos sarracenos que antes de morrer estava disposto a passar seus últimos dias junto a eles, para lhes mostrar o que era ser cristão. Estava convicto de que, mesmo ficando o resto de sua vida na escuridão de uma cela, a luz do Cristo se faria presente, fazendo dele uma tocha viva do Evangelho para converter os muçulmanos.

Passou a vida governando sob a égide dos preceitos cristãos adotados por ele. Embora possa ser considerado hoje um rei religioso e guerreiro, em seu tempo foi o governante que a maioria dos povos gostaria de ter. Convicto de suas verdades pessoais, não saberia governar a França de outra maneira. Quando comparado a César, a postura moral de Luís IX está mais acima. As vidas sucessivas causaram-lhe significativo progresso, mas ainda distante da condição de espírito puro. Findou sua existência ao desencarnar de tifo, em 25 de agosto de 1270, aos 55 anos.

São Luís[2], após essa sua última[3] encarnação na Terra, voltaria em espírito, em meados do século XIX, apresentando-se na Sociedade de Estudos Espíritas de Paris, tendo agora a missão de presidir tal Sociedade e nela desenvolver os trabalhos de codificação da Doutrina, junto com Allan Kardec, o antigo dirigente druida dos tempos de César, segundo os postulados espiritistas.

A hierarquia ocupada por São Luís na Sociedade seria dada por ele mesmo, numa sessão realizada em 21 de outubro de 1859, quando o espírito se apresentou para esclarecer assunto corrente.

Indagado sobre a oportunidade ou não de certa inquirição de um padre do mundo dos espíritos, afirmou: "Como presidente espiritual da Sociedade, nisto não vejo nenhum motivo de instrução".

E, como até a data não se tinha o nome oficial do mentor da Sociedade, o dirigente da sessão pediu que fosse mencionado

---

[2] Biografia em *Vie des Saints*, Les Petits Bollandistes, Bar-le-Duc, Typographie des Célestins, Ancienne Maison L. Guérin, 1874, tome V, p. 192-217. (N.A.)
[3] Ver *Revista Espírita* – dez. 1859, artigo "Comunicações Espontâneas", Júlio César, sobre a questão de o espírito mentor ter sido Julio César e de não ter tido outra encarnação depois da de São Luís, pois esta lhe teria sido a "última" na Terra, antes de apresentar-se na SEEP, conforme as suas palavras. Portanto, não teria sido Napoleão Bonaparte. (N.A.)

em ata o título que São Luís houvera tomado: Presidente Espiritual[4] da Sociedade.

A atuação desse espírito fora substancial. Ele está presente em todas as obras da Doutrina Espírita. E, assim como ele próprio houvera feito sua escalada evolutiva e chegara ao grau de entendimento capaz de liderar uma comunidade e instruir sobre a ampla temática espírita, ensina em seus dizeres que a humanidade inteira terá em breve uma condição evolutiva própria dos bons espíritos.

De fato, na última questão de *O Livro dos Espíritos,* obra fundamental da Doutrina, ele ensina que a humanidade será agora transformada. Diz que o bem reinará na Terra, porque os espíritos bons haverão de nela predominar, praticando amor e justiça, fontes do bem e da felicidade. Por meio do progresso moral e praticando as leis de Deus, o homem atrairá para a Terra os bons Espíritos; ao mesmo tempo em que dela afastará os maus, que serão levados a encarnar em outros mundos, mais condizentes com o grau evolutivo de cada um. Não se trata de castigo, pois a Providência Divina é justa e complacente para com todos.

Assim como Catão, o Jovem, adversário de César no passado, homem de elevados valores morais que vivera no final da República de Roma, algumas dezenas de anos após a sua desencarnação vemos emergir a figura de Erasto, em Corinto, na época de Jesus Cristo. Com a mesma obstinação do primeiro, determinou-se a advogar uma nova causa. A Boa-nova de Jesus era agora o roteiro a ser seguido por ele, espírito desejoso de ampla renovação.

Erasto[5], companheiro de Paulo, assim chamado pelo povo em razão de sua proximidade com o Apóstolo dos gentios, foi

---

4 Ver *Revista Espírita* – dez. 1859, artigo Boletim da Sociedade..., 21 de outubro, Estudos, item 3. (N.A.)
5 Este seguimento já fora tratado antes pelo autor, no livro *Universo Profundo* (São Paulo: Lúmen, 2003, p. 18-21), mas retomado aqui para outros desenvolvimentos. (N.A.)

um dos primeiros seguidores e divulgador convicto da mensagem de Cristo, numa época inicial em que os caminhos da fé cristã precisavam ser abertos e os primeiros pergaminhos da Boa-nova deveriam ainda ser escritos, para divulgação do cristianismo aos cantos da Terra.

Erasto fora descendente da tribo de Benjamim, nascera no ano 13 da era Cristã. Sua família e a de Saulo de Tarso, mais velho que ele alguns anos, eram conhecidas e mantinham laços de amizade. No período da infância, em anos distintos, ambos receberam formação religiosa da mesma escola judaica, a dos fariseus, cujo mestre maior naqueles tempos era Gamaliel, o Velho.

Durante a juventude, compromissos familiares o levaram para Éfeso, movimentada cidade portuária da Ásia Menor (oeste da Turquia), centro próspero de comércio e de cultura grega, com milhares de habitantes, onde a dominação romana oferecia melhores perspectivas de vida.

Em seguida, no ano 32 d.C., sequioso de trabalho e falando bem o grego, Erasto deslocou-se para Corinto, importante colônia romana no coração da Grécia, cidade mais requintada depois de Atenas, centro cosmopolita onde traços da exuberante cultura helênica ainda despontavam. Ali conheceu e manteve amizade com a família da moça que seria em breve o grande amor de Paulo. Trabalhou na administração pública da cidade até 58 d.C. e, no ano seguinte, foi edil da colônia por um ano.

Quando o procônsul Marcus Annaeus Novarus, irmão mais velho de Sêneca (preceptor de Nero), assumiu o governo da Acaia no verão do ano 51 d.C., tomando o nome de Gálio por ter sido adotado por Lucius Junius Galion, Erasto foi nomeado administrador do erário público de Corinto, vinculado ao questor romano da província. No exercício de seu trabalho, Erasto deliberou a realização e efetuou pagamento de inúmeras obras destinadas ao povo.

Nos meandros da influência política, Erasto colocou o ilustre Gálio a par da religiosidade cristã de Paulo, que naqueles tempos habitava Corinto exercendo a profissão de tecelão e fundava na cidade uma controvertida Igreja.

Quando na primavera do ano 52 d.C., em juízo, diante de Gálio, o rabino Sóstenes acusou Paulo de persuadir os homens a servirem a Deus contra as leis de Moisés, a autoridade constituída, devidamente assessorada, providenciou a defesa do Apóstolo, o qual, sem proferir palavra, foi absolvido por Gálio, que sentenciou: "Visto que a questão é de palavras, de nomes e da vossa lei, disso cuidai vós mesmos. Não serei o juiz dessas coisas" (At 18:12-17), disse Gálio, dispensando os litigantes do tribunal.

Anteriormente, no princípio da idade juvenil, Erasto tomara conhecimento das pregações do Cristo. Depois, na maturidade, ao passar por Jerusalém no curso do ano 49 d.C., Erasto reviu Paulo, seu conhecido de anos passados, que estava na cidade para participar do Concílio apostólico. Voltou a encontrar-se com ele em Corinto, durante a segunda viagem missionária do convertido de Damasco.

O cargo público que Erasto ocupava na administração da cidade não lhe permitia maior exposição para realizações apostólicas – razão pela qual abraçou publicamente o cristianismo em 54 d.C., em Éfeso, quando hospedou o Apóstolo dos gentios em sua casa.

Dos primeiros cristãos da Antiguidade, Erasto foi o mais abastado em bens materiais e o que ocupou função pública de relevada importância, sob ordens romanas. Foi discípulo de Paulo enquanto viveu o apóstolo e membro fundador da Escola de Tirannus, em Éfeso.

Nessa cidade, a família bem-sucedida de Erasto houvera adquirido muitas propriedades. Dentre elas, no centro cultural da metrópole, estava o edifício de uma antiga associação, cujo terreno possuía grandes jardins que afrontavam o movimentado passeio público. Esse ginásio foi transformado numa verdadeira academia de ensino cristão. Ali, Paulo reunia os discípulos, ensinava a palavra do Cristo e fazia prodígios.

A expulsão de espíritos inferiores e a cura de doenças fizeram de Paulo a figura religiosa mais discutida de Éfeso.

Distante do clima contrário das sinagogas, a Escola fora seu recanto de reflexão, de caridade e de profundo recolhimento na fé em Jesus Cristo.

Conforme dissera o espírito Yehoshua:

> Erasto foi um judeu da dispersão, contemporâneo do apóstolo Paulo. De início, foi seu aristocrático anfitrião na cidade helenística de Éfeso, onde Paulo ensinou a Boa-nova por dois anos e abalou a hegemonia do prestigioso templo de Diana, existente na cidade, ensejando aos contrários pedirem seu sangue como pena. Depois, Erasto se tornou um dos grandes iniciadores do cristianismo primitivo. Foi encarregado por Paulo a obter os recursos necessários para fundar as primeiras igrejas. De Éfeso foi mandado para Tessalônica, na Macedônia, para ali organizar a Igreja. Habitou em Corinto, onde foi encarregado de combater a imoralidade, a idolatria e a magia que influenciavam negativamente o povo da região. Terminou seus dias como bispo da igreja da cidade de Felipos, a primeira do cristianismo primitivo fundada na Europa. É mencionado de passagem na Bíblia [At 19:22; Rm 16:23; 2Tm 4:20]. Na *Revista Espírita* de outubro de 1861, comunica a Epístola de Erasto aos Espíritas Lionenses, onde se apresenta como discípulo consagrado pelo apóstolo Paulo.[6]

A passagem de Erasto na antiga cidade de Corinto foi confirmada por arqueólogos da Escola Americana de Estudos Clássicos de Atenas, em 1929 e 1947, quando, ao escavarem um caminho datado do primeiro século da Era Cristã, encontraram nele uma praça e um bloco de pedra calcária, contendo a seguinte inscrição: "Erasto, Comissário de Obras Públicas...".

São Luís foi canonizado pelo papa Bonifácio VIII, em 11 de agosto de 1297, enquanto na França governava seu neto, Felipe IV. Como espírito diferente do avô no aspecto religioso

---
6 CAMPOS, *Colônia Capella*, p. 105. (N.A.)

e observando os exageros da Igreja na aplicação da justiça, quando se fez uma condição favorável, Felipe IV retirou o poder da Igreja e colocou-o nas mãos da realeza. Então uma nova expressão legal, mais favorável ao Estado, passou a vigorar na França.

Cumprindo os imperativos da palingenesia, o espírito Felipe IV, neto de São Luís, no curso das vidas sucessivas voltou à Terra em 1524, no dia 7 de setembro, em Baden, Suíça, nascendo no seio de uma família de artesãos.

Foi batizado com o nome de Thomas Lüber, mas preferiu mais tarde tomar para si o pseudônimo Erastus. Por certo, segundo a ciência espiritista[7], tal fato poderia ser explicado como locução interior da alma, uma reminiscência de vida passada que, gravada na memória espiritual, volta à lucidez sem causa aparente, como ideia esquecida.

Assim como Catão, o Censor, que fora mandado a Roma para fazer seus estudos e ali se fizera jurista de expressão, Thomas Erastus foi enviado por um benfeitor para estudar teologia em Basileia, na Suíça, fazendo-se emérito jurista. Mas, em razão de uma epidemia de peste, em 1544, transferiu-se para Bolonha, na Itália, dedicando-se também aos estudos de filosofia e ciências médicas.

Em 1552, graduou-se em medicina, seguindo depois para a cidade de Pádua, também na Itália. Três anos depois foi admitido por William IV, conde de Henneberg, como médico da corte.

Foi professor de medicina na Universidade de Heidelberg, admitido pelo príncipe alemão Otto Heinrich. E, com a morte desse governante, passou a ser membro do conselho privado do vigário Frederico III, conde do Palatino da Saxônia, passando depois a reitor da Universidade e membro do conselho da Igreja Protestante.

Em 1563, Frederico III acabou admitindo certas propostas calvinistas. Erastus, partidário das ideias de Ulrico Zuínglio, fez forte oposição à Igreja nascente e acabou sendo excomungado.

---

7 O Índice Bio-Biográfico, inserido na *Revista Espírita*, 1869, p. 233-234, da Edicel, 1967, aponta Thomas Líber (Lieber ou Lüber) como uma das encarnações do espírito Erasto. (N.A.)

Mas defendeu suas teses de modo magnífico, respondendo formalmente a todas as indagações do teólogo luterano Johann Marbach de Estrasburgo, conseguindo, no ano seguinte, revogar a sua excomunhão.

Realizadas as primeiras medidas da reforma, Frederico III, em 1570, assessorado pelo teólogo Kaspar Olevianus, adotou como religião de Estado o calvinismo na sua forma presbiteriana. Então a Igreja nascente, tendo Erastus como forte opositor, num de seus primeiros atos decretou-lhe a excomunhão, acusando-o de suposto socinianismo (doutrina de Socini que rejeitava a Trindade e a divindade de Jesus).

A ação opositora visava deixar Erastus longe das decisões de governo. Em 1575, numa ação política, ele se posicionou favorável ao postulado da Santíssima Trindade, conseguindo novamente revogar a excomunhão, mas ainda assim ficou de lado na nova Igreja, sob grave suspeita...

Em 1580, decidiu voltar para Basileia, centro nervoso do poder e do clero protestante. Então foi nomeado professor de ética da Universidade, mas não pôde ocupar por muito tempo esse posto, por desencarnar em 1583, no dia 31 de dezembro, aos 59 anos.

Quatro anos após a sua morte, sua viúva, Isolda Canonici, casou-se com o editor italiano Giacomo Castelvetro, conhecido por ela em Frankfurt, Alemanha, durante uma exposição de livros.

Esse editor, em parceria com o inglês John Wolf, publicou em 1589, na Inglaterra e Alemanha, os escritos inéditos de Erastus: uma *Coleção de Registros Médicos*[8] e o *Tratado de Erastus contra a Excomunhão (Quaestionis Gravissimae Explicatio),* contendo 75 teses escritas em latim, e fez uma tradução dela para o inglês, The Nullity of Church Censures (A Nulidade das Censuras da Igreja), tendo sido gravemente censurado pelo clero.

Mesmo censurado, as suas ideias tiveram poderosa influência na Inglaterra, foram assimiladas parcialmente na *Confissão de Fé de Westminster* e influenciaram de modo decisivo

---

8 ERASTUS, Thomas. *Varia opuscula medica*, Frankfurt, J. Wechel – J. Castelvetro, 1590.

a Thomas Hobbes, que as reformulou em sua obra, *Leviathan*, e a Richard Hooker, em *Ecclesiastical Polity*.

Sua doutrina humanista foi chamada de *erastianismo*, em razão dos sérios debates travados com os teólogos calvinistas. Enquanto os adeptos de Calvino advogavam o total poder da Igreja para julgar e punir os pecadores e hereges, Erastus, ao contrário, defendia a tese de que, numa nação cristã, a Igreja devia submeter-se ao Estado, o qual tinha o dever de executar a justiça segundo as leis vigentes.

Para ele, competia à Igreja censurar ou advertir em seu interior àqueles que se desviassem do caminho reto, mas não podia executar justiça em paralelo com o Estado, como estava sendo feito pela Igreja católica em outros países.

Num ponto decisivo dos debates, Erastus defendeu a ideia de que a justiça só poderia ser feita se o Estado julgasse os acusados, tirando da Igreja o poder de punir. Para ele, o Estado deveria ter plena autoridade sobre a Igreja.

Durante parte do longo período da Inquisição católica, o erastianismo, modificando o modo de pensar punitivo das várias Igrejas e a concentração de poder em suas mãos, conseguiu livrar muitos cidadãos da arbitrariedade religiosa, a qual acusava a crença alheia e punia os crentes com sua justiça nada evangélica. Em outras palavras, Erastus defendia que o dever da Igreja era matar o pecado, não o pecador.

Não obstante seu humanismo, o gérmen de suas ideias daria origem, cerca de três séculos depois, ao ateísmo exacerbado, quando a Teoria Evolucionista de Darwin, no século XIX, mostrou a falibilidade das Escrituras, as quais colocam na Terra o homem já pronto, sem evolucionar. Foi então que o materialismo mecanicista, surgido no século XVIII, desenvolveu-se como ferrenho opositor de todas as religiões. E se o erastianismo, na sua vertente liberal, teve o mérito de proporcionar a liberdade de crença na Europa, por outro lado, na sua vertente comunista, teve o demérito de retirar do povo a sua crença em Deus e de aprisionar o cidadão ao materialismo do Estado.

Na condição de espírito desencarnado, como protetor do médium que lhe serviu de intérprete (senhor d'Ambel), Erasto, discípulo de São Paulo, recebeu instruções para participar das obras da codificação, registradas por Allan Kardec na Sociedade Parisiense de Estudos Espíritas.

Sua elevada condição moral o fez partidário de que "é melhor rejeitar dez verdades do que aceitar uma só mentira", máxima hoje lembrada por todos os espíritas.

Observando-se atentamente as obras da codificação, nota-se que Erasto fora sempre chamado a dar interpretação sobre as ocorrências de fenômenos físicos, cuja teoria foi dada por ele com extrema maestria, compondo capítulos preciosos da Doutrina Espírita.

Na atualidade, como apóstolo do Espírito Verdade, mentor da codificação redentora, Erasto trabalha para unificar e expandir o movimento espírita. Nessa empreitada conserva a mesma postura evangélica que marcou a sua personalidade nas épocas iniciais do cristianismo, ensinado que, "nas batalhas da vida, um soldado de Cristo, embora ferido e de coração sangrando, jamais perderá, sempre sairá vencedor".

Alguns anos após a morte do senador Públio Lentulus (ano 79 da Era Cristã), conforme os registros autobiográficos de *50 Anos Depois,* o espírito Emmanuel estava de volta à Roma Antiga, vivendo agora a figura de Nestório, um escravo nascido na Grécia, na cidade de Éfeso, mas de descendência judia.

Emmanuel inicia a sua narrativa numa manhã clara do ano 131 d.C., informando que na ocasião ele tinha uma fisionomia de 45 anos. Esses dados iniciais, após uma conta rápida, são suficientes para se deduzir que Nestório nascera no ano 86 d.C., sete anos após a desencarnação do senador Públio Lentulus. A narrativa do livro, iniciada 52 anos após a morte de Públio, justifica o título da obra: *50 Anos Depois.*

Nestório criara-se às margens do Mar Egeu, onde mais tarde constituiu família. Houvera perdido a companheira prematuramente. E seu filho fora escravizado, vendido para poderosos mercadores do sul da Palestina, enquanto ele acabou indo parar nas mãos de romanos ilustres. Era um escravo culto e de caráter que personificava o bom senso.

Como homem letrado, em sua juventude lera Salústio. Por conseguinte, conhecera todos os lances da conjuração de Catilina, da qual ele próprio participara numa encarnação passada como um dos protagonistas. Lera também Petrônio e os principais autores gregos. Conhecia como ninguém a história de Roma, as tradições e os costumes do povo. Era um escravo precioso, capacitado a servir de instrutor aos filhos das melhores famílias. E foi o que passou a fazer, ao lado de ilustre família romana. Mas, além disso, foi também cristão fervoroso.

Desde a infância tivera formação religiosa. Recordava-se de ter visto o apóstolo João, que por longos anos estivera em Éfeso, iluminando a igreja da cidade. Mais tarde, quando adulto, tivera relações de fé com o presbítero Johanes, discípulo dileto de João Evangelista, na igreja de Éfeso. Tais circunstâncias lhe facultaram o mais amplo conhecimento das tradições de Jesus, proporcionando a ele um lugar destacado entre os companheiros de fé em Roma.

Em 131 d.C., quando Emmanuel iniciou as suas narrativas, os cristãos se viam compelidos a buscar refúgio nas catacumbas de Roma, para fazer ali as suas preces. Nestório, como homem de palavra fácil, fazia as suas prédicas nas catacumbas da Via Nomentana, duas vezes por semana, quando os cristãos se reuniam para estudar os *Evangelhos* e implorar a assistência do Cristo.

Em Roma, nesse tempo, a presidência das Assembleias cristãs estava a cargo de um homem santo, chamado Policarpo. Sua fervorosa palavra mostrava ao povo um novo Deus. Policarpo, dotado de fé tão pura e sinceridade tão grande de palavra, em suas prédicas não havia coração que deixasse de render-se à sua beleza espiritual. Suas expressões arrebatavam a alma para um reino de felicidade eterna, onde Jesus Nazareno estava muito à frente de todos os deuses, aguardando os cristãos, além desta vida, com as bênçãos de uma bem-aventurança eterna.

A vida de Nestório se fez repleta de provas e expiações retificadoras, típicas de uma alma desejosa por reconciliar-se com os seus adversários do passado e melhorar a si própria em sentimento, preparando-se para voos mais altos, em direção às paragens divinas. Arrependido do passado, nessa existência iniciava seu longo caminho de redenção.

Os últimos momentos dessa sua vivência marcaram fortemente a sua alma, com reflexos que se dariam em vidas seguintes, quando seria padre da Igreja. Em *50 Anos Depois*, Emmanuel narra com maestria esses últimos momentos.

O palco dos acontecimentos era a arena romana, onde, ao findar da exótica apresentação dos dançarinos, iniciaram-se as caçadas fabulosas. Atletas jovens começaram a lutar com tigres ferozes, apresentando-se igualmente elefantes e antílopes, cães selvagens e touros de chifres pontiagudos. Vez ou outra um caçador caía ensanguentado, sob aplausos delirantes, seguindo-se todos os números da tarde ao som de hinos que exacerbavam o instinto sanguinário da multidão. Por vezes, os gritos de "cristãos às feras" e "morte aos conspiradores" explodiam sinistramente da turba enfurecida.

Ao fim da tarde, quando os últimos raios do Sol caíam sobre as colinas do Célio e do Aventino, entre as quais se ostentava o famoso circo, os 22 condenados foram conduzidos ao centro da arena. Nos postes ali erguidos, foram atados com grossas cordas presas por elos de bronze. Nestório e seu filho, Ciro, confundiam-se naquele grupo de seres desfigurados pelos mais duros castigos corporais. Ambos estavam esqueléticos e quase irreconhecíveis.

Os condenados, com exceção de sete mulheres que se trajavam de *indusium,* estavam quase nus, munidos somente de uma tanga que lhes cobria a cintura, até os rins. Cada qual foi colocado a um poste diferente, enquanto uns 30 atletas negros da Numídia e da Mauritânia adentraram na arena ao som das harpas que se casavam com os gritos da plebe.

Havia muito que Roma não presenciava aquelas cenas, dado o caráter morigerado e tolerante de Adriano[9], que sempre

---
9 Trata-se de *Publius Aelius Traianus Hadrianus,* imperador de Roma no período

fizera o possível para evitar os atritos religiosos, vendo-se, então, um espetáculo espantoso.

Enquanto os gigantes africanos preparavam os arcos, ajustando-lhes flechas envenenadas, os mártires do cristianismo começaram a entoar um cântico doloroso. Ninguém poderia definir aquelas notas saturadas de angústia e de esperança. Debalde as autoridades do anfiteatro mandaram intensificar o ruído dos tambores e os sons estrídulos das flautas e alaúdes, a fim de abafar as vozes intraduzíveis do hino cristão. A harmonia daqueles versos resignados e tristes elevava-se sempre, destacando-se de todos os ruídos na sua majestosa melancolia. Nestório e Ciro também cantavam, dirigindo os olhos para o céu, onde o Sol dourava as derradeiras nuvens crepusculares.

As primeiras setas foram atiradas ao peito dos mártires com singular mestria, abrindo-lhes rosas de sangue que se transformavam, imediatamente, em grossos filetes de sofrimento e morte, mas o cântico prosseguia como harpejo angustiado, que se estendia pela Terra obscura e dolorosa. Na sua melodia misturavam-se, indistintamente, a saudade e a esperança, as alegrias do céu e os desenganos do mundo, como se aquele punhado de seres desamparados fosse um bando de cotovias apunhaladas, libando-se nas atmosferas da Terra, a caminho do Paraíso.

Com o peito crivado de setas que exauriam seu coração, e contemplando o cadáver do filho que expirara antes dele, dada a sua fraqueza orgânica, Nestório sentiu que um turbilhão de lembranças indefiníveis aflorava de seu pensamento já vacilante, confuso, nas vascas da agonia. Com os olhos sem brilho pelas ânsias da morte arrebatando-lhe as forças, percebeu a multidão que os apupava, escutando ainda os alaridos animalescos.

Fitou a tribuna imperial, onde, por certo, estariam quantos lhe haviam merecido afeição pura e sincera, mas, dentro de emoções intraduzíveis, viu-se também, nas suas recordações

---

de 117 a 138 d.C., tido como um dos "cinco bons imperadores". Os quatro outros foram: Nerva (96-98), Trajano (98-117), Antonino Pio (138-161) e Marco Aurélio (161-180). Foi a época em que Roma atingiu o ápice de prosperidade. (N.A.)

confusas, ali na tribuna de honra, com a toga de senador, enfeitado de púrpura...

Então, coroado de rosas, aplaudia também ele a matança dos cristãos que, sem os postes do suplício nem flechas envenenadas a traspassarem-nos o peito, eram devorados por feras hediondas e insaciáveis.

Num repente desejou andar, mover-se, porém, ao mesmo tempo, sentia-se ajoelhado perto de extenso lago, diante de Jesus Nazareno, cujo olhar doce e profundo lhe penetrava os recônditos do coração. Genuflexo, estendia as mãos para o Mestre Divino, implorando amparo e misericórdia. Lágrimas ardentes queimavam-lhe as faces descarnadas e tristes.

Aos seus olhos moribundos, as turbas furiosas do circo tinham desaparecido. Foi quando um vulto de anjo ou de mulher caminhou para ele, estendendo-lhe as mãos carinhosas e translúcidas. O mensageiro do céu ajoelhou-se junto do corpo ensanguentado e afagou-lhe os cabelos, beijando-o suavemente. O antigo escravo experimentou a carícia daquele ósculo divino e seu espírito cansado e enfraquecido adormeceu de leve, como se fora uma criança: o espírito de Lívia estava ao seu lado.

Em toda a arena vibraram radiações invisíveis, dos mais elevados planos da espiritualidade. Seres abnegados e resplandecentes estendiam fraternalmente os braços para os companheiros que abandonavam o invólucro perecível, nos testemunhos da fé, pela injúria e pelo sofrimento. Era o ano cristão de 133 quando Nestório voltou à pátria espiritual, vitimado pelos martírios do circo. Tinha então 47 anos.

Emmanuel, nas duas encarnações que teve na Roma Antiga levando o nome de Lentulus, senador da República e do Império, recebera instrução esmerada, muito superior ao vulgo de sua época. Em razão disso, fizera-se soberbo e orgulhoso, dotado de egoísmo nefando, capaz de dar a si tudo, mas ao próximo, nada. Julgava poder decidir sobre todas as coisas, repelindo as demais como se fossem inferiores a tudo que conhecia. Dessa maneira, afastou-se das ideias elevadas e da Boa-nova surgida em seu tempo.

Em sua soberba, julgava que, se uma ideia fosse realmente boa, a sua formação patrícia não poderia estar no desconhecimento. Elevava-se à altura intelectual que gostaria de estar, mas não estava, pois tal elevação só se alcança com humildade. Assim, viveu envolto na infelicidade e colheu apenas infortúnios. Afastado das coisas do bem e cego de virtudes, deslizou em queda vertiginosa, caindo nas profundezas do abismo.

Entretanto, como nenhuma ovelha desgarrada do rebanho se perde para sempre, encontrou ele a mão amorosa de Jesus na figura de Lívia, espírito já evoluído que o acompanhava desde há muito, em diversas encarnações. Com a ajuda dela e de outros benfeitores espirituais pôde entrar no caminho certo, para sua redenção.

O tempo passou célere, provas e expiações duríssimas tivera de experimentar em outras encarnações aqui não estudadas. Em 1861, cumprindo os desígnios divinos para novos afazeres, apresentou-se na Sociedade de Estudos Espíritas de Paris, deixando ali uma mensagem[10] de recordação, pretendendo com ela dar luz às almas para não caírem no mesmo engano que ele.

Em sua mensagem, disse que cada um deve combater o egoísmo em si próprio, com todo seu esforço, certo de que esse monstro é o devorador de todas as inteligências; de que esse rebento do orgulho e da soberba é o causador de todas as misérias terrenas e a negação da caridade no homem. Por conseguinte, é o maior obstáculo da felicidade humana.

Explicou que Jesus deu ao mundo o exemplo da caridade, e Pôncio Pilatos, o do egoísmo, pois, quando Jesus ia percorrer a sua estrada de martírio, Pilatos lavou as mãos, dizendo: "Que importa...?" E depois disse aos judeus: "Este homem é

10 *O Evangelho segundo o Espiritismo*, capítulo "Amar o próximo como a si mesmo – O egoísmo". (N.A.)

um justo; por que quereis crucificá-lo?" Entretanto, deixou que o levassem ao suplício.

É a esse antagonismo entre a caridade e o egoísmo, doença grave que invade o coração do homem, que o cristianismo deve o cumprimento não integral de sua missão. Aos espiritistas – segundo Emmanuel –, que são os novos apóstolos da fé e a quem os espíritos superiores buscam esclarecer, incumbe a tarefa e o dever de extirpar esse mal, dando ao cristianismo a fortaleza necessária para desbravar o caminho de espinhos que lhe entravam a marcha. E Emmanuel exorta: "Expulsai da Terra o egoísmo, para que ela possa subir na escala dos mundos, pois já é tempo de a humanidade ostentar sua veste viril, cumprindo eliminar primeiramente do vosso coração a doença do egoísmo" (*O Evangelho segundo o Espiritismo* – O egoísmo).

Nessas expressões, nota-se que a sua marcha evolutiva atingira um patamar de evolução considerável. Mas esse grau de elevação não poderia ser avaliado apenas com a mensagem deixada por ele durante a codificação espírita, sobretudo, deveria ser estendida a outras obras. E ele o fez junto a Chico Xavier. Foi Chico quem deu explicação interessante da obra de Emmanuel, registrando isso em *O Espírita Mineiro* (n. 205, 1988), onde colocou um breve histórico dos livros que o espírito pretendia escrever por seu intermédio.

No início de sua tarefa mediúnica, durante uma sessão, depois de o mentor haver salientado que a disciplina era elemento indispensável à boa tarefa, Chico teve a informação de que ambos tinham algo a realizar. Então o médium replicou, querendo saber o que seria esse "algo". Emmanuel esclareceu, dizendo que para começar ambos escreveriam 30 livros. Chico não sabia como avaliar essa informação, pois estava no seio de uma família sem recursos, além de ter o seu próprio trabalho diário, sendo que a publicação de livros demandava muito dinheiro. Mas, considerando que seu pai lidava com bilhetes de loteria, quis saber se ele haveria de tirar a sorte grande. Emmanuel, contudo, respondeu que não era nada disso. Disse que a maior sorte estava no próprio trabalho, executado com a fé viva na Providência de Deus. Explicou que os livros haveriam de chegar por caminhos inesperados.

De fato, algum tempo depois, quando Chico enviou as poesias de *Parnaso de Além-Túmulo* para um dos diretores da Federação Espírita Brasileira, teve a grata surpresa de ver o livro publicado em 1932. E a esse livro seguiram-se outros, até que, em 1947, a marca dos 30 livros foi atingida. O planejamento estava cumprido. Então, contente, Chico perguntou ao amigo espiritual se a tarefa estava terminada.

Emmanuel, por sua vez, sorrindo, considerou que agora seria iniciada uma nova série de 30 volumes. O tempo passou e, em 1958, ao terminar a segunda cota, indagou-lhe se o trabalho estava então finalizado, afinal, os 60 livros estavam publicados, e Chico se encontrava quase de mudança para a cidade de Uberaba, aonde chegou a 5 de janeiro de 1959. Contudo, o benfeitor espiritual explicou-lhe com a paciência costumeira que os mentores da Vida Maior, perante os quais ele devia também estar disciplinado, advertiram-no de que caberia a ambos chegar ao limite de 100 livros. Chico ficou admirado, mas a tarefa prosseguiu.

Quando o número de 100 volumes foi alcançado, ele voltou a consultar o espírito mentor sobre o término do compromisso. Mas Emmanuel, novamente, esclareceu-o com a mesma bondade de sempre. Disse que Chico não devia pensar em agir e trabalhar com tanta pressa. O espírito ficara na obrigação de dizer a ele que os mentores da Vida Superior, responsáveis por ambos, tinham expedido certa instrução, determinando que a atual encarnação de Chico fosse desapropriada, em benefício da divulgação dos princípios espíritas vinculados ao cristianismo. Nessa condição, a existência do médium, do ponto de vista físico, permaneceria à disposição das entidades espirituais que pudessem colaborar nas mensagens e nos livros, enquanto seu corpo se mostrasse apto para tais atividades.

Muito desapontado, Chico perguntou se deveria então trabalhar receptando mensagens e livros do mundo espiritual até o fim de sua vida. Emmanuel acentuou que sim, acrescentando que não havia alternativa. Chico, por sua vez, impressionado com as palavras do mentor, voltou a interrogá-lo: "E se eu não quiser?" A indagação tinha sentido, pois, afinal, a Doutrina Espírita ensina que somos portadores de livre-arbítrio e podemos decidir o próprio caminho.

Emmanuel, com seu sorriso paternal de benevolência, cientificou-o de que a tal instrução era semelhante a um decreto de desapropriação, lançado por autoridade maior na Terra. Disse que, se Chico acaso recusasse o serviço oferecido, segundo acreditava, os orientadores dessa obra, dedicada ao cristianismo redivivo, tinham autoridade suficiente para retirar dele o seu atual corpo físico.

Diante da gravidade da informação, quando Chico ouviu isso, silenciou por completo, pondo-se a raciocinar sobre o assunto. E assim continuou trabalhando, sem a menor expectativa de interromper ou dificultar o que passou a chamar de "Desígnios de Cima".

Ao final de sua vida, Chico Xavier havia editado 412 livros, dos quais 110 foram assinados por Emmanuel, e os demais por outros espíritos. Findou sua existência entregando ao mundo uma obra literária de natureza mediúnica sem precedente na história.

APÊNDICE A

CRONOLOGIA DO ANO 63 A.C.: ANO DA MORTE DE LENTULUS SURA

Este texto aqui reproduzido parcialmente foi escrito em primeira mão por Velthur Valerius, especialista em História Antiga, residente em Tarquínia, que tratou de revisá-lo e corrigi-lo antes de sua futura publicação[1]. A versão apresentada aqui, em face dos acontecimentos históricos vividos por Públio Cornelius Lentulus Sura e encontrados nas melhores literaturas, teve ligeira ampliação. Foram conservados os nomes de pessoas em italiano, os quais, por sua vez, já tinham sido traduzidos do latim. A cronologia apresentada mostra o que foi possível achar da administração de Roma no ano em que o senador Lentulus Sura foi julgado e condenado à morte. Sem dúvida, esses dados somente resistiram ao tempo em razão da grande importância que teve a Conjuração de Catilina. Não obstante isso, inúmeras lacunas ainda se apresentam, fazendo-nos considerar que uma retrospectiva semelhante para a vida do senador Públio Lentulus, autor da *Epístola Lentuli*, seria impossível, em razão de faltarem hoje os registros históricos para reconstituir o seu *cursus honorum* e a sua vida senatorial em termos oficiais.

---

[1] O autor Velthur Valerius está escrevendo (set. 2009) o livro intitulado "Cronologia storia antica integrata 753 a.C.-54 d.C.: Fatti e personaggi", o qual deverá conter a cronologia. (N.A.)

ANO 63 ANTES DE CRISTO

• Ano 691 da fundação de Roma; 447 da República; 1° dos Jogos Olímpicos 179; 12 da II Guerra Mitrídica; primeiro da Guerra Catilinária; 845 da nação Etrusca.

ADMINISTRADORES DE ROMA

• Cônsul (número de dois): MARCO TULLIO CICERONE [Cícero] (plebeu, pretor em 65 a.C., primeiro *novus homo* eleito após 94 a.C.), CAIO ANTONIO IBRIDA (plebeu, pretor de 66 a.C., comandante da Guerra Catilinária).

• Procônsul, comandante de Segunda Guerra Mitrídica: GNEO POMPEO MAGNO (plebeu, cônsul em 70 a.C., idade 43 anos, possuiu 12 legiões).

• Procônsul na Guerra Catilinária: QUINTO MARCIO RE (plebeu, cônsul em 68 a.C. na Etrúria).

• Procônsul na espera: QUINTO CECILIO METELLO CRETICO (plebeu, cônsul em 69 a.C. na Apúlia).

• Procônsul na Guerra Catilinária: QUINTO CECILIO METELLO CRETICO (plebeu, cônsul em 69 a.C., primeiro na Apúlia e depois na Gália Cisalpina).

• Pretor urbano e Pretor peregrino: não encontrados.

• Pretor (governador) da Sicília (1ª Província), Pretor da Sardenha-Córsega (2ª Província), Pretor da Espanha Citerior (3ª Província), Pretor da Espanha Ulterior (4ª Província), Pretor da Gália Cisalpina (5ª Província), Pretor da Macedônia (6ª Província), Pretor da África Vetus (7ª Província): não encontrados.

• Procônsul da Ásia (8ª Província): GNEO POMPEO MAGNO (plebeu, cônsul em 70 a.C., idade 43 anos).

• Pretor (governador) da Narbona (Gália Transalpina) (9ª a Província): não encontrado.

• Procônsul da Cilícia (10ª Província): GNEO POMPEO MAGNO (plebeu, cônsul em 70 a.C., idade 43 anos).

• Procônsul (governador) de Creta e da Cirenaica (11ª Província): não encontrado.

• Procônsul da Bitínia (12ª Província): GNEO POMPEO MAGNO (plebeu, cônsul em 70 a.C., idade 43 anos).

• Procônsul da Síria (13ª Província): GNEO POMPEO MAGNO (plebeu, cônsul em 70 a.C., idade 43 anos).

• Pretor (juiz): QUINTO CECILIO METELLO CELERE [plebeu, tribuno da plebe em 68 a.C., irmãos de Quinto Cecilio Metello Nepote (legado de Pompeo Magno), marido de Clodia (irmã de Publio Clodio Pulcro, que apesar de trair o marido o influencia e mais tarde será acusada de tê-lo envenenado), irmão de Mucia (mulher de Pompeo Magno), na região do Piceno recruta tropas contra Catilina], **PUBLIO CORNELIO LENTULO SURA** † (patrício, cônsul em 71 a.C., expulso do Senado em 70 a.C., seria executado por ordem do Senado em 63 a.C.), CAIO PONTINO (plebeu), QUINTO POMPEO RUFO (plebeu, na Campânia para recrutar tropas contra Lucio Sergio Catilina), CAIO ORCHIVIO, LUCIO VALERIO FLACCO (patrício), TITO VOLTURCIO (plebeu, de Crotone), LUCIO ROSCIO OTONE (plebeu, tribuno da plebe em 67 a.C.), CAIO COSCONIO (?) (pretor em 63 a.C.).

• Tribuno da plebe (número de dez): TITO LABIENO (plebeu), PUBLIO SERVILIO RULLO (plebeu), LUCIO CECILIO (plebeu), os demais não conhecidos.

• Edil da plebe (número de dois), Edil curul (número de dois): não conhecidos.

• Edil: PUBLIO CORNELIO LENTULO SPINTERE (patrício).

• Questor (número de 20): PUBLIO SESTO (ao serviço do pretor Quinto Pompeo Rufo), PUBLIO VATINIO (plebeu), os demais não conhecidos.

- Proquestor do procônsul Gneo Pompeo Magno: MARCO EMILIO SCAURO (patrício, questor em 64 a.C.).
- Prefeito de Roma (ou da Urbe): não conhecido.
- Legado (lugar-tenente) di Gneo Pompeo Magno: LUCIO AFRANIO (plebeu, pretor em 72 a.C.), AULO GABINIO (plebeu, tribuno da plebe em 67 a.C.), QUINTO CECILIO METELLO NEPOTE (plebeu, cunhado de Pompeo), MARCO PUPIO PISONE FRUGI CALPURNIANO (plebeu, chefe da guarnição romana de Jerusalém, senador em 81 a.C., propretor em 67 a.C.).
- Tribuno militar (número de 24): não conhecidos.
- *Princeps* do Senado: QUINTO LUTAZIO CATULO, o Jovem (plebeu, cônsul em 78 a.C., censor em 65 a.C.).
- Senador (número de 600): QUINTO CECELIO METELLO PIO † (cônsul em 80 a.C., morto no exercício), CAIO CLAUDIO MARCELLO (pretor em 80 a.C.), PUBLIO SERVILIO VAZIA ISAURICO (cônsul em 79 a.C.), QUINTO LUTAZIO CATULO o Jovem (plebeu, cônsul em 78 a.C., censor em 65 a.C.), CAIO SCRIBONIO CURIONE (cônsul em 76 a.C.), LUCIO LICINIO LUCULLO PONTICO (cônsul em 74 a.C.), MARCO TERENZIO VARRONE LUCULLO (cônsul em 73 a.C.), LUCIO GELLIO PUBLICOLA (cônsul em 72 a.C.), GNEO CORNELIO LENTULO CLODIANO (cônsul em 72 a.C., censor em 70 a.C.), LUCIO AFRANIO (pretor em 72 a.C.?), GNEO POMPEO MAGNO (cônsul em 70 a.C.), MARCO LICINIO CRASSO (cônsul em 70 a.C., censor em 65 a.C.), AULO MANLIO TORQUATO (pretor em 70 a.C.), QUINTO ORTENSIO ORTALO (cônsul em 69 a.C.), QUINTO CECILIO METELLO CRETICO (cônsul em 69 a.C.), QUINTO MARCIO RE (cônsul em 68 a.C.), LUCIO SERGIO CATILINA (pretor em 68 a.C.), PUBLIO SULPICIO GALBA (pretor em 68 a.C. ou 66 a.C.), CAIO CALPURNIO PISONE (cônsul em 67 a.C.), MANIO ACILIO GLABRIONE (cônsul em 67 a.C.), MARCO PUPIO PISONE FRUGI CALPURNIANO (propretor em 67 a.C.), GNEO CORNELIO LENTULO MARCELLINO (propretor em 67 a.C.), MARCO TERENZIO VARRONE (propretor

em 67 a.C.), TIBERIO CLAUDIO NERONE (propretor em 67 a.C.), AULO GABINIO (tribuno da plebe em 67 a.C.), LUCIO ROSCIO OTONE (tribuno da plebe em 67 a.C.), LUCIO SENIO (etrusco?), CAIO RABIRIO, MANIO EMILIO LEPIDO (cônsul em 66 a.C.), LUCIO DOMIZIO ENOBARBO (questor em 66 a.C.), PUBLIO CORNELIO SILLA (pretor antes de 65 a.C.), PUBLIO AUTRONIO PETO (pretor antes de 65 a.C.), LUCIO AURELIO COTTA (cônsul em 65 a.C.), LUCIO MANLIO TORQUATO (cônsul em 65 a.C.), SERVIO SULPICIO RUFO (pretor em 65 a.C.), LUCIO LICINIO MURENA (pretor em 65 a.C.), CAIO GIULIO CESARE (edil curul em 65 a.C.), MARCO CALPURNIO BIBULO (edil curul em 65 a.C.), QUINTO TULLIO CICERONE (edil da plebe em 65 a.C.), QUINTO CORNIFICIO (pretor antes de 64 a.C.), LUCIO CASSIO LONGINO (pretor antes de 64 a.C.), LUCIO GIULIO CESARE (cônsul em 64 a.C.), MARCO VALERIO MESSALLA NERO (pretor em 64 a.C.), MARCO PETREIO (pretor em 64 a.C.), LUCIO CALPURNIO PISONE CESONINO (edil em 64 a.C.), MARCO CLAUDIO MARCELLO (questor em 64 a.C.), MARCO PORCIO CATONE (questor em 64 a.C.), MARCO EMILIO SCAURO (questor em 64 a.C.), CAIO OTTAVIO (edil antes de 63 a.C.), CAIO TURANO (edil antes de 63 a.C.), MARCO TULLIO CICERONE (cônsul em 63 a.C.), CAIO ANTONIO IBRIDA (cônsul em 63 a.C.), **PUBLIO CORNELIO LENTULO SURA** † (cônsul em 71 a.C., expulso do Senado em 70 a.C., pretor em 63 a.C., seria condenado pelo Senado e executado em 63 a.C.), MARCO PETREIO (pretor em 63 a.C.), QUINTO CECILIO METELLO CELERE (pretor em 63 a.C.), CAIO PONTINO (pretor em 63 a.C.), QUINTO POMPEO RUFO (pretor em 63 a.C.), CAIO ORCHIVIO (pretor em 63 a.C.), LUCIO VALERIO FLACCO (pretor em 63 a.C.), TITO VOLTURCIO (pretor em 63 a.C.), LUCIO ROSCIO OTONE (pretor em 63 a.C.), CAIO COSCONIO (pretor em 63 a.C.?), TITO LABIENO (tribuno da plebe em 63 a.C.), PUBLIO SERVILIO RULLO (tribuno da plebe em 63 a.C.), LUCIO CECILIO (tribuno da plebe em 63 a.C.), PUBLIO CORNELIO LENTULO SPINTERE (edil em 63 a.C.), PUBLIO SESTO (questor em 63 a.C.), PUBLIO VATINIO (questor em 63 a.C.), DECIMO GIUNIO SILANO (pretor antes de 63 a.C., futuro cônsul em 62 a.C.), LUCIO LUCCEIO (pretor antes de 60 a.C.), LUCIO VARGUNTEIO, GNEO TERENZIO (?), demais não conhecidos.

• Pontífice Máximo: QUINTO CECELIO METELLO PIO † (plebeu, cônsul em 80 a.C., morto em 63 a.C), CAIO GIULIO CESARE (patrício, 38 anos, edil em 65 a.C.).

• Pontífice (em número de 15): PUBLIO SERVILIO VAZIA ISAURICO (cônsul em 79 a.C.), QUINTO LUTAZIO CATULO o Jovem (plebeu, cônsul em 78 a.C. e censor em 65 a.C.), MAMERCO EMILIO LEPIDO LIVIANO, MARCO TERENZIO VARRONE LUCULLO (plebeu, cônsul em 73 a.C.), QUINTO CECILIO METELLO CRETICO (cônsul em 69 a.C.), MANIO ACILIO GLABRIONE (plebeu, cônsul em 67 a.C.), MARCO VALERIO MESSALLA, DECIMO GIUNIO SILANO (patrício, futuro cônsul em 62 a.C.), PUBLIO MUCIO SCEVOLA CORDO, PUBLIO SULPICIO GALBA, QUINTO CECILIO METELLO SCIPIONE NASICA (plebeu), demais não conhecidos.

• Pontífices menores: QUINTO CORNELIO, PUBLIO VOLUMNIO, PUBLIO ALBINOVANO.

• Augures (número de 15): MARCO VALERIO MESSALLA RUFO (patrício), LUCIO LICINIO LUCULLO PONTICO (plebeu, cônsul em 74 a.C., idade 54 anos), QUINTO ORTENSIO ORTALO (cônsul em 69 a.C.), LUCIO GIULIO CESARE (patrício, cônsul em 64 a.C.), QUINTO CECILIO METELLO CELERE (plebeu, pretor em 63 a.C.), demais não conhecidos.

• Decênviro ritos sacros (número de 15): não conhecidos.

• Duoviro: CAIO GIULIO CESARE (patrício), LUCIO GIULIO CESARE (patrício, cônsul em 64 a.C., parente de Caio Giulio Cesare).

• Setênviro Epulone (número de sete): não conhecidos.

• Flamen Dialis (alto sacerdote de Júpiter): CAIO GIULIO CESARE (patrício).

- Flamen Marcial (sacerdote de Marte): não conhecido. Flamen Quirinal (sacerdote de Quirino): não conhecido.

- Flamen menor (sacerdote menor, em número de 12): LUCIO CORNELIO LENTULO NERO (pretor antes de 60 a.C.), demais não conhecidos.

- Saliares (jovens sacerdotes de celebrações cantantes) do Palatino (número de seis) e de Collini (número de seis): não conhecidos.

- Vestais: FONTEIA, LICINIA, FABIA, ARRUNZIA.

PRINCIPAIS ACONTECIMENTOS

- 1º de janeiro: Posse dos novos cônsules, Marco Tullio Cicerone e Caio Antonio Ibrida.

- 1º de janeiro: Marco Tullio Cicerone profere seu discurso programático como cônsul, opondo-se ao projeto de lei agrária preparada no ano anterior pelo tribuno da plebe – Publio Servilio Rullo – e propõe outra lei agrária, mas o tribuno Lucio Cecilio intercede e coloca o seu poder de veto, alijando a proposta. O projeto de lei não é posto em votação, sendo retirado pelo mesmo tribuno da plebe que o colocara. A população urbana (plebe urbana) não se mostra interessada o suficiente pela questão agrária, enquanto a população rural (plebe rural) perde quase completamente a sua antiga influência política.

- Início do ano: Desenvolve-se em Roma um processo contra Caio Calpurnio Pisone (cônsul em 67 a.C.), acusado por Caio Giulio Cesare de extorsão e de abuso do poder durante o seu governo da Gália Narbonense, em 66 a.C. O cônsul Marco Tullio Cicerone deixa por um dia o seu consulado e assume, com sucesso, a defesa do acusado.

- Fevereiro: Morre o Pontífice Máximo Quinto Cecilio Metello Pio (cônsul em 80 a.C.).

• **Fevereiro:** O tribuno da plebe Tito Labieno, apresenta uma moção rogativa que devolve ao povo a eleição direta para Pontífice Máximo, em conformidade com a lei de Domiciana (votação de apenas 17 tribos escolhidas por sorteio). A moção visa revogar a lei Cornelia, que facultava ao colégio pontifício o direto de designar o Pontífice Máximo. A alteração é feita para favorecer a eleição de Caio Giulio Cesare, membro do partido popular.

• **Fevereiro:** Aprovada em Assembleia a lei Labiena, proposta pela rogativa do tribuno da plebe Tito Labieno.

• **6 de março:** As Assembleias específicas elegem Pontífice Máximo a Caio Giulio Cesare (edil curul em 65 a.C.), a maioria o escolhe em detrimento dos demais candidatos: Publio Servilio Vazia Isaurico (cônsul em 79 a.C. e vencedor virtual), Quinto Lutazio Catulo, o Jovem (cônsul em 78 a.C., censor em 65 a.C. e *princeps* do Senado). Não acontecia desde 212 a.C. que um simples edil curul chegasse a tal cargo.

• **Março:** Caio Giulio Cesare deixa a sua casa gentílica, sobre o Esquilino, e passa a morar na *Domus* pública, localizada perto das Vestais, no templo de Numa Pompilio, Via Sacra.

• **Primavera:** O procônsul Gneo Pompeo Magno ultrapassa o monte Hermon e marcha sobre Damasco, onde seu legado (lugar-tenente), Aulo Gabinio, e seu proquestor, Marco Emilio Scauro, estão em aliança com o príncipe dos Asmoneus (macabeus), Ircano (o primogênito) e Aristóbulo (filho do falecido rei judeu, Alessandro Janeo, e da rainha Alessandra); a classe religiosa dos fariseus reclama para si o governo integral da Judeia.

• **Primavera:** Quinto Cecilio Metello Nepote retorna a Roma como emissário de Gneo Pompeo Magno.

• **Primavera:** O tribuno da plebe, Tito Labieno, por sugestão de Caio Giulio Cesare, impetra processo de homicídio e de alta traição (crime que jamais pode ser prescrito) contra o senador octogenário Caio Rabirio; este fora acusado de ter sido protagonista, em 100 a.C., do assassinato do tribuno da plebe, Lucio Appuleio Saturnino, e do pretor, Gneo Servilio Glaucia, depois de um *Senatus consultum ultimum* [decisão dada pelo colegiado do Senado, por votação]. Os fatos são os seguintes: O tribuno Saturnino e seus homens foram sitiados no Capitólio pelos soldados do cônsul Caio Mario, que agia sob decreto do Senado, em estado de emergência; quando os sitiados se renderam, Caio Mario garantiu a vida de todos; entretanto, Saturnino e Servilio foram mortos. Essas mortes foram duplamente ilegais, pois: primeiro, foram cometidas sem julgamento e sem participação da Assembleia Popular, em votação, pois somente ela tem o poder de decidir sobre a vida ou a morte de um cidadão romano; segundo, a pessoa do tribuno da plebe é considerada sagrada e inviolável, assim como a do pretor, nos tempos de Cícero. A moção de Labieno tende a condenar o *Senatus consultum ultimum* de 100 a.C., que havia armado a mão do senador Rabirio, executante do ato ilegal. [Esta moção iria despertar, mais tarde, profundo ódio do Partido Popular e da plebe romana contra Cícero, quando este usou do mesmo expediente *(Senatus consultum ultimum)* para executar o pretor, **Publio Cornelio Lentulo Sura**, e mais quatro prisioneiros romanos, sem o julgamento da Assembleia Popular na apelação dos condenados.]

• Primavera: Para o processo de Caio Rabirio, os chefes do Partido Popular renovaram o antigo procedimento jurídico de perduellio (alta traição para crimes gravíssimos contra o Estado), usado anteriormente, em 249 a.C., contra Publio Clodio Pulcro, o vencedor de Drepana (Trapani, Sicília). O pretor Lucio Valerio Flacco, na preliminar, por sorteio atribuiu o caso de perduellio ao comando de primeira instância dos duoviros [juiz e espécie de prefeito municipal] Caio Giulio Cesare e Lucio Giulio Cesare (cônsul em 64 a.C. e primo de Caio Giulio Cesare). Estes se pronunciam pela pena de morte. O senador Caio Rabirio, apoiado pelo cônsul Marco Tullio Cicerone, apelou à Assembleia do Povo para retificar a sentença. Após uma discussão sobre se a competência cabia à Assembleia das centúrias (membros do exército) ou à Assembleia das tribos (cidadãos comuns), o tribuno Tito Labieno e o cônsul chegam a um acordo. Rabirio seria julgado pela Assembleia das centúrias, mas os seus defensores [os dois maiores advogados do foro romano, Marco Tullio Cicerone (cônsul em exercício) e Quinto Ortensio Ortalo (cônsul em 69 a.C.)] teriam apenas meia hora para as alegações de defesa. Aberta a sessão, o julgamento não termina, porque, durante a assembleia, caiu o pano de cobertura da tenda pública, armada sobre o Gianicolo [colina romana perto do rio Tibre], e as centúrias se dispersaram sem ter votado. O presidente Quinto Cecilio Metello Celere (pretor em exercício), por estar ausente o cônsul Caio Antonio Ibrida e por Marco Tullio Cicerone estar de licença do consulado, naquele dia, para assumir a defesa do acusado, ordena abaixar a bandeira, alçada durante a assembleia, e recolhê-la, dando por encerrada a sessão. O julgamento jamais seria retomado, ficando Caio Rabirio salvo da execução, sem ser absolvido. Por sua vez, o duoviro Caio Giulio Cesare, no exercício de sua função, contenta-se com o desgaste político do oponente e dá como superada aquelas leis, salvando Rabirio por um vício de forma processual, porém sem absolvê-lo formalmente. [Esses fatos dariam força moral a Caio Júlio César para defender, alguns meses mais tarde, no Senado, o pretor **Publio Cornelio Lentulo Sura**.]

• Primavera: O cônsul Marco Tullio Cicerone cede ao seu colega, Caio Antonio Ibrida, o governo da província da Macedônia para 62 a.C., atribuída a ele por sorteio em 64 a.C., e também renuncia ao governo da província da Gália Cisalpina, atribuindo-a ao colega, para o ano de 62 a.C.

• Primeiro semestre: O cônsul Marco Tullio Cicerone se manifesta publicamente favorável ao pretor Lucio Roscio Otone (tribuno da plebe em 67 a.C., que havia feito aprovar, em dezembro de 68 a.C., a lei Roscia), que, vaiado pela plateia em razão da sua lei impopular, recusava-se a sentar no teatro.

• Verão: Quinto Cecilio Metello Nepote chega a Roma vindo diretamente do exército do procônsul Gneo Pompeo Magno, do qual era legado (lugar-tenente).

• Verão: A Assembleia do povo designa como tribuno da plebe, para o ano de 62 a.C., Marco Porcio Catone, o Jovem [cuja moral preferia rejeitar dez verdades a aceitar uma só mentira], o mais tenaz opositor dos populares (membros do Partido Popular); alguns meses à frente, Catone [Catão] se faria o principal promotor da condenação e da pena capital a **Publio Cornelio Lentulo Sura**.

• Verão: Uma moção dos tribunos da plebe, em campanha eleitoral, por sugestão de Caio Giulio Cesare, solicita devolver aos filhos de exilados os direitos políticos que o ditador Lucio Cornelio Silla lhes havia tirado. Depois de uma intervenção contrária do cônsul Marco Tullio Cicerone, a rogativa foi retirada.

• Verão: As eleições consulares para o ano 62 a.C. são disputadas por quatro concorrentes – primeiro, o senador Lucio Sergio Catilina (pretor em 68 a.C., candidato pela quarta vez); segundo, o jurista Servio Sulpicio Rufo (pretor em 65 a.C., futuro cônsul em 51 a.C., advogado e amigo de Marco Porcio Catone, o Jovem); terceiro, o comandante Lucio Licinio Murena (pretor e governador da Gália Narbonense em 65-64 a.C., jovem oficial do estado maior de seu pai, o legado do procônsul Lucio Licinio Lucullo Pontico, que fez o cerco de Amis e a conquista de Tigranocerta); quarto, o patrício Decimo Giunio Silano (marido em segundas núpcias de Servilia, irmã de Marco Porcio Catone e antiga namorada e amiga de Caio Giulio Cesare). O pretor Servio Sulpicio Rufo decide retirar a própria candidatura para interpor uma ação judicial contra Lucio Licinio Murena, sob acusação de corrupção eleitoral.

• Final de julho: O cônsul Marco Tullio Cicerone remarca as eleições de cônsul do ano 62 a.C. (exercício seguinte) para o fim de setembro. A manobra política desmonta a oposição, a qual não tem cacife para bancar a permanência em Roma de seus cabos eleitorais de outras cidades.

• Agosto: Em Roma se difundem vozes contra a imagem de Lucio Sergio Catilina, dizendo: primeiro, que ele se prepara para levar às urnas os veteranos de Sila, postados na Etrúria; segundo, que mantém reuniões secretas com grupo de conspiradores; terceiro, que planeja o assassinato do cônsul em exercício, Marco Tullio Cicerone.

• Verão: O procônsul Gneo Pompeo Magno move as suas legiões para Jerusalém. Em Jericó, convoca Aristóbulo e pede a ele para abrir as portas de Jerusalém, permitindo a entrada de uma guarnição romana, além do pagamento de indenização. Quando o legado Gabinio chega às portas da cidade, elas não são abertas; Pompeu prende Aristóbulo por retaliação, enquanto seu irmão, Ircano, concorda em favorecer os romanos, abre as portas da cidade e concorda em pagar tributos a Roma. Uma parte dos judeus se refugia no monte Moriah, fortificando a defesa do Templo, e dá margem ao cerco romano.

• Outono: Após um cerco romano de três meses, sob a chefia de Fausto Cornelio Silla (filho do antigo ditador Lucio Cornelio Silla), as defesas hebraicas são superadas e sobrevém a matança de 12 mil judeus, mas o Templo não é tocado. Termina a questão política dos judeus. Conquistadas Jerusalém e a Jordânia, o procônsul Gneo Pompeo Magno vai para Jericó, querendo ultrapassar a Transjordânia, conquistar Petra e vencer Areta III. Mas deixa em Jerusalém uma guarnição ao comando do legado Marco Pupio Pisone Frugi Calpurniano.

• Setembro: As Assembleias das centúrias designam cônsules, para o ano de 62 a.C., os senadores Decimo Giunio Silano e Lucio Licinio Murena (amigo de Marco Licinio Crasso, homem mais rico de Roma). O candidato Lucio Sergio Catilina perde a eleição pela quarta vez em quatro anos. Termina com outro fracasso a sua tentativa de chegar ao consulado pelas vias legais e dentro do quadro regimental vigente.

- Setembro: Caio Giulio Cesare (38 anos) é eleito pretor urbano para o ano de 62 a.C.; são também eleitos pretores Marco Calpurnio Bibulo e Quinto Tullio Cicerone (irmão do cônsul em exercício, Cícero).
- Setembro: Lucio Sergio Catilina se prepara para a guerra civil, tendo como aliados os pretores Publio Cornelio Silla e Publio Autronio Peto (cônsul designado para o ano de 65 a.C., nas eleições de 66 a.C., mas em seguida destituído), Lucio Cassio Longino (pretor antes de 64 a.C.), Quinto Curio (expulso do Senado e amante de Fulvia), Caio Cornelio Cetego (da classe equestre, havia ferido na Espanha o procônsul Quinto Cecilio Metello Pio e respondia processo), Lucio Calpurnio Bestia (recém-nomeado tribuno da plebe para exercício no ano seguinte, em 62 a.C., **Publio Cornelio Lentulo Sura** (cônsul em 71 a.C., expulso do Senado em 70 a.C., mas agora pretor em exercício do cargo), Tito Volturcio de Crotone (pretor em exercício), Caio Settimio de Camerino, Marco Cepario de Terracina, Caio Flaminio Flamma de Arezzo (lugar-tenente de Catilina), Publio Furio e Caio Manlio de Fiesole (lugar-tenente de Catilina), Caio Giulio, Publio Sizzio, Marco Porcio Leca, Lucio Vargunteio (senador), Publio Gabinio Cimbro, Lucio Statilio e Marco Marcello.
- 20 de setembro: O conjurado Quinto Curio revela os planos da conjuração a Fúlvia, sua amante, e esta, por dinheiro, conta tudo ao cônsul Marco Tullio Cicerone.
- 23 de setembro: O cônsul Marco Tullio Cicerone reúne o Senado e revela a existência de uma conjuração a ser iniciada em 27 de outubro, por Caio Manlio, em Fiesole (região de Florença), dando início a uma revolta das tropas; em 28 de outubro, diz estar planejado o assassinato do cônsul (Cícero) e, em 1º de novembro, a ocupação de Preneste (Palestrina, em Roma, local dos templos etruscos). Em razão disso, o cônsul requisita para ele a concessão de plenos poderes, para conter a suposta rebelião, mas a Assembleia, influenciada pelos amigos declarados ou por simpatizantes do conspirador popular, hesita e não lhe confere nenhuma moção. A recusa está

baseada no fato de que a delatora (Fúlvia) não era pessoa confiável (o Senado não poderia dar ouvido a mexericos, era preciso provas).

• 23 de setembro: Caio Ottavio, jovem senador de ordem inferior, sem apresentar-se no edifício da edilidade (seu colega edil era Caio Turano, mais tarde tutor de seu filho, após a sua morte), chega atrasado e desculpa-se dizendo que nascera seu filho (o futuro imperador Caio Giulio Cesare Ottaviano Augusto). Ottavio tinha casado em segundas núpcias com Azia (sobrinha de Caio Giulio Cesare), de quem tivera, em 66 a.C., a filha Ottavia. A *gens* Ottavia era originária de Velletri (comunidade do Lazio, fronteira com Genzano de Roma), cidade dos Volscos (povo da Itália central), onde Roma, em 494 a.C., houvera estabelecido uma colônia pertencente à tribo Scapzia (região de Florença).

• 20 de outubro: No Senado, o cônsul Marco Tullio Cicerone relata o perigo que ameaça o Estado e propõe remarcar as datas dos comícios eleitorais, para eleição dos novos magistrados.

• Noite de 20 para 21 de outubro: Marco Licinio Crasso (cônsul em 70 a.C., censor em 65 a.C.), Marco Claudio Marcello (questor em 64 a.C.) e Quinto Cecilio Metello Pio Scipione Nasica (futuro cônsul em 52 a.C.) dirigem-se à casa do cônsul Marco Tullio Cicerone. Marco Licinio Crasso lhe mostra um pacote de cartas anônimas que convidam a ele e seus amigos a deixarem Roma, prevendo para breve a ocorrência de fatos sanguinolentos na cidade.

• 21 de outubro: O cônsul Marco Tullio Cicerone faz um relatório ao Senado sobre o estado das coisas, traz as cartas anônimas falando da conspiração e pede a Lucio Sergio Catilina para explicar-se sobre as pretensas acusações sobre ele. Este, ainda que se justifique, abandona a reunião depois de breve declaração. O Senado decide proclamar estado de alerta e ordena investigação.

• 22 de outubro: O cônsul Marco Tullio Cicerone informa os senadores sobre as desordens iniciadas na Etrúria. O senador

Caio Giulio Cesare não está presente na sessão, mas manda seu amigo íntimo, Quinto Arrio (seu agente eleitoral em 60 a.C.), para informá-lo de tudo. Em face da gravidade de eventual conjuração, um urgente *Senatus consultum ultimum* concede aos cônsules plenos poderes (autoridade ditatorial) para reprimir os inimigos da República, mas não concede permissão para prender Lucio Sergio Catilina, mesmo sob graves suspeitas, por falta de prova cabal contra esse senador.

• Outubro: O cônsul Marco Tullio Cicerone chama os procônsules Quinto Marcio Re e Quinto Cecilio Metello Cretico (posicionados fora de Roma, mas na expectativa de ter fixada data para entrada triunfal na urbe, em razão de suas conquistas) para voltarem com os seus veteranos e posicionarem-se nas regiões da Etrúria e da Puglia. Ordena aos pretores em exercício, Quinto Pompeo Rufo e Quinto Cecilio Metello Celere, para alavancar recursos e recrutar tropas na Campânia e no Piceno. De imediato, Metello atravessa a Gália Cisalpina e vai para sua missão.

• Outubro: Lucio Emilio Paolo acusa Lucio Sergio Catilina de arregimentação indevida, com base na lei Plautia. Lucio Sergio Catilina se declara inocente e pede ao cônsul Marco Tullio Cicerone e ao pretor Quinto Cecilio Metello Celere para ser colocado em liberdade vigiada. Não é preso e passa alguns dias na casa de seu cúmplice, Marco Marcello, em Roma.

• Noite de 6 para 7 de novembro: Lucio Sergio Catilina decide abrir uma nova frente de luta, foge da casa de Marco Marcello e, numa reunião convocada com urgência entre os principais conjurados, na casa de Marco Porcio Leca, onde está presente também **Publio Cornelio Lentulo Sura,** forma um conselho de guerra. Ali se decide que, na noite seguinte, dois voluntários, o senador Lucio Vargunteio e o equestre Caio Cornélio, haveriam de justiçar (assassinar) o cônsul Marco Tullio Cicerone. Lucio Sergio Catilina comunica a todos que se colocará pessoalmente no comando dos exércitos recrutados na Etrúria por Caio Manlio (sequaz dos mais fervorosos).

• 7 de novembro: O cônsul Marco Tullio Cicerone, prevenido pelo conjurado Quinto Curio (delator), seu informante presente na reunião dos conjurados, ordena para a guarda pretoriana cercar sua casa, para proteger-se.

• Noite de 7 para 8 de novembro: Os sicários não recebem permissão para entrar na casa de Marco Tullio Cicerone e são obrigados a voltar, falhando a primeira missão.

• 8 de novembro: O cônsul Marco Tullio Cicerone reúne o Senado no templo de Júpiter Estátor e profere a sua *Primeira Catilinária*: "Até quando, Catilina, abusarás da nossa paciência?" (conferência política contra Catilina), pedindo que o senador Lucio Sergio Catilina seja enxotado de Roma e nunca mais volte.

• 8 de novembro, à noite: Lucio Sergio Catilina, vendo a hostilidade contrária em seus confrontos no Senado, por parte da esmagadora maioria dos senadores, deixa Roma.

• 9 de novembro: O cônsul Marco Tullio Cicerone profere ao povo romano a sua *Segunda Catilinária*: "Finalmente, cidadãos, expulsamos de vez desta cidade...".

• 10 de novembro: Lucio Sergio Catilina chega com escolta ao fórum Aurélio (a oeste de Tarquínia), e no Arezzo tenta levantar os colonos veteranos de Silla, endividados e sequiosos de guerra civil para solução dos problemas.

• Meados de novembro: Lucio Sergio Catilina – depois de ter arrolado em Arezzo os veteranos assentados como colonos pelo ditador Lucio Cornelio Silla – dirige-se para Florença e une as suas forças com as de Caio Manlio. Além dos veteranos de Silla, arregimenta grande quantidade de camponeses da Etrúria, prometendo-lhes legalização das terras. Isso se explica pelo fato de que, naquela região etrusca, o ditador Silla não tivera tempo de distribuir todas as terras confiscadas nem de privar dos direitos de cidadania os antigos proprietários expropriados. Destes últimos, muitos faziam parte do exército que se reunira em torno da águia que Caio

Mario (tio de Caio Giulio Cesare) havia usado na campanha contra os germanos. Em seus discursos, Catilina porta o brasão de quem tem a dignidade consular, mesmo sem possuí-la, demonstrando, assim, ser o chefe da conjuração que pretende marchar sobre Roma para tomar o poder.

• Novembro: O cônsul Marco Tullio Cicerone informa o Senado da agitação que está sendo realizada na Etrúria, dando detalhes das ações de Caio Manlio, em Florença, e de Catilina. Um *Senatus consultum ultimum* os declara inimigos da Pátria, dá aos cônsules poderes ilimitados e ordena recrutamento de exército, dando o comando da guerra ao cônsul Marco Antonio Ibrida.

• Outono: Conquista de Jerusalém. Depois de três meses de trabalho para criar uma brecha no cinturão fortificado do Templo de Jerusalém, os romanos, com sua máquina de guerra vinda de Tiro, dão assalto à cidade. Fausto Silla, filho do ditador Lucio Cornelio Silla, é o comandante da ação. Em poucas horas são massacrados 12 mil judeus, e o procônsul, Gneo Pompeo Magno, entra no Templo sem profaná-lo. Os judeus perdem a sua independência.

• Outono: O procônsul Gneo Pompeo Magno conquista a Jordânia e novamente se dirige para Jericó, no intuito de passar a Transjordânia, conquistar Petra e punir Areta III.

• Outono: Chega a Jericó e ao procônsul Gneo Pompeo Magno a notícia da morte de Mitrídate VI. Pompeo decide que a guerra no Oriente está terminada e comunica às suas tropas. Areta III tem que pagar o tributo de 300 talentos. Pompeo volta do Ponto para Amiso e concede o comando da Síria a seu proquestor, Marco Emilio Scauro, dando a ele duas legiões.

• Outono: Chega a Roma a notícia da morte de Mitrídate VI. Em face da agitação existente na urbe, devido à conjuração de Catilina, a pedido do cônsul Marco Tullio Cicerone, o Senado vota e decide conceder dez dias de súplica aos deuses imortais (espíritos protetores de Roma), em face dos graves acontecimentos que se anunciam para breve.

• **Novembro:** Uma missão diplomática dos alóbrogos (tribo da Gália Narbonense) chega a Roma para denunciar os abusos de poder sofridos no ano anterior, de 64 a.C., praticados pelo então governador Lucio Licinio Murena (cônsul eleito para o ano de 62 a.C.); mas o Senado não lhes acolhe o pedido. O pretor **Publio Cornelio Lentulo Sura** contata os alóbrogos com a mediação de Publio Umbreno, encontrando-se com eles na casa de Sempronia (mãe de Marco Giunio Bruto). Promete a eles o cancelamento de suas dívidas, em troca do envio da cavalaria para ajudar os conjurados. Os alóbrogos pedem tempo para refletir sobre a proposta e levam o caso para apreciação de Quinto Fabio Sanga. Surpreendido, Sanga informa de imediato o cônsul Marco Tullio Cicerone.

• **Novembro:** Por sugestão do cônsul Marco Tullio Cicerone, os alóbrogos exigem dos chefes Lucio Statilio, Caio Cornelio Cetego e **Publio Cornelio Lentulo Sura** um empenho escrito e assinado da proposta.

• **Final de novembro:** Em Roma, está para ser julgado o cônsul eleito para o ano de 62 a.C., Lucio Licinio Murena, acusado de fraude eleitoral com base na lei Tullia. O acusador é Servio Sulpicio Rufo (pretor em 65 a.C.) e subscreve a acusação o senador Marco Porcio Catone (questor em 64 a.C.). No Senado, os defensores do acusado são Quinto Ortensio Ortalo (cônsul em 69 a.C.) e Marco Licinio Crasso (cônsul em 70 a.C., censor em 65 a.C.). Como advogado privado, o acusado tem Marco Tullio Cicerone (cônsul em exercício), que, para defendê-lo, se licencia do cargo por um dia; Cicerone obtém com seu discurso *Pró-Murena* (depois transformado em livro) a absolvição do acusado.

• **Final de novembro:** O cônsul Caio Antonio Ibrida vai a Roma para assumir o comando do exército senatorial e defender a República contra Lucio Sergio Catilina.

• **1º ou 2 de dezembro:** Em Roma, o grupo dirigente dos conjurados, capitaneados por **Publio Cornelio Lentulo Sura** (cônsul em 71 a.C., pretor em exercício de 63 a.C.), elabora um novo plano de ação. Entre esses dirigentes estão: o tribuno da plebe, recém-eleito, Lucio Calpurnio Bestia, além de Lucio Statilio, Publio Gabinio e Caio Cornelio Cetego. O plano engendrado prevê que em 16 de dezembro, na noite de vigília das Saturnais, o tribuno Lucio Calpurnio Bestia deveria convocar um comício e acusar o cônsul Marco Tullio Cicerone de ser culpado pelo exílio de Lucio Sergio Catilina na Etrúria, responsabilizando o cônsul pela insurreição armada. Na noite de 16 para 17 de dezembro, Caio Cornelio Cetego deveria assaltar a casa do cônsul para assassiná-lo, enquanto Lucio Cassio Longino, Lucio Statilio e Publio Gabinio deveriam comandar uma rebelião civil na cidade, dividida em 12 setores estratégicos, tacando fogo em tudo e matando civis e senadores não conjurados. O pretor **Publio Cornelio Lentulo Sura**, por sua vez, formada a rebelião, deveria ir ao encontro de Lucio Sergio Catilina para juntos darem entrada em Roma, fixando uma nova ordem na República.

- 3 de dezembro, madrugada: Destacamentos de guarda da cidade, sob as ordens dos pretores Lucio Valerio Flacco e Caio Pontino, bloqueiam os embaixadores alóbrogos na ponte Milvia, os quais pretendiam voltar à Pátria. Acompanhando a comitiva está o pretor em exercício e conjurado crotonense, Tito Volturcio, portando documentos que os conjurados, por inexperiência, tinham concedido aos alóbrogos. A comprovação da atividade ilegal contra o Estado é notória e inquestionável. Volturcio é imediatamente preso e, em troca de sua segurança pessoal, confessa tudo, traindo os demais conjurados: **Publio Cornelio Lentulo Sura**, Caio Cornelio Cetego, Publio Gabinio, Lucio Statilio e Marco Cepario (este encarregado de suscitar a revolta na Apulia).

- 3 de dezembro, pela manhã: O cônsul Marco Tullio Cicerone, escoltado pela guarda pretoriana, ordena a **Publio Cornelio Lentulo Sura**, Caio Cornelio Cetego e Lucio Statilio para ir com ele à sua casa, no Palatino, onde são inquiridos sobre o caso. Depois faz conduzir os presos à presença dos senadores, reunidos no Templo da Concórdia. Os conjurados, tendo à frente provas cabais e testemunhos irrefutáveis, confessam o crime. O cônsul, com base nos poderes conferidos pelo *Senatus consultum ultimum*, de 22 de outubro, prende os infratores, declarando-os pessoas públicas hostis ao Estado, assim como os revoltosos da Etrúria. Então, destitui **Publio Cornelio Lentulo Sura** do cargo de pretor. Não o manda à prisão comum, mas ordena mantê-lo recluso na casa do senador Publio Cornelio Lentulo Spintere (edil em exercício), para vigiá-lo, e manda, também, recolher Lucio Statilio na casa do senador Caio Giulio Cesare (edil curul em 65 a.C.), Caio Cornelio Cetego na casa do senador Quinto Cornificio (pretor antes de 64 a.C.), Publio Gabinio na casa do senador Marco Licinio Crasso (cônsul em 70 a.C., censor em 65 a.C.) e Marco Cepario, capturado enquanto tentava fugir, na casa do senador Gneo Terenzio.

• 3 de dezembro: O senador Lucio Aurelio Cotta (cônsul em 65 a.C.) obtém do Senado a instituição de um feriado eventual, em agradecimento aos deuses, pela pronta ação do cônsul Marco Tullio Cicerone em debelar os preparativos da conjuração de Catilina, em Roma. O senador Lucio Gellio Publicola (cônsul em 72 a.C.) concede a Cicerone uma coroa cívica, e o *princeps* do Senado, Quinto Lutazio Catulo, o Jovem (cônsul em 78 a.C., censor em 65 a.C.), proclama-o "Pai da Pátria".

• 3 de dezembro, à tarde, quase noite: O cônsul Marco Tullio Cicerone, num comício popular, profere a sua *Terceira Catilinária*, explicando ao povo a gravidade da situação e o golpe tramado por alguns conjurados presentes em Roma, agora presos.

• Noite de 3 para 4 de dezembro: Em Roma, desenvolve-se a cerimônia anual de Damia, uma celebração à deusa Bellona, feita somente por mulheres e na casa de um magistrado com poder de *imperium*. Prevendo agitação de outros conjurados, o cônsul Marco Tullio Cicerone passa a noite no Capitólio, no comando da guarda pretoriana.

- 4 de dezembro: O Senado se reúne para prosseguir o inquérito da conjuração. Escuta o depoimento de Lucio Tarquinio (conjurado preso enquanto tentava escapar para a Etrúria, em busca de Lucio Sergio Catilina); este confirma o depoimento de Tito Volturcio. O inquérito não termina, mas os senadores, em face da premente necessidade de fazer o máximo para defender o Estado, deliberam um prêmio para os delatores.

- 5 de dezembro: O Senado se reúne no Templo da Concórdia para decidir a sorte dos prisioneiros. Observam-se os seguintes acontecimentos principais: primeiro, o cônsul designado para o ano seguinte, Decimo Giunio Silano, primeiro a falar por direito, manifesta-se favorável à pena máxima, e a ele se une o outro cônsul designado, Lucio Licinio Murena, e outros senadores, influenciados, tendem a acompanhá-los no voto; segundo, Caio Giulio Cesare (pretor designado para 62 a.C.) contesta dizendo que a pena de morte é medida ilegal sem o voto da Assembleia Popular e, portanto, um precedente perigoso para o Estado e para todos os que forem favoráveis, mas propõe prisão perpétua e confisco dos bens a favor do erário; terceiro, Quinto Tullio Cicerone (edil da plebe em 65 a.C., e irmão do cônsul em exercício), percebendo o perigo em que incorre o cônsul, discursa e vota favorável a Caio Giulio Cesare; quarto, o cônsul Marco Tullio Cicerone, não esperando tal voto do irmão e notando a mudança dos indecisos, intervém impactando as normas processuais (embora pudesse intervir, não podia exercer nenhuma pressão sobre a assembleia), discursa então a sua *Quarta Catilinária*, dissimulando a pressão, mas, no seu convite de "todos votarem conforme a própria consciência e os interesses do Estado", deixa implícito seu voto pela pena de morte; quinto, o cônsul designado, Decimo Giunio Silano, em face da contestação de Caio Giulio Cesare, retoma a palavra e, em mudança repentina, declara que por "pena máxima" entende "prisão perpétua"; sexto, o senador Tiberio Claudio Nerone (propretor em 67 a.C.) propõe adiar a sessão; sétimo, o senador Marco Porcio Catone

[Catão] se lança contra à maioria de seus colegas de partido, temerosos da pena capital, e, fazendo um discurso primoroso, reverte a situação, dando a entender que Caio Giulio Cesare, pelo discurso feito, seria um cúmplice da conjuntura. Após o contundente discurso de Catão, a maioria dos senadores vota pela pena de morte, sem confisco dos bens. Na saída do Senado, alguns oficiais da cavalaria, descontentes com a intervenção de Caio Giulio Cesare, atentam contra a sua vida, mas nada conseguem, dada a proteção do cônsul.

• Crepúsculo do dia 5 de dezembro: **Publio Cornelio Lentulo Sura** e outros quatro prisioneiros são levados para o cárcere Mamertino e, sob ordens do cônsul Marco Tullio Cicerone, são imediatamente estrangulados. Na saída da prisão, o cônsul anuncia o cumprimento da sentença e, em ato contínuo, a multidão satisfeita o acompanha em procissão para casa.

• Dezembro: A Assembleia Popular confere ao cônsul Marco Tullio Cicerone o título de Pai da Pátria.

• 10 de dezembro: Tomam posse os novos tribunos da plebe Quinto Cecilio Metello Nepote (cunhado de Gneo Pompeo Magno), Lucio Calpurnio Bestia (partidário de Catilina), Quinto Minucio Termo, Marco Porcio Catone [Catão]. O tribuno Quinto Cecilio Metello Nepote declara a sua intenção de chamar Gneo Pompeo Magno à Itália, para restabelecer a ordem contra os bandos armados de Lucio Sergio Catilina.

• Entre 11 e 15 de dezembro: O tribuno da plebe, Quinto Cecilio Metello Nepote, apresenta uma moção para retorno de Pompeo à Itália, como havia anunciado antes.

• Após 15 de dezembro: O Senado, influenciado pelo tribuno da plebe Marco Porcio Catone, decreta que a moção de Quinto Cecilio Metello Nepote é ilegal.

• Após 15 de dezembro: O Senado acata a moção do tribuno da plebe Marco Porcio Catone, abolindo as limitações da lei Terência, que estabelece um número limitado de pobres para distribuição das cotas alimentares.

- Dezembro: Lucio Sergio Catilina, determinado a marchar sobre Roma, recebe a notícia da execução de **Publio Cornelio Lentulo Sura** e demais cúmplices, e coloca-se em marcha com as tropas (cerca de 10 mil homens, mas apenas cinco mil deles, divididos em dois grupos, estão bem armados). Levando consigo o estandarte da águia que Caio Mario havia usado na campanha contra os germanos, segue para os Apeninos e atravessa o vale do Reno, para chegar à Gália Transpadana.

- Dezembro: Aulete envia ao procônsul Gneo Pompeo Magno, ainda na Ásia, uma coroa de ouro maciço e os meios para financiar a manutenção de oito mil soldados da cavalaria, pedindo para ele sustentar o governo de Roma e reconhecer o rei do Egito. Gneo Pompeo Magno aceita a doação, mas não responde e nada faz para atender.

- Dezembro: Em Roma, a colônia judaica goza de tolerância oficial e incentiva o governo a anexar a Síria, sua inimiga.

- Dezembro: Lucio Sergio Catilina é encontrado em Bologna, na via Emilia, indo para a Gália Transpadana; fica bloqueado por três legiões do pretor Quinto Cecilio Metello Célere e volta à Etrúria. Na retirada, sofre brutal deserção; seu exército fica reduzido a três mil homens.

- 29 de dezembro: O tribuno da plebe, Quinto Cecilio Metello Celere, induzido por Caio Giulio Cesare, coloca seu poder de veto ao cônsul Marco Tullio Cicerone, que ao deixar o cargo, no final do mandato, quer relatar ao povo todos os seus feitos do ano. Cicerone é constrangido a pronunciar o essencial, conforme a fórmula sacramental. O cônsul, descontente, amarga o veto do tribuno.

- Fim de ano: Em Roma, a Assembleia do Povo aprova a lei Porcia – distribuição de alimentos proposta pelo tribuno da plebe, Marco Porcio Catone [Catão]. O número de pobres com direito de grãos passa de 36 mil para centenas de milhares, num custo anual estimado de 7,5 milhões de *denari*. Com isso, Catão se rivaliza ainda mais com César.

• Final do ano: Após as inúmeras conquistas do procônsul Gneo Pompeo Magno, chegando a Amiso, ele faz uma reorganização dos territórios romanos do Oriente Médio, tanto dos já existentes quanto dos novos agora ocupados, incluindo o espólio de Mitrídate VI. Destacamos: primeiro, institui-se a nova província da Síria, com capital em Antioquia, compreendendo toda a Palestina marítima, do Carmelo a Gaza (isso em razão da riqueza da região e sua função de baluarte contra os Partos); segundo, concede-se aos Partos o controle dos rios Tigre e Eufrates até o sul da confluência com o Chaboras; terceiro, entrega-se Damasco aos Nabateus; quarto, coloca-se como guia dos judeus o Sumo Sacerdote do Templo.

APÊNDICE B
ÁRVORE GENEALÓGICA

A árvore genealógica dos Lentulus, mostrada nos livros das melhores bibliotecas da Europa, exibe apenas os homens que ocuparam postos da primeira hierarquia romana, como cônsules, por exemplo, e não é completa. Nota-se que alguns nomes surgem na árvore sem especificar descendente ou genitor; não significa que não tivessem tido pai ou filhos, mas que estes deixaram de alcançar, na Roma Antiga, projeção significativa. Apesar das enormes lacunas, essa parece ser a melhor lista dos Lentulus mais proeminentes.

A lista aqui apresentada consta do *Dictionary of Greek and Roman Antiquities*, Boston, edição de William Smith, 1867 (frontispício e páginas 729, 730). Trata-se de publicação copiada pela University of Michigan: The Making of America's Project.

Essa mesma lista, talvez com alguma imperfeição do copista quanto a nomes, mas exibindo boa estruturação da árvore, pode ser vista em alemão na *Real – Encyclopadie*, Pauly-Wissowa, Stuttgart, 1901, vol. IV, p. 1359.

DICTIONARY

OF

GREEK AND ROMAN

BIOGRAPHY AND MYTHOLOGY.

EDITED BY

WILLIAM SMITH, LL.D.

EDITOR OF THE "DICTIONARY OF GREEK AND ROMAN ANTIQUITIES."

ILLUSTRATED BY NUMEROUS ENGRAVINGS ON WOOD.

IN THREE VOLUMES.

VOL. II.

BOSTON:
LITTLE, BROWN, AND COMPANY.
1867.

STEMMA LENTULORUM.

1. L. Cornelius Lentulus, Senator B. C. 327.
2. L. Corn. Lentulus, Cos. B. C. 327.
3. Ser. Corn. Lentulus, Cos. B. C. 303.
4. Tib. Corn. Lentulus.
5. L. Corn. Lentulus, Cos. B. C. 275.

6. L. Corn. Lentulus Caudinus, Cos. B. C. 237.
7. P. Corn. Lentulus Caudinus, Cos. B. C. 236.

8. L. Corn. Lentulus Caudinus, Aed. Cur. B. C. 209.
9. P. Corn. Lentulus Caudinus, Pr. B. C. 204.
10. P. Corn. Lentulus Caudinus, Pr. B. C. 214.

11. Cn. Corn. Lentulus, Cos. B. C. 201.
12. L. Corn. Lentulus, Cos. B. C. 199.
14. Corn. Lentulus, Pr. B. C. 134.
15. Cn. Corn. Lentulus, Cos. B. C. 97.

13. L. Corn. Lentulus Lupus, Cos. B. C. 167.
16. P. Corn. Lentulus, Cos. B. C. 162.
24. Cn. Corn. Lentulus Clodianus, Cos. B. C. 72.

17. P. Corn. Lentulus.

18. P. Corn. Lentulus Sura, Cos. B. C. 71. A Catilinarian conspirator B. C. 63. Married Julia, mother of the triumvir, M. Antonius.
25. Cn. Corn. Lentulus Clodianus, B. C. 60.

19. P Corn. Lentulus.
22. C. Corn. Lentulus, Triumvir Col. Deduc. B. C. 199.

20. P. Corn. Lentulus Spinther, Cos. B. C. 57.
23. Cn. Corn. Lentulus, Cos. B. C. 146.

21. P. Corn. Lentulus Spinther, Proquaestor B.C. 44.
27. Serv. Corn. Lentulus, Cur. Aed. B.C. 207.

28. Serv. Corn. Lentulus, Pr. B. C. 169.
29. P. Corn. Lentulus, Legatus B. C. 171.

26. L. Corn. Lentulus Crus, Cos. B. C. 49.
30. L. Corn. Lentulus, Pr. B. C. 140.

31. L. Lentulus, B. C. 168.

32. Cn. Lentulus Vatia, B. C. 56.

33. L. Corn. Lentulus Niger, Flamen Martis, B. C. 57.
35. Lentulus Cruscellio, B. C. 43.

34. L. Corn. Lentulus, Flam. Martis.

Imperial Period.

36. Cn. Corn. Lentulus,
    Cos. B. C. 18.

37. Cn. Corn. Lentulus   38. L. Corn. Lentulus,
    Augur, Cos. B. C.   Cos. B. C. 3.
    14.

39. Cossus Corn. Lentulus
    Gaetulicus, Cos. B. C. 1.

40. Cossus Corn. Lentulus.   41. Cn. Corn. Lentulus
    Cos. A. D. 25.   Gaetulicus, Cos. A. D. 26.

42. Cossus Corn. Lentulus,
    A. D. 60.

43. Lentulus, Mimographer.

For the Lentuli Marcellini, see MARCELLUS.

Árvore Genealógica dos Lentulus
Dictionary of Greek and Roman Antiquities, Boston, edição de William Smith, 1867 (frontispício e pp. 729, 730).

LENTULUS, the name of one of the haughtiest patrician families of the Cornelian Gens [CORNELIA GENS]; so that Cicero coins the words *Appietas* and *Lentulitas* to express the qualities of the high patrician party (*ad Fam.* iii. 7. § 5.) When we find plebeians bearing the name (as a tribune of the plebs, Cic. *pro Lege Manil.* 19), they were no doubt descendants of freedmen. The name was evidently derived from *lens*, like Cicero from *cicer*, &c. (Cic. *ad Att.* i. 19. § 2; Plin. *H. N.* xviii. 3.)

➤ 18. P. CORNELIUS P. F. P. N. LENTULUS, surnamed SURA, son of the last, the man of chief note in Catiline's crew. (Cic. *in Cat.* iii. 5, iv. 6; Ascon. *ad Divin.* 21.) He was quaestor to Sulla in B.C. 81 (Plut. *Cic.* 17): before him and L. Triarius, Verres had to give an account of the monies he had received as quaestor in Cisalpine Gaul. (Cic. *in Verr.* i. 14.) He was soon after himself called to account for the same matter, but was acquitted. It is said that he got his cognomen of Sura from his conduct on this occasion; for when Sulla called him to account, he answered by scornfully putting out his *leg*, "like boys," says Plutarch, "when they make a blunder in playing at ball." (Cic. 17.) Other persons, however, had borne the name before, one perhaps of the Lentulus family. (Liv. xxii. 31; comp. Suet. *Domit.* 13; Dion Cass. lxviii. 9, 15.) In B.C. 75 he was praetor; and Hortensius, pleading before such a judge, had no difficulty in procuring the acquittal of Terentius Varro, when accused of extortion. (Ascon. *ad Divin.* 7; Plut. *Cic.* 17; Acron. *ad Horat. Serm.* ii. 1. 49.) In B.C. 71 he was consul, (*Fasti*, A. U. 682; *Consularis* in Vell. Pat. ii. 34; Dion Cass. xxxvii. 30.) But in the next year he was ejected from the senate, with sixty-three others, for infamous life and manners. (Gell. v. 6; Plut. *l. c.*; Dion Cass., &c.; see No. 25.) It was this, probably, that led him to join Catiline and his crew. From his distinguished birth and high rank, he calculated on becoming chief of the conspiracy; and a prophecy of the Sibylline books was applied by flattering haruspices to him. Three Cornelii were to rule Rome, and he was the third after Sulla and Cinna; the twentieth year after the burning of the capitol, &c., was to be fatal to the city. (Cic. *in Cat.* iii. 4, iv. 1, 6; Sall. *Cat.* 47.)* To gain power, and recover his place in the senate, he became praetor again in B.C. 63. (Sall. *B. C.* 17, 46, &c.) When Catiline left the city for Etruria, Lentulus remained as chief of the home-conspirators, and his irresolution probably saved the city from being fired. (Sall. *Cat.* 32, 43; Cic. *in Cat.* iii. 4, 7, iv. 6, *Brut.* 66, &c.; comp. CETHEGUS, 8.) For it was by his over-caution that the negotiation with the ambassadors of the Allobroges was entered into; and these unstable allies revealed the secret to the consul Cicero, who directed them to feign compliance with the conspirators' wishes, and thus to obtain written documents which might be brought in evidence against them. The well-known sequel will be found under the life of Catiline [p. 632]. Lentulus was deposed from the praetorship; given to be kept in *libera custodia* by the aedile P. Lentulus Spinther (No. 20; comp. Cic. *in Cat.* iii. 6, iv. 3, *p. Red. ad Quir.* 6; Sall. *Cat.* 50, &c.); and was strangled in the Capitoline prison on the 5th of December. (Cic. *pro Flacc.* 40, &c., *Philipp.* ii. 7 (8); Sall. *Cat.* 55, &c.) His step-son Antony pretended that Cicero refused to deliver up his corpse for burial. (Cic. *Philipp. l. c.*; Plut. *Anton.* 2.) Lentulus was slow in thought and speech, but this was disguised by the dignity of his person, the expressiveness and grace of his action, the sweetness and power of his voice. (Cic. *Brut.* 64.) His impudence was excessive, his morals infamous, so that there was nothing so bad but he dared say or do it; but when danger showed itself he was slow and irresolute. The former qualities made him join the gang of Catiline; the latter were in great part the ruin of their cause. (Comp. Senec. *de Ira*, iii. 38; Cic. *pro Sull.* 25.)

DICTIONNAIRES ET ENCYCLOPÉDIES SUR 'ACADEMIC'

Cornelli (Fragmento da árvore genealógica da Academia Francesa[1], membros mais próximos de **Lentulus Sura**):

1. Lucius Cornelius Lentulus, consul en 327 av. J.C. et dictateur en 320 av. J.C.
2. Servius Cornelius Lentulus, fils du précédent [filho do precedente], *consul* en 303 av. J.C.
3. [O precedente não teve filho cônsul, mas o cidadão **(?)** seria pai do seguinte: L. C. L. Caudinus.]
4. Lucius Cornelius Lentulus Caudinus, petit-fils du précédent [neto do precedente (S. C. Lentulus], *consul* en 275 av. J.C.
5. Publius Cornelius Lentulus Caudinus, fils du précédent, *consul* en 236 av. J.C.
6. Lucius Cornelius Lentulus Caudinus, frère du précédent, *consul* en 237 av. J.C. et censeur en 236 av. J.C.
7. Publius Cornelius Lentulus Caudinus, vraisemblablement fils du précédent, *préteur* en 203 av. J.C.
8. Cnaeus Cornelius Lentulus, frère du précédent, *consul* en 201 av. J.C.
9. Lucius Cornelius Lentulus Lupus, fils du précédent, *consul* en 156 av. J.C. et censeur en 147 av. J.C.
10. Lucius Cornelius Lentulus, oncle du précédent [tio do precedente], *consul* en 199 av. J.C.
11. Publius Cornelius Lentulus, fils du précédent, *consul* suffect en 162 av. J.C.
12. [O precedente não teve filho cônsul, mas o cidadão (?) seria pai do membro seguinte da árvore: **P. C. L. Sura.**]

---

[1] *Dicionário e Enciclopédia* da Academia Francesa, <http://fr.academic.ru/dic.nsf/frwiki/451482> (2009). (N.A.)

13. **Publius Cornelius Lentulus Sura**, petit-fils du précédent [neto do precedente (P. C. Lentulus), portanto, o pai de **P. C. L. Sura** não fora cônsul], consul en 71 av. J.C.

14. [O cidadão (?), descendente de **Lentulus Sura**, não seria cônsul (razão pela qual não consta da árvore), mas seria avô do senador Publius Cornelius *Lentulus*, autor da Epístola Lentuli, escrita em 33 a.C., sob Tibério César (segundo informações de Emmanuel em Há 2000 Anos...).]

NOTA: A falta de registros oficiais não permite certificar com exatidão os antepassados próximos de **Lentulus Sura**, tampouco os seus descendentes, os quais certamente existiram, conforme já mostramos em capítulo específico. Imaginar que todos os magistrados que não foram cônsules tivessem os seus registros preservados nos Anais do Estado romano, por mais de dois mil anos, seria desconhecer a história. Tal demonstrativo, mostrando quem foi e o que fez cada um dos senadores, seria possível se não houvesse a ação corrosiva do tempo, os incêndios frequentes na Roma Antiga, as rapinas civis e as guerras que dilapidavam os arquivos e os bens públicos. Se isso não ocorresse, em partes consideráveis a história de Roma seria diferente.

APÊNDICE C

A EPÍSTOLA LENTULI NO SÉCULO XIX

Algumas informações sobre a *Epístola Lentuli* foram dadas no século XIX por Edward Robinson, coordenador do *The Biblical Repository* (1832, Andover, Massachusetts, v. II, seção VI, p. 367-393). Essa edição trouxe o artigo "On the letter attributed to Publius Lentulus, respecting the personal appearance of Christ" (Sobre a carta atribuída a Públio Lentulus, a respeito da aparência pessoal de Cristo). A *Epístola Lentuli* ali publicada já houvera sido impressa no *Calmet's Dictionary,* artigo "Lentulus". Em sua crítica, Robinson informa que a versão mais antiga da qual teve a cópia fora publicada por Anselmo, arcebispo de Canterbury, morto em 1109. Ele explica que a carta fora reimpressa no final do século XV ou início do XVI, em Paris, devendo ter outras versões. Traz o original em latim e a versão inglesa da *Epístola*. O autor recua no tempo e tenta achar a versão mais antiga e os informes mais recuados. Anexamos o frontispício da edição de Robinson, algumas de suas páginas e um trabalho semelhante feito na França, em *Recherches Historiques sur la personne de Jésus-Christ,* editado em Dijon.

THE

BIBLICAL REPOSITORY.

CONDUCTED BY

EDWARD ROBINSON

Professor Extraordinary in the Theological Seminary at Andover.

VOLUME SECOND.
Nos. V—VIII.

ANDOVER:
FLAGG & GOULD, PUBLISHERS AND PRINTERS.
1832.

of *Anselm*, of the *Cent. Magd.* and of the *Orthodoxographa* of Grynaeus. There are also three other distinct texts now existing in manuscripts, or printed from them, viz. that of *Ms. Jen.* 1, that of *Ms. Jen.* 2, and that of the *Ms. Vaticanus.*

The Latin text which follows, is that of Grynaeus; and underneath it are arranged the principal various readings, from all the other texts above mentioned. It may be thought that these variations are here given with unnecessary minuteness; but since this is a case where an important part of the argument for or against the authenticity of the piece, must be drawn from internal evidence, it is essential to a complete investigation, that all this evidence should be exhibited. Still, many slighter variations, which are merely verbal, are here omitted.

LENTULUS HIEROSOLYMITANORUM PRAESES,
S. P. Q. Romano S.[1]

Apparuit temporibus nostris et adhuc est homo magnae virtutis, nominatus Christus Jesus, qui dicitur a gentibus propheta

---

Various Readings.

[1] In the inscription and in the first words of the epistle, there is a very great dissimilarity in the various texts, which it is important to exhibit.

Ms. Jen. 1 reads thus: "Temporibus *Octaviani* Caesaris, *Publius* Lentulus, Proconsul in partibus Judaeae et Herodis regis, senatoribus Romanis hanc epistolam scripsisse fertur, quae postea ab Eutropio *reperta* est in annalibus Romanorum."

Ms. Jen. 2 has this preface: "Epistola reperta in annalibus urbis Romanorum, quae missa fuit Senatui per *quendam* Lentulum, qui tunc offic. IV. imperator Romani populi, in Iudaeae partibus morabatur, quam super conditionibus Christi scripsit. Cum moris erat, quas ex universis mundi partibus compererat et provinciis Senatui scribere novitates occurrentes."

Ms. Vatic. prefixes these words: "*Quidam* Lentulus Romanus, dum esset Officialis in provincia Iudaeae pro Romanis tempore *Tiberii* Imperatoris, et Christum videret ejusque magnalia opera, praedicationes, infinita miracula, et alia stupenda de ipso notaret, scripsit Senatoribus Romanis sic."

The *Centur. Magdeb.* have this incription: "Lentuli epistola ad *Imperatorem Tiberium*, quae *apud* Eutropium in annalibus Senatorum Romanorum *extat.*" This differs from all the copies in making the letter to be addressed to the *emperor*, and not to the senate.

Lastly, the *Ed. Anselm.* connects this as a description to a simi-

veritatis, quem ejus discipuli vocant filium Dei, suscitans mortuos et sanans languores.[2] Homo quidem staturae procerae,[3] spectabilis, vultum habens venerabilem, quem intuentes possunt et diligere et formidare: capillos[4] vero circinos et crispos aliquantum caeruliores et fulgentiores, ab humeris volitantes,[5] discrimen habens in medio capitis juxta morem Nazarenorum :[6] frontem planem et serenissimam, cum facie sine ruga [ac] macula aliqua, quam rubor moderatus venustat. Nasi et oris nulla prorsus est reprehensio, barbam habens[7] copiosam et rubram,[8] capillorum colore, non longam, sed bifurcatam,[9] oculis variis[10]

Various Readings.

lar one of the Virgin Mary: "Sed filius ejus unigentus erat homo magna virtutis, nominatus Jesus Christus, qui a gentibus dicebatur propheta veritatis, quem ejus discipuli vocaverunt filium Dei. Suscitavit mortuos, et sanavit omnes languores, homo quidem statura procerus, mediocris, et spectabilis. Vultum habuit venerabilem, etc." In other respects this copy accords literally with the others.

[2] *Ms. Jen.* 1, *Cent. Magd.* and *Ed. Anselm.* read '*omnes languores.*' *Ms. Vatic.* has '*languentes.*'

[3] So also *Centur. Magdeb.* But *Ms. Jen.* 1 and 2, also *Ms. Vatic.* and *Ed. Ans.* read '*statura procerus, mediocris, spectabilis.*'

[4] *Ms. Jen.* 1 differs widely here: 'Capillos *habens coloris nucis avellanae prematurae et planos usque ad aures, ab auribus* vero circinos, crispos etc.' With this manuscript reading agree also *Ms. Jen.* 2 and *Ms. Vatic.* as also the *Cent. Magd.* and *Ed. Anselm.*— The text of the *Centur. Magd.* differs only through a typographical error; by which *cunctanos* is put for *circinos,* and *subgemiores* for *fulgentiores.*

[5] All the other copies read '*ventilantes,*' not *volitantes.*

[6] For the reading *Nazarenorum*, in which all the three manuscripts agree with the text of the *Orthodoxographa* above given, the editions of the *Centur. Magd.* and the *Ed. Anselm.* read '*Nazaraeorum.*'

[7] *Ms. Vatic.* reads '*habet,*' and *Ed. Anselm* reads '*habuit.*'

[8] All the other copies read '*impuberem,*' not *rubram.*

[9] All the other copies insert after *bifurcatam* these words: '*Aspectum habet simplicem et maturum.*'

[10] *Ms. Jen.* 1 and 2 and *Ed. Anselm.* before *variis*, insert the word '*glaucis.*' The *Centur. Magd.* read only ' oculis *claris* existentibus ;' and *Ms. Vatic.* instead of ' oculis *variis,*' reads ' oculis *honestis.*'

et claris existentibus.[11] In increpatione terribilis, in admonitione placidus et amabilis, hilaris servata gravitate, qui nunquam visus est ridere, flere autem saepe.[12] Sic in statura corporis propagatus,[13] manus habens et membra[14] visu delectabilia, in eloquio[15] gravis, rarus, et modestus, speciosus inter filios hominum. Valete.[16]

We come now to the investigation of the question, Is the preceding epistle authentic? Is it truly, as it purports to be, the production of a Roman magistrate in Jerusalem during the ministry of our Saviour; or is it the spurious fabrication of some later age?

It must be admitted, in the first place, that the only evidence *in favour* of its authenticity, consists in its own declarations, and in the simple fact of its existence. The former of these we shall consider more fully hereafter. The mere fact that it exists, without the support of any other external evidence whatever, cannot be of much weight in this case, even if there were no opposing evidence; since, of the six different copies or texts, two at least (the Jena manuscripts) are con-

---

VARIOUS READINGS.

[11] After the word *existentibus*, the *Ms. Jen.* 1 alone inserts the words: 'Nasi et oris nulla prorsus est reprehensio, quem rubor moderatus venustat.' But all the other copies, viz. *Ms. Vatic.* et *Jen.* 2, *Cent. Magd.* and *Ed. Anselm.* agree with the text above given, in placing these words in an inverted order immediately after the words 'macula aliqua.'

[12] The word *saepe* is found only in the three printed editions; but not in either of the manuscripts.

[13] All the other copies add here, '*et rectus.*' *Ms. Jen.* 2, apparently by a slip of the pen, reads *rectas*, which would refer it to *manus*.

[14] All the other copies read '*brachia*,' instead of *membra*.

[15] All the other copies read more correctly '*colloquio*,' instead of *eloquio*.

[16] The word *Valete* is wanting in all the other copies.—The *Ms. Jen.* 2, appends here a singular clause, which has yet proved unintelligible to all critics: "Explicit epistola de Columpna anno Domini MCCCCXXI reperta in annalibus Romae, in libro antiquissimo in Capitolio doctissimo Domino Patriarchae Constantinopolitano."—

RECHERCHES HISTORIQUES

SUR LA PERSONNE

DE JÉSUS-CHRIST,

SUR CELLE DE MARIE,

SUR LES DEUX GÉNÉALOGIES DU SAUVEUR, ET SUR SA FAMILLE;

AVEC DES NOTES PHILOLOGIQUES, DES TABLEAUX SYNOPTIQUES, ET UNE AMPLE TABLE DES MATIÈRES;

PAR UN ANCIEN BIBLIOTHÉCAIRE.

Et quærebat videre Jesum, quis esset.
S. Luc, xix, 3.

DIJON,
VICTOR LAGIER, LIBRAIRE, RUE RAMEAU.
M. DCCC. XXIX.

(VIII)

                                                            pages

TROISIÈME PARTIE. — De la statue érigée a Jésus-Christ par l'Hémoroïsse 85
QUATRIÈME PARTIE. Dissertation sur la beauté de Jésus-Christ, par dom Calmet. . . 96
Iº Opinions en faveur de la beauté de Jésus-Christ. 98
IIº Opinions contre la beauté de Jésus-Christ. . . 110
IIIº Opinion intermédiaire. 125
RECHERCHES sur la personne de la Sainte Vierge. — Introduction 133

NOTA: Conforme pode ser observado no Índice *(Table)* acima – pp. 98, 110, 125 –, existem opiniões que são favoráveis às coisas relativas a Jesus, outras que são totalmente contrárias e outras, ainda, apenas intermediárias. Portanto, nota-se que em temas religiosos não há unanimidade. A *Epístola Lentuli*, em razão de não mais existir seu original (assim como não há o dos quatro *Evangelhos*) para exame, é comum haver opiniões contrárias à sua procedência e legitimidade. Nota-se, contudo, que, enquanto os evangelhos espúrios foram rejeitados pela Igreja num trabalho de garimpo ao longo dos primeiros séculos e chegaram aos nossos dias como diamantes já lapidados, o mesmo não se pode dizer da *Epístola Lentuli*, cujas versões hoje existentes tiveram várias origens. No século XVIII, com base em documentos do final da Idade Média, o movimento humanista abraçado por vários autores deu a *Epístola* como espúria. E isso pode ser visto fartamente nas publicações do século XIX, incluindo o *Recherches Historiques sur la personne de Jésus-Christ*, editado em Dijon, Libraire Victor Lagier, em 1829.

APÊNDICE D

CARTA DE GERONIMO XAVIER ESCRITA APROXIMADAMENTE NO ANO DE 1600

Informes da obra do jesuíta Geronimo Xavier, missionário na Pérsia, sobrinho de S. Francisco Xavier, foram dadas por Edward Robinson no *The Biblical Repository* (Andover--Massachusetts, Flagg & Gould, 1832, v. II, art. "On the letter attributed to Publius Lentulus, respecting the personal appearance of Christ", p. 370-371) e também em *Recherches Historiques sur la personne de Jésus- Christ* (Dijon-França, Libraire V. Lagier, 1829).

Os escritos de Geronimo já tinham sido publicados em persa e latim, conforme mostra J. G. Walchii, em *Biblioth. teologiae select* (v. III, p. 405). O padre fala numa carta, a seus superiores da ordem, que os seus escritos de 1600 tinham fundamento nos livros antigos, vindos de Jerusalém, publicados no ano de 828 d.C. Pelos seus relatos, a *Epístola* já era conhecida no século VIII. Seus escritos do século XVI sugerem ser cópia parcial e mais ou menos literal do texto primitivo de Lentulus. Anexo: indicação de E. Robinson, frontispício da publicação do reverendo James Townley, *Illustration of Biblical Literature* (New York, Lane & Tippett, 1842, v. II, e p. 225, 226), com escritos de Geronimo Xavier.

NOTA. Conservamos o nome do autor conforme o assinado por ele: Geronimo Xavier.

Edward Robinson – *The Biblical Repository*, p. 370-71.

In the course of the 16th century, the Jesuit Hieronymus Xavier composed a History of Christ in the Portuguese language; which was translated into Persian by a certain Abdel Senarin Kazem, in aid of the Catholic missions. This history was filled with many fabulous accounts, and contained, among other things, the epistle of Lentulus now under consideration. A manuscript copy of the work in Persian having come into the possession of Golius, he put it into the hands of De Dieu, who determined to publish a Latin version of it, with notes, in order to show to the world the kind of Christianity, which was propagated among the heathen by the emissaries of the Romish church. It was accordingly printed at Leyden in 1639, under the title given in the note below.*—This translation of De Dieu is inserted by Fabricius in his *Codex Apocr. Nov. Test.* T. I. p. 301. From this version, too, the English translation above given was made, which therefore differs slightly from what it would have been, if made from the Latin text hereafter exhibited; as will be obvious to those who compare the two.

---

* Historia Christi, Persice conscripta simulque multis modis contaminata a Hieronomo Xavier, Latine reddita et animadversionibus notata a Ludovico de Dieu, Lugd. Bat. 1639. 4to. The epistle is printed in Persian and Latin. See J. G. Walchii Biblioth. Theologiae selecta, Vol. III. p. 405.

ILLUSTRATIONS

OF

BIBLICAL LITERATURE,

EXHIBITING

THE HISTORY AND FATE

OF

THE SACRED WRITINGS,

FROM THE

EARLIEST PERIOD TO THE PRESENT CENTURY;

INCLUDING

BIOGRAPHICAL NOTICES OF TRANSLATORS, AND OTHER
EMINENT BIBLICAL SCHOLARS.

BY REV. JAMES TOWNLEY, D. D.

VOLUME II.

NEW-YORK:
PUBLISHED BY G. LANE & P. P. SANDFORD,
FOR THE METHODIST EPISCOPAL CHURCH, AT THE CONFERENCE
OFFICE, 200 MULBERRY-STREET.

J. Collord, Printer.
1842.

"Before the inundation of Tamerlane, these countries were governed by petty Gentile princes, not knowing any religion, but worshipped according to severall idolatries, all sorts of creatures. The descendants of him brought in the knowledge of Mahomet, but imposed it upon none. In this confusion, [of different religions,] they continued untill the time of Ecbarsha, who being a prince, by nature just and good, inquisitiue after nouelties, curious of new opinions, and that excelled in many virtues, especially in pietie and reuerence towards his parents, called in three Jesuites from Goa, whose chief was Geronimo Xavier, a Nauarrois. After their arriuall, he heard them reason and dispute with much content on his, and hope on their parts, and caused Xauier to write a book in defence of his owne profession against both Moores and Gentiles: which finished he read ouer nightly, causing some part to be discussed, and finally granted them his letters pattents, to build, to preach, teach, conuert, and to use all their rites and ceremonies, as freely and amply as in Rome, bestowing on them meanes to erect their churches and places of deuotion: So that in some few cities they haue gotten rather *Templum*, then *Ecclesiam*, In this grant he gaue grant to all sorts of people to become Christians that would, euen to his court or owne bloud; professing that it should be no cause of disfauour from him. Heere was a faire beginning to a forward spring of a lean and barren haruest."*

The conduct of Xavier in corrupting the Scriptures, in his Life of Christ, is rendered still more odious by the fact, that at the very time, he had access to, or was in possession of, an ancient translation of the Gospels into Persian. In the library of the Escurial, in Spain, there is a manuscript copy of the Gospels, in folio, elegantly and carefully written, which was presented to his Catholic majesty, by Geronimo Xavier, and brought by the ships which came from India to Portugal, in the year 1610. It is accompanied with a certificate in Spanish and Persian, to the following effect:

"I, father Geronimo, of the company of Jesus, superior of the fathers of the same company, which reside in the court and dominions of the great Mogul, do certify, that this book of the Gospels, in the Persian tongue, was in possession of a reverend Armenian father, who was coming from Jerusalem to these parts, in the year 1598; and it appears by the book itself to have been written A. D. 828. The writing paper, and composition of it, also bear witness to its an-

---

* Purchas's Pilgrimages, part i, lib. iv, ch. xvi, pp. 585, 586. Lond., 1625, folio. Fraser's History of Nadir Shah, p. 39.

tiquity. It came to our hand in the following manner. The said Armenian father who had that book, being sent as ambassador by Jahbac, king of Persia, to Jelalin Acbar, Mogul in this city of Lahoor; arriving at Manucher, did not, from some motive or other, follow his embassy, but remained behind, and going by another caravan, died on the way. Some Armenians who were accompanying him, brought his books and papers to this city of Lahoor, among which was the afore-mentioned Book of the Gospels, and delivered them to the reverend father Manuel Panero, of the company of Jesus, who, by the order of that sacred company, resided there; which father, now deceased, kept the Book of the Gospels, and from it, as I have said, this was copied, without having in it any alteration in any respect, and was faithfully compared with it. And in witness of the truth of it, I did this writing with my own hand, confirmed it with my number, and sealed it with the seal of the superior of the fathers of the company of Jesus, belonging to these parts. Signed in this city of Lahoor, the capital of Nourodin Jehanguir Mogul, on the 21st day of December, 1607.

Geronimo Xavier."

The author of this translation of the four Gospels is unknown, but Casiri says, there can be no doubt but that it was executed before the eighth century.*

Le Long mentions another copy of the Persic Gospels, transmitted by Xavier to the Roman college, from the city of Agra. It had been transcribed in the year 1388, from an ancient copy.†

GERONIMO XAVIER was a Spaniard, and a kinsman of the famous Roman Catholic saint, Francis Xavier. He was born in Navarre. In 1568 he entered the society of the Jesuits, and soon after went to India, and resided at Goa, in an official situation, until 1594, when he was sent as missionary to the empire of the great mogul. In this station he discovered such zeal and attachment to the Romish Church, that his life was frequently in danger. At Lahoor he was stoned, and was forced to flee into Armenia, where he remained for a considerable time, manifesting the same intrepidity and decision of character. In 1617 he returned to Goa, and died on the 17th of June, in the same year. In the preface to his Life of Christ, dedicated to the emperor Akbar, he says, he had spent about forty years in propagating the gospel, and had been engaged during seven or eight years in learning the Persian language.

* Casiri, Biblioth. Arabico-Hispana, Append., tom. ii, p. 343.
† Le Long, tom. i, p. 133. Paris, 1723.

APÊNDICE E

EPÍSTOLA DE GIOVANNI DAMASCENO ESCRITA APROXIMADAMENTE EM 730 D.C.

No ano de 726 depois de Cristo uma lei de Leão III, imperador de Bizâncio, interpretou literalmente o *Êxodo* 20:4 e proibiu o culto às imagens de Cristo, dos santos e de ícones na Igreja Ortodoxa. O padre Giovanni Damasceno quis mostrar que a imposição de uma filosofia iconoclasta não tinha sentido, pois a honra dos cristãos estava em adorar o Cristo, não a sua imagem. Foi favorável às imagens sacras.

Em sua *Epistola ad Theophilum imperatorm de sanctis et venerandis imaginibus* (ed. virtual Roma, Documenta catholica omnia – tabulinum: de ecclesiae patribus doctoribusque – materia: ecclesiae patres graeci – argumentum: 0675-0749 – Iohannes Damascenus, sanctus [s.d.], grego e latim, p. 345-382), escrita por volta do ano 730 d.C., ele mostra a *Physiognomia Christi* usando termos semelhantes aos da *Epístola Lentuli*, como: "*venustis oculis*", "*crispa caesarie*" (631). Esses termos, lembrando César, na Roma Antiga, e o culto a Vênus, estão mais para senador romano do que para padre santificado pela Igreja. Não há dúvida de que Damasceno conhecia a carta. Veja, a seguir, fragmento *ETISVI*, p. 345-350.

EPISTOLA AD THEOPHILUM IMPERATOREM.

ΤΟΥ ΟΣΙΟΥ ΠΑΤΡΟΣ ΗΜΩΝ ΙΩΑΝΝΟΥ τοῦ Δαμασκηνοῦ, ἐπιστολὴ πρὸς τὸν βασιλέα Θεόφιλον, περὶ τῶν ἁγίων καὶ σεπτῶν εἰκόνων.

S. PATRIS NOSTRI JOANNIS Damasceni, Epistola ad Theophilum Imperatorem, de sanctis & venerandis imaginibus.

α. ἘΠΕΙ τοιγαροῦν κατὰ τὴν θεόλεκτον φωνὴν ἥ φάσκουσα, Ὅτι ἐὰν δύο ὑμῶν συμφωνήσωσιν ἐπὶ τῆς γῆς, περὶ παντὸς πράγματος οὗ ἐὰν αἰτήσωνται, γενήσεται αὐτοῖς παρὰ τοῦ πατρός μου τοῦ ἐν οὐρανοῖς. ὁ γάρ ἐστι δύο ἢ τρεῖς συνηγμένοι εἰς τὸ ἐμὸν ὄνομα, ἐκεῖ εἰμι ἐν μέσῳ αὐτῶν. καὶ πάλιν· λάβετε πνεῦμα ἅγιον· ἄν τινων ἀφῆτε τὰς ἁμαρτίας, ἀφίενται αὐτοῖς· ἂν τινων κρατῆτε, κεκράτηνται. καὶ πάλιν· καθίσεσθε ἐπὶ δώδεκα θρόνους κρίνοντες τὰς δώδεκα φυλὰς τοῦ Ἰσραήλ. καὶ αὖθις· Ὅσα ἐὰν δήσητε ἐπὶ τῆς γῆς, ἔσται δεδεμένα ἐν τῷ οὐρανῷ· καὶ ὅσα ἂν λύσητε ἐπὶ τῆς γῆς, ἔσται λελυμένα ἐν τῷ οὐρανῷ, καὶ ἀλλαχοῦ· οὐ περὶ τούτων δὲ ἐρωτῶ, φησὶν ὁ Κύριος, ἀλλὰ καὶ περὶ τῶν πιστευόντων διὰ τοῦ λόγου αὐτῶν εἰς ἐμέ· ἵνα πάντες ἓν ὦσι, καθὼς σὺ πατὴρ ἐν ἐμοί, κᾀγὼ ἐν σοί· καὶ ἐγὼ τὴν δόξαν ἣν δέδωκάς μοι, δέδωκα αὐτοῖς, ἵνα ὦσι τετελειωμένοι εἰς ἕν· ἵνα γνῷ ὁ κόσμος, ὅτι ἠγάπησας αὐτούς, καθὼς ἐμὲ ἠγάπησας· ἵνα ὅπου εἰμὶ ἐγώ, κᾀκεῖνοι ὦσι μετ' ἐμοῦ, ἵνα θεωρῶσι τὴν δόξαν τὴν ἐμήν, ἣν δέδωκάς μοι. καὶ ὁ θαυμάσιος ἀπόστολος Πέτρος φησί· Δοὺς τὸ πνεῦμα τὸ ἅγιον αὐτοῖς, ὡς καὶ ἡμῖν, καὶ τὴν ἴσην δωρεὰν δέδωκεν ὁ θεὸς τοῖς ἔθνεσι, καθὼς καὶ ἡμῖν ἐλάλει γλώσσαις, καὶ προεφήτευε. καὶ πάλιν ὁ μέγας Παῦλος, ὁ κήρυξ τῆς οἰκουμένης καὶ διδάσκαλος, φησίν· Ὅτι ἔθετο ὁ θεὸς ἐν ἐκκλησίᾳ, πρῶτον ἀποστόλους, δεύτερον προφήτας, τρίτον διδασκάλους. τοίνυν τῷ ὁρισμῷ καὶ κανόνι ἑπόμενοι τῶν θεσπεσίων ἀποστόλων, καὶ τῶν ἁγίων καὶ μακαρίων πατέρων, ἐν τῇ μεγάλῃ τοῦ θεοῦ ἐκκλησίᾳ, ὑπὸ ἀμερόπως καὶ ὁμογνωμόνως ὁ ὅρος ᾖ ὁ ἦχος τῆς ἑορταζόντων ἐν φωνῇ ἀγαλλιάσεως γίνεται, τὰ αὐτὰ τῆς ὀρθοδόξου πίστεως σύμβολα, τῶν εὐσεβῶν καὶ ὀρθοδόξων δογμάτων τῆς κλεῖς κατέχοντες, τοιαῦτα ὑπογράφωμεν.

β. Πιστεύοντες εἰς τὴν ἁγίαν καὶ ὁμοούσιον καὶ ζωοποιὸν Τριάδα, ὁμολογοῦμεν τὴν ἔνσαρκον οἰκονομίαν τοῦ θεοῦ λόγου, καὶ τὰς ἁγίας οἰκουμενικὰς συνόδους· ὡσαύτως καὶ τὰς τιμίας εἰκόνας ἀσπαζόμεθα ἑπείσης τῷ τύπῳ τοῦ ζωοποιοῦ σταυροῦ, καὶ τῶν θεοπνεύστων εὐαγγελίων· οἱ μὴ οὕτω φρονοῦντες, ἀνάθεμα ἔστωσαν· οἱ μὴ οὕτω πιστεύοντες, πόῤῥω τῆς ἐκκλησίας ἐξωθούντωσαν. ἔστω δὲ τινι τὴν οἰκουμένην εὑρῆσαι· τοὺς δὲ τολμῶντας ἑτέρως φρονεῖν, ἢ ἀνατρέπειν τὰ ἐκκλησιαστικὰ θεσμὰ ἢ παραδόσεις, τούτων ἀναθεματίζομεν καὶ ἀποβαλλόμεθα. οὐδὲν γὰρ ἐν τῇ καθολικῇ ἐκκλησίᾳ σκολιόν, ἢ στραγγαλιῶδες. πάντα γὰρ ἰθέα τοῖς νοσί, καὶ ὀρθὰ τοῖς εὑρίσκουσι

I. QUANDOQUIDEM igitur secundum divinam vocem quæ ait: *Si duo ex vobis consenserint super terram, de omni re quancumque petierint, fiet illis a Patre meo, qui in cælis est.* Ubi enim sunt duo vel tres congregati in nomine meo, ibi sunt in medio B eorum. Et iterum: *Accipite Spiritum sanctum; quorum remiseritis peccata remittuntur eis; & quorum retinueritis, retenta sunt.* Rursusque: *Sedebitis super sedes duodecim, judicantes duodecim tribus Israel.* Et iterum: *Quæcumque ligaveritis super terram, erunt ligata & in cælo: & quæcunque solveritis super terram, erunt soluta & in cælo.* Alio demum in loco, *Non pro eis autem rogo tantum*, dicit Dominus, *sed & pro iis qui credituri sunt per verbum eorum in me: ut omnes unum sint; sicut tu Pater in me, & ego in te. Et ego claritatem quam dedisti mihi, dedi eis, ut sint consummati in unum, & C ut cognoscat mundus quia dilexisti eos, sicut & me dilexisti, & ubi ego sum, & illi sint mecum, ut videant claritatem meam quam dedisti mihi.* Divinus quoque Petrus Apostolus ait: *Dans Spiritum sanctum illis, sicut & nobis, ut par donum Gentibus tribuerit Deus; quemadmodum & linguis loquebantur & prophetabant.* Rursusque magnus Paulus orbis prædicator & magister, *Posuit Deus in Ecclesia*, inquit, *primum Apostolos, secundo Prophetas, tertio doctores.* Quapropter divinorum Apostolorum sanctorumque ac beatorum Patrum definitionem & regulam sequentes, in magna D Dei Ecclesia, ubi concordi parique sensu atque sententia fixa decisio fit, agiturque sonus epulantium in voce exultationis & confessionis, eadem tenentes rectæ fidei symbola, claves scilicet religiosæ & sinceræ doctrinæ, hæc subscribimus.

II. In sanctam, consubstantialemque, ac vivificam Trinitatem credentes, Dei Verbi in carne dispensationem confitemur; nec non sanctas universales synodos: sic & venerandas Imagines pari atque vivificæ crucis figuram & divina Evangelia religione & cultu amplectimur. Qui non ita sentiunt, hi sint anathe-E ma. Qui non ita credunt, procul ab Ecclesia exagitentur. Fides hæc orbem illuminavit. Quamobrem qui aliter sentire præsumserint, autve Ecclesiasticarum sanctionum aut traditionum aliquid evertere tentarint, hos anathematizamus & reprobamus. Nihil enim in Ecclesia catholica obliquum aut distortum est. *Omnia quippe facilia sunt intelligentibus, & recta invenientibus scientiam.* Nam, ut divina elo-

630 S. JOANNIS DAMASCENI

Cant. 4. v. 4. eloquia habent, *Tota pulchra est, & macula* Α γνωσιν · ὅλη γὰρ καλὴ, ὡς εἴρηται, κỳ μῶ-
non est in ea. μος οὐκ ἔςιν ἐν αὐτῇ.

III. Atque is quidem, qui Christianissimi Imperii primus fundamentum posuit, ille inter Imperatores Apostolus Christi, magnus & justus Constantinus, qui ob innumera facinora quæ nulla non laude digna fuerunt, bene de Ecclesia meritus est, quique Arianicæ impietatis turrim labyrinthi instar anfractibus perplexam difficilisque exitus, solo æquavit, prælucentemque igneis fulgoribus columnam, supersubstantialis ac vivificæ Trinitatis consubstantialis notitiam, orbis finibus accendit; prima eximiaque ac singularis erga Christum verum Deum nostrum B pietatis victima, Imperatorium Reip. numisma, nota hac insignivit. Nempe quod in cœlo coruscum apparuit crucis Salvatoris signum, Christique Dei-hominis venerandam imaginem, una cum sua ipsius, cælato opere illi impressit, quo cœlestis Regis præ terreno majorem potentiam declararet, pacifique itidem fœdera & alta concordiæ commercia, cum jam unus grex unaque facta potestas esset, Angelorum atque hominum. Simili porro ratione qua venerandam colendamque ejus in carne versantis erexit imaginem, orisque intemerati lineamenta omnia quibus visus est in terris perfectus homo ex intacta Dei C genitrice Maria, & cum hominibus est conversatus; eam corporis formam repræsentans, quam beati ac divini Apostoli Ecclesiæ Catholicæ tradiderunt. Quin & pictis delineationibus, tessellatoque ac musivo opere illam exornavit, Christi Dei-hominis dedicata figura, juxta atque divino afflante Spiritu conscripta Evangelia significarant. Nam Matthæi Evangelium post annos octo a Christo in cœlum recepto exaratum est: Marci vero; post annos decem: Lucæ, post quindecim annos: Joannis denique, post trigintaduos, Imperatore Domitiano. Quocirca prius etiam in Ecclesiis pingi sanxit, vivis coloribus exaran- D do, nativitatem in Bethleem oppido, invisentes Pastores, Magos munera offerentes, stellæ cursum, justum Simeonem suscipientem, Joannem baptizantem, inauditorum divinorumque miraculorum ostensionem, eximiam & vivificam Resurrectionem, quæque deinceps patrata ab Apostolis prodigia sunt. Hæc enim Ecclesiæ regula & traditio est, Unigenitum, Deique Verbum ac Deum nostrum, qui initii expers sempiternusque est, & a materia remotissimus, nulla distentus mole aut qualitate imbutus, infinitæ magnitudinis, qui tangi nequit, qui ex nihilo cuncta produxit, qui Angelicas & E incorporeas cœli virtutes sermone solo condidit, qui cœlum palmo metitur, ac terram manu continet, & pugillo aquam claudit; qui cum impollutis manibus formaverit hominem, homo ipse ex sancta Virgine ac Dei genitrice Maria sine mutatione aut variatione factus, carni communicavit & sanguini, animal rationale in-

γ'. Καὶ πρῶτος μὲν ὁ τὴν κρατίδα τῆς χρισιανικωτάτης βασιλείας πηξάμενος, ὁ ἐν βασιλεῦσι Ι. τοῦ Χριστοῦ ἀπόστολος Κωνςαντῖνος μέγας κỳ δίκαιΘ-, κỳ πᾶν μεγαλύνεσθαι καταρθώματι τῇ ἐκκλησίᾳ τοῦ Θεοῦ βεβιωκὼς, τόν τε λαβυρινθώδη ἰσχυρὸν κỳ δυσδιέξοδον τῆς Θεομαχίας Αρειανικῆς πύργον εἰς γὴν κατερράξας, ὡς στύλον πυρσοφανῆ τὴν γνῶσιν τῆς ὑπερουσίου κỳ ζωαρχικῆς ὁμοουσίου Τριάδος τοῖς πέρασι τῆς Οἰκουμένης ἐξέλαμψε. πρώτισον κỳ ἐξαίρετον καλλιέρημα τῆς εἰς Χριστὸν τὸν ἀληθινὸν ἡμῶν Θεὸν εὐσεβείας, γνώρισμα ἐγχάρακτι τοῦ βασιλικοῦ τε πολιτείας νομίσματι, 2. τῇ τε ἐξ οὐρανοῦ φανὲν σημεῖον τοῦ σωτηρίου σαυροῦ, κỳ σεβάσμιον κỳ Θεανδρικὸν Χριστοῦ χαρακτῆρα ἐν αὐτῷ μετὰ τοῦ ἰδίου ἀνετυπώσατο, ἐνδεικνὺς τοῦ τε ἐπουρανίου βασιλέως ἀνθρώπειαν πρὸς τὸν ἐπίγειον ὑπέρτεραν, εἰρηνικάς τε σπονδὰς, κỳ βαθείας εἰρήνης συναλλάγματα, μιᾶς ποίμνης γενομένης, κỳ μιᾶς ποιμνίας, ἀγγέλων κỳ ἀνθρώπων. Ὡσαύτως δὲ ἀνορθοῦσθαι κỳ ἀναςηλοῦσθαι τὸν σεβάσμιον κỳ σεπτὸν χαρακτῆρα τῆς ἐν σαρκὶ πολιτείας αὐτοῦ, τῆς τε παναχράντου μορφῆς αὐτοῦ τὰ χαρακτηρικὰ ἰδιώματα, καθ' ὅλον ἐπὶ γῆς τετέλεςον ἄνθρωπος, κỳ τοῖς ἀνθρώποις συναναςρέφων, ἐκ τῆς ἁγίας ἀχράντου Θεοτόκου Μαρίας ἐμφανεὶς ὤφθη τε γενεξοάμενος, καθὼς παρέδωκεν ἡ καθολικὴ ἐκκλησία ὁ μακάριος καὶ θεῖος τοῦ Χριστοῦ ἀποςόλων χορὸς ἀνετυπώσατο ἀὐτὴν ζωγραφικαῖς γραφαῖς κỳ μουσουργικοῖς ψηφῖσιν, ἐκ τῆς τῶν Θεσπεσίων ἀγγελίων συγγραφῆς, τὸ Θεανδρικὸν χαρακτῆρα τοῦ Χριστοῦ ἐγκαθιδρύσαντες. Ε'γράυετο Ματθαῖος τὸ εὐαγγέλιον μετὰ ὀκτὼ χρόνους τῆς Χριστοῦ ἀναλήψεως συνεγράφετο· τὸ κατὰ Μάρκον μετὰ δέκα· τὸ κατὰ Λουκᾶ, μετὰ ἰέ· τὸ κατὰ Ἰωάννην, μετὰ λβ'. ἐπὶ Δομετιανοῦ. διὸ ἐξ πρῶτον ἐν ταῖς ἐκκλησίαις ἀνηγορεύθη εἰκονίζεσθαι, κỳ ταῦτα ἐν ζωγραφικοῖς χρώμασι διαχαράττων, τὴν ἐν Βηθλεὲμ γέννησιν τοῦ τε τιμίου ἀσπασίαν, τῶν μάγων δωροφορίαν, τὴν τε ἀςέρος ἐπιφάνιαν, τὴν τε δικαίου Συμεὼν εὐδόχιμιον ὑπὸ Ἰωάννου βάπτισμα, τὴν παράδοξον, κỳ θείαν θαυμάτων ἐπίδειξιν τὴν ἔκςασιν παθημάτων, ὑπέρμαχόν τε ζωοφόρον ἀνάςασιν, τὴν τε ἱερὸν Θείλου ἀνθρώπων τὰ ἐξολουθῆ τοῦ ἀποςόλων πραττομένων. τὸν γὰρ ἕνα, κỳ μόνον ἐν ἐκκλησίᾳ παραδίδοσιν, ὑπερετουσιόνην κỳ λόγον τοῦ Θεοῦ κỳ Θεὸν ἡμῶν, ἄναρχον, ἄχρονον, ἄϋλον, ἀπερίτον, ἄποσον, ἀπειρουργῆ, ὁ ἀπτὸς, ὁ ἁπτικτὶ μὴ ὤν τε πάντα παραγαγὼν, ὁ τὰς ἀγγελικὰς δυνάμεις τῷ λόγῳ συςησάμενος· ὁ τὸν οὐρανὸν παύσεσι μετρεύων, τὴν δὲ γὴν κατέχων δρακὶ, κỳ ἔρχει τὸ ὕδωρ μετρήσας· ὁ χεῖρα ἀχράντω τὸ ἀνθρώπι πλάσας, ὁ ἄτρεπτος ἐκ τῆς ἁγίας παρθένε Θεοτόκε Μαρίας ἀτρέπτως κỳ ἀναλλοιώτως χρηματίσας, κεκοινώνηκε σαρκὶ μỳ αἵματος, καθὸ εὔτρωπος γέγονε, ζῷον λογικόν τε...

EPISTOLA AD THEOPHILUM IMPERATOREM. 631

A telligentiæ & scientiæ capax, trium forte cubitorum magnitudine, carnis crassitie circumscriptum, nostræ simili forma conspectum esse, ac maternæ similitudinis proprietates exactè retulisse, Adamique formam exhibuisse. Quocirca depingi eum curavit, quali forma veteres historici descripsere; præstanti statura, consertis superciliis, venustis oculis, justo naso, crispa cæsarie, subcurvum, eleganti colore, nigra barba, triticei coloris vultu promaterna similitudine, longis digitis, voce sonora, suavi eloquio, blandissimum, quietum, longanimem, patientem, hisque affines virtu-
B tis dotes circumferentem, quibus in proprietatibus Dei virilis, ejus ratio repræsentatur; ne qua mutationis obumbratio, aut diversitatis variatio in divina Verbi humanatione deprehenderetur, veluti Manichæi delirarunt.

IV. Enim vero divinus Lucas Apostolus & Evangelista divinam ac venerabilem castissimæ Dei matris Mariæ Hierosolymis adhuc in carne viventis, & in sancta Sion morantis imaginem, temperatis coloribus in tabella expressit, posterisque velut in speculo contuendam reliquit. Quam cum ei ostendisset, ait illa: *Mea gratia hancce comitabitur*, Sed aliud quiddam est inauditum atque stupendum magis. Cum enim Apo-
C stolorum principes Petrus & Joannes, qui Deum viderant, Lyddæ, quam Diospolim vocant Hierosolymisque octodecim milliaribus distat, morarentur, oratoria domo sub invocatione nominis matris Domini ac Deiparæ ædificata, rogantibus illis ut ad templi nuncupationem veniret, respondit: *Ego, quoque illic vobiscum adsum*. Ac sane divina quadam & invisibili virtute, figura illius vivaque effigies in una columnarum impressa fuit: venienteque Dei mater ac suam contuita figuram, gaudio atque stupore plena etiam admirata est, quod ille qui ex se factus esset ho-
D mo, maternam claritatem felicitatemque augeret, impertito cultu ac veneratione. Incolumis mansit hæc figura ad Julianum usque qui a Christiana religione descivit, quique ut sanctam effigiem aboleret, Hebræos quosdam statuarios submisit; qui quod in una e templi columnis imago erecta esset, omnemque staturam, purpuram & amictum intuentium oculis objiceret, ita ut velut viventem & loquentem eam conspicerent, marmoraria arte effodere illam conati, splendidiorem adhuc nihilque variantem in columnæ profunditate repererunt. Sed & plura alia signa & admiranda prodigia in
E sanctissimæ Deiparentis imagine facta sunt divina eadem virtute, qua fugantur dæmones, morbi curantur, leprosi mundantur, virtutes, languor omnis & infirmitas vigore restituto sanantur.

V. Quin & ipse omnium Salvator & Dominus, cum adhuc in terra ageret, sancti vultus sui expressam in texto lineo effigiem, Augaro cuidam magnæ Edessenorum civitatis regulo per Thaddæum Apostolum misit. Divino namque sui vultus absterso sudore, cuncta illius lineamenta in

APÊNDICE F

CICLO DE PILATUS E VERSÕES DA EPÍSTOLA

Aquilo que na literatura apócrifa ficou conhecido como *Ciclo de Pilatus* é um conjunto de escrituras de autores tidos como contemporâneos de Jesus Cristo, os quais falam de várias passagens do Cristo, como: O retrato de Jesus, pelo senador Públio Lentulus; o retrato do Salvador, por Nicephorus Calixtus; carta de Pôncio Pilatos ao imperador romano, falando sobre Nosso Senhor Jesus Cristo; carta de Tibério a Pilatos; relatório do governador Pilatos sobre Nosso Senhor Jesus Cristo; correspondência entre Pôncio Pilatos e Herodes; carta de Pilatos a Herodes; carta de Herodes a Pilatos; julgamento e condenação de Pilatos; os atos de Pilatos ou Evangelho de Nicodemos etc.

Esses escritos foram realizados no início da Era Cristã, tidos como do primeiro século, mas nas diversas traduções podem ter sofrido acréscimos e mutilações que modificaram a escrita original. A *Epístola Lentuli*[1] apresentada a seguir em latim e em inglês é uma reimpressão do *Monumenta S. Pattrum orthodoxographa*, editado na Basileia, em 1569, sob a coordenação de Erhard Cell e Johann Jakob Grynaeus, vertida aqui também para o português:

---
1 MAAS, Anthony. *The catholic encyclopedia*. v. 9. New York, Robert Appleton company, 1910. Publius Lentulus. *The letter of Lentulus*. Ver também aqui "Apêndice C", artigo Edward – *Epístola Lentuli*. (N.A.)

Em latim – Lentulus Hierosolymitanorum Praeses S. P. Q. Romano: Adparuit nostris temporibus et adhuc est homo magnae virtutis nominatus Christus Iesus, qui dicitur a gentibus propheta veritatis, quem eius discipuli vocant filium dei, suscitans mortuos et sanans languores. Homo quidem staturae procerae, spectabilis, vultum habens venerabilem, quem intuentes possunt et diligere et formidare; capillos vero circinos et crispos aliquantum coeruliores et fulgentiores ab humeris volitantes; discrimen habens in medio capitis iuxta morem Nazarenorum; frontem planam et serenissimam, cum facie sine ruga ac macula aliqua, quam rubor moderatus venustat; nasi et oris nulla prorsus est reprehensio; barbam habens copiosam et rubram, capillorum colore, non longam sed bifurcatam; oculis variis et claris exsistentibus. in increpatione terribilis, in admonitione placidus ac amabilis, hilaris, servata gravitate, qui nunquam visus est ridere, flere autem saepe. Sic in statura corporis propagatus, manus habens et membra visu delectabilia; in eloquio gravis, rarus et modestus, speciosus inter filios hominum. Valete.

Em inglês – Lentulus president of Jerusalem to the Senate and the people of Rome: There appeared in our times, and still is, a man of great or virtue named Christ Jesus, who is said by the people to be a prophet of truth, whom his disciples call the son of God, since he resuscitates the dead and heals those who are sick. He is indeed a man of tall stature, notable, having a venerable countenance, whom those who gaze upon him can both love and dread; hair truly wavy and curly, considerably bluish and shining, fluttering from the shoulders; having a part in the middle of the head according to the custom of the Nazarenes; a flat and most serene forehead, with a face without any wrinkle or spot, which a moderate redness embellishes; nothing of his nose or mouth is at all reprehensible; having an abundant and reddish beard, the color of his hair, not long but bifurcated; his eyes being varying and bright. In his reproaches he is terrible, in his admonition placid and amiable, cheerful, but his gravity preserved, who no one has ever seen to laugh, but often to weep. He is extended in the stature of his body, having hands and arms delectable to see; grave in his eloquence, rare and modest, splendid among the sons of men. Be well.

Em português – Lentulus, legado[2] em Jerusalém, ao Senado e ao povo romano: Nestes tempos apareceu e ainda se encontra entre nós um homem de grande virtude, que se chama Jesus Cristo, o qual é tido pelo povo como profeta da verdade; seus discípulos o chamam de filho de Deus, pois ele ressuscita os mortos e cura os doentes. É um homem notável, de alta estatura e aspecto venerando, que pode inspirar a quem o olha tanto o amor como a temeridade. Seus cabelos são de um tom cobre-acastanhado, levemente ondulados até a altura das orelhas, sendo, a partir daí, mais escuros, encrespados e brilhantes até a altura dos ombros; usa-os repartidos ao meio, ao estilo dos Nazarenos. Seu rosto é bem conformado e de aspecto sereno, não tem rugas nem cicatrizes na face, a qual um rubor moderado torna ainda mais bela, sem nenhuma imperfeição no nariz nem na boca. Tem a barba abundante e avermelhada, quase da cor dos cabelos, não longa, mas bifurcada na altura do queixo. Sua expressão é simples e natural, e seus olhos são azulados e brilhantes. Sua expressão, quando reprova, é severa; quando aconselha, se faz serena e amável, até mesmo quase alegre, mas sem perder a sua dignidade, já que ninguém jamais o viu rir, embora já o tenham visto chorar por vezes. Seu talhe corporal é esbelto, bonito de ver, com mãos e braços proporcionais; fala de modo grave e eloquente, mas é reservado e modesto; seu modo simples de ser pode ser comparado ao dos demais homens. Passai bem.

Uma segunda versão da *Epístola Lentuli*, talvez a de uso mais corrente no Brasil, faz parte do *Ciclo de Pilatus*[3] e foi publicada recentemente no Brasil. *Retrato de Jesus*:

2 *Uma explicação do termo "legado", incluso nessa carta, encontra-se no capítulo: Epístola Lentuli, em que a figura do preposto é analisada em alguns detalhes. (N.A.)*
3 Ver "Ciclo de Pilatus" completo em PROENÇA, 2005. (N.A.)

Em português – *Carta de Publius Lentulus ao imperador Tibério César*. Eis aqui, enfim, a resposta que com tanta ansiedade esperáveis. Ultimamente apareceu na Judeia um homem de estranho poder, cujo verdadeiro nome é Jesus Cristo, mas a quem o povo chama "O Grande Profeta" e, seus discípulos, "O Filho de Deus". Diariamente, contam-se dele grandes prodígios: ressuscita os mortos, cura todas as enfermidades e traz assombrada toda Jerusalém com a sua extraordinária doutrina. É um homem alto e de majestosa aparência; sua face, ao mesmo tempo severa e doce, inspira respeito e amor a quem a vê. Seu cabelo é da cor do vinho e desce ondulado sobre os ombros; é dividido ao meio, ao estilo nazareno. Sua fronte, pura e altiva, sua cútis pálida e límpida; a boca e o nariz são perfeitos; a barba é abundante e da mesma cor dos cabelos; as mãos, finas e compridas; os braços, de uma graça encantadora; os olhos azuis, plácidos e brilhantes. É grave, comedido e sóbrio em seus discursos. Repreendendo e condenando, é terrível; instruindo e exortando, sua palavra é doce e acariciadora. Ninguém o viu rir, mas muitos o têm visto chorar. Caminha com os pés descalços e a cabeça descoberta. Vendo-o à distância, há quem o despreze, mas em sua presença não há quem não estremeça com profundo respeito. Quantos se acercam dele, dizem haver recebido enormes benefícios, mas há quem o acuse de ser um perigo para Vossa Majestade, porque afirma publicamente que os reis e os escravos são todos iguais perante Deus.

Uma terceira versão da *Epístola Lentuli*, encontrada em biblioteca de importância, foi publicada por uma moradora da localidade de Lêntula, na Itália, estância hidromineral nas cercanias da cidade de Pistoia, local que no passado pertencera à *gens* Lentulus. Após 15 anos de pesquisa sobre o passado clássico dessa pequena vila, a escritora informa em seu livro, *Lentula*, que os Anais[4] de Roma fazem referência a uma carta que o senador Públio Cornelius Lentulus, em serviço na Judeia na época de Tibério César, enviou a um amigo, também senador de Roma. A pesquisadora publica a tal carta, algo diferente das duas anteriores já apresentadas:

Em italiano – *"Temporisbus Tiberius Cesari, Publius Cornelius Lentulus proconsul in partibus Iudeae, Senatoribus romanis hanc epistolam scripsisse fertur. È qui apparso e vive tuttora um uomo di straordinario potere di nome Gesú. Dalla gente è detto profeta di verità, i suoi discepoli lo chiamano Figlio di Dio; risuscita i morti e guarice tutte le malattie. È un uomo dalla statura ben alta e proporzionata, dallo sguardo allo stesso tempo autorevole ed amabile: quanti lo guardano lo possono amare o temere. Il suo aspetto è semplice e maturo. I suoi occhi sono vivaci e brillanti. È temibile quando rimprovera, accarezzevole e amabile quando insegna e consola. Non fu mai visto ridere bensi piangere di compassione per gli altri. La statura del suo corpo è alta e diritta. Parla poco e in modo misurato"* (livro *Lentula*, p. 21).

Em português – *"No tempo de Tibério César, Públio Cornelius Lentulus, procônsul de parte da Judeia, escreveu esta carta para entrega ao Senado romano. Apareceu e ainda vive por aqui um homem de extraordinário poder, de nome Jesus. O povo o tem como profeta da verdade, e os seus discípulos o chamam de filho de Deus; ressuscita os mortos e cura todas as doenças. É um homem de estatura alta e bem-proporcionada; seu olhar, ao mesmo tempo autoritário e amável, quem*

---

4 As informações constantes dos Anais de Roma estão citadas no volume de Giovanni Presto, apêndice do v. III – *Lettera di Lentulo ai senatori romani* (Carta de Lentulus aos senadores romanos), Luca, 1857, disponível na Biblioteca Nazion. Centr. di Firenze, palat. III.g. 3-6-9-12 (*"Quae postea ab eutropio repesta est in annalibus romanorum"*). A mesma carta está também em enciclopédias alemãs e inglesas, dando: *"An epistle of Publius C. Lentulus written to the Senat and the people of Rome concerning the true description and portraiture of Jesus Christ"* (gathered out of an old manuscript book in the library of the College of Brasennose in Oxford, on Vellum, S.Sh.4°, Harl. Ms.4762. fol. 1) (in the dipartment of MSS). Cf. livro *Lentula*, p. 21, obra citada. (N.A.)

olha, pode amá-lo ou temê-lo. Sua aparência é simples e madura. E seus olhos são vivazes e brilhantes. É temível quando reprova, mas carinhoso e amável quando ensina e consola. Nunca foi visto rindo, mas antes chorando de compaixão pelos outros. Sua postura corporal é alta e direta. Fala pouco e de modo comedido" (livro *Lentula*, p. 21).

APÊNDICE G

CARTA DA MULHER DE PILATOS

Há hoje em arquivo o importante documento intitulado *A Letter from Pontius Pilate's Wife*, copiado por Catherine van Dyke da suposta escrita original de Cláudia Prócula. A carta foi encontrada num monastério de Bruxelas, na Bélgica, e hoje está no arquivo do Vaticano. Essa carta é endereçada a Fúlvia, a sugestiva esposa de Sálvio Lentulus, tio de Públio Lentulus, que na Judeia desenvolvia as suas funções, conforme informado em *Há 2000 Anos...* Cláudia conta a Fúlvia as suas amarguras do exílio vivendo na Gália.

A Letter from Pontius Pilate's Wife

– *Carta da Mulher de Pôncio Pilatos* (fragmento) –

"Você me pergunta, cara e fiel amiga, por conta de alguns rumores que chegaram ao teu conhecimento, relativos a Pilatos e a mim. Você parece assustada com o mistério no qual estamos envolvidos. Leia este rolo que te envio e fale-me ao menos sobre o teu entendimento. Oh, Fúlvia, sou a esposa do homem que condenou Jesus Cristo à morte.

Se até aqui nesta pequena cidade da Gália..." (Anexo).

A LETTER FROM PONTIUS PILATE'S WIFE

Rewritten by
CATHERINE VAN DYKE

PUBLISHERS
THE BOBBS-MERRILL COMPANY
INDIANAPOLIS

PREFACE

This is rewritten from an old traditional manuscript first found in a monastery at Bruges, where it had lain for centuries. When Madame de Maintenon became consort of Louis XIV of France she had this letter read every Good Friday before the court assembled at Versailles. In some of the older communities of Europe its reading follows the washing of the feet of the poor on Good Friday, in remembrance of Christ's washing the feet of His disciples. A copy of the original letter was also found among the private papers of the late Czarina of Russia, and was given by her in trust to a friend to keep until the Czarina expected to return from the fateful last journey to Tsarskoe Selo.

C. v D.

A LETTER
from
PONTIUS PILATE'S WIFE

You ask me, dear and faithful friend, for an account of some of the rumors which have already reached you concerning Pontius and myself, and you appear frightened at the mystery by which we are enveloped. Read this my scroll and give to me at least an understanding, for oh, Fulvia, I am the wife of the man who condemned Jesus Christ to death.

If even here in this little Gallic

Barão Edmondo de Lentulus – 1900 – Nova York (LENTULA: Laura Battistini)

Emmanuel, como Públio Lentulus (public)

Taormina – Sicília, onde Lentulus tinha vivenda (Luxurytour)

Tívoli (Tibur) – Lázio, onde Lentulus tinha vivenda (Tivolitour)

BIBLIOGRAFIA

A Bíblia de Jerusalém. São Paulo: Paulinas, 1986.

A TORÁ viva. São Paulo: Maayanot, 2000.

A BÍBLIA de referência Thompson. Flórida: Vida, 1995.

ALIGHIERI, Dante. A divina comédia. Governo brasileiro, bibl. virtual domínio de público, em português. 2003. Disponível em: <www.dominiopublico.gov.br>.

BASILEA. Fridericus Biel de. *Epistola Lentuli da statura Christi*. Burgos, FBB, 1600. Latim. *Lentulus – De statura Christi epistula ad senatum Romanum:* Bartholomaeus Guldinbeck, Roma, 1471.

BATTISTINI, Laura. *Lentula*. 2. ed. Pistoia: Private, 2000.

BESSELAAR, José V. D. *Introdução aos Estudos Históricos*. São Paulo: Herder, 1958.

BIGMANI, Ernesto. *L'Esame di storia romana*. Milano: SMS, 1978.

BLOCH, Léon. *Lutas sociais na Roma Antiga*. 2. ed. Lisboa: Europa- América, 1974.

CALDWELL, Taylor. *Pilar de pedra*. 2. ed. São Paulo: Melhoramentos, 1973. (Obra apenas de ficção, para os aficionados em romance e curiosidades não históricas).

CAMPOS, Pedro de. *Colônia Capella – A outra face de Adão*. São Paulo: Lúmen Editorial, 2002.

___. *Universo profundo – Seres inteligentes e luzes no céu*. São Paulo: Lúmen Editorial, 2003.

CASSIUS, Dion. *Roman history*. Harvard University Press, 1914-24, em 9 vols. Bibl. virtual, livro 37, inglês. <http://penelope.uchicago.edu/Thayer/E/Roman/Texts/Cassius_Dio/home.html>.

CÉSAR, Caio Júlio. *De bello gallico*. Brasil, eBookLibris, 2006. Fragmentos Livro VI, XII-XIV. Disponível em: <www.ebooksbrasil.org>.

CÍCERO, Marco T. *As Catilinárias*. Lisboa: Edições 70, 2006.

___. *Orações:* Catilinárias – Ao povo romano – Filípicas. São Paulo: Edipro, 2005.

___. *Catilinarias e filípicas*. Barcelona: Planeta, 1994.

___. *Filípicas*. Barcelona, Planeta, 1994. Tradução do latim para o espanhol de Juan Bautista Calvo, ed. virtual bilíngue. Disponível em: <thelatinlibrary.com>.

___. *Da República*. São Paulo: Atena, 1956.

___. *Ático – Epistvlae Atticum*. Mediolani, A. F. Stella, 1829. v. VII, bibl. em latim e italiano. Disponível: <www.google.com/books?id=94sCAAAAQAAJ&hl=pt-BR>. 2009.

___. *Bruto*. Bibl. virtual de domínio publico em italiano. <www.ousia.it/SitoOusia/SitoOusia/TestiDiFilosofia/TestiPDF/Cicerone/BRUTO.PDF>. 2009.

COMAY, Joan. *Quem é quem no antigo testamento*. Rio de Janeiro: Imago, 1998.

COSTA, C. A. Braga & ROCHA, Arnaldo. *Chico, diálogos e recordações*. 2. ed. Belo Horizonte: UEM, 2006.

COULANGES, Fustel de. *A cidade antiga*. São Paulo: Martins Fontes, 1981.

DAMASCENO, Giovanni. *Epistola ad Theophilum imperatorem*. Ed. virtual, Roma, documenta catholica omnia – tabulinum: de ecclesiae patribus doctoribusque – materia: ecclesiae patres graeci – argumentum: 0675- 0749 – Iohannes Damascenus, sanctus. [s.d.] grego e latim, p. 345-382.

DENIS, Léon. *Léon Denis e o congresso espírita internacional de Paris.* São Paulo: Editora Allan Kardec, 2007.

DIACOV, V & COVALEV, S. *História da antiguidade.* São Paulo: Fulgor, 1965. v. III Roma.

DONNER, Herbert. *História de Israel e dos povos vizinhos,* vols.1-2. 2. ed. São Leopoldo: Sinodal-Vozes, 2000.

DRIOTON, É. & CONTENAU. G. & GUILLEMIN D. J. *As religiões no antigo oriente.* São Paulo: Flamboyant, 1958.

EUSÉBIO de Cesareia. *História eclesiástica.* São Paulo: Paulus, 2000.

FERRERO, Guglielmo. *Grandeza e decadência de Roma.* 1. ed. Porto Alegre: Globo, 1963. v. I e II.

GARDNER, Paul. *Quem é quem na Bíblia sagrada.* São Paulo: Vida, 1999.

GIORDANI, Mário Curtis. *História de Roma.* 7. ed. Petrópolis: Vozes, 1983.

História do homem nos últimos dois milhões de anos. 4. ed. Porto, Reader's Digest, 1978.

IRINEU de Lyon. *Contra heresias.* São Paulo: Paulus, 1995.

JOSEFO, Flávio. *História dos hebreus.* Rio de Janeiro: CPAD, 1990.

JUSTINO de Roma, *I e II Apologias e diálogo com Trifon.* 2. ed. São Paulo: Paulus, 1995.

KLAUCK, Hans-Josef. *Evangelhos apócrifos.* São Paulo: Loyola, 2007.

KARDEC, Allan. O livro de Allan Kardec. *São Paulo: Opus, s.d.* Contém biografia de Allan Kardec e suas obras: *O livro dos espíritos, O que é o espiritismo, O livro dos médiuns, O evangelho segundo o espiritismo, O céu e o inferno, A gênese, Obras póstumas.*

__. *Revista espírita: jornal de estudos psicológicos.* Período de 1858-69. São Paulo: Edicel, s.d.

KAUFMANN, Yehezkel. *A religião de Israel.* São Paulo: Perspectiva, 1989.

LECLERE, C. Adrien. *Recherches Historiques sur la personne de Jésus-Christ.* Dijon: Libraire Victor Lagier. 1829.

LIMA, Antônio. *Vida de Jesus.* 4. ed. Rio de Janeiro: FEB, 1982.

MARMORALE. Enzo V. *História da literatura latina.* Lisboa: Estúdios, 1974. 2 v.

MONTANELLI, Indro. *História de Roma.* Rio de Janeiro: Record, s.d.

MORALDI, Luigi. *Evangelhos apócrifos.* 5. ed. São Paulo: Paulus, 2005.

NOBRE, Marlene R. S. *Folha espírita em revista.* São Paulo: FE, 1977. Artigo na edição comemorativa 50 anos...

OVÍDIO, Públio Nasão. *Os fastos.* Lisboa, Academia Real de Ciências, 1862. Trad. Antonio Feliciano de Castilho.

PLATÃO. *Diálogos.* São Paulo: Edipro. 2009.

__. *República.* São Paulo: Edipro. 2006.

PLUTARCO. *Vida de Júlio César.* São Paulo: Saraiva, 1966.

__. *Cicerón – Vidas paralelas.* Gov. brasileiro, bibl. virtual de domínio público, tomo VI, em espanhol. 2004. Disponível em: <www.dominiopublico.gov.br>.

__. *Marco Catón – Vidas paralelas.* Governo brasileiro, bibl. virtual de domínio de público, tomo III, em espanhol. 2004. *Idem ibidem ante.*

__. *Catón, o Menor – Vidas paralelas.* Governo brasileiro, bibl. virtual de domínio público, tomo VI, em espanhol. 2004. *Idem ibidem ante.*

__. *Júlio César – Vidas paralelas.* Governo brasileiro, bibl. virtual de domínio público, tomo V, em espanhol. 2004. *Idem ibidem ante.*

__. *Vidas paralelas: Alexandre e César. Porto Alegre: L&PM, 2005.*

__. *Antonio – Vidas paralelas.* Governo brasileiro, bibl. virtual de domínio público, tomo VII, em espanhol. 2004. *Idem ibidem ante.*

__. *Bruto – Vidas paralelas.* Governo brasileiro, bibl. virtual de domínio público, tomo VII, em espanhol. 2004. *Idem ibidem ante.*

PAULA, João T. *Dicionário enciclopédico ilustrado: espiritismo, metapsíquica, parapsicologia.* Porto Alegre: Bels, 1976.

PROENÇA, Eduardo de (org.). *Apócrifos e pseudoepígrafos da Bíblia.* São Paulo: Fonte Editorial, 2005.

ROBINSON, Edward. *The biblical repository.* Andover, Flagg & Gould publishers and printers, 1832. v. II, seção VI, artigo *On the letter attributed to Publius Lentulus, respecting the personal appearance of Christ*, p. 367-393, citação Lentulus, p. 370.

ROMAG, Dagoberto. *Compêndio da história da Igreja antiguidade cristã*, vol. I. Petrópolis: Vozes, 1939.

ROSTOVTZEFF, M. *História de Roma.* 5. ed. Rio de Janeiro: Zahar, 1983.

SHAKESPEARE, William. *Júlio César.* Brasil, eBookLibris, 2000. Fragmentos do ato III, cena II. Disponível em: <www.ebooksbrasil.org>.

SALÚSTIO Crispo, Caio. *Sallustio em portuguez Conjuração de Catilina.* Paris, Livr. Nacional e Estrangeira, 1825 – Trad. J. V. Barreto Feio. Ed. virt. Havard University.

__. *Conjuração de Catilina.* Coimbra, Impr. Univ., 1857 – Em *O Instituto, jornal scientifico e litterario*, vol. 5. Trad. Manuel Matthias Vieira Fialho de Mendonça.

__. *Obra completa.* Lisboa: Horizonte, 1974.

__. *La congiura di Catilina.* Milano: Mondadori, 1992.

__. Obras: *Guerra catilinária – Guerra jugurtina.* São Paulo: Ediouro, s.d.

SMITH, William LL.D. *Dictionary of greek and roman biography and mythology.* Boston: Little Brown, 1867, vol. II, p 728-734.

SUETÔNIO. *A vida dos doze césares.* Rio de Janeiro: Ediouro, s.d.

TÁCITO. *História.* Rio de Janeiro: Ediouro, 1998.

TERTULIANO. *Apologetica.* Milano: Mondadori, 1994.

TOWNLEY, Rev. James, D. D. Illustration of biblical literature, exhibiting the history and fate of the sacred writings, from the earliest peniod to the present century. *New York: G. Lane*

& P.P. Sandford, 1842. v. II, p. 224-228, sobre Geronimo (Jerome) Xavier. *Transferred of library University of St. Michael's College.*

VAN DYKE, Catherine. *A letter from Pontius Pilate's wife.* Indianapolis, Bobbs-Merrill, 1929. Cópia da Carta de Cláudia Prócula, mulher de Pilatos. Bibl. virtual:

<www.archive.org/details/letterfrompontiu011959mbp>. Documento apócrifo disponível no Vaticano:

<www.religie.go.ro/apocrife/scris_sotie.htm>.

VELTHUR, Valerius. *Cronologia anno 63 a.C.: La congiura di L. S. Catilina.* ed. web. Tarquínia, art., set. 2009:

<www.ancientworlds.net/member/valerius/velthur>.

XAVIER, Francisco Cândido. *Parnaso de Além-Túmulo.* 10. ed. Rio de Janeiro: FEB, 1978.

___. *Há 2000 Anos...* 21. ed. Rio de Janeiro: FEB, 1986.

___. *50 Anos Depois.* 13. ed. Rio de Janeiro: FEB, 1981.

___. *Ave, Cristo!* 14. ed. Rio de Janeiro: FEB, 1995.

___. *Emmanuel.* 9. ed. Rio de Janeiro: FEB, 1981.

___. *Deus conosco.* 2. ed. Belo Horizonte: Vinha Luz, 2008.

WANTUIL, Zêus & THIESEN, Francisco. *Allan Kardec: Pesquisa biográfica e ensaios de interpretação.* v. I-III, Rio de Janeiro: FEB, 1984.